U0153900

南宋名家詞講錄

葉嘉瑩 著

國立清華大學出版社
中華民國九十九年十一月

目　錄

緒　論（一）

從今天起，我們開始講南宋詞。爲什麼要從南宋詞講起呢？說來話長。1987年我曾經在北京國家教委的禮堂舉行過一次唐宋詞的系列講座，因爲時間的緣故，我只講了十次，講到北宋就結束了；後來，有朋友邀我到東北，又講了南宋的七講，當時，他們都做了錄影，只是有關南宋詞那七講的錄影，他們沒有給我，如果現在再去找的話，因爲已經隔了十四年之久，當年的老師大部份已經退休了，所以很難找到。現在，澳門的沈秉和先生想推展普及詩詞的教學，希望能夠把我十四年前講課的錄影帶整理出來，天津電視大學的徐先生也在協助我們做這項工作。前面關於北宋詞的十講已經整理完畢，而後邊南宋詞的七講因爲沒有錄影帶，只好重新講起了。

在講北宋詞時，我從晚唐、五代的溫庭筠、韋莊一直講到北宋後期的周邦彥，現在馬上講南宋詞，大家也許會覺得有些突兀，所以在開始之前，我還要簡單介紹一下詞在南宋之前的發展情況，以及這一階段的發展對後來南宋詞的影響。

我個人以爲，從唐、五代一直到北宋後期，在詞的創作這一方面，幾種不同類型的詞已經基本發展完成了。我歸納自己多年來學習、講授的體驗，曾把詞的發展分成三個不同的階段，在這三個階段裏形成了三種不同類型的詞，即：「歌辭之詞」、「詩化之詞」和「賦化之詞」（〈對傳統詞學與王國維詞論在西方理論之光照中的反思〉，《中國詞學的現代觀》）。詞在剛剛興起的時候，本來是可以配合音樂來歌唱的歌辭，因爲最初流行於市井之間，所以比較通俗，你不一定有很高的文化水平，只要會唱這種流行的歌曲，就可以把你要說的話唱出來。一般說起來，無論哪一個國家，哪一個時代，它的流行歌曲裏邊總是少不了愛情、相思之類的歌曲；此外，征夫可以寫征夫的歌辭，商人可以寫商人的歌辭，醫生可以把藥訣寫入歌辭，將士可以把兵法寫入歌辭——任何人都可以唱，都可以寫。因此，這種歌曲是非常豐富多采的。可是，因爲這些歌曲的作者沒有很高的文學修養，他們用的語言文字比較淺俗，士大夫階層的人往往看不起這些歌曲，他們不願意去整理，更談不上編印了，所以這些曲子儘管流行了很久，但沒有廣泛流傳。直到晚清時，才有人在敦煌石窟裏發現了一些當年的曲子詞。

中國最早的一本詞集是後蜀的趙崇祚所編的《花間集》。歐陽炯在《花間集》的〈序〉中說：「因集近來詩客曲子詞五百首」，在這裏，他特別說明了那是「詩客」的「曲子詞」，也就是說，那些曲子不再是販夫走卒的作品，而是詩人所寫的文雅的歌辭了。曲子編好了，爲的是什麼？「庶使西園英哲，用資羽蓋之歡；南國嬋娟，休唱蓮舟之引。」可見，他編選的目的，是爲了增加那些詩人文士們遊樂、飲宴之間的歡樂，使歌女們不再唱那些通俗的曲子了。因爲是在宴會這樣的場合中所唱的歌曲，所以《花間集》大多是以寫美女和愛情爲主的歌辭。

在中國的各種文學體式中，詞這種體式的發展過程尤其微妙，時代與作者偶然結合，便形成了一種特殊的美感作用。那麼這是一種怎樣的美感作用？它是在什麼樣的環境中、什麼樣的作者筆下形成的呢？大家知道，《花間集》中收集的是後蜀的作品，其中最有名的作者就是溫庭筠和韋莊；然後，與《花間集》同一時代而稍微晚一些的另一個小國南唐的歌曲也非常發達，像南唐二主：李璟、李煜父子以及馮延巳都很善於寫詞。從歷史背景來看，整個晚唐、五代是一個怎樣的時代？你讀五代史，看梁、唐、晉、漢、周，僅僅幾十年，一下子就換一個朝代，那時候，中國北方所謂的正統，從唐朝滅亡以後一直傳下來的是「五代」；另外，五代時期在南方和巴蜀地區，還有許多割據政權，前後建立了九個國家，加上北方的北漢，被稱爲「十國」，所以那是一個四分五裂，兵戈擾攘的時代。

好，現在我們還要從晚唐、五代回到二十一世紀，看一看西方近年來流行的文學批評潮流。西方最近這一個世紀，發展得最可觀的是他們的文學批評理論：從重視作者到重視作品，再到重視讀者；從對作者生平的考據到對文本（text）本身的研究，再到「接受美學」（Aesthetic Reception）和「讀者反應理論」（Reader’s Response）一直發展下來，形成了很多流派。近些年來，西方人最喜歡談到的一種文學批評理論是 Contactual Criticism，我們中國把它翻譯爲「相關語境」。本來，當西方「新批評」（New Criticism）的倡導者重視文本的時候，他們也曾提出過這個 Contact 這一個術語，他們所講的 Contact 是說一篇作品、一個文本中，上下文的語言形象之間彼此相關的關係，可是，現在新發展起來的「相關語境」說所講的 Contact 並不是指這種關係，而是說一篇文章產生時所有的背景的情境：你究竟是在什麼場合、對什麼對象說這些話？這是非常重要的。同樣一句話，在不同的場合、不同的對象之間，當然會有不同的作用。

我們現在簡單地介紹了西方的一些文學批評理論。如果以「相關語境」的觀點來看五代時期後蜀及南唐的小詞，你就會發現，這個「相關語境」是一種雙重的語境。什麼叫「雙重語境」呢？就是與它相關的背景是兩重的。哪兩重？一個是時代的大環境；一個是偏安的小環境。就地理形式而言，蜀地常常是最容易防守的，都說劍門關「一夫當關，萬夫莫開」，所以蜀既可以偏安，又可以稱霸，總之能夠保持自己相對的安定；那麼南唐呢？因爲當時五代的變亂多發生在北方，沒有涉及到江南，所以南唐還是比較富庶的。因此，在五代的戰亂流離之中，南唐與西蜀這兩個地方保持了安定的生活，而且物質上也相當的富足；不但如此，西蜀與南唐的君主也多是喜愛歌舞宴樂的人，像南唐的中主李璟、後主李煜，還有在李璟時做過宰相的馮延巳，都是如此。南唐二主所寫的歌辭常常要付之歌唱，而馮延巳的《陽春集》，前面有一篇序，是他親戚的一個後代人陳世修所寫的，〈序〉中說：當年我的長輩馮延巳常常宴樂，而且常常喜歡寫作小詞。再有，像前蜀的王建父子、後蜀的孟昶父子，也都是喜歡聽歌看舞、飲宴享樂的。這是小的環境。可是小環境雖然如此，大環境卻無時不在干戈擾攘之中，而且北方勢力逐漸強大，使南方偏安的形勢日益受到威脅，你如果細讀南唐二主跟馮延巳等人的作品，就會發現隱含在作品之中的一種憂懼之感——儘管他們沒有明白地表露出來。

爲什麼王國維在《人間詞話》裏邊提到李璟的一首〈攤破浣溪沙〉，說其中的「菡萏香銷翠葉殘，西風愁起綠波間」二句，「大有眾芳蕪穢，美人遲暮之感」？其實，從表面上看，中主這首詞就是寫征夫思婦的感情，「細雨夢回雞塞遠」，他說：閨中的思婦懷念遠方的征人，而征人遠在「雞塞」。可是，像「菡萏香銷翠葉殘，西風愁起綠波間」二句，它隱然給人以一種凋零、衰落、動盪不安的感覺。正如後來清代常州詞派的批評家譚獻所說的：

> 作者之用心未必然，而讀者之用心何必不然。（《復堂詞錄·序》）

作者甚至於自己都沒有想到：「我要表現我的國家如何的危亡不安呀！」他不見得這麼想。危亡不安只是隱藏在他心底的一種感覺，而這種隱含的感覺就使他的小詞產生了一種微妙的作用；也就是說，儘管他表面上寫的是美女愛情、征夫思婦、傷春怨別，可是他把心底的一種幽微的、患難的感覺，無形中表現出來了，這樣就可以使讀者產生一種言外的聯想。所以從一開始，小詞就有了雙重的意蘊。這種「雙重意蘊」從何而來？我們可以說是從它產生的環境、背景而來。去年我赴臺灣參加了一場國際學術討論會，議題是「文學與世變的關係」。在那個研討會上，我所講的題目是〈論詞之美感特質之形成及詞學家對此種特質之反思與世變之關係〉（收入第三屆國際漢學會議論文集文學組：《文學、文化與世變》，臺北：中央研究院中國文哲研究所，2002），由以上所述，我們不難看出小詞的美感特質的形成，的確與當時大的時代背景結合著非常密切的關係，這種美感特質即表現爲：好詞多給人一種言外的感受和聯想。這是中國的小詞最妙的一點，妙就妙在它不像詩，不是從 Consciousness（顯意識）裏邊告訴你。因爲它沒有直接說出來，所以特別耐人尋味。

然而詞並沒有停止在這種「歌辭之詞」的階段，後來，小詞就繼續向前發展了。我們說：任何文學體式之所以會向某一個方面發展，它一定有必然的原因；詞的發展也不例外。「歌辭之詞」一路發展下來，它的性質沒有改變，形式上卻有了變化，表現爲從小令而發展出長調。其實，早在「敦煌曲子詞」裏邊就有長調的歌辭了，只是早期的作者如溫庭筠、韋莊、馮延巳、南唐二主等人，他們都不寫長調，只寫小令，一直到北宋初年的晏殊、歐陽修都是如此。爲什麼這些人不肯寫長調呢？因爲長調的音樂性比較複雜，那些文人、士大夫若沒有相當高的音樂修養，便不能完全掌握長調中音樂的性質。而小令篇幅短小，音樂沒有那麼複雜；而且很多小令的句法、平仄都與詩很接近，那些文人詩客們如果寫詞，寫小令自然要比長調容易些，所以最早在詩人中間發展起來的是小令。像劉禹錫、白居易等人，他們不是都可以順手寫幾首小詞嗎？後來，出現了一位懂得音樂的作者柳永。柳永不僅是一位詩人、文士，他還是一位音樂家。因爲懂得音樂，他可以填寫很長的調子。他所寫的仍然是「歌辭之詞」，但形式改變了。

你要知道，天下任何文學，形式一定會影響內容的。怎麼樣影響？以溫庭筠爲例，比如他在一首〈菩薩蠻〉中說：「懶起畫蛾眉」，僅僅這一句就可以給讀者很豐富的聯想。中國有一個傳統，從屈原的〈離騷〉開始，他說：「眾女嫉余之蛾眉兮」，代表的是一名才德美好的賢士受到小人的嫉妒與讒害。李商隱在他的一首〈無題〉詩中說：

八歲偷照鏡，長眉已能畫。

他說有一位女孩子，「八歲」就可以畫出很美麗的「長眉」。這裏的畫眉也是有喻託的：「長眉」代表才德的美好；「畫眉」就是對於才德美好的追求。那麼「懶起畫蛾眉」呢？唐朝詩人杜荀鶴有一首〈春宮怨〉，他說：

早被嬋娟誤，欲妝臨鏡慵。

他早被自己美好的容顏所誤，要化妝時，面對著鏡子，我就「慵」：懶了。爲什麼懶？後邊他接著說：

承恩不在貌，教妾若為容。

因爲得到皇帝的恩寵不是因爲她容貌的美麗。真的這樣嗎？你看白居易寫〈長恨歌〉、陳鴻寫〈長恨歌傳〉，說楊貴妃之所以能得到玄宗的寵愛，不只是因爲她容貌美麗，而且因爲她能夠「先意希旨，有不可形容者。」（陳鴻〈長恨歌傳〉）她在皇帝沒有表現他的意思之前，就知道如何迎合皇帝，如何按皇帝的意圖去做。還不只是男女之間，就是君主與臣子之間也是如此。你看電視劇《鐵齒銅牙紀曉嵐》，說有一位叫和珅的，如何如何會逢迎皇上，討皇上的喜歡，於是皇上就欣賞他。可見，千古得寵的人，不一定就因爲容貌的美麗或才能品德的美好，既然「承恩」是「不在貌」的，那麼我化妝做什麼？當然就「欲妝臨鏡慵」了。我們再看溫庭筠的這兩句詞：

懶起畫蛾眉，弄妝梳洗遲。

他寫的只是一名美女懶得化妝，卻居然在短短的文字裏邊給讀者這麼多聯想。在一個國家的詩歌傳統中，蘊含多種信息，能引起人言外聯想的辭彙被稱爲「語碼」（Code），按照西方的「符號學」（Semiotics）來說，當某個語言符號在一個國家民族使用很久以後，這個語言符號就變成了一個「語碼」，因爲它與文化有關係，所以又叫「文化語碼」（Cultural Code），而溫庭筠的詞中含有大量這樣的「語碼」，這也是溫詞可以給人多種聯想的一個原因。

溫庭筠是這樣的，那麼柳永呢？他不是還寫長調了嗎？同樣寫一名懶起的女子，他是怎麼說的？

暖酥消，膩雲嚲。終日厭厭倦梳裹。無那。恨薄情一去，音書無箇。（〈定風波〉）

他說這個女子臉上塗的脂粉都消退了，她抹著很多頭油的烏雲一樣的鬢髮都披散開了，她每天都無精打采，懶得梳妝打扮，真無奈呀，自從那個薄情的男子一去，連一封信都沒有了。柳永寫的也是女子懶起化妝，「終日厭厭倦梳裹」嘛！可是他用長調來寫，就把什麼都寫得非常現實，說一名女子之所以不化妝，就是因爲愛她的那個男子不在家，這樣寫就不會給讀者很多聯想了。

當然，我們對於柳永要從兩方面來看。那次在天大講蘇軾詞時，我也曾經說過，柳永對蘇東坡有正反兩方面的影響：首先，蘇軾這個人有一種「逸懷浩氣」（胡寅〈向子堙酒邊詞序〉收入向子堙《酒邊集》卷首），他不喜歡寫什麼「暖酥消，膩雲嚲」之類的話，他覺得柳永這樣寫真是無聊；可是柳永在他的長調裏邊不是只寫相思與愛情，因爲他在仕宦科第方面很不如意，總是做最卑微的小官，今天到這裏、明天到那裏，所以柳永寫了很多「羈旅行役」（陳振孫《直齋書錄解題》）的詞。而在此之前，像《花間集》中的小詞，都是寫女子在閨中的相思，像什麼「玉樓明月長相憶」（溫庭筠〈菩薩蠻〉其六）、「水精簾裏頗黎枕」（溫庭筠〈菩薩蠻〉其二）等等都是這樣。柳永也寫相思，但寫的更多的是男子的相思，寫男子在四方漂泊的生活；同時，他爲了生活而在各地奔波，當然免不了登山臨水，我們知道，他很有名的一首〈八聲甘州〉即是這樣的作品：

對瀟瀟暮雨灑江天，一番洗清秋。漸霜風淒緊，關河冷落，殘照當樓。是處紅衰翠減，苒苒物華休。惟有長江水，無語東流。

你看，他已從《花間集》中傷春的感情中解脫出來，寫的是一種悲秋的感情。傷春是愛情的失落；悲秋則是年命的無常和生命的落空。陳子昂有一首〈感遇詩〉說：

蘭若生春夏，芊蔚何青青。幽獨空林色，朱蕤冒紫莖。遲遲白日晚，嫋嫋秋風生。歲華盡搖落，芳意竟何成。

不管你是多麼美麗的蘭花，你曾經有過多麼美好的生命，當一歲的芳華「搖落」淨盡之時，你完成了什麼？杜甫有兩句詩寫得好：

幸結白花了，寧辭青蔓除。（〈除架〉）

他寫的還不是美麗的花，而是一顆瓜的架子，他說：我雖然沒有蘭花的美麗，可是我畢竟開過花，也結了果子，所以現在要拆除我這個青青的架上的瓜蔓，我就不會再有什麼推辭、什麼遺憾了。可是人呢，尤其是一名有理想的讀書人，他最恐懼年命的無常與生命的落空。孔子說：

四十五十而無聞焉，斯亦不足畏也已。（《論語・子罕》）

杜甫也說：

四十明朝過，飛騰暮景斜。（〈杜位宅守歲〉）

四十歲明天就要過去，我的人生開始走下坡路了，此後縱然我有「飛騰」的願望與才能，也已經是黃昏漸近，來日無多了。這就是男子的悲秋，而柳永的長調所拓展出來的，正是他在「羈旅行役」中，他做爲男子的悲秋的感情。

前面我們說柳永對蘇軾有一定的影響，還不是說這種悲秋的感情影響了蘇軾。人家蘇軾是了不起的，你儘管春去秋來，我蘇東坡依舊是蘇東坡；後來，他年老了、眼花了，還曾經作詩說：

> 浮空眼纈散雲霞，無數心花發桃李。（〈獨覺〉）

他說：我老眼昏花，看不清楚前面的東西，只覺得他飄浮在空中像雲霧一般，但是，我內心中有無數的「心花」還在盛開著。我們常說：有諸中而無待於外。而蘇軾真的是有這種操守，有自己的一份自得。所以，柳永對蘇軾的影響不在於悲秋，而是在登山臨水、「羈旅行役」中所表現出來的那一種開闊博大的氣象；但他對於柳永寫的「暖酥消，膩雲嚲」一類的詞，則不大欣賞：詞，既然是一種文學體式，我們爲什麼不可以用它來抒情言志呢？所以蘇軾的詞是「詩化之詞」。「大江東去，浪淘盡、千古風流人物。」（〈念奴嬌〉）寫得多麼開闊、多麼放曠！他不是只給歌女寫歌辭了，而是將作者個人的情志、理想、胸襟這種「逸懷浩氣」寫入詞中，把詞的體式當作一種新的詩體、一種新詩的體式來寫作，這就是所謂的「詩化之詞」。

「詩化之詞」一出現，就有了正反兩方面的情況。正面的可分爲兩種：一種是在其「詩化」以後，果然就有了詩的美感了，這是好的作品，比如蘇軾的〈江城子〉：

> 老夫聊發少年狂。左牽黃。右擎蒼。錦帽貂裘，千騎卷平岡。

它有詩的美感，跟詩一樣好，一樣地抒情寫志，一樣在其音節節奏之間傳達一種直接的感發，所以是一首「詩化」的好詞；可是有時候，你要用寫詩的手法直接來寫，就容易寫得太直白，從而缺少了一種含蘊的美感了，像蘇軾的另一首〈滿庭芳〉，說什麼：

> **蝸角虛名，蠅頭微利，算來著甚乾忙。**

他說：你犯不著去追求那些像蝸牛角、蒼蠅頭一樣微末的得失，算了，爲什麼要爲這些事情而忙碌呢？這樣寫就太直白而沒有餘味了。比較來說，這是失敗的一類作品。

此外，蘇軾也有寫得非常好，既有詩的美感、又有詞的美感的作品，像他的〈八聲甘州·寄參寥子〉的那首詞：

> **有情風、萬里卷潮來，無情送潮歸。問錢塘江上，西興浦口，幾度斜暉。**

開頭幾句「感物言志」（《文心雕龍·明詩》），是對外物的一種直接的感發，寫得開闊博大，後邊接著說：

> **不用思量今古，俯仰昔人非。**

他說的是什麼？是當時北宋的新舊黨爭。蘇軾在黨爭之中真是受盡了折磨，所以他的一生起伏非常大，患難也非常多，用他自己的一句話來說：「不用思量今古，俯仰昔人非。」你不用說古往今來有多少滄桑變化，不用說什麼「秦時明月漢時關」（王昌齡〈出塞二首〉其一）、「吳宮花草埋幽徑」（李白〈登金陵鳳凰臺〉），在短短的數十年間，在我一低頭一仰頭之際，我們的朝廷政海波瀾，就經過了多少起伏？多少升降？多少人在黨爭中得志了？多少人在黨爭中跌倒了？這幾句寫得真是天風海雨，但是其中的慨嘆是非常深刻的，而造成這種深層意蘊的是什麼？是他在黨爭之間所看到的政局的變化。

前面我們說「歌辭之詞」中凡是好的詞，都有「雙重意蘊」，因爲它的「相關語境」有雙重的意蘊；現在我們還要說：「詩化之詞」中好的詞，它表面上可以寫得開闊博大、天風海雨，可是它的裏邊，在「天風海濤」之間還有「幽咽怨斷」（夏承燾《吷庵手批東坡詞》，見龍沐勛《唐宋名家詞選》）的一段低迴婉轉的情意。這種情意與什麼有關？既與他的身世有關，又與當時政治上的黨爭有關。

到現在爲止，我只講了「歌辭之詞」與「詩化之詞」以及它們之美感特質與世變的關係，下一次我們接著將要講「賦化之詞」了。

緒　論（二）

開始我們說「歌辭之詞」、「詩化之詞」與「賦化之詞」這三種不同類型的詞，在北宋就已經發展完成了。從「歌辭之詞」發展到「詩化之詞」有他必然的趨勢。因爲一名作者，如果他熟悉了詞這種文學體式，當他遭遇到重大變故的時候，他自然就會用詞的形式來表達。我們還說：有意識地把詞「詩化」的人是蘇東坡，他曾對朋友說：我近來寫了一些詞，跟柳七郎的風格不一樣，我是自成一家（參蘇軾〈與鮮于子駿書〉）。所以，蘇軾是有意識地去改變柳永那種柔靡作風的。

其實，早在蘇軾以前，詞就已經開始有「詩化」的端倪了。那是誰？就是南唐的李後主。你看李煜在亡國之前所寫的那些歌辭，說什麼：

> 晚妝初了明肌雪。春殿嬪娥魚貫列。鳳簫吹斷水雲閒，重按霓裳歌遍徹。（〈玉樓春〉）

這都是聽歌看舞的宴樂之詞。一旦遭遇到破國亡家，他寫了什麼？

> 春花秋月何時了，往事知多少。小樓昨夜又東風，故國不堪回首月明中。（〈虞美人〉）

這是必然的。你熟悉了這種體式，當然會用這種體式來抒情寫志，所以王國維說：

> 詞至李後主而眼界始大，感慨遂深，遂變伶工之詞而為士大夫之詞。（《人間詞話》）

這是非常有見解的一句話。不過李後主雖然這樣做了，但他不是一位有反省、有理論的人，他不是有意識地將詞「詩化」的。他之寫詞，只是一任本性自然純真的感發與投注，所以當他可以享樂的時候，他就單純地投注在享樂之中；當他遭遇到破國亡家的變故，「一旦歸爲臣虜」（〈破陣子〉）之時，他就直接把感情投注到破國亡家的悲哀之中去了。因此，李後主是最早一位很明顯地將小詞「詩化」的人，而有意識地這樣去改變的則是蘇東坡。

上一次我們說：柳永將小令變爲長調出現了一些問題；蘇東坡將詞「詩化」同樣出現了一些問題。大家知道，詩，是直接給人以感發的，「平平仄仄平平仄，仄仄平平仄仄平」，你不管它內容怎麼樣，它的聲音已經直接給你一種感發了。那麼詞呢？小令的平仄跟詩差不多，「江南好，風景舊曾諳。日出江花紅勝火，春來江水綠如藍，能不憶江南。」（白居易〈憶江南〉其一）這樣的小令念起來與詩很相似，可是當詞出現了長調以後，它的句式跟詩就不一定一樣了。比如：

蝸角虛名，蠅頭微利，算來著甚乾忙。（蘇軾〈滿庭芳〉）

就跟散文的說法差不多了。詞當然不同於散文，但詞裏邊有很多句子的形式與散文有類似之處，但是，你如果把詞變成散文的說法，也就沒有那種聲音、節奏的自然感發了，就容易變得平直淺白，了無餘味。爲什麼胡適之在文學革命時倡導白話詩，而後來臺灣有了晦澀的「現代詩」，大陸有了所謂的「朦朧詩」？這種演化是必然的，那是由於晦澀朦朧是它必然的要求：因爲你提倡白話，寫出來如白開水一樣，就這樣直接說了，也就沒有了詩的感覺和味道，而詩歌，一定要能給讀者留下回想、體味的餘地，才稱得上是好詩。在「四人幫」垮臺的時候，郭沫若先生寫過一首〈水調歌頭〉，說：

大快人心事，揪出四人幫。

也許他說得不錯，但是怎麼看也不像詞，它整個都是大白話，跟喊口號一樣了，而口號、教條怎麼能說是詞呢？就算你說得再有道理也不成了。當出現了長調慢詞以後，就有人發現，這種詞沒有詩的平平仄仄的直接感發了，如果你只是這麼平鋪直敘地來寫，柔情就變得很庸俗、淫靡；豪放就變得很浮誇、叫囂。怎麼挽救？要從寫作的方式上來挽救。所以我說白話詩發展到後來，出現了所謂的「現代詩」與「朦朧詩」，確實有它的必然性。不過有一點要求，就是你真的有話要說、有真感情要表達，否則你只在表面上製造一些花樣，而內容上空洞無物，那不管什麼體式都不會好的。

總而言之，詞發展到後來，有人發現了問題，於是在寫作方式上盡量避免直白，這樣就產生所謂的「賦化之詞」。

當然，現在我這樣說，好像很有反省，其實詞在當初發展演變時，其作者未必有這麼明白的反省，他們只是覺得應該這樣寫。那麼最初將詞「賦化」了的人是誰？是周邦彥。

柳永既是文學家，又是音樂家；周邦彥同樣如此，他對於長調的特色很有認識。歷史上說，周邦彥善爲「三犯、四犯之曲」（張炎《詞源》），又說他善於「勾勒」（周濟《介存齋論詞雜著》）。什麼叫「三犯」、「四犯」？凡懂得音樂的人都知道，音樂中有很多的調，像什麼A調、C調、G調的，而且，一支樂曲可以有變調，變調就是可以變換的調子，像「三犯、四犯之曲」，就是他換了三、四次不同的調子。據說，周邦彥曾經在一支曲子中變了六個調子，把這六個不同的樂調連接在一起，他爲之起了個名字，叫做「六醜」（參周密《浩然齋雅談》）。當然，這要特別懂得音樂的人才能連接得好，而周邦彥是個音樂家，他曾經做過「大晟府」的樂官。有一次，有人演奏那支〈六醜〉的曲子，皇帝聽了就問：這樣美妙動聽的曲子爲什麼要叫〈六醜〉呢？當時的大臣們都回答不上來，於是他問周邦彥本人，周邦彥說：「六醜」就是犯了六個不同的調子，而我所用的都是這六個調子中最難唱的部份，只有最懂得音樂的老樂師才能演奏這支曲子（周密《浩然齋雅談》）。可見，他在音律上非常講求變化。你如果研究周邦彥的清真詞，就會發現，他對於平仄非常講究，是「平仄平」還是「仄平仄」？是「平上去」還是「去平上」？他絕不馬虎。比如他的〈蘭陵王・柳〉，在結尾處他說：「似夢裏，淚暗滴。」如果按平仄來說，這兩句應該是「仄仄仄，仄仄仄。」都是仄聲，哪裏有這樣的格律？實際上，他是故意讓聲音拗折——拗折就是與詩的格律不同，以增加曲折，避免直白。

除了聲音上曲折以外，他在敘寫的手法上也要避免直白。周邦彥有一首〈夜飛鵲〉，上片說：

> 河橋送人處，涼夜何其。斜月遠墜餘輝。銅盤燭淚已流盡，霏霏涼露沾衣。 相將散離會，探風前津鼓，樹杪參旗。花驄會意，縱揚鞭、亦自行遲。

這是寫送別時的情景，然後那人就走了。他接著說：

> 何意重經前地，遺鈿不見，斜徑都迷。

讀到這裏你才發現，開頭所寫的送別並不是現在的情景，他是從過去寫到現在，於是在時空上產生了轉折變化。詩不是這樣寫，詩是自然的感發，像杜甫的〈秋興八首〉其一：

> 玉露凋傷楓樹林，巫山巫峽氣蕭森。江間波浪兼天湧，塞上風雲接地陰。

我看到「巫山巫峽」的景物，我就寫「巫山巫峽」的景物。可是，「賦化之詞」要故意避免這種直接的感發，所以很多人不喜歡這樣的詞，說他雕琢、勾勒。其實雕琢勾勒也好、思索安排也好，這都是「賦化之詞」的特色。我這樣講實在是我幾十年讀詞之後所歸納出來的結果，我們只有把詞分成「歌辭之詞」、「詩化之詞」和「賦化之詞」三種類型以後，才能夠對各類詞做出適當的判斷。我常說：你不能夠用衡量籃球的方法來衡量足球，也不能用衡量乒乓球的方法來衡量游泳，對不對？也就是說，是什麼樣的詞，你就要用什麼樣的方法來衡量。關於這種分別，很多人都沒有弄清楚，一直到王國維，他依舊不能欣賞「賦化之詞」，所以對於南宋詞，除了辛稼軒以外，他都不能欣賞，他總是要求詞要有像詩一樣直接的感發，以「不隔」為美，用這種眼光、這種裁判的標準來衡量南宋的「賦化之詞」，當然是「隔」，而通過思索安排來避免直白，正是南宋「賦化之詞」所追求的特色，我們以後要講南宋詞，希望大家先要明白這一點。

前面談到，詞發展到南宋，產生了三種不同的類型，而這三種類型在北宋就已經完成了；下面我們要探討的，是南宋詞怎麼樣來繼承的。在此之前，我們還要給「結北開南」（《論詞絕句五十首》，《迦陵詩詞稿》二集，詩稿）的詞人——周邦彥下個判斷。我說過：周邦彥是「賦化之詞」的創始人，南宋的「賦化之詞」多多少少都受了他的影響。那麼這種「賦化之詞」好不好？我們說，蘇軾將詞「詩化」以後，有成功的作品，也有失敗的作品；周邦彥的「賦化之詞」同樣有好有壞。如果他只剩下雕琢「勾勒」的手法，而內容上空洞淺薄，這就是失敗的作品；而周邦彥確實有寫得很成功的作品，像將來我們要講到的〈蘭陵王・柳〉和〈渡江雲〉等等，都寫得很好。怎麼樣的好法？比如〈蘭陵王・柳〉：

柳陰直。煙裏絲絲弄碧。隋堤上、曾見幾番，拂水飄綿送行色。

他說：在春天的煙靄迷濛之中，風吹著絲線一般的柳條，搖蕩著一片的綠色，在首都汴京城外汴河的河堤上，我曾經多少次看到這「拂水飄綿」的柳枝，送走一批批遠行的人。他表面上寫柳樹，而且都是描繪、都是勾勒，可是其中隱含著很深的感慨，什麼感慨？對於世變的感慨。

我們知道，周邦彥和蘇軾一樣，都是經歷了新舊黨爭的人。當初宋神宗任用王安石進行變法，把國家的太學擴大招生，於是周邦彥從故鄉錢塘考進國立大學，在做「太學生」的時候，他不甘寂寞，寫了一篇〈汴都賦〉，讚美新法如何如何好，首都如何如何好，就這麼歌頌了一番。神宗一看，首都也好、變法也好，這都是讚美他的話呀！好，把周邦彥升官。就這樣，周邦彥一下子從學生變成了領導，從「太學生」升到「太學正」了。所以，他是新法的受益之人。後來，神宗死了，哲宗即位，太皇高太后掌權，把新黨貶出去，舊黨都召回來了，於是周邦彥離開首都，輾轉在外有十年之久，一直等到高太后死了，哲宗也長大了，就把新黨的人又叫回來了，這時周邦彥又回到了首都汴京。〈渡江雲〉寫的就是這一段經歷，而〈蘭陵王・柳〉中也有類似的感慨。所以，周邦彥的好詞、有深意的詞，都不只是表面上的雕琢刻畫，而是有很深的感慨在裏邊的。

詞真是奇怪，本來就是聽歌看舞嘛，它與世變有什麼關係？可是，妙就妙在幾次重大的政治變故對於小詞確實造成了很大的影響，而詞的美感往往與此有關。前面我們說「歌辭之詞」的美感在於它的「雙重意蘊」，它之所以有「雙重意蘊」，是因爲有「雙重」的「語境」；「詩化之詞」的佳作是因爲當時的黨爭；而「賦化之詞」的佳作同樣反映了當時的黨爭。好，詞發展到這裏的時候，後邊的路怎麼樣走下去？怎麼來繼承呢？你要知道，蘇軾雖然完成了「詩化之詞」，但他的詞並沒有被當時的一般人所接受，因爲大家覺得五代的《花間集》都是寫美女和愛情，你蘇東坡這樣寫就不是詞了。李清照就曾批評蘇軾的詞是「句讀不葺之詩爾」（〈詞論〉），「不葺」就是沒有修剪得很整齊。一般的詩，或是五言、或是七言，句子都是整整齊齊的，而詞是長短句，所以李清照說：你不過是用長短句來寫詩而已，她認爲詞「別是一家」，應該有另外的作風，不能夠像蘇東坡這樣寫。李清照早期的作品寫的多是閨中女子的閒情，那麼經過靖康之變，從北宋到南宋，李清照怎麼樣在她的詞中反映這樣的世變？這就很微妙了。

我們知道，李清照出身於仕宦家庭，早年受過良好的教育，結婚後她與丈夫常常在一起談論詩文。在中國，你不讀聖賢書則已，你一旦讀了聖賢書，就被聖賢的思想網住了。聖賢是什麼思想？中國儒家認爲，士當「以天下爲己任」（《孟子．萬章下》），你要對國家、民族有一份忠愛與關懷的感情。既然李清照受了與男子相同的教育，她一樣有這樣的思想，她在詩中說：

> 生當作人傑，死亦為鬼雄。至今思項羽，不肯過江東。（〈夏日絕句〉）

又說：

> 老矣不復志千里，但願相將過淮水。（〈打馬賦〉）

可見，她在詩、文中正面反映了當時的世變；而她的詞呢？

在這裏我要說：不同的人對於世變的反映是不同的。像朱敦儒，曾寫過一首〈鷓鴣天・西都作〉：

> 我是清都山水郎。天教嬾慢帶疏狂。曾批給露支風敕，累上留雲借月章。　詩萬首，酒千觴。幾曾著眼看侯王。玉樓金闕慵歸去，且插梅花醉洛陽。

什麼是「西都」？在中國古代，除首都以外，往往還有一個陪都，像唐朝的首都是長安，陪都就是洛陽；洛陽在長安東邊，所以又叫「東都」。到了宋朝，首都是汴京，陪都是洛陽；洛陽在汴京西邊，所以同樣的洛陽就成爲「西都」了。這首詞寫的是朱敦儒自己早年在洛陽時享樂的生活。他說：我當年真是瀟灑狂放，就是「玉樓金闕」那樣的神仙境界我都懶得去，我要插著梅花飲酒，陶醉在洛陽城中。後來北方淪陷，汴京失守，他避地來到南方的金陵，寫下了這首〈相見歡〉：

> 金陵城上西樓，倚清秋。萬里夕陽垂地大江流。　中原亂，簪纓散，幾時收。試倩悲風吹淚過揚州。

你看，大環境一改變，他的作風就改變了。朱敦儒表現得非常明顯；而李清照呢？李清照也經過了破國亡家，而且她的身世比朱敦儒更不幸。她出身名門，早年生活得何等閒適！我們看她的〈如夢令〉：

昨夜雨疏風驟。濃睡不消殘酒。試問捲簾人，
卻道海棠依舊。知否。知否。應是綠肥紅瘦。

這真是閒情！閨中的女子，沒有任何憂患。所以她寫落花，覺得那個丫嬛的感情真是太粗糙，竟然連「綠肥紅瘦」都沒有看出來，還說什麼「海棠依舊」呢！經過一夜的風雨，今天早晨的花分明與昨天晚上不同了。很多人自命多情善感，愛寫閒愁之類的小詞。李清照自己原來的家庭以及婚後的家庭，都是高級的仕宦家族，生活很是優裕，所以她寫了很多這樣悠閒的女性之詞。到了晚年，她丈夫死了，自己一個人流落江南，孤苦無依，她又是怎麼樣寫的？且看她的一首〈南歌子〉：

天上星河轉，人間簾幕垂。涼生枕簟淚痕滋。
起解羅衣聊問夜何其。　　翠貼蓮蓬小，金銷藕葉
稀。舊時天氣舊時衣。只有情懷不似舊家時。

前兩句真是寫得好！「天上星河轉，人間簾幕垂。」她把國破家亡的重大變故，歸到大自然的銀河與女子的閨房中。地球有自轉和公轉，你在春天看銀河是這樣的方向，在秋天看銀河則是那樣的方向了——我小時候在北京老家時常聽人們說：「天河掉角，要穿棉襖。」——，「天上星河轉」，天河的方向改變了，季節就改變了，於是影響到了人間，所以「人間簾幕垂」。這兩句並沒有像朱敦儒那首〈相見歡〉那樣，直接寫什麼國破家亡、流離苦難，她只寫了「天上星河」的變化與「人間簾幕」的變化，而一切變化盡在其中了。

她還寫過一首〈臨江仙〉，在小序中說：

> 歐陽公作〈蝶戀花〉，有「深深深幾許」之語，予酷愛之。用其語作「庭院深深」數闋。

歐陽修寫的是〈蝶戀花〉，開頭有「庭院深深深幾許」之句；李清照寫的是〈臨江仙〉，開頭第一句的平仄與〈蝶戀花〉是相同的，所以她直接用了歐陽修的原句：

> 庭院深深深幾許，雲窗霧閣常扃。柳梢梅萼漸分明。春歸秣陵樹，人老建康城。　感月吟風多少事，如今老去無成。誰憐憔悴更凋零。試燈無意思，踏雪沒心情。

我認爲，這首詞的後半寫得太直白了，而前半首的結尾寫得很好，「柳梢梅萼漸分明。春歸秣陵樹，人老建康城。」那時候，她北方的家鄉已經淪陷，她從山東濟南來到江南的「秣陵」，草又發芽了，樹葉又綠了，觸目所見是「秣陵」的春天，而人就這樣終老在異鄉了。你看她把國破家亡的悲慨用這麼含蓄的語句說出來，用很多言外之意，這才是好的詞句。所以，李清照顯然也有激昂慷慨的感情，但她沒有把這種感情寫入詞中，而是寫入了詩中。

我說過，李後主亡國之後的某些詞已經有了「詩化」的傾向，但他是無意識的；蘇東坡是有意將詞「詩化」的第一人，但同時代的作者沒有追隨他的。因爲很多人的意識像李清照一樣，認爲詞「別是一家」，覺得蘇軾所寫的不過是「句讀不葺之詩爾」。真正繼承了「詩化之詞」的是南宋以後的詞人。靖康之變，國破家亡，每個人都受到巨大的衝擊，於是像朱敦儒等人，開始用「詩化之詞」來表現自己的亡國之悲與家國之思；而「詩化之詞」表現得最好、留下來作品最多的，則要數辛棄疾了。辛棄疾當然繼承了蘇軾的「詩化之詞」，可是更值得注意的一點，就是辛棄疾對於詞的看法與過去的人不同了。過去的作者，包括蘇東坡在內，他們都是餘力爲詞，而把主要的精力放到那些政論、策論的文章上，直接地表現他們的理想和意志，像什麼「詩言志」（《尚書・堯典》）啊、文載道啊，這樣的著作，他們才認爲是正式的著作。你看一看這些人的作品集，他們都是把詞編在最後做爲附錄，而絕不編到正式的文集中。辛棄疾則不然，他不是餘力爲詞，而是全力爲詞——把一生的精力投注到詞的創作中了。

而且我還要說：凡是偉大的作者，都是用他們的生活來實踐他們的詩篇的。真正偉大的作者，不是吟風弄月地玩弄筆墨，而是將其人生的全部理念、理想、志意都投注到他的作品之中。屈原說：

> 余既滋蘭之九畹兮，又樹蕙之百畝。畦留夷與揭車兮，雜杜衡與芳芷。冀枝葉之峻茂兮，願俟時乎吾將刈。雖萎絕其亦何傷兮，哀眾芳之蕪穢。（〈離騷〉）

又說：

> 亦余心之所善兮，雖九死其猶未悔。（同上）

他全部作品所表達的就是這種追求、這種嚮往。司馬遷說屈原：「其志潔，故其稱物芳。」（《史記・屈原賈生列傳》）他那種高潔好修的追求從來沒有改變過。屈原自己也曾說過：「不吾知其亦已兮，苟余情其信芳。」（〈離騷〉）人家不了解我有什麼關係呢？只要我內心的情意果然是芬芳美好的就好了。這一直是屈原追求的理念，是他心中不曾改變的一種志意。杜甫也是這樣，他說：

> 葵藿傾太陽，物性固莫奪。（〈自京赴奉先縣詠懷五百字〉）

我的感情如同葵花與藿草，總是向著太陽的。不是說我要不要向著太陽，也不是說我想不想做，是我的天性本來如此，沒有人能夠改變它，甚至用強力都不能改變的。他說我對於國家的關懷是「蓋棺事則已，此志常覬豁。」（〈自京赴奉先縣詠懷五百字〉）如果有一天我死了，棺蓋已經蓋到了我的身上，那當然就沒有什麼話可說了，只要我有一口氣在，我這一份理想永遠永遠希望它「豁」，希望它能夠展開。杜甫晚年流落到蜀地，他說：「此生那老蜀，不死會歸秦。」（〈奉送嚴公入朝十韻〉）可見，他那一份忠愛纏綿始終沒有改變。

我在開始講到了西方的文學批評，說它經歷了幾次轉折：最初也像我們一樣重視作者的生平與寫作的背景；後來「新批評」（New Criticism）出現，認爲這是錯誤的，你不能因爲這個作者有這樣的生活，就說他的作品一定是好的，你批評的重點放錯了。忠愛纏綿的人未必就能寫得出好詩來，文學作品的好壞在於作品本身，而不在於作者這個人，與作者沒有關係，所以不能用作者的志意來衡量作品的好壞。「新批評」理論是這樣說，可是我剛才所講的屈原、杜甫，都是在講他們的志意如何如何。我認爲：評價文學作品的好壞，應該看作者與作品的統一，你不能有所偏廢，不管是做人還是做學問，你都不能執著一面，我們當然不能夠用作者的人格來衡量詩歌的好壞，但是，如果兩篇作品同樣有很高的藝術成就，那麼，它們最終的高低，就要看其作品的內容和作者品質的高下、意志的厚薄了。所以西方有一種新的批評，叫做 Consciousness Criticism，就是所謂的「意識批評」，他們認爲：凡是偉大的作家，都有一個 Patterns of Consciousness（意識形態），也就是說他的意識有一個固定的形式。如果只是一般的作家，他看見風就是風，看見雨就是雨，像宋朝的楊萬里說的：

雨來細細復疏疏，縱不能多不肯無。似妒詩人山入眼，千峰故隔一簾珠。（〈小雨〉）

清朝的龔自珍也說：

偶賦凌雲偶倦飛，偶然閒慕遂初衣。偶逢錦瑟佳人問，便說尋春為汝歸。（〈乙亥雜詩〉三百十五首之一）

這都是寫眼前偶然的景物、偶然的感情，就算你寫得再好、再美，也不能算偉大的作家。所以 Consciousness Criticism 就說：越是偉大的作家，他的意識越應該有一個比較固定的 Pattern。屈原是如此，杜甫是如此，陶淵明也是如此；而在詞人裏邊，你如果找一位作家，他也有一個 Pattern，他把整個的理念、志意都投注到他的作品中，可以與屈原、杜甫相比美的，那就是辛棄疾。以後我們將正式講辛棄疾的詞。

不過，南宋後期的詞人，像姜夔、吳文英、王沂孫等人，他們並沒有繼承詩化之詞的路子，而是繼承了周邦彥的賦化之詞的路子。那是因爲一個作者如果沒有像蘇東坡或辛棄疾的修養和志意，則直抒胸臆寫詩化之詞，就容易流於淺俗或叫囂，所以就走上了周邦彥的賦化之詞的路子，用思索安排的手法來寫詞了。下面我們就將這些作者一一加以介紹。

李清照

首先，我們來看李清照的詞。

中國歷史上的女作家，最早有續成《漢書》的班昭，就是班固的妹妹。其後又有女作家蔡琰，曾作〈悲憤詩〉，她的五言古詩並不在三國時代任何作家之下——包括三曹父子在內；這首詩敘寫董卓之亂及她個人多次不幸的遭遇，以後的文學批評家在講到杜甫的〈北征〉長詩時，都說杜甫此詩受到蔡琰〈悲憤詩〉的極大影響。再下來就是有詠絮之才的謝道韞了，據說一日家中聚會時，謝安問家中諸子弟：「大雪紛紛何所似」，謝道韞的堂兄謝朗答道：「撒鹽空中差可擬」，謝道韞則說：「未若柳絮因風起」（《世說新語・言語》），以後，說女子有才，就說有「詠絮之才」；據傳東晉變亂後，謝道韞的丈夫故去，到了老年時，有一位地方長官慕名要求與她談話論學，謝道韞欣然允諾，但因鑒於舊時禮教，只能隔著幔子與他攀談。

這些女作家都不如李清照出名，原因是她們流傳下來的作品不多，創作面比較狹隘：班昭除了續成《漢書》外，還留傳有〈東征賦〉一篇作品；蔡琰除了兩首〈悲憤詩〉（一首五言古詩，一首楚辭體短歌），還有一首不能確定是否爲她所作的〈胡笳十八拍〉。李清照留下的作品雖然也不多，但就今日所能見到的作品而言，層面相當廣：詩、文、詞、賦都有。據《宋史・藝文志》記載，她有文集七卷，詞集六卷，但今日她所留下的詞，只餘四十多首，另有零星片段的文、詩和賦。從這些詩、文、詞看來，很可能有很多好作品已散失，而且今天留下的作品，也不見得都是她最好的作品，這與是否有人對李清照的作品有「真賞」，有直接關係。

就拿她膾炙人口的〈聲聲慢〉爲例，很多選本都選這首詞，但這首詞實在並非李清照最好的作品。現在我們就先看一看這首詞：

> 尋尋覓覓，冷冷清清，淒淒慘慘戚戚。乍暖還寒時候，最難將息。三杯兩盞淡酒，怎敵他、晚來風急。雁過也，正傷心、卻是舊時相識。　　滿地黃花堆積。憔悴損、如今有誰堪摘。守著窗兒，獨自怎生得黑。梧桐更兼細雨，到黃昏、點點滴滴。這次第，怎一個、愁字了得。

《詞林記事》引許蒿盧的批評說：

> 易安此詞頗帶傖氣，昔人極口稱之，殆不可解。

鄭騫先生的《詞選》也說：

> 此語的是確評。

又說：

> 易安詞佳處不在此等。

可見所謂「真賞」是很難得的。前些時候，我們講朱敦儒的《樵歌》詞，曾經提到胡適之在他編的《詞選》中，選登了朱敦儒的作品，介紹作者時說：如果把朱敦儒比作陶淵明，則是最恰當的比喻。但據我看，全不恰當。胡適之也寫舊體詩詞，寫得也有修養訓練，但他不會欣賞詞，沒有「真賞」——朱敦儒與陶淵明是非常不同的，今天來不及談，我們只談李清照。李清照的這首詞，幾乎每個選本都選，可見是有人欣賞的，只是選來選去如果都是像〈聲聲慢〉這樣的詞，那就不是「真賞」。許蒿盧說此詞帶「傖氣」：有點粗俗的意思，但是不是粗俗就不好呢？那又不然。總之欣賞詩歌，不能先固定一個死板的標準。我的老師顧羨季先生就說過，凡要依靠別的東西為憑藉，而不從自己的感受來批評，那就像盲人靠明杖一般，應當放下明杖，自己睜開眼睛看看。他又曾經引《金剛經》的一段話說：

> 若以色見我，以音聲求我，是人行邪道，不能見如來。

換言之，如果只從外表形象來看我，從我的聲音來追求我，那就是走上了邪道，不能見到最高最真實的境界。但一般人卻只能從外表來欣賞，像這首〈聲聲慢〉之所以那麼有名，原因大約有兩個：其一是此詞用疊字甚多，極不平常，非但在女詞人中不多見，在男詞人中亦不多見；其二是此詞在末尾部份用了白話的口吻。先說疊字。疊字是可以用的，但要用得好，杜甫〈曲江二首〉其二，有兩句詩說：

> 穿花蛺蝶深深見，點水蜻蜓款款飛。

用了兩組疊字。仇兆鰲《杜詩詳注》注解中曾引了另外兩句詩與杜詩作對比：

> 魚躍練川拋玉尺，鶯穿絲柳織金梭。（出自葉夢得《石林詩話》）

上句寫白魚跳出像緞子似的水面，像把玉尺；下句寫黃鶯在細柳中穿梭，就像織布的金梭。這應該是很美的景象，可是景物雖是美麗的，卻缺少了詩人的感動。我的老師說，詩人對外界的事物，既得格物，又是物格。「格物」二字語出《大學》，據朱子的解釋，「格物」就是徹底追求事物的道理（《大學章句》）。鶯飛草長、花落水流，都得仔細觀察，就像徐志摩說的：

> 伺候著河上的風光，這春天來一天有一天的消息。關心石上的苔痕，關心敗草裏的鮮花，關心這水流的緩急，關心水草的的滋長，關心天上的雲霞，關心新來的鳥語。（〈我所知道的康橋〉）

可見詩人對物的觀察這樣細膩。而且所謂「格物」還不僅是指觀賞大自然而已，也得仔細觀察人間悲歡離合的感情，這樣才有寫作的材料。但只是「格物」還不夠，還要「物格」。「物格」就是讓物感動你，讓你不只是死板的照相機，得有生命和感情，有引發的感動。疊字如果很好地傳達了感動，那就是好的，爲什麼杜詩好，而另外兩句詩不好呢？難道杜詩就好在他的疊字嗎？不是的，是因爲「深深」、「款款」表達了感動，傳達了蛺蝶采花釀蜜的生命以及它給予詩人的感動，表現了詩人對蛺蝶、蜻蜓的欣賞愛惜。此外，這兩句之所以好，也是與全詩有不可分割的關係的。〈曲江二首〉其二這首詩，開端、結尾都好，把這種感情完整地傳達了出來，全詩如下：

> 朝回日日典春衣，每向江頭盡醉歸。酒債尋常行處有，人生七十古來稀。穿花蛺蝶深深見，點水蜻蜓款款飛。傳語風光共流轉，暫時相賞莫相違。

這首詩寫在安祿山之亂以後。肅宗回到長安，杜甫也回到了長安任左拾遺（諫官），他一心想爲國家做事，這段時間寫了很多詩表達他對國家的關懷，但諫官總是諫正朝廷的缺點，講壞話的，所以不怎麼受歡迎。他一度天天下了班還趕寫諫表，但上諫書後不但朝廷不接受，還引起別人的嫉恨，要把他貶官出京，所以他失望灰心之餘，上朝回來就把春衣典當了買酒喝。他沒有直接抒寫心裏的感觸失望，只說上朝回來就去喝酒，想把在朝廷裏經常看到不順眼的事拋諸腦後，買醉消愁，這就自然地反映了他內心的不平、悲哀、憤慨。每天總來到曲江邊，不醉不歸，欠下的酒債不少；「尋」是八尺，「常」是十六尺，這句是說，行不多遠就碰到欠債的地方。想到自古以來活到七十歲的人很少有，所以人生苦短，譬如朝露，還不如及時行樂。喝酒之際，看見江邊風景美麗，春意盎然，萬花深處但見蛺蝶翻飛，蜻蜓多情而有姿態地飛翔，大自然的美好景色和生命，與自己的悲哀失意成了強烈的對比。自己深有所感，但是又有誰能把我的話傳給美麗的大自然，讓風景、光影、蛺蝶、蜻蜓、暖日、和風都停下來，讓美麗的春光不斷在宇宙中運行，使自己能好好欣賞這一切，懇切地希望它們不要離開？有了感情，疊字就用得好。「深深」、「款款」之中有一種感受，不但表達了春天的情景，也表達了他對蝴蝶、蜻蜓的賞愛，更反襯了他自己內心的失意悲慨。所以這兩句「深深」、「款款」的疊字才可以說是用得好。

疊字用得好，並非自杜甫開始。最早用疊字的是《詩經》，「楊柳依依」（〈采薇〉）就用「依依」來形容楊柳柔軟的長條披拂下來隨風飄動的姿態，寫得非常好；此外，《詩經》還有多處都使用疊字。李清照喜歡用疊字，前面我們提過，她的另一首詞〈臨江仙〉序有云：

> 歐陽公作〈蝶戀花〉，有「深深深幾許」之語，予酷愛之。用其語作「庭院深深」數闋。

所以可見她是有心在〈聲聲慢〉開始處用十四個疊字的。但凡事應恰到好處，適可而止，蘇東坡說作文：

> 大略如行雲流水，初無定質，但行於所當行，常止於所不可不止。（〈答謝民師書〉）

文學創作亦如是。有什麼情意，就用恰好的形式來予以表現，人爲的造作一多，往往破壞了詩詞天然的美。這當然也不是說作詩填詞就沒有人爲的成分，杜甫說：「語不驚人死不休」（〈江上值水如海勢聊短述〉），一副要拚命的樣子，所以人爲的修辭也是需要的，但得配合得恰到好處，如詞句不足以表達情意，就需要修辭。因此，首先還是要看你有沒有真正的感受，如果有，則應盡最大的努力表現出來，寫得不好，心裏不舒服，是對不起自己，還不是對不起別人。表達能令自己滿意就是修辭，有意造作便不是修辭。李清照的〈聲聲慢〉一詞開頭：「尋尋覓覓，冷冷清清」八個字寫得不錯，寫出了孤單寂寞之感。李清照晚年相當孤寂，無所依靠，在這種情況下，想尋找一個可以寄託情感的對象，但是找來找去都不見人的聲音、人的腳步、人的氣息，四周冷冷清清的。可是，後面六個字：「淒淒慘慘戚戚」，就不免給人以疊床架屋的感覺了。

至於〈聲聲慢〉後面的白話和俗語的口吻，也可以討論一下。李後主〈相見歡〉一詞好處之一，就在於他用了白話：

林花謝了春紅，太匆匆。

「謝了」的「了」字，「太匆匆」的「太」字都是白話。杜甫〈述懷〉詩：

麻鞋見天子，衣袖露兩肘。

用的也是白話，也寫得很好，描寫自己經過安祿山之亂，逃難去見皇帝的情景。古時見天子總得穿朝服、戴朝冠、繫腰帶才行，但他因逃難之故，穿著麻鞋就去了，不但沒有朝服，連衣袖都破了，一彎就露出胳膊肘。這兩句不是又俗又醜的句子嗎？但卻把逃難的艱難困苦都寫出來了。杜甫另外還有「群雞正亂叫」（〈羌村三首〉其三）的詩句，是說鄉村經過戰亂，原以爲妻子兒女都死於賊手了，但回來後卻發現他們不但無恙，而且還養了雞，客人來了雞就亂叫。寫得很生動活潑。可見修辭造句並不在乎表面字句的傖俗與否。李清照〈聲聲慢〉詞的最後一句：

這次第，怎一個、愁字了得。

雖是白話，但卻犯了一個毛病，那就是說明的成分太多了。因爲文學是要「表現」而不是「說明」的：憂愁是不需明說的，「表現」出來就好了。杜甫想在朝廷有一番作爲，一番事業，見到缺點想諫勸，但朝廷不但不聽反而要把他貶出去，可是杜甫並沒有說自己滿腹牢騷、十二萬分難過等等，只說「朝回日日典春衣」。上朝原是件大事，但上朝回來卻典當春衣去江邊盡醉而歸，他心中的牢騷不平、悲愁怨憤都沒有直說，可是卻都「表現」出來了，所以詩詞的好壞並無絕對的標準。總之，用疊字、白話究竟好不好，就要看是否用得恰到好處了。

下面我們先簡單介紹一下李清照的生平。

李清照，別號易安居士。這在古代是件了不起的事，古代的女人連名字都沒有，而李清照不但有名，還給自己取了個別號：「易安居士」。可見其不凡。李清照是山東濟南人——宋朝山東出了許多有名的詞人，南宋最偉大的詞人辛棄疾就是其中之一。造成李清照不凡的原因很多：她是東京提刑李格非的女兒、太學生諸城趙明誠的妻子，而趙明誠的父親趙挺之是徽宗朝的宰相。李格非不但官做得高，而且還是有名的古文家，著有《洛陽名園記》，又與歐陽修、蘇東坡都是好朋友；李清照的母親是狀元王拱辰之孫女，所以她母親也是讀書識字的人。李清照的出身家世讓我想到《詩經》裏的一首詩〈碩人〉：

碩人其頎，衣錦褧衣。齊侯之子，衛侯之妻。東宮之妹，邢侯之姨，譚公維私。

這首詩是歌頌衛莊公夫人，說這位女子身材修長，而且不但外表很美，又很有修養，穿錦衣時總在外面穿上罩衣，可見其內在的節儉美德——有些膚淺的人有三分好就到處要表現十分好；但有的有十分好的人則非常含蓄，不到必要時不輕易表現，總是深藏不露，很有修養——。她的身分如何呢？她是齊國國君的女兒，衛國國君之妻，東宮太子之妹，又是邢侯和譚公的親戚。這種出身十分不尋常。李清照的出身就大致如此。中國古代非得讀書才能有出身，在進行科考之後，寒門也可以有出人頭地的機會。男子是如此，女子就不同了，除非家裏有讀書環境，否則一生一世可能一個大字不識，再有什麼文學天才也將埋沒終身，永無出頭之日。所以李清照是相當幸運的——不用刻苦即得來的本錢就是幸運——，更幸運的是，她與丈夫有共同的興趣、愛好。她寫過一篇〈金石錄後敘〉——中國在宋朝時才開始注意古玩、古董，歐陽修最早寫過《集古錄》——，李清照與趙明誠都喜歡搜集古董，趙明誠是太學生，李清照在文章裏說，趙明誠在太學念書時，每逢廟會都去大相國寺搜集古玩、書畫、金石、玉器，閒時買好吃的食物，回來二人就一面吃果食，一同看金石，一起整理，把藏書編成號，登記在簿冊上。晚上休息時，往往烹一壺好茶，提出一句典故，一起猜典故出自何書何卷何冊，甚至於哪一頁，贏的人喝一杯茶。李清照自己說，她的記憶力比趙明誠好，贏了往往大笑，茶都灑在身上了。歷史上還記載說，趙明誠曾在山東青州、萊州一帶做官，李清照寫了一首詞給丈夫，中有「莫道不銷魂，簾卷西風，人比黃花瘦」之句，趙明誠想跟她比賽，於是也填了好幾首詞，然後一起抄錄下來請朋友批評，朋友看來看去，說只有上面那三句最好（伊世珍《瑯嬛記》）。可見李清照的前半生是相當幸福快樂的。

可是一個人如果只關心小我，不關心大我，往往就會忘了國家的命運是與個人的命運相連的。李清照在生活幸福的時候搜集了不少金石古玩，登記了好幾本書，編成了《金石錄》，據李清照說，他們在青州的老家有十幾間空房，儲藏金石書畫古玩，但是北方的敵人金人來了，青州、萊州淪陷了，十幾間房子的收藏也淪陷了。但他們戰亂之中，還是挑選出了一小部份寶貴的東西，裝了十幾車，往南方逃。南渡過江時，「連艫渡江」（〈金石錄後敘〉），有好幾艘大船給他們搬古玩，而當時很多窮人是根本連逃難的工具都沒有的。渡江之後，他們還是仕宦人家，趙明誠奉命知湖州，赴職前先至南宋行在建康（今南京）接受任命。中國今天有三大火爐，南京、武漢、重慶，當年南京大概也是相當熱的，趙明誠至建康時正值六月炎夏，中了暑，一病不起，轉成瘧疾，病危之際通知李清照，等李清照趕到，不數日趙明誠即病逝了。渡江之際李清照大約是四十五、六歲，據歷史記載，李清照沒有兒女，趙明誠逝世後，李清照把千辛萬苦帶出來的古物存在趙明誠的妹妹家：洪州（今江西），但後來洪州又淪陷，很多古物都喪失了，只有她在趙明誠逝世以後、她晚年自己病重時，搬到病榻旁最喜愛的少數東西留下來。經過一場戰亂，國家人事全非，家庭也人事全非，她絕大部份的收藏都沒有了。李清照是在這個情況下寫的〈金石錄後敘〉。據傳她老年時，是靠弟弟生活的。

總之，李清照的一生可截然分成前後兩種不同的生活。凡寫詩詞時，反映直接感受、偏重感情的作者，在遭遇改變後，一定會直接反映在詩詞上，李後主亡國前後的詞就是兩種截然不同的內容；李清照晚年經過離亂傷亡後的作品，也與早年完全不同。有的人詩詞表現的是思致，不直接表現個人的生活，那麼對這些人來說，身世遭遇即使有改變，也不會在詩詞裏有很大的變化；而李後主和李清照則是前後期作風有很大的變化。

有的人欣賞李清照的〈聲聲慢〉，但〈聲聲慢〉並不是她最好的作品，她的好作品是什麼呢？她早年的作品可以用「芳馨俊逸」幾個字來形容，很女性化，不過她的女性化沒有脂粉氣，而是表現出一種「俊逸」之風，表現了她精神性靈上的敏銳聰慧，她不是注意外表的瑣碎細節，除了穿衣打扮外無話可說的女子。她晚年的作品則表現了悲哀沉痛的一面，還有更可注意的一面，就是一種「豪健飄舉」的精神，此類作品或已散失，但我們還有她幾句詩可以參考。前面提過，《宋史・藝文志》說她有文集七卷，詞集六卷，但今天只餘四十幾首詞，可見她的很多詩文作品都散失了，十分可惜。證明李清照晚期「豪健飄舉」之風的詩句有：

> 生當作人傑，死亦為鬼雄。至今思項羽，不肯過江東。（〈夏日絕句〉）

她說人活著就應做英雄豪傑，有一番作爲，應抗戰至死，死了做鬼也都是英雄的鬼，她說她一直懷念項羽，因爲項羽失敗後是自殺了，並沒有逃到江東去。宋朝在岳飛以前還有一位大將：宗澤，善於舉兵打仗，金人都管他叫「宗爺爺」，金人聽到他的名字，就望風而逃，原來他是有希望收復開封的，可是高宗聽信小人之言，不給他派援軍，結果宗澤就失敗了。未南渡前宗澤有機會打回去，結果沒成，後來岳飛也受牽制；高宗遷都臨安後就想苟且偏安一隅，早已沒有收復國土的大志了。李清照這首詩，真可以使那些苟且偏安的人慚愧。另一篇文章中還有：

> 木蘭橫戈好女子，老矣不復志千里，但願相將渡淮水。（〈打馬賦〉）

之句，表示自己仰慕花木蘭可以拿起武器從軍殺敵，說這才是真正的好女子，可是自己年紀已大，無法上千里之外去殺敵，但仍願保留最後的願望，有一天希望能見到南渡的人，結伴渡過淮水，回到北方。這些句子都可見出女詩人的豪氣。李清照詞中也曾留下一些飛揚健舉的作品，以後我會介紹，現在我們先看李清照一首〈醉花陰〉詞：

> 薄霧濃雲愁永晝。瑞腦銷金獸。佳節又重陽，

玉枕紗廚，半夜涼初透。　　東籬把酒黃昏後。有暗香盈袖。莫道不消魂，簾卷西風，人比黃花瘦。

這首詞可能寫於夫婦分開兩地時，是她思念丈夫所寫下的，表現了閨閣中女子的寄怨之感。爲什麼別人讚揚她那最後三句呢？這還得看全首，從全首的氣氛來瞭解，不能只看一兩句。爲了要說明整體的重要，現在我們先講個故事。古代有位勇士荆軻，燕國太子爲秦所欺，想找一人使秦，替他復仇，只有荆軻肯去，燕太子因爲有求於荆軻，所以對荆軻可以說是有求必應，一天，荆軻說一位彈琴的女子手美，燕太子即砍下那雙美手，用金盤盛來給荆軻。可是手一旦離開了人就不美了，甚至相當可怕了。好詞也有生命，是從頭到尾貫串下來的。李清照這首詞沒有什麼深刻的思想，也沒有什麼悲痛的感情，但卻把她寂寞孤獨的女子的感情表現出來了。「薄霧濃雲愁永晝。瑞腦銷金獸。」把閨房中的生活情調，特別是當日如李清照身份的女子的寂寞感情表現得很好；香煙嫋嫋消磨了長晝，說明了白天的寂寞。「佳節又重陽，玉枕紗廚，半夜涼初透。」說明了晚上夜間的孤獨。「佳節又重陽」，點出季節，美好的事情總是與人共用才最快樂。孟子說：「獨樂樂與眾樂樂，孰樂？」（《孟子・梁惠王下》）陶淵明說：「奇文共欣賞，疑義相與析」（〈移居〉），聽音樂甚至讀書都是最好有人一起欣賞。春暖花開、秋高氣爽，清明、重陽都是「佳節」，用佳節重陽爲反襯，這句「佳節」前寫的是白天的寂寞；以後是晚間的寂寞，趙明誠不在，不能一起飲酒吟詩，佳節對她是孤獨寂寞的。前半首已把寂寞氣氛培養得很好，後半首進一步渲染寂寞之感。前面我們談到〈聲聲慢〉開始的十四個疊字到後來讓人喪失了鮮銳感，這兒卻表現得恰到好處。有時詩人一句話出人意外而入人意中，有時我們都沒有想到要用這種方法表達感情，詩人一用似乎出人意外，但我們一想果然如此：入人意中。這是詩裏了不起的成就。如果不能出人意外，只能入人意中就沒什麼稀奇，太俗氣了，你我都會；如果只能出人意外，而不能入人意中，便又太生硬了。

下片：「東籬把酒黃昏後，有暗香盈袖」中的「東籬」二字，乃是用陶淵明「采菊東籬下，悠然見南山」（〈飲酒〉其五）的典故。「東籬」的典故就暗示著菊花，說自己在種滿菊花的地方拿著酒杯，一直看花看到黃昏後。「把酒」的「把」字用得很好，這一個字就表現了不同的味道，這使我想到陶淵明的〈停雲〉：

靜寄東軒，春醪獨撫。（其一）

也是寫自己的寂寞，無人共酒。〈停雲〉詩前小序說：「思親友也」。一個人安靜地靠在東邊的窗下，手中撫摸著盛著春酒的酒杯。「撫」有把玩的意思，他拿著酒杯在手中把玩了良久，他寫「獨撫」沒有說「獨飲」，「撫」字寫得很有味道。李清照的「把」字也好，「把酒」表現的是有一種思念的情調，如果一飲而盡，就了無餘味了；又說「黃昏後」，這正是最寂寞的時候，「黃昏後」，可見她在菊花前把玩酒杯已經許久許久，當然有一番思念。「有暗香盈袖」，隱隱之間有陣陣菊花香氣飄到衣袖之中。〈古詩十九首〉說：

庭中有奇樹，綠葉發華滋。……馨香盈懷袖，路遠莫致之。

在樹前賞花，花香充滿了衣袖之間，看到花，聞到花香，想起了自己懷念的人，真想與他一起共同欣賞。可是懷念的人不在身邊，道路遙遠，採花送去又辦不到。李清照的詞與這首詩情意境界頗近，委婉細膩，需要仔細體會。「莫道不消魂，簾卷西風，人比黃花瘦。」這幾句也是出人意外、入人意中。前面寫的思念寂寞之情已經不少，再寫相思懷念就太多了，她突然從相思懷念之中跳出來，不再直接說相思懷念，而說不要以爲我在這種情景下心裏沒有感動，當一陣秋風吹來，吹起屋中的簾子，那時候便知簾外的菊花清瘦，簾內的人也一樣清瘦。現在我們就要講到花給人的不同感受。《古文觀止》中選有一篇宋周敦頤的〈愛蓮說〉，裏面寫各種不同的花，說：

牡丹，花之富貴者也。

這是牡丹花給人的感受。而菊花則給人以幽靜清瘦之感，很少有大紅大紫的顏色，比較樸素。在這句詞裏，菊花與人的情意有一種應合；李清照集子裏有一張畫像，畫的是李清照，上有趙明誠題詞：

清麗其詞，端莊其品，歸去來兮，真堪偕隱。

從題字年代看來，當時李清照三十一歲，畫像很清秀，趙明誠說有這麼一位才學高、品格高的女子，也不必再求什麼人間的名利富貴，跟她一起隱居去吧。可見她的形態品格都像菊花。這種突然、鮮銳、敏捷的聯想的結合，把簾外的菊花與簾內的人打成一片了。這兩句讓我想到杜甫的〈秋雨歎三首〉：

> 雨中百草秋爛死，階下決明顏色鮮。著葉滿枝翠羽蓋，開花無數黃金錢。涼風蕭蕭吹汝急，恐汝後時難獨立。堂上書生空白頭，臨風三嗅馨香泣。（其一）

在風雨吹打之下，各種草木在這樣的秋天都被雨水泡爛了，只有種在臺階下的決明花顏色依然鮮豔，滿枝翠綠的葉子，像綠色羽毛的傘蓋；開著金黃色的花，像黃金錢那樣光彩閃爍。這樣美好的植物應該好好保全才是，但是秋風卻毫不憐憫同情它，風還在吹，雨還在下，杜甫感慨地對決明說：你曾經比別的花都堅強，但你還能堅持多久呢？到這裏爲止寫得很好，但不算非常好，還在意中。這首詩最好的部份是最後兩句，忽然跳出去了，寫出「堂上書生空白頭，臨風三嗅馨香泣。」這兩句真是出入意外、入人意中。我不在階下，我是堂上的書生，你是階下的決明，但你我都在風雨中，在艱難困苦中奮鬥，現在我已衰老不知還能支持到哪一天，面對著秋天的風雨，屢屢聞到你的香氣，不知你還能支持多久，忍不住流下淚來。後兩句真是神來之筆！全詩精神爲之振起，把外界的環境與內心的感情打成一片了。李清照詞〈醉花陰〉的最後兩句，就有這種精神和作用，把黃花與人結合起來。

現在我們再看她一首〈南歌子〉，這是她晚年之作：

天上星河轉，人間簾幕垂。涼生枕簟淚痕滋。起解羅衣聊問夜何其。　　翠貼蓮蓬小，金銷藕葉稀。舊時天氣舊時衣。只有情懷不似舊家時。

很多詩人都會寫今昔的感慨，無常的悲哀，「花無常好，月無常圓」是人類共同的悲哀，但每個人表現的方式不一樣，李後主的〈烏夜啼〉：

胭脂淚，相留醉，幾時重，自是人生長恨水長東。

寫的是無常。歐陽修的〈采桑子〉：

憂患凋零，老去光陰速可驚。……舊曲重聽。猶似當年醉裏聲。

寫的也是今昔無常的感慨。但不同的性格、不同的人生體驗，寫的情調就不一樣。歐陽修上面那首詞說：

手把金觥。舊曲重聽。猶是當年醉裏聲。

在今昔的無常之中仍有遣玩的意興，有豪興。李清照寫的這首詞，則是婦女的感情，她用兩個形象來表現無常：「天上星河轉，人間簾幕垂。」星河的方位是會轉的，所以過年時總是說「斗柄回寅」，北斗星和其他星座都會轉，文學家直覺就看到星河在轉，代表無常，一切都在變化。「人間簾幕垂」，代表天氣轉涼了。現在有了冷暖氣，季節的變化就不怎麼感覺得到了，初唐作家王勃在〈滕王閣序〉裏寫了一首詩：

滕王高閣臨江渚，佩玉鳴鸞罷歌舞。畫棟朝飛南浦雲，珠簾暮卷西山雨。閑雲潭影日悠悠，物換星移幾度秋。閣中帝子今何在，檻外長江空自流。

滕王閣是個老建築，建閣的人已經不在了，世事變化了許多。在萬物代謝，星斗轉移中，多少盛衰興亡都過去了。李清照的詞頭兩句就是「物換星移」、盛衰今昔的感慨。「天上星河轉」是星移；「人間簾幕垂」是物換，充滿盛衰無常之感，是人類共同悲哀，寫這種感慨的詩人詞人很多，但寫法不同。

詩和詞主要是感發，不是說明，所以它需要給你意象、形象，而角度不同，則意象形象自然就不同。蘇東坡〈念奴嬌〉說：

大江東去，浪淘盡、千古風流人物。

是何等口氣！〈八聲甘州〉說：

有情風萬里卷潮來，無情送潮歸。問錢塘江上，西興浦口，幾度斜暉。

也是盛衰今昔的感慨。斜暉是夕陽西下，也跟星移一樣，寫的是大宇宙的運行。蘇東坡的口氣高遠博大，氣勢不凡。李清照的感受角度就不同，同一種感慨，她寫的卻是「天上星河轉，人間簾幕垂」，一種閨閣中非常細膩的感情。李清照身經北宋滅亡、南渡，國破家亡，不僅都城淪陷、二帝被俘，丈夫也在變亂中逝世了。這樣國破家亡的遭遇，該寫出什麼樣的作品呢？朱敦儒亡國之前過的是聽歌看舞的生活，經亡國之禍，寫出了「中原亂。簪纓散。幾時收。」（〈相見歡〉）的句子，這是何等感慨！李清照在〈打馬賦〉中也曾說：「木蘭橫戈好女子，老矣不復志千里」，但在詞裏卻沒有一首有此氣魄。這首〈南歌子〉雖然頭兩句感慨深刻，但角度意象仍不脫閨閣之氣，不同於她詩中豪放的口吻和氣魄。這其中原因可能有兩個：第一是選者的眼光，《宋史・藝文志》說李清照有六卷詞，但現在只餘四十幾首，所以可能她是有豪放的詞而選者未選；第二，詞的興起，源出於歌筵酒席間，許多人都以爲詞的性質不同於詩，詩從《詩經》開始是抒寫意志懷抱，可以有比興感慨，可以譏刺國家政事，詞則寫的多半是聽歌看舞的生活，所以很多人以爲詞一定要寫閨閣園亭，寫得婉約才是詞的正宗，連李清照本人也有這種看法。她說王安石古文好，詞不好；秦觀的詞雖有「情致」，卻沒有「故實」；蘇東坡「學際天人，作爲小歌詞，直如酌蠡水於大海，然皆句讀不葺之詩爾」（〈詞論〉），說蘇東坡學問非凡，可是他寫的短小歌詞就像不講究句讀的詩。詩的句子整齊，不是五字就是七字，她說蘇東坡的詞寫的是詩，只不過是句子不整齊而已。所以很可能是她自己的認識看法，也認爲詞應是婉約之作。此外，選者或許還以爲女子寫詞應有女子的風格，其實作家就是作家，不應男女有別，但一般人都有這種眼光，可能也因此而影響到了後人的選詞標準。

去年（1978）聖誕前後，我寫了一首〈水龍吟〉，前半首感慨自身的經歷；後半首寫對國家的感慨：

一水盈盈清淺。向人間、做成銀漢。鬩牆兄弟，難縫尺布，古今同歎。血裔千年，親朋兩地，忍教分散。待恩仇泯沒，同心共舉，把長橋建。

臺灣與大陸有一水之隔，我生長在大陸，以後又在臺灣住了十幾年，在臺灣時不敢與大陸上的親友通信，來到加拿大後，加國承認了中國，兩地可以交通來往了，當然想回去看看，探親訪友。回去後寫了幾首詩，可是一發表，臺灣對我很不滿意，弄得現在臺灣的親友又不敢跟我寫信了。我們這一代中國人生在這個時候真是不幸。〈古詩十九首〉有：

盈盈一水間，脈脈不得語。

之句，描寫牛郎織女被銀河所隔，如今海峽兩岸也「脈脈」有感情，卻不得講話的機會，被迫分開了。天上有銀河橫亙，使牛郎織女不得見面；人間也有一條銀河把親友、夫妻、父子隔開了，多少年不能相見。李義山詩說：

人間從到海，天上莫為河。（〈西溪〉）

也寫的是隔絕的悲哀。下面，「鬩牆兄弟，難縫尺布，古今同歎。」《詩經》說：

兄弟鬩于牆，外禦其侮。（〈常棣〉）

說兄弟二人在牆內打架，但如遇外敵入侵，則應聯合對敵。漢朝時有一首歌謠：

一尺布，尚可縫，一斗粟，尚可舂，兄弟二人

不相容。（見《漢書・淮南衡山濟北王傳》）

布裂開了還可以縫起來，爲什麼兄弟二人不相容納呢？大陸和臺灣就像在牆內打架的兄弟，同是千百年來炎黃子孫的血統，爲什麼還叫兩邊的親友彼此分散呢？當年兩黨競爭，彼此各有是非長短，結下了不少恩怨，如今老一輩的人都故去了，把過去的恩仇消滅了，應當一起現代化，提倡民主自由，有一個統一的國家和民主安樂的生活。有的朋友看了這首詞就說：一點不像女人寫的。於是不久之後，我真的寫了幾首女人口吻的作品——以前南宋的辛棄疾有幾首小詞自注云：

效李易安體。

我也寫了幾首小令效李易安體，其中一首〈踏莎行〉（1978年），後半首：

雁作人書，雲裁羅樣。相思試把高樓上。只緣明月在東天，從今惟向天東望。

李易安與丈夫離別後，有「雲中誰寄錦書來，雁字回時，月滿西樓」（〈一翦梅〉）之句，所以我這首詞說是仿李易安作。秋天鴻雁自北回南排成人字形，所以古人一見大雁就懷念人：一方面因爲它成「人」字形狀；一方面因爲雁可傳信，所以可以引起相思，所以說：「雁作人書」。又說：「雲裁羅樣」，秋雲薄似羅，雲彩可以變出許多花樣，像絲羅可剪裁成各種花樣。相思不僅是男女離別的相思而已，也可以是廣義的寄託，而且不一定是懷念人，也可以是你懷念的理想、希望、期待。「明月」則更是象徵，是光明圓滿的象徵。寫鴻雁、寫相思，是女人的口吻；後兩句像白話，不避重複，也是李易安的作風。

可見表達同一種理想中的期待、感情、感慨，可以有不同的角度。李清照雖然寫的是閨閣，但感慨還是很深的，因爲她口吻用得很好：一句「天上」，一句「人間」，章法上大開大闔，所以形象雖小但感染力大，說明從天上到人間，無事不在改變之中。這首詞真正表現了女性感覺的，是下面「涼生枕簟淚痕滋」一句，很有女性溫柔纖細的感覺。「簟」是竹席，現在科學發達了，人對大自然的感覺也疏遠了，過去夏天熱，用席比較涼快，可是秋天一來，你就會對那床席子的涼的感覺很敏銳，有一種涼意；「涼生枕簟」，不但表現了氣候時節的改變，也暗示了她的孤獨，這首詞是她丈夫死後、晚年南渡後的作品。李商隱的悼亡詩有：

> 更無人處簾垂地，欲拂塵時簟竟床。（〈王十二兄與畏之員外相訪見招小飲時予以悼亡日近不去因寄〉）

之句，寫妻子死後自己的孤獨寂寞，再也沒有人在房間出入往來了，所以簾子老是垂著；又說：「欲拂塵時簟竟床」，到拭塵埃時才發現，滿床是空席。所以李清照這首詞之好，在於她一方面寫了物換星移的感慨；一方面每一句都暗示了孤獨，就因爲寂寞悲哀，所以「涼生枕簟」，她才「淚痕滋」。下一句：「起解羅衣聊問夜何其。」「夜何其」出於《詩經》：

夜如何其？夜未央。（〈庭燎〉）

現在到底夜有多深了？夜還正長呢，漫漫長夜未盡。孤獨寂寞時就覺得夜特別長，她起床、換衣服，想問人現在什麼時候了，爲什麼天還不亮。

下片：「翠貼蓮蓬小，金銷藕葉稀。」形象寫得很好，通過女性細緻的觀察，表現了許多暗示，表現了對時節、衣飾的觀察。女性對衣飾有銳敏的感受和觀察：秋天荷花零落，蓮蓬露出來了，南唐中主李璟詞說：

菡萏香銷翠葉殘。（〈攤破浣溪沙〉）

就是講的同一景象。「翠」是蓮蓬的顏色，這一句本可寫時節改變，但「貼」字更暗示出還可以指衣服上的裝飾。溫庭筠〈菩薩蠻〉：

小山重疊金明滅。鬢雲欲度香腮雪。懶起畫蛾眉。弄妝梳洗遲。　照花前後鏡。花面交相映。新貼繡羅襦。雙雙金鷓鴣。

也用了一個「貼」字，還有「金」字。中國的詩詞不可以斷章取義地講，像李清照這兩句也有「貼」、「金」二字，提示這是衣服，有一種傳統的聯想。溫詞寫金線繡在衣服上的鷓鴣，「貼」是熨貼之意；李詞「金銷藕葉稀」則有兩個提示：第一是秋天來了，葉子零落，蓮葉殘破稀少了；第二是刺繡在衣服上的藕葉因金線磨損而鬆散了。李清照的「翠貼蓮蓬小，金銷藕葉稀」，不只從「貼」、「金」二字猜到所寫的是衣服，而且後面她還直說了：

「舊時天氣舊時衣」。「天氣」指的是時節，年年都有秋天，看到秋天不只會引起悲秋情緒，看到身上的衣服磨損了，聯想到人不也磨損了嗎？「只有情懷不似舊家時」，經過多少盛衰興亡、悲歡離合、國破家亡，同是一件衣服，同是秋天，可是自己的情懷已早不同於疇昔。出身富貴世族之家的李清照，少年時何嘗知道人間的憂患爲何物？現在歷盡國破家亡的悲哀感慨，舊時那種無憂無慮的情懷再也不會回來了。

最後，我們再講一首〈漁家傲〉，這是表現了她豪放精神的一首詞，比較沒有女子口吻：

> 天接雲濤連曉霧。星河欲轉千帆舞。彷彿夢魂歸帝所。聞天語。殷勤問我歸何處。　我報路長嗟日暮。學詩謾有驚人句。九萬里風鵬正舉。風休住。蓬舟吹取三山去。

全篇用象徵手法。過去她寫情寫景都相當寫實，這首詞卻有了突破，可見她是有才氣的，是可以有突破的作家，可惜留下的東西不多。「天接雲濤連曉霧」，早晨破曉時可見天上有細碎的白雲，不是要下雨時的灰雲彩，而是像魚鱗般的白雲，一片雲海，如波濤一般，天上一片雲海，地上則是茫茫曉霧。此時銀河尚未消隱，雲濤的流動就像銀河在轉一樣，每一片白雲飄過銀河，都像在銀河中舞動的白帆：「星河欲轉千帆舞」。這一首詞一開端便自不凡，所用的意象真是飛揚健舉，與前面我們所講過的兩首詞中的「玉枕紗廚」、「東籬把酒」（〈醉花陰〉）和「涼生枕簟」、「金銷藕葉」（〈南歌子〉）等意象，都迥然不同。那兩首詞中的意象，表現了家居生活中一個婦女敏銳纖細的感受；而這首詞中的意象不僅寫的高遠開闊，而且筆力健舉，可以引發人精神上一種飛揚超越的嚮往。雖然從字面上看，這幾句詞所寫的也可能是破曉時所看見滿天如波濤的白雲，以及濃霧茫茫的現實景色，而雲濤中銀河之轉動、雲影之如帆，也可能都是現實的景色，可是，同時也給人一種如同在天空中隨著波濤和帆影在飛舞運行的想像，所以下面緊接著作者就寫了「仿佛夢魂歸帝所」一句想像之辭。這一句想像之辭，就把前二句的意象提升到了一個象喻的境界，不再僅是眼中所見的天上的雲濤星河曉霧的現實景色，而成爲了一種靈魂的追尋翔舉的象喻。她說「仿佛夢魂歸帝所」，「帝所」一詞所指自當是天帝之所，而天帝之所自當是最崇高最美好的景地。然而雖有追尋之意，但「帝所」究竟何在？正復渺不可知，所以又接以「聞天語。殷勤問我歸何處。」假託聞天上有人殷勤相問之語，詢以歸向何處，其實正是作者在心靈的追尋中的自問之語。

於是下片緊接著就是作者的自答：「我報路長嗟日暮。學詩謾有驚人句。」「路長」「日暮」一句使我想起了《楚辭・離騷》中的：

> 吾令羲和弭節兮，望崦嵫而勿迫。路漫漫其修遠兮，吾將上下而求索。

長路的追尋與遲暮的悲慨，正是千古才人志士的共同志意與共同的悲哀。李清照這首詞應當是晚年之作，回顧檢點一生的往事，在長路的追尋中究竟有什麼獲得，有什麼成就呢？對李清照來說，一個女子身經國變與家變的種種災難之餘，遲暮之年已經一無所有，倘若勉強算是所有者，則惟有平生留下的幾首詩詞而已，所以說「學詩謾有驚人句」。「謾有」者，「徒有」之意也；而所謂「徒有」者，可以有兩層意思：一則就自己而言，徒有驚人之句，而於國事終有何補？於家事又終有何補？再則就人而言，則徒有驚人之句又有誰能瞭解？誰能欣賞呢？然而儘管有這兩層的「徒然」，而驚人之句畢竟仍是「驚人」的！儘管無人知賞，而作者依然有其「驚人」的自信，這是作者的自己的信心。自己惟一的成就，而接在「謾有」這一「徒然」的意味之下，也就顯得頗可悲慨了。然而作者卻未嘗在這種悲慨之中轉入消極悲觀的絕望，在結尾三句反而拼命振起地呼求祈望著說：「九萬里風鵬正舉。風休住。蓬舟吹取三山去。」「九萬里風」用的是《莊子．逍遙遊》一篇中鯤魚化爲鵬鳥以後，高飛起來「摶扶搖而上者九萬里」的典故，形容鵬鳥凌風而上高飛的氣勢和姿態。李清照在此用這一典故，也是用鵬鳥凌風而上的健舉飛揚，象喻她自己心靈中的一種境界，遙遙與開端開闊飛揚「仿佛夢魂歸帝所」的氣象相銜接。希望「風休住」，正是象喻作者追尋的高飛嚮往之精神，不肯甘休。結尾說：「蓬舟吹取三山去」，「三山」指海上的神山：蓬萊、方丈、瀛州。「蓬舟」則又遙遙與開端所寫的「星河欲轉千帆舞」相呼應，自己如同在星河之側飛舞著的一艘「蓬舟」，也仍是象喻著心靈中的追尋，希望能達到神話中所傳說的「三山」——也就是一個心目中最美好高遠的境界的象喻。這種不肯終止、不肯甘休的追尋的精神，接在「我報路長嗟日暮」的悲慨之後，使我想起了曹操的「老驥伏櫪，志在千里。烈士暮年，壯心不已」（〈龜雖壽〉）的詩句，雖在遲暮之年，也依然不肯甘休，「帝所」與「蓬山」雖然渺遠，但終於也不肯廢棄這一份追尋的心意。

這首詞無論意象和情意都進入了一種非常高遠的境界，而且意象與情意結合得恰到好處，這種成就是非常值得注意的，而一般人只知道讚美李清照的〈聲聲慢〉一詞，在開端連用了十四個疊字，這實在只是從皮毛上的一種認識而已。私意以為，這一首詞的健舉而且自然，應該才是李清照更可注意的成就。

總之，一般說來，李清照早期的作品，其特色是在於「芳馨俊逸」，表現了婦女敏銳纖細的感覺，而且在表達方面，往往用白描之筆，真切而且自然。至於其晚期的作品，則可以分別為兩種成就：一種仍保有前期的婦女的敏銳纖細的感覺，只不過在意境上較早期之作品顯得沉鬱悲涼了，如〈南歌子〉的「天上星河轉」一首可以為代表；又一種，則突破了婦女的情意和感覺的限制，而在意境上達到了非常健舉超逸的境界，如最後所舉的〈漁家傲〉一首可以為代表。

陸　游

今天我們來講陸游的詞。

陸游，字務觀，放翁是他的別號，山陰（今浙江紹興縣）人。陸放翁生於徽宗宣和七年（1125）十月，是年冬十二月，金人出兵攻打北宋，徽宗讓位於其子，是爲欽宗，改元「靖康」。岳飛〈滿江紅〉詞中即有：

靖康恥，猶未雪。臣子恨，何時滅。

之句。這一年，正是北宋淪亡的一年，所以陸放翁的詩曾經自謂：「我生學步逢喪亂」（〈三山杜門作歌三首〉其二）。他少年成長後，赴南宋首都臨安（今浙江杭州市）考試。當時臨安已是歌舞昇平了，而且宴安享樂晝夜不息。當時有人寫詩諷刺說：

山外青山樓外樓，西湖歌舞幾時休。暖風薰得游人醉，直把杭州作汴州。（林升〈題臨安邸〉）

這時，有的人真是忘了國恥，沉醉在這種享樂的生活之中；可是陸游則不然，他終身以收復中原爲己願，臨死前的〈示兒〉詩還曾經寫道：

> 死去元知萬事空，但悲不見九州同。王師北定中原日，家祭毋忘告乃翁。

放翁在感情方面熱烈奔放而固執，他對收復中原的感情，至臨死時八十六歲都未曾放棄。

陸放翁於高宗紹興二十三年（1153）應試，原考中禮部進士，而且考得很好，名列前茅，可是卻被秦檜所免，只因爲名次在秦檜孫子秦塤之前。到了孝宗即位（1162），認爲他的學歷相當於進士，才賜他「進士出身」，時年已三十八歲。其後，歷任樞密院編修官、建康（今江蘇南京市）通判、隆興（今江西南昌市）通判、夔州（今四川重慶縣）通判（《宋史》卷三百九十五〈陸游列傳〉）；「通判」是個卑微的小官。陸游因爲主戰，後來連隆興通判都做不成，免官家居五年之久，沒有新職。這時，他寫了一首七律：

> 十月霜風吼屋邊，布裘未辦一銖綿。豈惟飢索鄰僧米，真是寒無坐客氈。……。（〈霜風〉）

外邊北風怒吼，但家裏連做棉袍的一點棉絮也沒有，不只餓得要向隔壁的老和尚要米，連坐在地上要鋪的毯子也沒有。後來，到了四十六歲（乾道六年，1170年）才又放官爲夔州通判，夔州四面高山，杜甫〈秋興八首〉其二寫過：「夔府孤城落日斜」，可見其地勢艱險；李白〈蜀道難〉一詩也說：「噫吁戲危乎高哉！蜀道之難難於上青天。」但爲了生活之故，陸放翁只好接受這個官職。他自謂：

殘年走巴峽，辛苦為斗米。（〈投梁參政〉）

因爲蜀道艱難，子女、家屬均未同行，他是隻身入蜀的。陸游曾寫詩道：

此身合是詩人未，細雨騎驢入劍門。（〈劍門道中遇微雨〉）

這兩句詩表面看起來，很有點自我欣賞、自覺不錯的味道——我的老師顧隨先生曾說，一個人若自覺不錯，就顯得很膚淺。他是指姜夔：

自覺此心無一事，小魚跳出綠萍中。（〈湖上寓居雜詠〉其七）

這兩句詩說的。陸放翁的這兩句詩，好像也有點自我欣賞的味道；但其實不同。以前我們講過張孝祥的〈念奴嬌·洞庭〉一詞：

洞庭青草，近中秋、更無一點風色。玉界瓊田三萬頃，著我扁舟一葉。素月分輝，明河共影，表裏俱澄澈。悠然心會，妙處難與君說。　　應念嶺表經年，孤光自照，肝肺皆冰雪。短髮蕭騷襟袖冷，穩泛滄浪空闊。盡吸西江，細斟北斗，萬象為賓客。扣舷一笑，不知今夕何夕。

表面上看起來瀟灑、飄逸、出世，但如果真去了解張孝祥在哪一年、哪種心情下寫那首詞，即可知道他當時的心情是悲憤的，並不是完全瀟灑。看詩，一定要了解詩人的時代、生平，在什麼環境和感情下寫的。放翁這兩句詩，就有自我解嘲之意。放翁還有其他的詩，曾經敘寫他在出發之前，妻子、兒女給他整理行裝，準備醫藥的情事——因為他後來多病（〈離家示妻子〉）。可見他心情是沉重的。一個人碰到艱難困苦的遭遇，如果一點也無法解脫，就只有像屈原一樣沉江自殺了，所以，一個人在遇到艱苦患難時，總要有個解決的辦法。像張孝祥把自己的精神自小我之中解脫出來，與萬物合而為一，他說，「素月」可以「分輝」，「明河」可以「共影」，內心的皎潔與天地皎潔的精神合一，這是一種解脫的辦法；此外，還有一種解脫辦法，就是自我解嘲，不但不被貧困打倒，還能對困苦表示一種欣賞或嘲笑，如杜甫自謂：

囊空恐羞澀，留得一錢看。（〈空囊〉）

放翁這首詩也是如此。他說自己現在經歷了各種艱難困苦，才像個詩人，為了謀生，別離妻子、家人，不僅要從劍門進入那麼艱險的蜀地，而且還是在細雨之中。在表現得輕鬆、賞玩的口氣中，隱喻了他的悲慨。

陸放翁到了四川夔州任通判以後，又曾做到四川宣撫使手下的檢討官。當他離夔州赴漢中（今陝西南鄭市）——漢中是川陝交通要道，當時此地有個大散關，關隘的這一邊是南宋前線的守軍；那一邊就是陝西，可以往長安，就是當時淪陷的中原——，就在那裏住了一年多的時間，過著差不多是軍中的生活。軍中常有人出去打獵，打獵也是軍隊的一種訓練，放翁曾有詩云：

刺虎騰身萬目前，白袍濺血尚依然。（〈建安遣興〉）

可見他當時年歲雖已近五十，仍然非常勇武。但英雄是該殺敵的，怎麼是「刺虎」呢？《史記．李將軍列傳》就曾經講李廣被免官後家居，一身本領無處施展，只好到南山去射老虎。陸放翁也是想殺敵的，他有一首詩說：

許國雖堅鬢已斑，山南經歲望南山。橫戈上馬嗟心在，穿塹環城笑虜孱。日暮風煙傳隴上，秋高刁斗落雲間。三秦父老應惆悵，不見王師出散關。（〈觀長安城圖詩〉）

報國之志雖然堅定，但歲月不留情，如今頭髮已斑白，在山的這一邊想像著長安的終南山。拿起干戈翻身上馬的雄心壯志仍在，敵人並不可怕，他們穿鑿護城河圍在城外以爲防守，可見敵人實在孱弱膽小。日暮黃昏之際，站在城樓上看見一片秋風、一片雲煙，一直籠罩到隴山之上，直到隴內的長安——杜甫曾有詩說：

瞿塘峽口曲江頭，萬里風煙接素秋。（〈秋興八首〉其六）

身在瞿塘（今四川重慶奉節縣），心在長安的曲江，兩地相隔萬里，但秋風吹起的雲煙卻把兩地接成一片。放翁詩也受杜甫影響，用「風煙」表示兩地相連，國家土地仍是完整的。下一句「秋高刁斗落雲間」的「刁斗」，是一種鐵器，白天用以煮炊，夜間擊以巡邏；秋夜天高氣爽，

「刁斗」之聲直傳天上，表示有軍隊在這裡駐紮。再下一句：「三秦父老應惆悵」，「三秦」是指關中陝西；秦亡以後，項羽分封諸侯，咸陽附近共封了三個王，所以關中的咸陽、長安附近即被稱爲「三秦」。這兩句是說，關中的父老、遺民一定很悲哀，因爲祖國的軍隊就在這裏，可是幾十年過去了，「王師」爲什麼從未出關收復失土呢？他是設身處地替淪陷區的人設想，他想要統一中原、收復失地的雄心壯志，躍然紙上。

其後，放翁做到四川制置史司參議官，知嚴州，又曾「奉祠」多年——宋朝時若做官多年，年紀大了不能再做官，即給他一個廟宇，廟產收入爲其俸祿的一部份——，奉祠多年後，又被請出來修國史，以太中大夫、寶謨閣待制致仕，卒年八十六。

人家說放翁詩曾有三種變化：少年時的詩重辭藻技巧；壯年時豪放；晚年時表示了閑靜的情趣。一個人總是會受年齡、身體和環境各方面的影響。

陸放翁的忠愛出於天性，不但感情熱烈，而且易受感動。他自己的詩集，幾乎把三十歲以前的詩刪去了十分之九，只錄了一兩百首，他自己說，這只不過是舊作的十分之一。以後，從二十多歲至八十多歲，共寫了萬首詩，自謂「六十年間萬首詩」（〈小飲梅花下作〉），他有寫詩的癖好，又有豐富的感情。鄭騫先生的《詞選》上說：

> 游忠愛出於天性，生丁南渡，畢生以中原未復為念。

他平生除了時代艱難不幸之外，私人感情生活上也曾遭遇過一件不幸的事。這個故事很有名，是關於他和第一任妻子的故事：他的第一位妻子原來是他的表妹唐琬——陸游的母親姓唐，即唐琬的姑母——，兩人婚後感情很好，唐琬亦能詩文，但是姑媳之間不和，母親即令他休妻。陸放翁於是另外弄了一所房子，常與唐琬相聚，事情被其母所知，怒而不容，只有真的決裂了。後來，放翁再娶，唐琬也再嫁，兩人均住在會稽附近。一日，放翁去游沈園，適逢唐琬與他的夫婿趙士程也去了，兩人相見，分外惆悵，放翁於是寫了一首〈釵頭鳳〉詞書於沈園壁上，據說唐琬還和了一首。傳說兩人見面後不久，唐琬就去世了，當時她還很年輕。放翁八十六歲才去世，但直到臨死仍未忘卻這段感情，他七十五歲的時候還說：

此身行作稽山土，猶吊遺蹤一泫然。（〈沈園二首〉其二）

說自己行將入土，但每到沈園看到當日兩人見面的地方，內心仍然十分悲哀。放翁有好幾首詩都寫到沈園，如〈夢遊沈園〉：

路近城南已怕行，沈家園裡更傷情。香穿客袖梅花在，綠蘸寺橋春水生。（其一）

城南小陌又逢春，只見梅花不見人。玉骨久沉泉下土，墨痕猶鎖壁間塵。（其二）

第一首詩說，一走近城南，尚未見到沈園，心裏已害怕勾引起那段回憶，更何況來到沈園呢！如今景物依舊，香氣穿入前袖，梅花仍然綻放，綠色的水波打溼了廟旁的小橋，春水已漲，但景色依舊，人物全非。第二首詩是說，城南小路又遇見春日的景色，但只見梅花，不見當年的玉人，唐琬已葬於泉下，化爲塵土；而當年寫在牆上的詩，墨痕仍在，只是爲塵土所封鎖了。四十多年前的事仍記憶如新。

陸放翁對國家、對愛情的感情都一樣執著。據南宋後期詞人周密所寫的《齊東野語》卷一（世習以爲出自《癸辛雜識》，或因許昂霄之誤所致？許昂霄之語見王士禎《帶經堂詩話》卷十八所引）記載：

> 陸務觀初娶唐氏，閎之女也，於其母夫人為姑姪。伉儷相得而弗獲於其姑。既出而未忍絕之，則為別館，時時往焉。姑知而掩之；雖先知挈去，然事不得隱，竟決之，亦人倫之變也。唐後改適同郡宗子士程。嘗以春日出游，相遇於禹跡寺南之沈氏園。唐以語趙，遣致酒餚。翁悵然久之，為賦〈釵頭鳳〉一詞，題園壁間云：「紅酥手……」。實紹興乙亥歲也。

「宗子」指的是宗室；「乙亥」是紹興二十五年（1155年），當年放翁應是三十一歲。他到七、八十歲仍不能忘情。當年手寫的〈釵頭鳳〉詞如下：

> 紅酥手，黃縢酒，滿城春色宮牆柳。東風惡，歡情薄。一懷愁緒，幾年離索。錯。錯。錯。　春如舊，人空瘦，淚痕紅浥鮫綃透。桃花落，閑池

閣。山盟雖在，錦書難託。莫。莫。莫。

陸放翁的詩詞皆真率直接，噴薄奔湧的感情，毫不做作。這首詞說，唐氏親自送來酒菜，送來官家的「黃封酒」（據〔宋〕《耆舊續聞》所考）。會稽城裏城外春天的柳樹很美——會稽原為古代越國首都，所以有宮殿遺留的牆，而且宋高宗在決定定都臨安前，曾以建康及會稽為行都，所以說「宮牆柳」。這首詞開端所寫的「紅酥手」是美的；「黃縢酒」也是美的；「滿城春色宮牆柳」更是美的。如果唐琬還是他的妻子，那真是「良辰美景」，該是多麼幸福美好。現在空有良辰美景，相愛的人卻已經被分開了，所以下面就接著說「東風惡」，春風吹落了春花。李後主的詞說：「無奈朝來寒雨晚來風」（〈相見歡〉），春風春雨就代表了摧殘：風雨對花的摧殘，也象徵著人生所受到的很多不幸的摧殘，從大自然的春天轉到人世。李後主在〈相見歡〉：

林花謝了春紅。太匆匆。無奈朝來寒雨晚來風。　胭脂淚。相留醉。幾時重。自是人生長恨水長東。

一詞中，上半首寫大自然的春天；下半首就說到人世。從春天被摧殘，轉到人世被摧殘。陸放翁這首詞也是如此：「東風惡」還是講的春天，但下面「歡情薄」講的就是人世了。「一懷愁緒，幾年離索。」「一懷」就是「滿懷」，滿心的悲哀愁苦，想到分別的這些年有多少離別的情思啊！下面用了三個「錯」字，強調其無可挽回。古語說：聚九州之鐵，鑄成大錯（參《資治通鑑》卷二百六十五・唐紀八十一・昭宣帝天祐三年）。「錯」原係刀名，把九州的鐵鑄成一把大錯刀，比喻犯了大錯。放翁當年是在對母親的孝思與對妻子的愛情間幾經掙扎，現在回想起來，聽了母親的話與唐琬離異，真是大錯。

下半闋：「春如舊，人空瘦」，說春天仍如從前那樣美麗，但人卻因離別以後的悲哀痛苦而消瘦了——這裏當是指的唐琬。陸放翁固然悲哀，但當時社會的壓力多半施加於女子身上，而且唐琬在這次見面後不久就死了，這裏的「瘦」，所指該是唐琬。唐琬見到陸游，流下了眼淚，所以下句說：「淚痕紅浥鮫綃透」。「紅浥」或是形容眼淚和著胭脂而下，成了紅淚；或是「血淚」：悲哀的眼淚；或是眼淚流在紅色的綃帕上。古時傳說海中有鮫人，擅織最美最薄的絲綢：綃，哭泣時眼淚便化爲珍珠（張華《博物志》卷二〈異人〉），所以「紅」字在此是一字多意的。下面，「桃花落，閑池閣。」所寫很可能是眼前真實景物：桃花真的被風吹落了，與前面的「東風惡」相呼應。「東風惡」既代表人世的摧殘，所以「桃花落」也代表被摧殘的人的憔悴。「閑池閣」的「閑」字，既寫池閣的閑靜，也代表池閣之不能同情落花之飄落，好像不相干的人。下面說「山盟雖在，錦書難託。莫。莫。莫。」表現了非常絕望的悲哀。

看一個人不但要看他對你如何，還要看他對一般的人、物，處理事物的態度如何來判斷。陸放翁用情很執著，我們前面說過，他到七、八十歲對前妻唐琬仍未能忘情，曾經寫過很多首沈園的詩，有一首說（除了〈沈園二首〉其二）：

夢斷香消四十年，……猶吊遺蹤一泫然。

之外，又在一首〈余年二十時，嘗作菊枕詩，頗傳於人。今秋偶復採菊縫枕囊，淒然有感〉詩說：

喚回四十三年夢，燈暗無人說斷腸。

可見他在距離這事的四十多年以後，已經七十多歲了，對往事還不能忘記。他雖曾第二次結婚，但在他六十年間、萬首詩之中，沒有一首是專寫他第二任妻子的，卻有許多是懷念唐琬的。

他用情很專一，很執著，對人如此，對國家的感情也是如此。他確實有很強烈的國家民族觀念，有用世之心，直至老年都沒有改變。上文所舉〈示兒〉詩所說的：

死去元知萬事空，但悲不見九州同。王師北定中原日，家祭毋忘告乃翁。

即表現了這一點。這種執著的感情，他在詩裏表現得比詞裏更多，現在我們就來看他的一首詞：〈雙頭蓮〉，詞前寫明此詞是：「呈范致能待制」的，而范致能就是范成大，南宋的另一位有名詩人，他們兩人以文字相交，當范成大做到四川制置使時，放翁被聘爲參議官。這首詞裏寫道：

盡道錦里繁華，嘆官閑晝永，……。

可以推測是在成都作的。因爲成都以出錦緞出名，據說所出錦緞若在附近江水漂洗，顏色即特別美麗，所以成都又稱「錦城」、「錦里」，江水即稱「錦江」（《華陽國志》卷三）。現在來看這首詞〈雙頭蓮〉：

> 華鬢星星，驚壯志成虛，此身如寄。蕭條病驥。向暗裏消盡、當年豪氣。夢斷故國山川，隔重重煙水。身萬里。舊社凋零，青門俊游誰記。　盡道錦里繁華，嘆官閑晝永，柴荊添睡。清愁自醉。念此際付予、何人心事。縱有楚柁吳檣，知何時東逝。空悵望，膾美菰香，秋風又起。

上片頭兩句就跟他的詩句：「許國雖堅鬢已斑」（〈觀長安城圖詩〉）一樣，是一種年華老去而壯志未酬的感情。陸放翁所悲哀的，不只是個人壯志成虛，也是未能看到國家北定中原的悲哀——後來南宋是滅亡了，亡在蒙古人的手中，南宋的皇帝因鑑於過去一直受金人壓迫，所以蒙古強大起來後，即想藉蒙古人的勢力抗金，結果是「前門據狼，後門進虎」，反為蒙古人所滅——，才人志士最大的悲哀即是未能實現自己的理想。「華鬢星星」是頭髮剛剛開始花白的時候——全白時就是「鬢絲如雪」了——，「星星」是白色一點一點的閃動，古人常用「星星」來形容頭髮花白了。現在陸放翁說，他忽然驚醒了，發現自己統一中原、收復失地的「壯志成虛」，而且為了謀生旅居在外：「此身如寄」。我們前面講過陸放翁的貧困，如他在詩中所說：

> 十月霜風吼屋邊，布裘未辦一銖綿。豈惟飢索鄰僧米，真是寒無坐客氈。……。（〈霜風〉）

所以才出來做官，在世上就像寄居的旅客，各地飄零，像一匹憔悴的、爲疾病所消磨的瘦馬：「蕭條病驥」。「驥」是千里馬，曹操的詩說：

老驥伏櫪，志在千里。（〈龜雖壽〉）

老馬已跑不動了，心裏所想的仍是千里之外的馳騁。但陸放翁說，自己只不過是一匹病馬，憔悴衰老的馬。下面說：「向暗裏、消盡當年豪氣。」「暗裏」是沒有人知道、從未表現過，那麼，誰知道、誰又相信你有這種志願呢？所以是「向暗裏消盡」少年的雄心壯志。他過去只做過通判的小官，根本不得意。「夢斷故國山川」，懷念中原，但相隔有「重重煙水」，做夢都夢不到。如我們前面所引的陸放翁的詩：

日暮風煙傳隴上，秋高刁斗落雲間。（〈觀長安城圖詩〉）

以及杜甫的詩：

瞿塘峽口曲江頭，萬里風煙接素秋。（〈秋興八首〉其六）

都是寫風煙隔絕、與中原的距離。「夢斷」句講的是夢；「隔重重煙水」句講的既是夢，也是現實。從夢到現實，再一轉而到「身萬里」，從夢中中原故國的距離，寫到現在他與故鄉浙江會稽的距離。會稽離南宋都城臨安不遠，所以他懷念的對象，包括了中原故國和今日朝廷，以及自己的故鄉。下面，「舊社凋零，青門俊游誰記。」「青門」是長安城東邊的城門名，此處借喻首都城門。陸放翁二十九歲左右即自會稽赴臨安考試，而南宋當時有很多詩社、詞社——有人批評詞自北宋至南宋的轉變時說：北宋詞有很多是「應歌」而作，無甚內容，而南宋詞則很多是「應社」而作的，有沒有感情都得寫（周濟《介存齋論詞雜著》）——，少年時，陸放翁或曾參加過這些「社」的活動，可是現在人都老了、分散了，「社」也不存在了，所以說：「舊社凋零」。「青門俊游」是說，當年在首都與風流才俊交遊往來的往事，如今誰還記得呢？上半闋寫的是現在的衰老，回想到他志竟未酬而年華老去的悲哀。

下半闋：「盡道錦裏繁華」寫的是他當時在四川的生活。大家都說四川是個好地方，是天府之國，說成都是個繁華之地；「盡道」是指別人這樣說，例如韋莊詞「人人盡說江南好，遊人只合江南老」（〈菩薩蠻〉），這裏的「盡說」也是講別人的看法，所以「錦裏繁華」只是別人這樣想。下面「官閑晝永」是說，很清閒，沒什麼事做，一天沒事就覺得時間太長了，所以說「晝永」，間接表現了他的才能未被重用，壯志成虛。「柴荊」是木板門；因爲壯志成虛，於是關起門來多睡一些時候，所以說「柴荊添睡」。「清愁自醉」可能有兩種提示和聯想：「清愁」是清淡的愁，有別於「死生禍福」的大事所引起的濃愁，是平生志願落空、一直存在的愁，所以，「清愁自醉」或是說在清愁之中沒有人聊天談話以解憂，於是獨酌，像陶淵明所說的「欲言無予和，揮杯勸孤影」（〈雜詩〉其二）；另一種可能是「愁如醉」，清愁無法擺脫，人全被愁浸透了，精神思想沉入一種境界就是醉，不一定是飲酒的醉。「念此際付與、何人心事」，是說在這種情況下，又能向誰傾訴，託付自己的心事呢？很想回去，可是雖然四川有船、有錦江，可以經長江順流而下——「柁」、「檣」皆指船，「楚柁吳檣」是指向吳、楚去的船，向故鄉去的船，但是自己什麼時候才能往東回到故鄉去呢？因爲他正是因生活貧困才出來做官的，他只好向著東南吳、楚的方向惆悵瞻望。江蘇產鱸魚，味美，秋天時將其切成片，稱爲「膾」；西晉張季鷹在洛陽做官，他想到故鄉吳地鱸魚膾、蓴菜羹味美，於是馬上辭官回鄉了（《世說新語．識鑒》）。現在也是秋天，但自己什麼時候才能回鄉呢？

以上，我們講了一首寫兒女之情的詞，又講了一首自傷志意落空的感慨之詞，現在時間不夠了，我們再簡單地看看他的〈真珠簾〉：

> 山村水館參差路。感羈遊、正似殘春風絮。掠地穿簾，知是竟歸何處。鏡裏新霜空自憫，問幾時，鸞臺鼇署。遲暮。謾憑高懷遠，書空獨語。自古。儒冠多誤。悔當年、早不扁舟歸去。醉下白蘋洲，看夕陽鷗鷺。菰菜鱸魚都棄了，只換得、青衫塵土。休顧。早收身江上，一蓑煙雨。

在旅途飄泊時，經過山山水水，住在小旅館內，放翁覺得自己的飄泊就像春天的柳絮一樣。鏡裏見到自己頭髮已白，不禁悲從中來，不知什麼時候才能做一番事業。「鸞臺」就是門下省；「鼇署」即翰林院，意指能有作爲的高位，在這裏都表示了他「許國雖堅鬢已斑」（〈觀長安城圖詩〉）的沉痛心情。再簡單看一首〈蝶戀花〉：

桐葉晨飄蛩夜語。旅思秋光，黯黯長安路。忽記橫戈盤馬處，散關清渭應如故。　江海輕舟今已具。一卷兵書，歎息無人付。早信此生終不遇，當年悔草長楊賦。

「長安」指的是南宋都城臨安。現在放翁已告老還鄉，路經臨安，十分悲哀，心情黯淡。記得當年「橫戈盤馬」之地：大散關、清渭水，都應當跟從前一樣吧？志願未實現，是準備「乘桴浮於海」，可惜心裏有一卷兵書，可以用兵打仗，收復的謀略和志願，竟無人可以交付，又還有誰有收復中原的才能和志願呢？〈長楊賦〉是漢時揚雄所作；「長楊」是漢朝宮殿名。漢朝皇帝喜狩獵，浪費了很多錢，民不聊生，揚雄寫此賦，表面上寫打獵，實際上是諷刺帝王只圖自己享受，不管老百姓死活。陸放翁少時曾作過這種有理想、關心人民生活的文章，他慨歎早知一輩子都會懷才不遇，理想無法實現，當初又何必寫這些文章呢！

總之，陸放翁的詞，感情真摯，關心家國，氣勢也很豪健，惟一的缺點是缺乏含蓄蘊藉，不耐尋思，沒有餘味。

張元幹、張孝祥

我以前講課的時候，曾經談過兩個問題：一個是詞的美感特質的形成；還有一個是詞的風格以及寫作方式的演變，我說那都與當時的時代背景有密切的關係。下課後就有同學問我：葉先生，你說一定要反映時代才是好詞，但是很多詞不一定反映時代，那還是不是好詞呢？我說這要把它分別清楚，我不是說詞裏邊一定要反映時代的世變，我只是說：世變與詞的美感特質的形成、與詞的風格的演變有很密切的關係。比如說我們上次講五代的詞，像韋莊的那幾首〈菩薩蠻〉，說：

紅樓別夜堪惆悵，香燈半捲流蘇帳。殘月出門時，美人和淚辭。

這首詞寫的只是男女的相思離別，並沒有時代的世變，可是，你如果結合作者韋莊的身世以及當時時代的背景來看，就會發現，這五首〈菩薩蠻〉確實反映了晚唐、五代的亂離。又比如他說：

惆悵曉鶯殘月，相別，從此隔音塵。如今俱是異鄉人，相見更無因。（〈荷葉杯〉）

爲什麼他們消息阻隔？因爲戰亂，是戰亂使他們音塵隔絕，成了異鄉之人，所以他雖然沒有直接寫時代的世變，但是造成其詞之美感特質的、而且使人連想到的，正是時代的世變。

後來，我們又講了「詩化之詞」。我說：最早寫「詩化之詞」的是李後主，他把樂師歌女的詞變成了是「士大夫之詞」（王國維《人間詞話》），而士大夫的詞就是抒情言志的詩篇了。爲什麼？因爲李後主經歷了國破家亡的變故。我還說：真正有意識地把詞加以拓展的是蘇東坡，他看到了柳永長調詞的弊端。因爲寫愛情的小詞如果寫得短小，你所能掌握的就是愛情裏邊最重要的本質了——是什麼？一個是愛情，另一個是美色。而美與愛這兩種最基本的品質，具有普遍性，所以寫美女和愛情的小詞有時可以引起人很深遠的聯想。可是，等到柳永用長調把美色與愛情鋪開來寫的時候，他就寫了很多現實時生活中的情事，也就顯得淫靡了。蘇軾的改變不是完全出於時代，他是有意識地把詞加以拓展，「一洗綺羅香澤之態，擺脫綢繆宛轉之度」（胡寅〈酒邊詞序〉），改變了柳詞柔靡的作風，寫他自己的逸志曠懷，從而把小詞「詩化」了。

雖然蘇軾對詞的開拓不完全受時代的影響，但開拓出來以後，他的「詩化之詞」中特別好的作品，同樣與他的身世以及當時的黨爭有密切關係。只是蘇軾這一類的「詩化之詞」，在當時並沒有被一般的詞人所承認和追隨，大家認爲蘇軾這種做法不是詞的正途，李清照就曾經批評他，說那些詞只是「句讀不葺之詩爾」（〈詞論〉）。李清照也經過了破國亡家，但是她不把這些內容寫到詞裏去，那麼什麼時候大家才警覺，要把這些都寫入詞中呢？那是靖康之變以後。李清照經過了靖康之變，可她還有保守的觀念，沒有完全追隨上來，然而靖康之變畢竟使「詩化之詞」發揚光大了。我們上次已經看過朱敦儒的一首〈相見歡〉，他寫的就是一種亡國的悲慨；今天我們爲大家再介紹兩位作者：張元幹和張孝祥。他們的時代都比辛棄疾要早，所以辛詞之出現絕不是一種偶然的事情，是先有蘇軾的開拓，再有靖康之變以後那些南宋早期的詞人所寫的激昂慷慨的作品做爲鋪墊的。

我爲大家介紹不同的作者，有的要詳讀，有的要略讀。今天我們只簡單說一說張元幹和張孝祥，等到以後正式講辛棄疾的詞，我們再細緻地講。

大家知道，靖康之變、汴都淪陷是1127年，而辛棄疾生在高宗紹興十年，也就是1140年，他是生在淪陷區的。張元幹則生於1091年，差不多比辛棄疾年長五十歲，他親身經歷了靖康的變亂和北宋的淪亡。在北宋沒有滅亡、還在抗金打仗的時候，張元幹曾經參加過當時一位抗戰派領袖李綱領導的保衛汴京的戰爭，後來汴京淪落，張元幹來到南方，那時秦檜正做宰相，朝廷中有主戰和主和兩派，他自然參加了主戰的一派。那時有一個人叫胡銓，曾經做過「待制」這樣的官，可是在主和派與主戰派的抗爭中，他從朝廷中被貶出來，做了福州（今福建福州市）簽判；後來，秦檜他們主和的那一派還是心有不甘，就把胡銓再次從胡州貶到廣東的新州（今廣東新興市），這一次就更遠了。貶到新州以後，胡銓成了被編管的人，這時，他連「簽判」那樣卑微的官職都沒有了，而是根本處於被看管的地位。當時張元幹在福州，所以他就在胡銓第二次被貶的臨行之際，寫了一首〈賀新郎〉爲他送行：

賀新郎

送胡邦衡待制

夢繞神州路。悵秋風、連營畫角，故宮離黍。底事崑崙傾砥柱，九地黃流亂注。聚萬落、千村狐兔。天意從來高難問，況人情、老易悲如許。更南浦，送君去。　　涼生岸柳催殘暑。耿斜河、疏星淡月，斷雲微度。萬里江山知何處。回首對床夜語。雁不到、書成誰與。目盡青天懷今古，肯兒曹、恩怨相爾汝。舉大白，聽金縷。

「夢繞神州路」，因爲張元幹生在北宋哲宗後期，親身經歷了哲宗、徽宗、欽宗等幾代皇帝，他在北宋做過官，參加過東京的保衛戰，也看到了北宋敗亡的整個過程，所以「神州」對他來說，已不是一個空洞的名詞，而是他當年真正生活過、保衛過的土地。「悵秋風、連營畫角，故宮離黍。」「離黍」出自《詩經・王風》中的〈離黍〉一篇：

彼黍離離，彼稷之苗。行邁靡靡，中心搖。……
彼黍離離，彼稷之穗。行邁靡靡，中心如醉。

那是慨嘆國家敗亡的一首詩；現在，又一度秋風吹起了，可是淪陷的故國卻在敵人的控制之中，到處都是軍營、到處都是戰爭的號角。「底事崑崙傾砥柱，九地黃流亂住。」古人說黃河遠出崑崙之山，河中有中流砥柱（《晏子春秋‧內篇諫下》），當河水向東流的時候，中間就被砥柱擋住了。可是，當國家衰敗下去的時候，有誰能夠挽回？難道「中流」的那個「砥柱」已經傾倒了，致使黃河之水從崑崙山上一瀉千里地流了下去？想當年汴京多麼繁華！柳永當時在汴京城，說每當華燈初上，歌樓舞榭中都是歌妓酒女，望之恍若神仙（柳永〈戚氏〉；孟元老《東京夢華錄》卷二〈酒樓〉），現在怎麼會落得這樣的下場？這一切都是爲了什麼緣故？「聚萬落、千村狐兔。天意從來高難問，況人情、老易悲如許。」現在的「神州」，「千村」萬落，到處都是狐狸和野兔，到處都是敵人的騷擾和百姓的苦難。屈原曾寫過〈天問〉，歐陽修也說過：「淚眼問花花不語」（〈蝶戀花〉），而今我問天不語，不管你我有多少豪情壯志、有多少理想，轉眼就衰老了，這不又是「悵秋風」了嗎？「日月忽其不淹兮，春與秋其代序。惟草木之零落兮，恐美人之遲暮。」（屈原〈離騷〉）多麼悲哀、多麼無可奈何！何況「南浦，送君去。」連福州你都不能再待下去了。

「涼生岸柳催殘暑。耿斜河、疏星淡月，斷雲微度。」這句再次點明他們送別的季節：已是秋天，天氣轉涼；夏天，真的就消逝了。「耿斜河、疏星淡月，斷雲微度。」天上耿耿明亮地斜著一條銀河，月淡星稀，一縷「斷雲」輕輕「度」過。「斷雲」就是沒有依傍的雲，如同斷鴻零雁一般，就這麼孤單的一片雲。陶淵明說：

> 萬族各有托，孤雲獨無依。曖曖空中滅，何時見餘暉。（〈詠貧士七首〉其一）

植物生在地上、魚蝦生在水中，宇宙萬物都有托身之所，只有天上那一縷雲是無依無靠的。轉眼間它就在空中消逝了，哪一天你才能再見到它？朱自清先生說：

> 燕子去了，有再來的時候；楊柳枯了，有再青的時候；桃花榭了，有再開的時候。（〈匆匆〉）

可是天上的雲消散了，什麼時候再回來？永遠不會回來了。「萬里江山知何處。回首對床夜語。」幾萬里的大好河山，現在已經淪陷在敵人手，再回首，像當年我們兩個人相對連床、秉燭長談的美好往事，都不會再回來了，因爲你今天就要離開這裏，貶到廣東的新州去了，所以「雁不到、書成誰與。」據說湖南有一座山峰叫「回雁峰」，雁飛到這裏飛不過去，就又回來了。他說：你所去的地方那麼遙遠，連天上的鴻雁都飛不到，就算我給你寫了信，又怎麼能夠傳到你那裏去呢？「目盡青天懷今古，肯兒曹、恩怨相爾汝。」我們望斷「青天」，感慨古今的盛衰成敗，我們有更偉大的志意、更高潔的操守，怎麼肯像一般人一樣，去計較人間的恩恩怨怨呢？最後，「舉大白，聽金縷。」「大白」就是大杯酒；「金縷」就是〈賀新郎〉詞，因爲這個曲子有一個別名叫〈金縷曲〉，他說：還是舉起酒杯，聽我給你唱一首〈金縷曲〉吧。

好，以上是張元幹的一首詞。他寫得激昂慷慨，有一種直接的感發力量，這同樣是好詞；下面我們再看張孝祥。

剛才我說：張元幹是生在北方，經歷了靖康之變後才來到南方的；而張孝祥出生的時候，就已經是高宗紹興二年（1132年）了，所以他是生在南宋的。今天我們要看他的一首〈六州歌頭〉。「六州」指中國西北邊疆的六個州郡，它們分別是伊州、涼州、甘州、石州、渭州和氐州。這個曲調最早屬於鼓吹曲，鼓吹曲是軍隊之中的一種樂曲，所以這個詞牌的牌調，天生來就要寫邊塞那種豪放雄壯的感情。這首詞不太適合講，而適合念，下面我就給大家念一遍：

> 長淮望斷，關塞莽然平。征塵暗，霜風勁，悄邊聲。黯銷凝。追想當年事，殆天數，非人力，洙泗上，絃歌地，亦羶腥。隔水氈鄉落日，牛羊下，區脫縱橫。看名王宵獵，騎火一川明。笳鼓悲鳴。遣人驚。　　念腰間箭，匣中劍，空埃蠹，竟何成。時易失，心徒壯，歲將零。渺神京。干羽方懷遠，靜烽燧，且休兵。冠蓋使，紛馳騖，若為情。聞道中原遺老，常南望、翠葆霓旌。使行人到此，忠憤氣填膺。有淚如傾。

這個牌調在詞律上有十六種不同的體式，所以標點符號有時不完全一樣。比如「隔水氈鄉，落日牛羊下，區脫縱橫。」一句，我個人以爲，應該是「隔水氈鄉落日，牛羊下，區脫縱橫。」爲什麼呢？因爲在這首詞中，凡是最後一個字是平聲的句子，都是押韻的句子，這些句子的最後一個平聲字，都是押韻的韻字；除此之外，其它不押韻的句子的最後一個字，都是仄聲的。如果這一句在「氈鄉」

後停頓，「鄉」字是平聲，卻不押韻，這樣就與整體不協調了，所以我覺得這一句停在「落日」之後，更適合些。

另外，傳說這首詞有一段本事，說當時另一位主戰派領袖叫張浚，有一次他設宴，張孝祥參加了，其間就賦了這首〈六州歌頭〉，張浚聽罷非常感傷，淒然淚下，於是酒席就停止了（沈辰垣等編《歷代詩餘》卷一百十七引《朝野遺記》；劉熙載《藝概・詞曲概》）。可見這首詞是很感動人的。爲什麼？因爲有人考證，這首詞寫於孝宗隆興年間，而孝宗是一位有北伐抗戰理想的人，他曾經在采石磯的一次戰爭中勝利了（1163年），可後來又在另一次戰爭中失敗了（1164年），失敗以後，朝中主和的一派馬上就氣焰囂張起來。在這種氣氛之下，張孝祥寫了這首詞。

我們看一下它的大意：南宋的對面是淮水，淮水的北邊就是淪陷區，邊疆上沒有打仗，靜悄悄的。回想當年，北宋那麼繁華富庶，怎麼會落得這樣的下場？洙水和泗水本是孔子的故鄉，也是孔子講禮樂絃歌的地方，現在居然被異族統治了。隔水看一看敵人那邊，已是日暮黃昏，牛羊歸來，遠處縱橫分布著許多用來瞭望的建築物。他們的「名王」正在打獵，耀武揚威地點燃了很明亮的火炬。淒涼的笳鼓一聲聲傳來，令人心驚不已。我們都有收復失地的願望，可腰間的弓箭和匣中的寶劍長期不用，都生銹生塵了，我們一事無成。歲月不居，春秋代序，又是一年將盡了，而我們故國的首都依舊如此渺遠。主和派用「干羽」歌舞來表示懷柔遠人，與敵人講和，使臣來來往往，白白給了人家無數的金錢和絲帛。聽說中原淪陷區的遺老們常常向南探望，盼望自己的國家、自己的政府能夠收復這一片失去的土地。過路人到了那裏，看到這種情景，不由得淚如雨下。

這首詞同樣寫得慷慨激昂，也是一首好詞。所以，我並沒有抹煞這一類作品，說它不美、不好，說一定要如何如何才行；我只是說：這樣的詞有直接的感發，它具有詩的美感特質，卻不具有詞的美感特質。

我再給大家舉劉過的一首〈沁園春〉做爲第三個例證。

劉過生活的時代要比張元幹、張孝祥他們晚，他是南宋後期的一位作者，與辛棄疾約略同時，這首〈沁園春〉就是他寄給辛棄疾的。你看它的題目是「寄稼軒承旨」，因爲辛棄疾曾經做過「承旨」這樣的官。劉過大半生放浪於江湖之間，寫這首詞時他正在杭州，而辛棄疾正在浙東做「安撫使」，兩個人離得不遠，所以他就寫了這首詞給辛棄疾：

> 斗酒彘肩，風雨渡江，豈不快哉。被香山居士，約林和靖，與東坡老，駕勒吾回。坡謂西湖，正如西子，濃抹淡妝臨照臺。二公者，皆調頭不顧，只管傳盃。　　白云天竺飛來，圖畫裏、崢嶸樓觀開。愛東西雙澗，縱橫水繞，兩峰南北，高下雲堆。逋曰不然，暗香浮動，爭似孤山先探梅。須晴去，訪稼軒未晚，且此徘徊。

從表面看起來，這首詞寫得也很豪放灑脫，可是實際上呢？他說：辛棄疾，你是個豪放詞人，我也是豪放詞人，如果我們相遇，不會那麼文謅謅地用小杯子喝酒，我們要用大斗喝酒，吃大塊的豬腿。今天雖然有風雨，但你約我渡江去跟你見面，這也很痛快，只是我沒有去成；爲什麼沒有去？下邊他就編出一大套故事來。他說：我在去的路上，被香山居士白居易約了林和靖，還有蘇東坡「駕勒」——被他們攔回來了；怎麼樣攔回來的？蘇東坡就說了：你幹嘛要去辛棄疾那裏呀？西湖如同西子，「濃抹淡妝臨照臺」，今天風雨之中在西湖賞景不是很好嗎？這裏他用了蘇東坡的兩句詩：

> 欲把西湖比西子，淡妝濃抹總相宜。（〈飲湖上初晴後雨〉）

蘇東坡這麼說的時候，白居易與林和靖「掉頭不顧」，只管喝他們的酒。等一會兒白居易也開口了，他說：「天竺飛來，圖畫裏、崢嶸樓觀開。」白居易有一句詩：「湖上春來似圖畫」（〈春題湖上〉），說春天的時候，西湖這裏花紅柳綠，像圖畫一樣美；他還有一句詩：「樓殿參差倚夕陽」（〈西湖晚歸回望孤山寺贈諸客〉），說西湖有很多樓殿，參差不齊，映在斜陽之中。劉過接著說：「愛東西雙澗，縱橫水繞，兩峰南北，高下雲堆。」這也是用了白居易的詩：

> 東澗水流西澗水，南山雲起北山雲。（〈寄韜光禪師〉）

等白居易說完後，林逋也講話了，他說：「不然」，你們倆所說的風景還不夠美，最美的莫過於去孤山看那「疏影橫斜」、「暗香浮動」的梅花了，這同樣是用了林逋的詩句：

> 疏影橫斜水清淺，暗香浮動月黃昏。（〈山園小梅〉）

引用了這麼多，最後他只是說：現在有風雨，我暫且在西湖欣賞這麼美的風景，等到晴天再去訪你不遲。

所以，儘管這首詞寫得也不能說不美，但是它空洞無物。清朝的詞學批評家謝章鋌在其《賭棋山莊詞話》中說：

> 稼軒是極有性情人，學稼軒者，胸中須先具一段真氣奇氣，否則雖紙上奔騰，其中俄空焉，亦蕭蕭索索如牖下風耳。

他說像辛稼軒這種豪放詞不是容易學的，你若沒有辛稼軒的情感和才氣，沒有辛稼軒的理想和志意，乃至於沒有和他類似的身世遭際，你要學他，就如同風吹窗戶上的破紙，雖然嘩啦嘩啦響得很，但裏邊什麼東西都沒有。

我現在只是要說明，從蘇東坡的「詩化之詞」發展下來，就有這樣一派豪放的詞，這些詞的美感特質如何呢？像剛才我們講過的張元幹和張孝祥，他們的詞雖沒有詞的美感特質，卻有詩的美感特質，所以同樣是好的「詩化」之作；至於劉過這首〈沁園春〉，他沒有像張元幹、張孝祥那樣的真正的感情和關懷，只是徒有其表，寫得很誇張，口氣很狂大，可是你一按下去，「其中俄空焉」——裏邊沒有真正的東西。

下一次我們要講辛棄疾的豪放詞，他既有詞的美感特質，又有詩的美感特質，希望大家要善於分清這幾種具有不同美感特質的作品。

辛棄疾（一）

我從小就特別喜歡稼軒詞，那時我在北京老家，我伯父喜歡藏書，他收藏了一套精美的《稼軒詞》，是元朝木刻的版本，我曾把那套書放在書桌前。現在我手邊也有一本《稼軒詞編年箋注》，作者是北大的鄧廣銘教授，鄧教授已經去世了，這本書是他生前送給我的。他是一位歷史學家，他以歷史的眼光搜集、整理稼軒詞，考證每首詞大概是在什麼時代、什麼背景下所寫的，然後做了編年箋注。鄧教授可能是對稼軒詞的研究開始得最早、用力最勤的一個人，一直到將近九十歲高齡的時候，他還做了最後一次校訂。我與鄧教授是1990年在江西上饒的一次國際詞學會議上認識的。上饒是辛棄疾曾經住過的地方，那裏有一個「帶湖」。記得我當年念辛棄疾的詞，有一首〈水調歌頭〉說：

帶湖吾甚愛，千丈翠奩開。

當時我就想，「帶湖」該多麼美呀，將來我一定要親自去看看。1990年，我接到辛棄疾詞學會議組委會的通知，開會的地址就在江西上饒的「帶湖」附近，我很高興，決定去參加，但是從加拿大到北京到上海都容易，卻怎麼可能到上饒呢？我沒有辦法，就託我的侄子葉言才來辦這件事，他交遊廣泛，認識旅行社的人，說是只能先坐飛機，再坐火車。恰巧，那時有一位在臺大教詞的林玫儀女士，是六〇年代我在臺大教過的一位學生，她也接到了邀請信，也想去參加這次會議，只是從來沒有到過大陸，於是她和我商量，要和我一起去，所以，我就讓我的侄子訂了火車票，然後我從溫哥華出發，林女士從臺灣出發，我侄子與侄媳從日本出發，我們就在上海聚齊了，接著便一齊坐火車去江西上饒，那是一段非常值得紀念的旅程。在火車上，林玫儀就跟我閒談，她說：葉老師，你平生念了這麼多人的詩詞，如果在這些詩人詞人中找一個人與你做朋友，你願意找誰？我想了半天，最後只能是辛棄疾。其實，以詩人來說，我最喜歡李商隱，但李商隱一天到晚愁眉苦臉的，你很難跟他相處，而辛棄疾這個人真的是有眼光、有見解、有才能，而且懂權變的豪傑之士。我這樣說畢竟空口無憑，只要講他生平的幾則故事，大家就明白了。

前面我們說過，辛棄疾生在淪陷區的山東，他出生時山東已淪陷十幾年了。他的祖父名叫辛贊，在山東淪陷的時候，辛贊因爲家裏人口多，所以沒有能跟隨政府到後方去，這是可以理解的。當年日本侵華，北京淪陷，我的老師和同學有很多人去了後方，而有些人留在了淪陷區，像我的老師顧隨先生，他家裏有六個小孩，而且全家都靠他一個人教書來維持生活，他沒有辦法攜帶家眷到後方去，所以就留了下來。辛贊也是因爲家累眾多，他不得已留在了淪陷區，可是他內心的忠義奮發之氣，始終沒有改變，在辛棄疾很小的時候，辛贊就常帶他到各地去遊覽，把祖國的大好山河指點給他看。後來辛棄疾到金的首都——大都去考試，辛贊教他一路上要仔細看北方的地理形勢，以爲將來收復失地做準備。所以，辛棄疾那種忠愛的志意，是他祖父從小慢慢培養起來的。

紹興三十一年(1161年)，在辛棄疾差不多二十二歲的時候，北方的耿京起義了。耿京本是一介農民，他趁金主完顏亮帶兵南侵，後方空虛之際，聚眾起義，聲勢浩大，發展到幾十萬人之多。當時辛棄疾自己也聚集了兩千義士，而他居然率眾投奔了耿京。從前我與四川大學的繆鉞教授合寫了一本《靈谿詞說》，辛棄疾那篇是我負責寫的，在文章中我曾提到，辛棄疾到了南方以後，曾給南宋的皇帝上了很多封論政治、論軍事的奏疏，有所謂的〈十論〉和〈九議〉；在他的〈十論〉中，有論戰的一篇文章（〈詳戰〉），他說：一般情況下，農民頭腦比較簡單，他們很容易就揭竿而起了，可是因爲考慮得不夠周密，很容易導致失敗；士大夫呢？他們考慮得雖然周到，但是缺乏勇氣，因此知識份子最好與農民相結合，這樣才容易成事。當時我特別提出這一點，大概以前研究辛棄疾的人沒有注意到這些，所以那次在辛詞會議中，鄧廣銘先生見到我就說：你這種觀點提得很好，這麼多年我研究辛棄疾的詞，雖然也花了不少精力，但是總覺得不能很透徹地欣賞和分析。所以鄧先生在三校稼軒詞的時候，寫了一篇序文，序中引了一大段我對於稼軒詞的分析。在這裏我是要說：一般的士大夫往往自命不凡，不肯低首下心地去跟農民合作，而辛棄疾真是了不起，他自己也有隊伍，卻投到農民起義軍領袖耿京的麾下；而且他曾對耿京說：你雖然聚集了幾十萬義軍，可是如果與祖國沒有聯繫，就失去了根基，不能夠成就真正的大事。耿京同意他的話，在紹興三十二年（1162年）於是派辛棄疾等人渡江，去建康見高宗。高宗召見了他們，並且給了他們封賞（《三朝北盟會編》卷294）。從此，後方的起義軍就與政府取得了聯繫，這是一件非常好的事情。所以，我們中國確實出過一些偉大的仁人志士，可是也有很多見利忘義、苟且偷生的小人。就在辛棄疾離開的這一段時間，他們的隊伍中出了一位叫張安國的奸細，他殺死耿京後，投降了金國。辛棄疾面見高宗回來，一過長江就聽說了這個消息，他真是了不起的英雄豪傑！杜甫說：

> 致君堯舜上，再使風俗淳。（〈奉贈韋左丞丈二十二韻〉）

杜甫有沒有那樣的本領還值得考慮，而辛棄疾果然去實踐了。他聽說張安國叛變後，馬上帶著五十個人衝到金國五萬人的軍營中，那時張安國已做了濟州知府，他們正在軍營中飲酒慶功，辛棄疾等人衝進了軍營後，如果把張安國殺了，這還容易些，而他竟然活捉了張安國，然後不吃飯不睡覺連夜把他押送到建康正法。像這樣的膽識、這樣的才能，他當時的信念是什麼？他以爲自己渡江南來轉眼就可以收復失地，轉眼就能夠回到故鄉了。可是幾十年過去後，有一次，他的一位朋友慷慨地談起建功立業的事情，他也回想起少年時的「壯聲英概」（洪邁〈稼軒記〉，《洪文敏公集》），寫了一首〈鷓鴣天〉：

> 壯歲旌旗擁萬夫。錦襜突騎渡江初。燕兵夜娖銀胡韊，漢箭朝飛金僕姑。　　追往事，嘆今吾。春風不染白髭鬚。卻將萬字平戎策，換得東家種樹書。

先看上片。他說：我年輕的時候曾帶領著抗金義士渡江南來，大家騎著健壯的快馬，穿著錦繡的蔽膝，那是何等的英雄氣概！「燕兵」是北方敵人的軍隊，晚上，他們在看守著「胡韊」，「胡韊」指箭室，也就是裝箭的袋子，金人的軍營就在那邊，他們也在提攜弓箭嚴密防守，可是我們「漢箭朝飛金僕姑」，「金僕姑」是古人所說的最好的箭，我們還是衝過去，把叛賊捉住了。再看下片。他說：回想當年的壯舉，曾使多少人為之感動，可是現在，幾十年過去了，到頭來也只是一聲長嘆而已。春天又回來了，但我白了的鬍鬚卻永遠不會變黑了。我曾寫過許多關於軍事方面的文章，來闡述抗擊敵人的策略——我們不是說他渡江南來後，寫過〈十論〉、〈九議〉嗎？大家真該看一看辛棄疾的全集，他對於政治、軍事、經濟的方方面面，都考慮得如此周全，說得頭頭是道，卻完全沒有被朝廷付諸實施，他在南方曾被放廢了二十年之久——。他說：現在，那些〈十論〉、〈九議〉都毫無用處了，倒不如向隔鄰人家換來種樹的書，做一名老農夫，種種田、種種樹，打發餘下的時光。

乾道八年（1172年），他做了安徽滁州的知府。滁州在哪裏？就在安徽省靠近前線的地方，也就是歐陽修所說：

「環滁皆山也」（〈醉翁亭記〉）的滁州。辛棄疾剛剛到那裏的時候，老百姓大多已經流亡到各地去了，到處一片荒涼，於是，辛棄疾減了當地的租稅，又安置了旅舍，招撫流亡的人再回來，一年之間，便「看取弓刀陌上，車馬如流。」（〈聲聲慢〉）——滁州重新繁榮起來了。

後來（1174年），他被任命做江西的提點刑獄，在此期間，他平定了茶民賴文政的叛亂——在封建時代，不管你是革命、不是革命，凡叛亂的都被稱爲「盜賊」——，在平定了茶民暴動以後，他寫了一篇〈論盜賊劄子〉的奏議，他說：「民者國之根本」，老百姓是國家的根本，爲什麼他們居然就變成了盜賊？那是「貪濁之吏迫使爲盜」，因爲政治黑暗，官吏們貪贓枉法，迫使善良的人民走上了盜賊的路。接著又說：

> 欲望陛下深思致盜之由，講求弭盜之術，無恃其有平盜之兵也。（〈論盜賊劄子〉）

他說：我希望皇帝你應該好好地反省，國家爲什麼會有盜賊？其由來何在？你要研究一下怎麼才能夠消滅盜賊，使這樣的事根本不發生，而不要只知道依靠武力去鎮壓他們。後面他又說：

> 臣孤危一身久矣，荷陛下保全，事有可為，殺身未脫。況陛下付臣以按察之權，責臣以澄清之任，封部之內，吏有貪濁，職所當問。（同上）

他說：我做爲一名渡江南來的北人，本來就是孤獨而且不自安的——一般說來，中國幅員遼闊，常常有些人有地區的觀念，南方人看不起北方人，北方人不信任南方人，在戰亂的時代尤其如此。辛棄疾是從淪陷區過來的，有很多南方人歧視他；又因爲他主戰，主和派當然更是攻擊他、陷害他，因此他的處境是「孤」而且「危」的——。他說：承蒙陛下「保全」我，我才有今日，所以爲國家而奉獻出生命，我對此本無所顧惜；況且你現在叫我負的責任，就是要澄清這個地方的政治，凡我所統領、部署的地方，如果有貪官汙吏，我一定盡職盡責地去處理。

可見，辛棄疾是一位有魄力的人，他治事非常嚴格，說殺就一定要殺，沒有妥協的餘地。後來，江西發生了嚴重的旱災，他就拿出一部份庫存的錢，找了一些能幹的人去外地收購糧食，到期以後，那些人用船裝著糧食「連檣而至」（《宋史》卷四百一〈辛棄疾傳〉），相鄰州縣的人一看就說：我們這裏也很飢荒，可以分給我們一部份嗎？當時很多人不肯：在飢荒中我們千辛萬苦購來的糧食怎麼能輕易給人？辛棄疾就說了：「均爲赤子，皆王民也。」他們也是人民，也是老百姓呀，所以就分了一部份糧食救濟相鄰州縣的災民，而且他下了一道命令：「閉糴者配，彊糴者斬。」「閉糴」就是人家要買糧的時候，你不肯賣給他，這樣的人要發配；「彊糴」就是強買強賣。你們有沒有看過《林家鋪子》這部電影？那個時代我是經過的，那時候國民政府的幣值猛跌，當時我在南京，要打一瓶炒菜用的油，都要排很長很長的隊，有時候好容易排到了，那賣油的人說：今天沒有了。你就只能空著瓶子回去。你如果租房子，不說多少錢一個月，而說幾袋米、幾袋麵一個月，那錢是不值錢的。在這種情況下，有些人就投機倒把，強買強賣，辛棄疾很嚴格，如果有人這樣做，就要被斬首或發配。當然，他是爲了拯救老百姓，可是周圍嫉恨他的人一封奏摺就奏上去了，說他「用錢如泥沙，殺人如草芥。」所以他一下子就被放廢家居，過一段時間後，朝廷遇到什麼難事，又重新起用他。經常是這樣，國家什麼地方出問題了，就派他到什麼地方去；而辛棄疾呢？你不起用我則已，一旦起用我，我就一定要有所作爲。

後來淳熙六年（1179年），朝廷又派他到湖南去。到湖南後，他一直不忘反攻抗戰，親自組織了一隊「飛虎營」。訓練軍隊就要蓋營房，就要徵兵發餉，所以他花了很多錢，當時就又有人給他參奏上去了，說辛棄疾造「飛虎營」用了很多錢如何如何的，於是皇帝下了一道金牌，說這樣太浪費了，讓他解散軍隊。你要知道，岳飛當年幾乎可以痛飲黃龍府，馬上就要勝利了，可皇帝十二道金牌下來，你只能老老實實地回去，結果「風波亭」父子歸天；而辛棄疾呢？你皇帝的金牌不是下來了嗎？可「飛虎營」還沒有建好，怎麼能停止？於是他就把金牌藏了起來，然後下命令，對老百姓說：限你們三天之內，把自己屋頂和水溝上的瓦都解下來，送到我這裏來。三天以後，「飛虎營」建成，他給皇帝上了個奏摺，說：你的金牌我收到了，而「飛虎營」也已經蓋好了。你看他真的是有膽有識！只是每一次他這樣做，人家就參奏他、彈劾他，說他「殘酷貪饕，姦贓狼籍。」（徐松《宋會要輯稿・職官》）之類的話，所以他幾次被放廢而賦閒家居。我們不是說他曾到過「帶湖」嗎？那次我們去上饒開會，有位先生寫了一篇文章，說辛棄疾蓋房子是不是他貪污了？你要知道，宋朝做官的俸祿是很高的，你看一看宋人筆記上的記載就知道了，筆記上說，有些官宦人家非常富貴，到處都是金玉錦繡的裝飾，他們請客的時候，在一個大廳中掛上重重帳幕，然後點上香，帳幕一拉開，在香煙繚繞中一隊歌兒舞女翩翩而至，歌舞完畢，再拉下帳幕，然後再燒香，就在這個香煙繚繞之中，又一開幕，又一隊歌兒舞女出現，換上不同的服飾，戴上不同的首飾，這是多麼奢華的享受（周密《齊東野語》卷二十）！可是，辛棄疾蓋房子與別人不同，你看他那首〈水調歌頭・盟鷗〉：

帶湖吾甚愛，千丈翠奩開。先生杖屨無事，一日走千回。凡我同盟鷗鳥，今日既盟之後，來往莫相猜。白鶴在何處，嘗試與偕來。　　破青萍，排翠藻，立蒼苔。窺魚笑汝痴計，不解舉吾杯。廢沼荒丘疇昔，明月清風此夜，人世幾歡哀。東岸綠陰少，楊柳更須栽。

這首詞的小題目是「盟鷗」，他要與水上的鷗鳥結一個盟。我常常喜歡念他的兩句詞：

一松一竹真朋友，山鳥山花好弟兄。（〈鷓鴣天〉）

所以辛棄疾不但對國家民族有感情，他對於大自然中的萬事萬物都有感情。他要與鷗鳥結盟，於是對它們說：「凡我同盟鷗鳥，今日既盟之後，來往莫相猜。」凡是今天跟我定了盟的鷗鳥和鷺鷥，今天定盟之後，就不要再有什麼猜忌疑懼的心理了。可是現在雖有你們鷗鳥和鷺鷥了，但還有白鶴呢！它們在哪裏？怎麼還沒有來？你們去把它們也找來吧。於是，這些鳥「破青萍，排翠藻，立蒼苔。」它們把「青萍」和「翠藻」分開，立在「蒼苔」之上。他說：你們這些鳥，總是站在岸邊呆呆地看水裏的魚，真是傻瓜！怎麼就不知道跟我喝一杯酒呢？這裏當年只是邊城一片荒廢的土地，只有一個破水池子和一個荒涼的土丘，可現在有了多大的變化！土地有它的幸運也有它的不幸，如果被荒廢了，多少年都是被荒廢，而今它遇到我，我把它整理成這麼美好的一片土地。最後，他忽然間一跳，說：「東岸綠陰少，楊柳更須栽。」「帶湖」東岸的綠陰不太濃密，我還要在這裏多栽一些楊柳。

他還寫過一首〈沁園春〉，其中有這麼幾句：

> 東岡更葺茅齋。好都把軒窗臨水開。要小舟行釣，先應種柳，疏籬護竹，莫礙觀梅。秋菊堪餐，春蘭可佩，留待先生手自栽。沉吟久，怕君恩未許，此意徘徊。

他說：在東邊的山岡上，我要再蓋幾間茅草屋，然後把所有的窗子都面對著水開著。你如果希望將來能坐著小船，沿著你門前的流水去釣魚，最好先在岸邊種一些柳樹，你要用稀疏的籬笆維護竹子，這樣才不會妨礙你觀賞梅花。「秋菊」是「堪餐」的，陶淵明說：

> 汎此忘憂物，遠我遺世情。（〈飲酒二十首〉其七）

他可以把菊花放在酒中喝；屈原也說：「夕餐秋菊之落英」（〈離騷〉），秋天的菊花可以吃，而春天的蘭花可以佩戴在身邊，無論秋菊還是春蘭，都要等我親手一棵一棵地種下去。所以我說，跟辛棄疾這樣的人生活在一起，一定很有意思，他可以來給你設計哪裏種竹子、哪裏種柳樹，他總是把一切都安排得很美、很有情趣。

然而，不久他就被調出去了，出去沒有幾天又被貶回來，這一次他發現了另外一個叫「瓢泉」的地方，後來他在「瓢泉」也蓋了一處房子，就在此時，他在「帶湖」的居所失火了，所以，他就定居在「瓢泉」了。在「瓢泉」時，他也寫了幾首很有意思的詞，其中有一首說：

> 散髮披襟處，浮瓜沉李杯。涓涓流水細侵階。鑿個池兒，喚個月兒來。（〈南歌子〉）

你看人家寫得多麼生動活潑！他說：反正我也不做官了，我在這裏閑居，有時候披襟散髮地坐在門前，看一條細細的流水一直流到我的臺階旁邊，我開鑿了一個水池，於是天上的月亮就被我喚來，倒映於池中了。

辛棄疾有才能不得施展，只能經營自己的住所了。他爲什麼叫「稼軒」？那次在天大講蘇軾的詞，我說，他之所以叫「東坡」，是因爲他從御史臺的監獄裏被放出來時，沒有地方住，於是在東邊的山坡上開墾了一片土地，靠自己親手種田來維持生活。你看「東坡」這別號似乎很瀟灑，其實那是他很艱苦的一段生活。而辛棄疾之所以叫「稼軒」，則是因爲他在住所旁邊，空出一大片地方來種田，故曰「稼軒」。古代蓋房子上樑時總要念一些吉祥的上樑文，都是一些祝頌美好的話，念起來像唱歌一樣。在蓋「稼軒」時，辛棄疾也寫了幾句〈上樑文〉，他說：

拋東梁。坐看朝暾萬丈紅。直使便為江海客，
也應憂國願年豐。

「拋」是古人的迷信，就是拿著一寫果子、花生、紅棗之類的東西，一邊丟一邊唱歌。他說：我把果子之類的東西向東邊拋，東方是太陽升起的地方，我想將來我的房子蓋好了，我坐在窗前，可以看到朝陽的「萬丈」紅光。就算我從此終老在江湖，再也沒有辦法回到朝廷去了，我依舊是關心國家的，我依舊希望我們能有豐收的年景。

在另一首〈上樑文〉中他又說：

拋梁西。萬里江湖路欲迷。家本秦人真將種，
不妨賣劍買鋤犁。

我的家在哪裏？我有家回不去呀！「家本秦人真將種」一句，用的是《史記》中飛將軍李廣的典故，他說：我是北方人，生來是要打仗的，可是現在只能賣掉殺敵的寶劍，買來鋤犁去種田了。

我們今天還是在介紹稼軒這個人，現在只能停止在這裏，他的詞下一次再講。

辛棄疾（二）

我們今天已經是第二次講辛棄疾了，但是還沒有正式講到他的詞；上次雖然提到了幾首，可那只是隨便引來做爲參考的。古人說：

> 博士買驢，書卷三紙，未有驢字。（《顏氏家訓・勉學》）

說了很多廢話，正話一句還沒有說，而這一次我們確實要講辛棄疾的詞了。

從開始時我就曾經說過，中國的詞有一種很微妙的美感特質，就是王國維在《人間詞話》裏所說的：

> 詞之為體，要眇宜修。

「要眇」二字最早見於《楚辭・九歌》，形容湘水上的女神仙，她的外表與內心同樣的美好。我們說詞也有一種美感特質，那就是一種「要眇」的美，也就是說，好詞不僅要具備形式上的美感，而且要有一種婉約幽微的品質。它不是一口氣就說完了，而是應該有很多不盡的餘味和言外的感發。我們已經說過，五代的《花間集》寫美女和愛情，可以引起人言外的聯想，因爲《花間集》的作者都是男子，而他們用女子的形象和口吻來寫，就使之具有了「雙重」的「性別」，也就有了雙重的餘味；此外，西蜀和南唐的小朝廷安定富庶，這就與大時代、大環境的動亂形成了「雙重」的「語境」。正是這些因素使小詞形成了一種「要眇」幽微的言外意蘊。後來就有了蘇軾的「詩化之詞」，詩是「感物言志」（《文心雕龍・明詩》）的，「在心爲志，發言爲詩」（〈毛詩序〉），那是一種直接的感發，所以詞一「詩化」，就出現了三種類型的作品：第一種是直接抒情寫志之作，它雖然沒有詞那種幽微「要眇」的言外之美，卻有一種直接感發的詩之美，我們那次所講的張孝祥、張元幹的兩首詞，還有蘇軾的〈江城子・密州出獵〉，都是這一類的作品；第二種「詩化之詞」是既有詩之美感，又有詞之美感者，像蘇軾那首〈八聲甘州・寄參寥子〉，寫到與好朋友參寥子的分別，它說得這麼婉轉、這麼深微，而它開頭的「有情風、萬里卷潮來，無情送潮歸。」寫得又是這樣開闊博大，他在「天風海濤」的氣勢之間，有一種「幽咽怨斷」（夏承燾《吷庵手批東坡詞》，引自龍沐勛《唐宋名家詞選》）的說不出來的悲哀，所以這是蘇軾更好的作品。但是，蘇軾有時候也寫了失敗的作品，這樣的詞既丟掉了詩的美感，也丟掉了詞的美感，比如〈滿庭芳〉：

蝸角虛名，蠅頭微利，算來著甚幹忙。事皆前定，誰弱又誰強。且趁閒身未老，盡放我、些子疏狂。百年裏，渾教是醉，三萬六千場。　　思量，能幾許，憂愁風雨，一半相妨。又何須抵死，說短論長。幸對清風皓月，苔茵展、雲幕高張。江南好，千鍾美酒，一曲〈滿庭芳〉。

這就不是很好的詞，因爲它說得太平直了，它沒有直接的感發，也沒有言外的意蘊，爲什麼呢？詞其實是很妙的，它之所以與詩不一樣，一個原因當然是因爲小詞最初寫的，原是以美女和愛情爲主題的歌詞，這點與詩不同；還有一個原因是它的形式與詩有別。詩一般是五言、七言的，「平平平仄仄，仄仄仄平平」，或者「平平仄仄平平仄，仄仄平平仄仄平」，這個聲調本身就給人一種直接的感發，像蘇軾的〈江城子・密州出獵〉：「老夫聊發少年狂」，它可以給人直接的感發，因爲這首詞的好多句子接近於詩的格律；再比如張孝祥的〈六州歌頭〉：

征塵暗，霜風勁，悄邊聲。黯銷凝。

三個字一句，三個字一句，也是它的聲音、節奏就能給你一種直接的感發，用這樣的詞調寫出來，就容易有詩的美感。可是〈滿庭芳〉呢？它的很多句子都是像散文一樣，四個字一句，四個字一句，這樣就容易平鋪直敘，流於膚淺了，因爲它既沒有詩直接感發的美感，也沒有詞幽微婉曲的姿態。

知道了「詩化之詞」的幾種不同的現象，我們就要正式看辛棄疾的詞了。我打算先給大家講他的一首〈水龍吟〉，因爲這首詞中，有幾句話非常能夠代表辛棄疾的特色。我不知道大家有沒有看過王國維的《人間詞話》，王國維喜歡用某詞人的一句詞來評說這個詞人，比如他說：

「畫屏金鷓鴣」，飛卿語也，其詞品似之。

溫庭筠的詞就像畫屏上金色的鷓鴣鳥，就是它的色彩很美麗，可是沒有活潑的生命；王國維還說：

「絃上黃鶯語」，端己語也，其詞品似之。

他說：韋莊的詞就像琴弦上彈奏出來的鶯啼一樣的聲音，它是有生命的，而且是活潑自然的。如果我現在模仿王國維，也從辛棄疾的詞裏邊挑出一句話來總括稼軒詞的風格，我該怎麼說呢？還是讓我們先念一下〈水龍吟‧過南劍雙溪樓〉這首詞：

舉頭西北浮雲，倚天萬里須長劍。人言此地，夜深長見，斗牛光焰。我覺山高，潭空水冷，月明星淡。待燃犀下看，憑闌卻怕，風雷怒，魚龍慘。峽束蒼江對起，過危樓、欲飛還斂。元龍老矣，不妨高臥，冰壺涼簟。千古興亡，百年悲笑，一時登覽。問何人又卸，片帆沙岸，繫斜陽纜。

我要說：

「峽束蒼江對起，過危樓、欲飛還斂。」稼軒語也，其詞品似之。

稼軒詞的風格只用這兩句就可以概括了。至於爲什麼？我們等一會再講。記得第一次我就說過，最偉大的作者，他的人格與其作品的風格是統一的；我還講到西方的文學批評，說有一種「意識批評」，就是從作者的意識形態來評論他的作品，不但如此，越是偉大的作者，在他們的作品之中越容易形成一個 Pattern，一種主要的意識形態。像屈原所形成的是高潔好修，「其志潔，故其稱物芳。」（《史記·屈原賈生列傳》）因爲他的心志是高潔的，所以他所稱述的名物也多是芬芳美好的；再比如杜甫，他所形成的是什麼？是忠愛纏綿，他說：「蓋棺事則已，此志常覬豁。」又說：「葵藿傾太陽，物性固莫奪。」（〈自京赴奉先縣詠懷五百字〉）天性如此，沒有什麼外界的力量能夠改變他。所以偉大的作者都有他人格的一個中心所在。那麼辛棄疾呢？其實，他的風格那真是變化多端，南宋的劉克莊就曾讚美辛棄疾的詞，說他：

> 大聲鞺鞳，小聲鏗鍧。（〈辛稼軒集序〉）

他寫「壯歲旌旗擁萬夫。錦襜突騎渡江初。」（〈鷓鴣天〉）這種慷慨豪壯的詞寫得好；寫「涓涓流水細侵階。鑿個池兒，喚個月兒來。」（〈南歌子〉）」這樣輕靈細巧的題目也寫得好，無論是大題目還是小題目，他都能很好的掌握，而且：

> 其穠纖綿密者，亦不在小晏、秦郎之下。（同上）

「穠」是一種濃豔的美麗；「纖」是一種纖柔的美麗；「綿」是纏綿；「密」是細密，也就是說，辛棄疾並非只會寫慷慨激昂的作品，他寫「穠纖綿密」的兒女柔情，也並不比晏幾道、秦少游等人差。

我們研究生的班上，還在講小晏的詞：

彩袖殷勤捧玉鍾。當年拚卻醉顏紅。舞低楊柳樓心月，歌盡桃花扇底風。（〈鷓鴣天〉）

又說：

夢魂慣得無拘檢，又踏楊花過謝橋。（〈鷓鴣天〉）

他寫那些歌妓舞女的生活，寫得婉轉多情；而像辛棄疾這樣的英雄豪傑，也能寫這樣的詞嗎？我們今天沒有選這樣的詞，但是我可以告訴大家，你們都知道岳飛的〈滿江紅〉對不對？人家辛棄疾也寫過幾首〈滿江紅〉，其「其穠纖綿密」「亦不在小晏、秦郎之下。」有一首說：

折盡荼蘼，尚留得、一分春色。（〈滿江紅·稼軒居士花下與鄭使君惜別醉賦，侍者飛卿奉命書〉）

還有一首說：

敲碎離愁，紗窗外、風搖翠竹。……相思字，空盈幅。相思意，何時足。滴羅襟點點，淚珠盈掬。芳草不迷行客路，垂楊只礙離人目。最苦是、立盡月黃昏，欄干曲。（〈滿江紅〉）

我們今天來不及講這些，但是我可以介紹給大家，你們回去應該看一看。另外，我們都認爲蘇軾的〈念奴嬌・赤壁懷古〉寫得開闊博大：

大江東去，浪淘盡、千古風流人物。

人家辛棄疾也寫了一首〈念奴嬌〉，第一句說：

野棠花落，又匆匆過了，清明時節。

像那兩首〈滿江紅〉一樣的「穠纖綿密」！所以辛棄疾的風格是多方面的，但是他有一個本體，有一個「意識形態」（Patterns of Consciousness），他的本體是什麼？一個就是他做爲豪傑的那種奮發向上的志意；另一個是他渡江南來後，屢屢被貶棄壓抑的遭遇，這本身就形成了兩股最基本的力量。

上次我們介紹他的生平，你看朝廷只要起用他，他就想實現他的理想。他在湖南建了「飛虎營」、在福建設了「備安庫」，一旦有了機會，他就想有所作爲，可是只要他一有所爲，上邊的壓抑打擊馬上就來了。所以，那兩股力量始終在盤旋激盪之中，有時候這邊的力量強一點，就表現爲英雄豪傑的豪放；有時候那邊的力量強一點，就表現爲低迴婉轉的壓抑，而且，即使在那些不下「小晏」、「秦郎」的「穠纖綿密」的作品中，仍然不時流露出英雄失意的悲慨。以那首〈念奴嬌・書東流村壁〉爲例，他說：「野棠花落，又匆匆過了，清明時節。」野棠花落的時候，他故地重遊，在這裏，他與一名女子有過一段美好的遇合，他曾經「曲岸持觴，垂楊繫馬」，後來二人就分別了，最後他說：

> 料得明朝，尊前重見，鏡裏花難折。也應驚問，近來多少華髮。（〈念奴嬌·書東流村壁〉）

料想明天，如果在酒席宴會上再見到你，你已是鏡中的花影，我只能看一看你的美麗，因爲你已經屬於別人了。我想，你見到我一定會驚訝地問：爲什麼幾年不見，你都已經滿頭白髮了？

辛棄疾還寫過一首〈江城子〉，寫的也是一位美麗的女子。同樣寫美女，溫庭筠說：「照花前後鏡。花面交相映。」（〈菩薩蠻〉）而辛棄疾又是怎麼寫的？「寶釵飛鳳鬢驚鸞」，只此一句，你看他寫得多麼生動飛揚！他說：那個女子把「寶釵」插在頭上，釵上的鳳好像要飛起來一樣，可是，「望重歡。水雲寬。」現在我們已經分別了，我希望與她再相聚，但隔著重重的煙水，又怎麼能見到她呢？「待得來時春盡也，梅著子，筍成竿。」等到再回來和她見面的時候，恐怕梅花已落，滿樹結了梅子，而竹筍已長成竹竿了。杜牧說：

> 狂風落盡深紅色，綠葉成陰子滿枝。（〈悵詩〉）

一切都已經過去了。「湘筠簾捲淚痕斑」，捲起湘妃竹的竹簾，上面點點滴滴都是淚痕，「佩聲閒。玉垂環。」我想像她行動起來，環珮的聲音是那麼柔美，「箇裏柔溫，容我老其間。」在這裏，他爲什麼不說「溫柔」而說「柔溫」？一個是因爲「溫柔」比較庸俗，而「柔溫」生疏一些；此外，「柔」與「容」是雙聲，「溫」與「我」是雙聲，所以「柔溫」之後接「容我」，聲音上就有一種美感。他說：就算我能跟這個女子生活在一起，「箇裏柔溫，容我老其間」了，可是「卻笑將軍三羽箭，何日去，定天山。」我真的就甘心在溫柔鄉裏終老了嗎？「三羽箭」用的是薛仁貴三箭定天山的典故，薛仁貴跟敵人作戰，一箭射死一個敵人，三箭就射死了三個敵人，結果敵人大驚，馬上就俯首投降了，正所謂「將軍三箭定天山，壯士長歌入漢關。」（《舊唐書》卷八十三〈薛仁貴列傳〉）而我現在也有「三羽箭」，我也有好身手，但是什麼時候才能凱旋呢？你看這首詞與上一首〈念奴嬌〉，中間包含了多少英雄失路、報國無門的人生悲慨！

辛棄疾的詞，有的寫自然山水，有的寫兒女柔情，然而在這種種不同之中，它所隱藏的底色是什麼？比如一幅圖畫，不管你畫的是花鳥、山水還是人物，它總有一種底色；再比如照相，也總有一個背景。我們說辛棄疾的詞，是「一本萬殊」（〈論辛棄疾詞〉，《唐宋詞名家論集》）：從一個根本生出千萬種不同的姿態，不管他寫的是什麼，他的底色都是那種英雄豪傑的志意在被摒棄壓抑中所受的挫傷，這本身就是「要眇」幽微、涵蘊曲折的。正是因爲他的本質是雙重的、曲折的，所以，儘管他用像詩那樣直接言志抒情的表達方式，寫了很多豪放的詞，但他的這些「詩化之詞」仍然有詞的特美。下面，我們就以那首〈水龍吟・過南劍雙溪樓〉做爲例證，看一看辛棄疾的這一類詞。

這首詞的題目是「過南劍雙溪樓」，妳要先了解，「南劍」在什麼地方，「雙溪樓」又是怎樣的環境。「南劍」就是南劍州，在今天的福建南平，這個地方本來叫劍州，但因爲四川也有一個劍州，就改名爲南劍州了。南劍州那裏有一座樓，叫「雙溪樓」，你可以想見，那裏有兩條溪水，然後匯合在一處，沖下來的地方有一汪深潭，名曰「劍潭」。爲什麼叫「劍潭」？我先要給大家講一個故事。在講魏晉六朝詩歌的時候，我曾提到過三張、二陸、兩潘、一左，其中有一個人叫張華，他做過宰相，也是一位詩人。《晉書》是中國的歷史書裏邊，最富於神話色彩的，其中講了很多神話故事，據《晉書·張華傳》記載，張華上知天文、下知地理，學識非常淵博，相傳《博物志》就是他寫的。中國古代講究天人相應，說天上的星象與地上的人事是相應合的，所以很多人會看天象，比如諸葛亮借東風，就曾上觀天象，這樣的故事有很多。張華也會觀天象，有一次，他看到一股光氣從地面直衝到天上的斗、牛之間——斗、牛是天上的星宿，即北斗星和牽牛星，於是張華找來了他的朋友雷煥，這個人也懂天文，張華說：你看天上有這種現象，那應該是地面上發生了什麼事情？雷煥說：「寶劍之精，上徹於天耳。」張華又問：劍在何處？雷煥說：就在「豫章豐城」一帶。張華那時不是宰相嗎？所以他聽罷就對雷煥說：好，我就叫你到豫章去做豐城縣的縣令，你一定要幫我找到這把寶劍。雷煥到了豐城後，仔細觀察，發現光氣是從一處監獄裏衝上去的，他就派人到監獄中挖掘，在地下很深的地方果然發現了一對寶劍，這就是我們中國很有名的一對寶劍：「龍泉」和「太阿」。寶劍被發掘出土後，雷煥自己留下一把，另外一把送給了張華。後來，晉朝發生了「八王之亂」，皇室的兄弟子姪們互相殘殺，張華在這場動亂中被殺死，因爲沒有得到善終，他的寶劍就不知所終了。雷煥是壽終正寢的，所以他的寶劍就傳給了他的兒子雷華，有一天，雷華配帶著那把寶劍經過福建南平，從水邊走過的時候，那寶劍一跳，就從他腰間的劍套裏跳了出來，躍入了水中，雷華趕快雇了會水的人去尋找，但那些人都說沒有看到什麼寶劍，只看到有兩條五彩斑爛的龍，轉眼間就消逝了。原來，那兩條龍就是那兩把寶劍化成的。正因爲那個水潭中曾有兩把寶劍化爲龍，所以叫「劍潭」。李白有一首〈梁父吟〉，其中有兩句：

張公兩龍劍，神物合有時。

說的正是這段故事。

我們知道，辛棄疾是經過「南劍雙溪樓」時寫的這首〈水龍吟〉，那麼他是什麼時候經過這裏的？大家看辛棄疾身世經歷的年表，光宗紹熙三年，也就是1192年春天，辛棄疾被起用爲福建提點刑獄，在此之前，他已被放廢家居大約有十餘年之久了。你看他從乾道八年（1172年）以後一直輾轉各地，在不到十年之間，調動了有十一次之多，在此期間，他平定了江西的叛亂，賑濟了江西的飢荒，還曾經在湖南建立了「飛虎營」，並因此被人彈劾。我說過：偉大的作者都是用他的生命來做他的詩篇，用他的生活來實踐他的詩篇的，這是我爲什麼上次講了很多有關辛棄疾的生平的緣故。我們只有知道了他的生平，知道他是在什麼時候、什麼樣的心情下寫這首詞，才能更好地理解這首詞。

到了福建以後，他先後做了福建提點刑獄、知福州兼福建路安撫使，是當地的軍政大官。辛棄疾認爲，福建「前枕大海」（《宋史·辛棄疾傳》，海防非常重要，可是，府庫內沒有什麼積蓄，海防線也沒有軍隊防守，所以，他搜集了很多錢財，設立了「備安庫」，爲的是一旦有什麼變故，可以有應急的準備；而且他還做了一萬副盔甲，以加強福建的海防建設。他這樣奮發有爲，但馬上就又遭到了彈劾，有人說他「殘酷貪饕」（徐松《宋會要輯稿・職官》），說他「殘酷」，是因爲他的嚴刑峻法；說他「貪饕」，則是因爲他搜集錢財，就這樣，他又被貶官了。在離開福建的路上，他經過南劍州，登上「雙溪樓」，寫下了這首〈水龍吟〉。

「舉頭西北浮雲，倚天萬里須長劍。」他說：我登上「雙溪樓」，抬頭向西北看；西北是什麼地方？是淪陷的神州，是北宋的大好河山，可是，他沒有說這些，他只是說：我看到西北方的天空上的「浮雲」。這句話可以有兩層意思：第一層也許說的是大自然真實的景象，在他登上「雙溪樓」的那一刻，他果然看到西北方的一片「浮雲」；第二層可能是象喻，因爲西北方是北宋已淪陷的半壁江山，是辛棄疾的家鄉所在，辛棄疾生在山東歷城，如果從福建來看，那當然是在西北方了。我說這一句可能有象喻的意思，作者也不見得真是這樣，不過，如果按照西方的「接受美學」來說，就在它的文本（text）裏邊，有一種Potential effect，有這種可能性。中國古人作詩填詞，講究「無一字無來歷」（黃庭堅〈答洪駒父書〉），曹丕有一首詩說：

> 西北有浮雲，亭亭如車蓋。（〈雜詩二首〉其二）

所以辛棄疾這句詞在文字上就有了出處；那麼，「西北有浮雲」爲什麼有象喻的意思？我們接著往下看。他說：「倚天萬里須長劍」，如果「西北有浮雲」，我就需要用一把長劍把它掃蕩了，爲什麼長劍可以掃蕩浮雲？這出於《莊子》。

《莊子》有〈說劍〉一篇，用了一個比喻，他說有這麼一把了不起的劍，可以「上決浮雲，下絕地紀。」「決」是裂開的意思，只要把劍向上一揮，就可以把浮雲劃開；往下一砍，就可以把地紀砍斷。在這句中，辛棄疾不是說：「長劍上決浮雲」，而是說：「倚天萬里須長劍」，就把劍頂天立地，有「萬里」之長，可以一直倚立到天邊。我們說萬事「無一字無來歷」（黃庭堅〈答洪駒父書〉），這同樣有一個出處。宋玉在〈大言賦〉中說：「長劍耿耿倚天外」，「耿耿」有兩個意思：一是說「直」，我們常常說某人「耿直」，即是此意；另外，「耿」字從「火」，可以代表「光明」——這麼光彩、這麼筆直的一把長劍，當然挺立於天地之間了。辛棄疾說：我正需要這樣的一把「長劍」來掃蕩天上的「浮雲」。

開頭這兩句，並沒有用什麼美女和愛情來做一番掩護，而很多層的意思自然就蘊藏在其中了。像辛棄疾這樣的英雄豪傑，本來需要一把寶劍來「上決浮雲」，收復西北的神州，那麼他有沒有得到這樣的劍？那天他來到南劍州，登上「雙溪樓」，底下就是「劍潭」，而「劍潭」中就有兩把化爲神龍的寶劍，「人言此地，夜深長見，斗牛光焰。」當地的人說：直到現在，每當深夜，還常常可以看到劍氣的光芒直衝牛斗，千百年都沒有消滅。現在那兩把寶劍是否仍然在「劍潭」之中？「我覺山高，潭空水冷，月明星淡。」今天來到這裏，我看見了什麼？我只看見四周聳立的高山，如此的隔絕、如此的寂寞，而「劍潭」中的寶劍在哪裏呢？潭是空的，而且那潭水非常寒冷；再向上一看，茫茫的天宇上，只有一片明亮的月光和淡淡的疏星，哪裏有劍氣的光芒？但是，辛棄疾不是一名甘心失敗的人，不甘心怎麼樣？他就要找一找，「待燃犀下看，憑闌卻怕，風雷怒，魚龍慘。」「燃犀」的典故還是出自《晉書》，《晉書》這部歷史真的很有意思，其中那麼多神奇的傳說，寶劍化龍是《晉書》中記載的，「燃犀」照水同樣是《晉書》中記載的。據說溫嶠平定了一次戰亂，回來的時候經過「采石磯」──「采石磯」也叫「牛渚」（今安徽當塗），李白曾寫過〈夜泊牛渚懷古〉的一首詩，他說：「余亦能高詠，斯人不可聞。」這是大家比較熟悉的──，溫嶠經過牛渚時，聽當地人說這裏的水中有一些神怪之物，溫嶠好奇，就想找人下去看看，看不見怎麼辦呢？就要打一個火把，可是一般的火浸到水中肯定會滅，有人說，犀牛角點燃後的火光是不會被水澆滅的，於是，溫嶠找來犀牛角，照水一看，果然看見很多神奇的動物：有穿紅色衣服的，還有帶著帽子的，總之有這麼一段故事。辛棄疾說：爲了找到寶劍，我也點上一個犀牛角，但是我還沒有下去，剛剛走到水邊的欄杆旁，天上的風雷就震怒了，底下是魚龍的慘變。事實上，也正是如此。他在湖南建立「飛虎營」，被人說是：

> 用錢如泥沙，殺人如草芥。（《宋史》卷四百一〈辛棄疾傳〉）

他在福建製造盔甲，設立「備安庫」，被人說成：

> 殘酷貪饕，姦贓狼籍。（徐松《宋會要輯稿·職官》）

每當他要有所作爲，那些壓抑讒毀馬上就來了，他現在不是又被免官了嗎？上片主要寫風景，但是他寫得百轉千迴，包含了多少悲哀、多少感慨！

再看下片。「峽東蒼江對起，過危樓、欲飛還斂。」我們不是說「劍潭」這裏有兩條溪水嗎？東邊一條水叫「東溪」，西邊一條水叫「西溪」，兩條水在這裏匯合，四面都是高山，高山中間約束起來就是一個峽谷。根據福建的地方志，東溪水從很遠的地方流來，匯集了很多條細流，流到南劍州這裏，水勢已經非常大了。這麼滔滔滾滾的兩條溪流，經過「雙溪樓」高危的樓下，被高山的峽谷擠壓著、約束著，相對著翻騰跳濺；你看那水勢奔騰翻滾，真好像要飛起來的樣子，但是「欲飛還斂」，它永遠飛不出去，因爲四周都是高山。所以我說：「『峽東蒼江對起，過危樓、欲飛還斂。』稼軒語也，其詞品似之。」如果辛稼軒有一個 Patterns of Consciousness，那就是「欲飛還斂」——他總是要飛，卻總也飛不起來，總是被壓下去。寶劍沒有找到，飛又飛不起來，那麼以後怎麼辦呢？寫到這裏就出現了一個轉折：「元龍老矣，不妨高臥，冰壺涼簟。」「元龍」是誰呢？「元龍」是三國時代有名的豪傑之士：陳登。陳登號元龍，他本是一位有扶世濟民之志的人，跟陳登對舉的還有一個人叫許汜，《三國志》上記載了一故事，說有一次，劉備跟很多人聚會，許汜也來了，見到劉備後，許汜就批評陳元龍：

湖海之士，豪氣不除。（《三國志·魏書·陳登傳》）

他說：這個人太狂放了，劉備聽罷就問：何以見得陳元龍是這樣的人？許汜說：有一天我去拜訪陳登，我是客人，他是主人，結果他自己「上大床臥」——找了一張很好的大床睡在上面，讓我睡在底下，這簡直太沒有禮貌了。劉備說：現在天下大亂，英雄豪傑都「以天下爲己任」（《孟子·萬章下》），你許汜空有豪士之名，可實際上卻「求田問舍」，只顧個人利益，你的志意是自私而且卑微的，你如果到我這裏來，我要睡在「百尺樓上，臥君於地」（《三國志·魏書·陳登傳》）——就讓你睡在地上了。

前幾天，我們那個研究生的班上，還討論到陳維崧與辛棄疾有什麼不同；就是說，你失意後怎麼樣才能做到「哀而不傷」（《論語·八佾》）？有的人總是圍著個人的利害打算盤，所以當他的失意損及個人利益的時候，他就怨而怒、哀且傷了；如果是一個有品格、有道德、有操守的人，雖然當他的理想不能實現的時候，他也悲哀，但他不是爲自己私人的利害而悲哀，所以就能夠「樂而不淫，哀而不傷」（《論語·八佾》）了。一個人，你所追求的是什麼？你的理想是什麼？很多人的追求就是個人的「求田問舍」。說到「求田問舍」，我還想給大家補充辛棄疾的另一首〈水龍吟〉，我們現在所講的這一首〈水龍吟〉，是辛棄疾歷經挫折失意之後的作品，而那一首的寫作年代要早一些：

楚天千里清秋，水隨天去秋無際。遙岑遠目，獻愁供恨，玉簪螺髻。落日樓頭，斷鴻聲裏，江南游子。把吳鉤看了，欄干拍遍，無人會，登臨意。

休說鱸魚堪膾。儘西風、季鷹歸未？求田問舍，怕應羞見，劉郎才氣。可惜流年，憂愁風雨，樹猶如此！倩何人喚取，紅巾翠袖，搵英雄淚？

開頭幾句寫清秋的景物，寫得很開闊；後面他說，我是從淪陷的北方來到江南的一名遊子，我不是沒有「吳鉤」那樣的寶刀寶劍，但是我用在哪裏？誰又能理解我呢？古人說，如果你在朝廷中仕宦不得意，你可以辭官不做了，人家陶淵明不是說：

歸去來兮，田園將蕪胡不歸。（〈歸去來兮辭〉）

然後就隱居躬耕了嗎？我能不能這樣做？「休說鱸魚堪膾」，在這裏，他用了晉朝張翰的典故。張翰字季鷹，他本來在首都洛陽做官，當秋風吹起的時候，他想到故鄉江南的鱸魚片和蓴菜湯，那麼好吃，就「命駕而歸」（《晉書・張翰傳》）了。可是，辛棄疾離開淪陷的故鄉來到江南，當他想念故鄉的時候能夠回去嗎？好，你說我既然回不去，我就在江南安家立業好了，但是，他偏偏不是一位只知「求田問舍」的人，他是「以天下爲己任」（《孟子・萬章下》）的。他說：我如果像當年的許汜去「求田問舍」，若碰到像劉備那樣一位有遠大志向的人，他要睡在「百尺樓上」，讓我睡在地下，我一定會感到羞愧的。故鄉回不去了，江南我也不甘心終老在這裏。杜甫說：

此生那老蜀，不死會歸秦。（〈奉送嚴公入朝十韻〉）

難道我杜甫就老死在四川了嗎？只要我還有一口氣，我一定要回到長安去。辛棄疾說：我也想回到故鄉去，可歲月不待人，光陰如流水，我平生有多少憂愁！對於植物來說，打擊它、催傷它的，當然是風雨，所以李後主在破國亡家以後說：

林花謝了春紅。太匆匆。無奈朝來寒雨晚來風。（〈相見歡〉）

那風風雨雨都是對花的生命的打擊。「樹猶如此」又是用的一個典故。《世說新語・言語》上說，桓大司馬北伐經過金城，看到當年他種的柳樹都已經十圍了，於是感慨地說：

木猶如此，人何以堪！

無情的草木都會衰老，何況我們是有情的人類呢？「可惜流年」，在憂愁之中，在風雨的催傷打擊之中，我辛棄疾老了，樹都老了，何況人呢？那麼我怎麼辦？「倩何人喚取，紅巾翠袖，揾英雄淚。」在一切都已經失落之後，我叫什麼人替我找來一位「紅巾翠袖」的美人，爲我擦乾「英雄」的眼淚呢？我能找到這樣的安慰嗎？古人說：

英雄若是無兒女，青史江山更寂寥。（吳虞〈兒女詩〉）

英雄豪傑失意的時候，美人還是可以安慰的。

這首〈水龍吟〉是辛棄疾渡江南來十幾年以後寫的；

而那首〈水龍吟〉則是他南渡三十年以後寫的。我們在中間穿插講了這首詞，是爲了講剛才那一首。現在你就發現，典故既可以正面用，也可以反面用。剛才我說許汜是「求田問舍」的，陳登是許汜的一組對比，他是扶世濟民的；在這首〈水龍吟〉中，辛棄疾說我「求田問舍」，卻「怕應羞見，劉郎才氣。」這是正面用典。可是，在剛才那首〈水龍吟·過南劍雙溪樓〉中，他卻說：「元龍老矣。」那個不肯「求田問舍」的陳元龍現在已經老了，他雖有扶世濟民的遠大志向，但現在他沒有什麼辦法了，所以「不妨高臥，冰壺涼簟。」——當你真的不能再上馬據鞍、殺敵復國的時候，你何妨找一個地方安安穩穩、自由自在地生活呢？夏天的時候，你可以手持裝著冷飲的冰壺，高臥於涼爽的竹席之上，把那扶世濟民的志意暫時放下。這就是反面用典了。然而辛棄疾能放棄嗎？「千古興亡，百年悲笑，一時登覽。」俯仰人間「千古興亡」，多少朝代興起了，多少朝代滅亡了，而現在的南宋也慢慢走向危亡了，我辛棄疾一生一世不過「百年」，我有過多少悲哀？又有過多少歡樂？就在今天，我登上南劍的「雙溪樓」，一時之間，「千古興亡」的悲慨、「百年悲笑」的往事，都湧上了我的心頭。「問何人又卸，片帆沙岸，繫斜陽纜。」我站在樓上向下一看，是什麼人把那一片船帆落下來，把船的纜繩繫在了岸邊？此時已是日暮黃昏，看來船不會再向前走了。

我們再回到開頭，他從「西北浮雲」寫起，我說那可能是現實的景物，也可能有象喻的意義，而最後這幾句同樣是如此。一方面，他可以寫當時所見，確實有人在夕陽中繫纜岸邊；此外，這幾句也可能有象喻的意思：南宋的國家能夠復興嗎？淪陷的土地能夠收復嗎？我辛棄疾一心想要奮發有爲，但國家情勢卻像那條船一樣，被繫在了岸上，無法再前進了。

所以，他的 Patterns of Consciousness 是兩股力量的衝擊：一是他本人奮發向上的意志；一是來自於外界的向下的打擊壓抑。這兩股力量盤旋激盪，使他的詞低迴婉轉、百轉千迴，雖豪放卻有一種「要眇」幽微的雙重意蘊。不只如此，他的語言也很妙，你看蘇東坡那首〈滿庭芳〉：

> **蝸角虛名，蠅頭微利，算來著甚幹忙。事皆前定，誰弱又誰強。**

他每一句都是這樣明白地直接說出來，而且每一句都是完整的；而辛棄疾不是呀，他從來不直說，他不說我要打到老家去，收復被敵人佔領的土地，而是說：「倚天萬里須長劍」，後邊他用了陳元龍的典故，但是他把典故反過來用，說：「元龍老矣，不防高臥，冰壺涼簟。」其實，他何嘗甘心情願地過這種「高臥」的生活？最後，他用「千古興亡」總結整個盛衰興亡的歷史，用「百年悲笑」總結他自己挫折壓抑的一生，說：「千古興亡，百年悲笑，一時登覽。」爲什麼當權者不肯反攻，打到北方去？爲什麼國家逐漸衰落了？爲什麼我永遠不能前進？他沒有說，他只是說：「問何人又卸，片帆沙岸，繫斜陽纜。」他從各方面來寫，或者寫大自然的景象，或者用歷史典故的故事，但是都沒有直接說出來。因爲不直接，所以就不會顯得膚淺了。還不只如此，你再看他的句法：「倚天萬里」的是什麼？是一把長劍，他不說我需要倚天萬里的長劍，而是說「倚天萬里須長劍」，接著，「人言此地」如何？「夜深長見」，意思還沒有完，「長見」什麼？「斗牛光焰」，所以，在句法上，他不是一口氣就說完了，而是斷斷續續有很多姿態。像這首〈水龍吟〉是辛棄疾豪放的詞，他寫得慷慨激昂，有直接的感發，具有詩的美；同時有幽微曲折的言外之意，具有詞的美，這是「詩化之詞」中最高的一種境界。

前面提到劉克莊曾經說辛棄疾的詞：「大聲鞺鞳，小聲鏗鍧」（〈辛稼軒集序〉）——他各種風格都寫得好；下面，我們再看他的一首〈摸魚兒〉，屬於另一種風格的詞。如果說〈水龍吟・過南劍雙溪樓〉是豪放中有婉約，那麼，〈摸魚兒〉就是婉約中有豪放了。

辛棄疾（三）

我們前幾次講辛棄疾的詞時，重點介紹了他的生平。因爲與其他的一些作者相比，辛棄疾最大的特點就在於：他是用生命來書寫他的作品、用生活來實踐他的作品的。他不像某些人，只是吟詠「春風春鳥，秋月秋蟬」（《詩品》），只寫外表的風花雪月，偶然看見一個景物，就偶然寫了一首詩詞。南宋詩人楊萬里寫過一首絕句：「雨來細細復疏疏，縱不能多不肯無。似妒詩人山入眼，千峰故隔一簾珠。」（〈小雨〉）他說：天下雨了，可是下得很細小、很稀疏，縱然不能下大些，但它也不肯停止，爲什麼要下這樣的雨呢？也許是由於嫉妒詩人能看到美麗的遠山，所以故意掛起一道珠簾，把千山遮掩住，不讓詩人看見。這首小詩寫得未始不美，它很美，也很有情致，可它是偶然的，是作者偶然看見雨、偶然看見山，然後偶然有了這種聯想。而辛棄疾不是這樣，他的悲哀、他的感慨都不是偶然的。我說過，西方前些年流行過一種「意識批評」（Consciousness Criticism），但以前的「新批評」（New Criticism）反對研究作者的意識，認爲詩歌的好壞在於它本身的聲音、結構、韻律，在於其文本的藝術性，與作者沒有關係。可是，同樣都是有藝術性的作者，其作品的高低、上下，一定牽涉到作者人格的高下，這是必然的。

前些時候，一位外校的學生跑到我們研究生的班上來聽課，他寫了一篇論辛棄疾的文章，因爲他是學西方哲學的，所以他從康德的「實踐理性」來評價辛棄疾的詞。什麼是「實踐理性批判」呢？按照康德的哲學，就是人的道德。康德認爲：善是人先天本來就有的。這種觀點，其實跟中國儒家思想有某些暗合之處，孟子說：

> 惻隱之心人皆有之，羞惡之心人皆有之。（《孟子‧告子上》）

就是說人的實踐之中本來就有一種道德的本能。康德還說：道德與幸福常常是悖反的。其實，不只康德這樣說，我們中國早就有這種論點。孔子說：「殺身成仁」（《論語‧衛靈公》），孟子說：「捨生取義」（《孟子‧告子上》），當你的幸福與善的道德發生衝突的時候，你選擇的是什麼？我們講過蘇東坡，都覺得他詞寫得很灑脫，人也具有浩氣曠懷，其實，蘇東坡的性格很複雜，他既有執著的一面，又有超越的一面。有的人故做瀟灑，說我什麼都放得下，什麼都不在乎，我灑脫嘛！這是不問黑白，不關痛癢！人家蘇東坡不是，他放開的是私人的禍福，所以當他被下到御史臺的監獄，九死一生，出來以後，又被貶到黃州，有位朋友寫信慰問他，他對那位朋友說：

> 吾儕雖老且窮，而道理貫心肝，忠義填骨髓，直須談笑於死生之際。若見僕困窮便相於邑，則與不學道者大不相遠矣。（〈與李公擇十七首〉其十一，《蘇軾文集》卷五十一〉）

我們這些人既然讀了聖賢書，得有「見道」之處，你「見道」了還是沒有「見道」？孔子說：「朝聞道，夕死可矣。」（《論語．里仁》）這個「道」是什麼？你找到了你人生的立足點了嗎？蘇東坡說：別說這樣的困厄，就是面對生死，我都可以不在乎了；林則徐也說過：

> 苟利國家生死以，豈因禍福避趨之。（〈赴戍登程口占示家人〉）

我不會因爲私人的「禍福」而「避趨」，爲了一個理想，我可以生死以之。那麼辛棄疾呢？他也持守了一種理念、一種志意，所以不管把他安排在哪裏，他同樣不因爲自己的「禍福」而「避趨」之。我們已經講了他的兩首〈水龍吟〉，大家從中可以看到辛棄疾的理想和志意，下邊這首〈摸魚兒〉也是這樣。

摸魚兒

> 淳熙己亥，自湖北漕移湖南，同官王正之置酒小山亭，為賦。

> 更能消、幾番風雨，匆匆春又歸去。惜春長怕花開早，何況落紅無數。春且住。見說道、天涯芳草無歸路。怨春不語。算只有殷勤，畫簷蛛網，盡

日惹飛絮。　　長門事，準擬佳期又誤。蛾眉曾有人妒。千金縱買相如賦，脈脈此情誰訴。君莫舞。君不見、玉環飛燕皆塵土。閒愁最苦。休去倚危欄，斜陽正在，煙柳斷腸處。

辛棄疾在淳熙己亥年（1179年）從湖北的「轉運副使」移官湖南。「轉運副使」是轉運什麼東西的？轉漕運，就是在水上運輸糧食的。本來，辛棄疾一直想做一個比較有實權的官，以實現自己收復失地的理想，但朝廷總是把他東調西調，不到十年，遷轉了有十幾次之多。這首詞寫於宋孝宗淳熙六年（1179年），那一年，辛棄疾從湖北轉移到湖南，臨行之前，他的一位叫王正之的同事在「小山亭」準備了酒席，爲他餞行，於是他寫了這首〈摸魚兒〉。

「更能消、幾番風雨。匆匆春又歸去。」辛棄疾的詞所以寫得好，他有那麼多的感慨，一開頭就能夠打動你。我前幾天在天大講蘇軾時，說了他一首〈水龍吟〉詠楊花的詞，那首詞用的是他的一位朋友章質夫的韻，也是一開頭就寫得好：

似花還似飛花，也無人惜從教墜。

而章質夫怎麼寫的？

燕忙鶯懶芳殘，正堤上柳花飄墜。

這不是廢話嗎？所以你有沒有思想、有沒有感情，一開口就能看出來，有的人開口就是有，沒有的人你再矯揉造作也是沒有。你看辛棄疾這首詞與蘇東坡那首詞一樣妙，僅此開頭一句，就有多少悲哀！李後主說：「林花謝了春紅。太匆匆。」（〈相見歡〉）那還只是一年一次的打擊，可是辛棄疾呢？他生平受了多少打擊？他二十歲的時候，「壯歲旌旗擁萬夫。錦襜突騎渡江初。」（〈鷓鴣天〉）滿懷著豪情壯志，他總想有所作為，卻幾次遭到彈劾，被放廢家居，儘管他是英雄豪傑，可是一個人，你生平能夠經歷多少打擊？在這句中，他沒有說自己，他只是說春天的「風雨」，而「風雨」在辛棄疾的詞裏邊，有種挫折、打擊的象喻：「可惜流年，憂愁風雨，樹猶如此。」（〈水龍吟〉）這裏的「風雨」不只是現實的「風雨」，也代表外界的打擊。當然，「風雨」具有這樣的象喻意義，還不始於辛棄疾，蘇軾不是也有一首詞，說：「莫聽穿林打葉聲」嗎？在那首詞的最後，他說：「回首向來蕭瑟處。歸去。也無風雨也無晴。」（〈定風波〉）蘇東坡真是了不起，「誰似東坡老，白首忘機。」（〈八聲甘州〉）經歷了這麼多挫折苦難，現在他說：回過頭來看過去的一切，「風雨」陰晴都是外在的，只要本身自有光明存在，外在的「風雨」陰晴都不足道。所以，「風雨」在詩詞中一向有象喻的傳統。我們講西方文論，說是某一詞彙在一個民族的文化中用得很久了，這個詞彙就成了一個文化的「語碼」；「風雨」在中國詩歌中，也是一個文化的「語碼」。「更能消、幾番風雨。匆匆春又歸去。」我在湖北做轉運副使，難道就不能給我一個實在的、可以實現我的理想的機會嗎？現在又要調到湖南去，又一次的失落、又一次的落空。很多時候，一篇作品之所以好，虛字的運用起著重要的作用。你看「更能消」的「更」字，「春又歸去」的「又」字，都用得非常好：我還能夠經歷幾次風雨，經受多少消磨，春天又匆匆地消逝了。「惜春長怕花開早，何況落紅無數。」他真的是多情，你要等到花落了才惋惜，那不算真正地愛花，珍愛花的人，從花還沒有開就為它擔心，怕它開得太早，因為早開就會早謝，所以我情願它慢慢地開，我寧可晚一點看它的開放。杜甫說：

> 一片花飛減卻春，風飄萬點正愁人。（〈曲江二首〉其一）

從花沒有開，我就為它惋惜，何況今天已是「落紅無數」了！「春且住。見說道、天涯芳草無歸路。」我希望能夠把春天留住，希望春天姑且停下腳步，但是，「見說道、天涯芳草無歸路。」這一句有雙重意思：一個是說春天回去的時候沒有路，黃庭堅有一首詞：

> 春歸何處。寂寞無行路。若有人知春去處。喚取歸來同住。（〈清平樂〉）

他想把春天從歸去的路上再喚回來；另一個是說辛棄疾自己沒有回頭的退路，《楚辭．招隱士》中說：

> 王孫遊兮不歸，春草生兮萋萋。

所以天涯生芳草的時候，是遊子應該還鄉的季節，當年，張季鷹仕宦不得意，於是回到老家去吃蓴羹鱸膾，而我的家鄉在淪陷區的山東，我能回去嗎？如果說回去，我又能回到哪裏去呢？歐陽修說：

> 淚眼問花花不語。亂紅飛過鞦韆去。（〈蝶戀花〉）

有哪一位多情之人能把春天挽留住？「怨春不語。算只有殷勤，畫簷蛛網，盡日惹飛絮。」、「落花飛絮茫茫」，當柳絮飄飛、春天消逝的時候，大家都不珍惜春天，只有那美麗的屋簷下有蜘蛛結的網，想把落花「飛絮」都網在它上邊，希望能把春天留住。什麼人關心辛棄疾呢？他不是在前面說：「倩何人喚取，紅巾翠袖，搵英雄淚。」（〈水龍吟〉）嗎？他還有一首〈永遇樂〉最後說：「憑誰問，廉頗老矣，尚能飯否。」什麼人關心我？我有這麼多的理想和志意沒有完成，有誰來愛惜我、關懷我？

下片：「長門事，準擬佳期又誤。」這當然用的是漢武帝的陳皇后的故事。陳皇后小名叫阿嬌，是漢武帝的姑母的女兒，他小時候經常和阿嬌玩在一起，有一次，他姑母就問：你長大了，我把阿嬌嫁給你好不好？他說：如果我娶了阿嬌做妻子，我要鑄金屋藏之。後來，阿嬌真的跟漢武帝結了婚，但失寵後被貶到「長門」去了，於是陳皇后找來了司馬相如，司馬相如就給她寫了一篇〈長門賦〉，寫她在「長門」之中如何的悲哀，希望能夠借此來感動武帝，結果武帝真的感動了。現在辛棄疾說：我像當年的陳阿嬌一樣被冷落了，我希望離開湖北後，能有一個真正實現理想的機會，可是，我不能感動皇帝、感動朝廷，沒有人關懷我、愛惜我，我的理想又一次幻滅了。屈原在〈離騷〉中說：

眾女嫉余之蛾眉兮，謠諑謂余以善淫。

爲什麼「蛾眉曾有人妒」？因爲辛棄疾有才華、有魄力、有理想，所以處處遇到小人的讒害與排擠，每次欲有所作爲，卻都被小人彈劾而罷免了。「千金縱買相如賦，脈脈此情誰訴。」陳皇后當年用「千金」求司馬相如爲她寫賦，結果感動了皇帝；現在，縱然我也有「千金」，但能夠找到一位像司馬相如那樣會寫賦的人，肯爲我說上幾句話嗎？我有多少難以言說的感情？他怎麼能把我這一份情意表達的清楚呢？然後，他又轉回去說：「君莫舞。君不見、玉環飛燕皆塵土。」「舞」就是展示自己的姿態，他說：你們這些高高在上的人不要得意，你沒有看見楊玉環與趙飛燕的下場嗎？她們矜誇自己美麗的歌舞，曾經得寵一時，可是最後不都死去化爲塵土了嗎？「閒愁最苦。休去倚危欄」，什麼是「閒愁」？馮正中有一首詞說：

> 誰道閒情拋擲久。每到春來、惆悵還依舊。（〈鵲踏枝〉）

這是你說不出來的一種愁，懷著這樣的愁緒，你不要靠在高危的欄杆上，爲什麼？因爲一靠在上邊，你就會看到「斜陽正在，煙柳斷腸處。」這首詞的最後兩句看起來很簡單，但是，「斜陽」在中國的詩詞裏邊是一個「語碼」。西方「符號學」（Semiotics）認爲：語言是一種符號，當語言符號被很多人用了很久之後，它就會結合本民族的文化傳統而形成一種「文化語碼」（Cultural Code）。很多同學問我：「語碼」與「典故」是不是一回事？它們有什麼不同？這個你一定要弄清楚，「語碼」與「典故」不同，比如我們上次講的那首〈水龍吟〉，它說：「夜深長見，斗牛光焰。」張華看到斗牛之間有光氣，這是一個「典故」；還說：「待燃犀下看」，溫嶠在牛渚磯點上犀牛角的火把來照水，這也是一個「典故」。而「斜陽」只是我們常常用的一個詞語，這絕不是「典故」，在中國的文化傳統中，「斜陽」代表的是國家的危亡，我們前些時候，在研究生的班上講韋莊的詞，說韋莊有五首〈菩薩蠻〉，最後一首他說：

凝恨對殘暉。憶君君不知。

他寫的就是「斜陽」。清朝初年有一位叫李雯的詞人，寫過一首〈風流子〉，開頭是這樣寫的：

誰教春去也，人間恨、何處問斜陽。

那時明朝已經滅亡，李雯的父親也在戰亂中死去了，在沒有亡國以前，李雯與陳子龍、宋征輿是江蘇松江的三個並稱一時的才子，他們三個人飲酒賦詩，真是充滿豪情，可轉眼之間，國破家亡，「誰教春去也」，爲什麼美麗的春天這麼快就消逝了？人世間爲什麼會有這樣的情事？我向誰問一問呢？波斯詩人奧馬加音寫過一首詩：

搔首茫茫欲問天，天垂日月寂無言。

問天還可以，可你爲什麼要問「斜陽」呢？所以中國詩歌裏寫到「斜暉」，寫到「斜陽」，往往有一種對朝廷危亡的憂慮。在「斜陽正在，煙柳斷腸處」這一句中，「斜陽」代表了辛棄疾對於南宋朝廷不思進取的憂慮，就在那煙靄溟蒙的垂柳之間，你看到「斜陽」冉冉地沉下去了。

開始講辛棄疾時我說過，他不僅有英雄豪傑的志意，而且很會安排生活。在幾次被貶家居的時候，他也經營自己的住所，我引過他寫「帶湖」的一首〈水調歌頭·盟鷗〉，還引過他另一首寫「帶湖」的〈沁園春·帶湖新居將成〉，很多人佈置自己的住所，佈置得金銀錦繡、畫棟雕樑，而人家辛棄疾呢？他要與白色的鷗鳥結盟，還說：

秋菊堪餐，春蘭可佩，留待先生手自栽。

屈原說：「朝飲木蘭之墜露兮，夕餐秋菊之落英。」（〈離騷〉）我早晨飲的是木蘭花上滴落的露水，晚上吃的是菊花的花瓣。你不要去考證，說屈原早晨喝的是露水，他不喝牛奶嗎？有人說屈原是吃菊花落下來的花瓣嗎？那又乾又黃的怎麼好吃呢？也有人說「落英」的「落」，不是「落下來」的「落」，在這裏，「落」是剛剛開放的意思，比如一棟建築物蓋好了，說是「落成」，什麼是「落成」，「落成」不是倒下去了，是始成、剛剛建成的意思，所以「秋菊之落英」，指的就是秋菊之始英：菊花剛剛開放的新鮮的花瓣。我認爲，你不用去考證，說屈原是不是真的喝了木蘭花的露水、吃了菊花的花瓣？這都不是關鍵的。司馬遷說得好——讀書就應該像他這樣讀——，他說屈原「其志潔，故其稱物芳。」（〈屈原賈生列傳〉）因爲屈原的志意是高潔的，所以他稱述的萬物都是芬芳美好的。你吃的是什麼？你喝的又是什麼？還不是說你的嘴巴吃的是什麼，是你的心靈吃的是什麼？你讀書都讀到哪裏了？蘇東坡小時候讀書，讀到〈范滂傳〉時他說：我將來要做范滂這樣忠義的人（《宋史》卷三百三十八〈蘇軾傳〉）；讀到《莊子》他又說：我從前「有見於中，口未能言」（蘇轍〈亡兄子瞻端明墓誌銘〉），現在看到《莊子》，他說出了我心裏想說的話。你讀千萬卷詩書，到底得到了些什麼？你看辛棄疾寫詞，他那些典故隨手拈來，他可不是把辭書字典什麼的放在旁邊，一條一條查出來的，是他把這些典故消化後，結合在他的靈魂與情感之中，他想用時自然就跑出來了。我們之所以要讀詩，是因爲古人的詩詞中有這麼多美好的東西，而你要能吸收這些東西，必須會讀。辛棄疾是很會讀書的：「秋菊堪餐，春蘭可佩」，他用的是屈原的話，當他這樣用的時候，屈原的那種理想、那種精神、那種品格，就都來到他的詞裏邊了。「留待先生手自栽」說得也好，是人家種來給你看、給你吃嗎？杜甫說：

種竹交加翠，栽桃爛漫紅。（〈春日江村五首〉其三）

我要親手種出竹子來，種的竹子要枝葉扶疏，青蔥茂盛，我還要親手栽下桃樹，讓它開出新鮮燦爛的粉紅色的花朵；他的「交加翠」寫得好，「爛漫紅」也寫得好，但你要知道：人家是自己種的竹、自己栽的桃。辛棄疾說：「秋菊堪餐，春蘭可佩，留待先生手自栽。」也是他親手種出來的。同樣是經營園林的人，人家辛棄疾是這樣經營的。當然，我現在還不是說這首詞，這首詞寫的是「帶湖」的住所，但是後來「帶湖」的房子失火了，於是他又在鉛山的「瓢泉」蓋了一處住所；下面，我們就來看他在鉛山寫的一首詞：

沁園春

靈山齊庵賦，時築偃湖未成。

疊嶂西馳，萬馬回旋，眾山欲東。正驚湍直

> 下，跳珠倒濺，小橋橫截，缺月初弓。老合投閒，天教多事，檢校長身十萬松。吾廬小，在龍蛇影外，風雨聲中。　　爭先見面重重。看爽氣朝來三數峰。似謝家子弟，衣冠磊落，相如庭戶，車騎雍容。我覺其間，雄深雅健，如對文章太史公。新堤路，問偃湖何日，煙水濛濛。

我說過，辛棄疾這個人是很會安排的。我們上次不是念了他的一首小詞，說：「涓涓流水細侵階。鑿個池兒，喚個月兒來。」（〈南歌子〉）嗎？這裏既然有水，就鑿個池子，天上的月亮就倒映在我的水池中了。在「帶湖」新居將成時，他又要種菊、又要種蘭，他總是要這樣那樣的。現在「偃湖」還沒有築成，他就說了：「疊嶂西馳，萬馬回旋，眾山欲東。」寫得好！過去我講歐陽修的詞時，有一位同學就問：歐陽修的文章怎麼樣？其實，評價歐陽修的文章評價得最好的是蘇洵的〈上歐陽內翰書〉，蘇洵說歐陽修的文章是「紆徐委備」，「紆」是從容；「徐」，我們說：「清風徐來」，就是從容不迫的樣子；「委備」是說委曲詳細。歐陽修是非常有姿態、有情趣的一個人，所以他的文章有「紆徐委備」的特色。那麼辛棄疾呢？他是英雄豪傑，他不像歐陽修那樣「紆徐委備」，而是激盪盤旋，「欲飛還斂」（〈水龍吟〉）你看他的豪情壯志！我曾經說過，豪放派的詞人往往叫囂浮誇，如果你只是說：我要打回去收復失地。這樣做是一件很好的事，但這樣寫並不是一首很好的詞。詞，要有一種委婉曲折的姿態，有些人寫豪放詞缺乏這種姿態，但辛棄疾是有的；而且，他不是造作出來的姿態，他真的有自己的感情，他本來的生命和生活，就是在這種波瀾起伏中壓抑掙扎。不但寫「南劍雙溪樓」的景物是如此，他寫「靈山齊庵」的開頭幾句也是如此：「疊嶂西馳，萬馬回旋，眾山欲東。」「馳」就是跑，他說，那重重疊疊的山勢，好像是馬在一齊向西跑的樣子，忽然間一個轉折，「萬馬回旋」，千萬匹馬跑到這裏，一轉就回頭往東邊去了。「正驚湍直下，跳珠倒濺，小橋橫截，缺月初弓。」這個「跳」自是念平聲字，應該讀「ㄊㄧㄠ」，你爲什麼要在這裏築個「偃湖」？如果這裏是沙漠，你怎麼能築湖呢？因爲這裏有「驚湍直下」，山上有大片的瀑布直瀉下來，濺到底下的水池中，水珠紛紛向上倒濺；「小橋橫截」，在水池上他還要搭一座小橋，小橋像什麼樣子？「缺月初弓」，就像彎彎的月亮和弓一樣。這樣不算，後邊他說：「老合投閒，天教多事，檢校長身十萬松。」「合」字是入聲字，念「ㄏㄜˋ」，是「應該」的意思。辛棄疾寫這首詞時差不多六十歲了，他二十歲度江南來，輾轉江南四十年，沒有能夠實現自己的理想，真是滿腹的悲慨！他說：我現在年紀大了，本來早應該過投閒置散的生活，可是「天教多事」，上天給我安排了這麼多事情，什麼事情？「檢校長身十萬松」，他的形容詞用得真是好，松樹當然高大，「長身」多麼英武！你看秦始皇兵馬俑中的那些人，身材都很高大，這就是「長身」；更妙的是，他在「長身」前用了「檢校」兩個字。什麼是「檢校」？就是檢閱軍隊，他曾經檢閱過真正的千軍萬馬，可現在他被放廢投閒，只能「檢校」那十萬棵高大的松樹了。「吾廬小，在龍蛇影外，風雨聲中。」爲什麼說是「龍蛇」？你如果學過國畫，畫過松樹，就知道松樹枝幹有騰拏之勢，像盤曲的龍蛇一樣；特別是黃山上的松樹，在強烈的風霜雨雪的催折之下，它是掙扎著長出來的，所以才有那麼盤曲的姿態。「在龍蛇影外」說的是松樹的形影，是實實在在的姿態；而「風雨聲中」呢？當然，風吹過松樹，有陣陣松濤的聲音，如同風雨之聲，而「風雨」還有另外的意思：蘇東坡說：

莫聽穿林打葉聲。何妨吟嘯且徐行。竹杖芒鞋輕勝馬。誰怕。一蓑煙雨任平生。（〈定風波〉）

辛棄疾的那首〈水龍吟〉也說：「可惜流年，憂愁風雨」，所以，「風雨」也是一個「語碼」，象徵了外界的打擊摧殘。他在〈沁園春〉中說：

秋江上，看驚絃雁避，駭浪船回。

我是一隻天上飛的雁，也不知道什麼時候就有人把我射傷了，在驚濤駭浪之中，我的船不能前進了，我只好回頭。在這首詞中他又說：我的房子這麼渺小，而包圍我的是「風雨」中有騰挐之勢的、像要下來抓我的松樹。

再看下半首。有人寫山水，總是雕琢刻畫那些青山綠水，人家辛棄疾不是這樣，他說：「爭先見面重重。看爽氣朝來三數峰。」「重重」是重重疊疊的山，在霧散雲開、天高氣爽的早晨，我起來出門向外邊一看，覺得每一座山彷彿都在爭著跟我打招呼，它們像人一樣。像什麼人？「似謝家子弟，衣冠磊落，相如庭戶，車騎雍容。」王謝是晉朝高貴的世家，因此謝家子弟的氣度自然是「磊落」，站在那裏大大方方、磊磊落落，不忸怩、不作態；「相如庭戶，車騎雍容」出自《漢書・司馬相如傳》，據說司馬相如當年去臨邛拜訪卓王孫，臨邛縣令爲了壯大司馬相如的聲勢，就讓他帶著很多的侍從車馬，所以看上去「雍容閒雅」。還不只如此，他又說：「我覺其間，雄深雅健，如對文章太史公。」我覺得這些山雄偉深厚、高雅強健，我面對著它們，就如同面對著太史公司馬遷的文章，這句話都有來歷：「謝家子弟」出自《世說新語》；「相如庭戶」出自《漢書》；「雄深雅健」是韓退之讚美柳宗元的的話，韓愈說柳子厚的文章：「雄深雅健，似司馬子長。」（劉禹錫〈唐故柳州刺史君集〉）辛棄疾欣賞司馬遷的文章，司馬遷當然不只文筆好、才氣大，他生平也是不得志的，爲了替李陵辯護，他受了腐刑，所以他的文章中有一種抑鬱不平之氣。辛棄疾寫過一首〈漢宮春〉，有幾句說：

> 亭上秋風，記去年嫋嫋，曾到吾廬。山河舉目雖異，風景非殊。功成者去，覺團扇、便與人疏。吹不斷，斜陽依舊，茫茫禹跡都無。

最後他說：

> 誰念我，新涼燈火，一編太史公書。

《史記》有多少感慨？辛棄疾面對著《史記》又有多少感慨？而無限感慨盡在不言中了。當然，他現在形容的是那些山。「新堤路，問偃湖何日，煙水濛濛。」他在河堤上開出一條路來，他說：我要在這裏築一個「偃湖」，哪一天才能築成呢？那時候，我就可以欣賞湖中濛濛的煙水了。

前面我說辛棄疾是「一本萬殊」，他的根本即他的志意和理念的基本樣式，也就是西方文論中所講的 Patterns of Consciousness。一般人沒有一個 Pattern，所以隨波逐流，人云亦云，而辛棄疾有自己的 Pattern，並由此變化出很多的風格，不管寫什麼，他都能寫得很好，但是現在我們真的要把辛棄疾結束了。

姜夔（一）

今天我們要講姜白石的詞了。

前面講辛棄疾，我說他的詞中最基本的感情，是那種激昂慷慨的豪情壯志；而貫串於白石詞中，最重要的感情則是他的一段愛情的往事。夏承燾先生是當代最有名的詞學家了，他曾經對很多詞人進行考證，然後編了年譜；對於姜白石，他還考證了白石的愛情本事，寫了〈白石懷人詞考〉（〈姜白石繫年・附錄〉，《唐宋詞人年譜》；另參〈行實考・合肥詞事〉，《姜白石詞編年箋校》）。其實，從晚唐、五代開始，詞主要是寫美女和愛情的，但是沒有人專門進行考證，說溫庭筠的詞中寫的是什麼女子、有什麼故事呀；韋莊寫的女人又是誰呀，沒有人考證這些，因爲那都是寫給一般的歌妓舞女去唱的「歌辭之詞」；可是，姜白石與他們不同，他的詞中，有很多地方都可以看到那一段愛情本事的影子。他寫過一首〈淡黃柳〉，在序中說：

客居合肥南城赤闌橋之西，巷陌淒涼，與江

> 左異。雖柳色夾道，依依可憐。因度此闋，以紓客懷。

在另一首〈淒涼犯〉的序中也說：

> 合肥巷陌皆種柳，秋風夕起騷騷然。予客居闔戶，時聞馬嘶，出城四顧，則荒煙野草，不勝淒黯，乃著此解。……。

他屢屢在詞中提到合肥，夏承燾先生說，姜白石之所以對合肥念念不忘，是因爲那裏有一名女子，我們不知道這名女子的姓名，只能稱之爲「合肥女子」。據夏承燾先生考證，姜白石是在二十歲左右遇到那個女子，在他三十二歲時來到湖州，遇到了蕭德藻。蕭德藻別號千巖老人，是與楊萬里、范成大齊名的一位大詩人。書上說姜白石「氣貌若不勝衣」（陳郁《藏一話腴》），他本是很瘦弱的一介書生，詩詞寫得好，而且精通音律，但是平生沒有做過官：一則因爲他本來就不熱衷於追求仕宦利祿；再則是沒有能考取功名。姜白石曾寫過一些研究音樂的著作（如：〈大樂議〉、〈琴瑟考古圖〉與〈聖宋鐃歌十二章〉），呈獻給當時的皇帝（分別於寧宗慶元三年、1197年；寧宗慶元五年、1199年），皇帝看罷認爲不錯，就給他一次特別的考試機會——當年杜甫也是這樣，杜甫向皇帝上了三篇〈大禮賦〉，也得到了皇帝的欣賞，給他一次特別的機會參加考試。——姜白石不僅沒有仕宦，他的父親（噩）死得也很早，在他十四歲時，他的父親就去世了，所以他平生在各地周遊流落，過著清貧的生活。蕭德藻是一位有名的詩人，家境也很富有，他讀了姜白石的詩詞，很欣賞他，就「以其兄之子妻之」（陳振孫《直齋書錄解題》），大概他自己沒有女兒，就把他哥哥的女兒許配給姜白石了。也就是在那一年（1187年），姜白石跟合肥女子分離了，他有一首很有名的詞〈踏莎行〉，就是寫於這一年，他說：

> 燕燕輕盈，鶯鶯嬌軟，分明又向華胥見。夜長爭得薄情知，春初早被相思染。　　別後書辭，別時針線，離魂暗逐郎行遠。淮南皓月冷千山，冥冥歸去無人管。

這首詞有一個小題目：「感夢而作」，可能是他離開合肥女子去湖州結婚的時候，在路上夢見她了。「燕燕輕盈，鶯鶯嬌軟」，當然是寫這個女子體態的輕盈和情態的嬌軟了。可是根據夏承燾先生的考證，白石在合肥所認識的本是姊妹兩個人。白石寫過一首〈解連環〉，其中說：

> 大喬能撥春風，小喬妙移箏雁。

他用的是三國時的典故。三國時，吳國的喬公有兩個國色天香的女兒：大喬和小喬，大喬嫁給了孫策，小喬嫁給了周瑜。蘇東坡詞曰：

> 遙想公瑾當年，小喬初嫁了，雄姿英發。（〈念奴嬌・赤壁懷古〉）

指的就是這件事。夏承燾先生認爲：白石在合肥結識了姊妹兩個人，一位善於彈琵琶，另一位善於彈箏。如此說來，這首〈踏莎行〉中的「燕燕」、「鶯鶯」豈不是兩個人？當然這只是一種說法，實際上如何，已難以詳考了。總之，在夢中他又見到了那個女子，「別後書辭，別時針線，離魂暗逐郎行遠。」離別之後，兩個人還互通音信，離別之時，這個女子還給他縫了衣服，現在，她的靈魂追隨他一路上來了。「淮南皓月冷千山，冥冥歸去無人管。」想她孤零零的一名女孩子，在清冷的月光下，跋涉千山萬水，就這麼一個人回去了。

姜白石三十幾歲與蕭德藻的姪女結婚，在他四十歲左右回到過合肥兩次，第一次回去，那個女子可能還沒有出嫁；第二次回去，她就已經出嫁了。在他的詞中，他與「合肥女子」的這一份情事，出現次數最多的一年是辛亥年（1191年），也就是在他三十七歲的時候，他最有名的兩首詞：〈暗香〉、〈疏影〉就是寫於這一年。你看他的〈醉吟商小品〉是辛亥年金陵作，〈淡黃柳〉是辛亥年合肥作，〈淒涼犯〉也是辛亥年合肥作，另外還有〈浣溪沙〉、〈摸魚兒〉、〈長亭怨慢〉，都是這一年寫的。

下面，我們要先看他的一首〈鷓鴣天〉，是他四十三歲時作的。爲什麼我把這首詞提出來先講呢？因爲這首詞開頭的兩句，把他在合肥的這一段情遇，比較明白地寫出來了，而其他的詞裏都寫得很朦朧，而且那些詞多是長調。姜白石寫長調有另外一種手法，我們暫且不講，現在我們講的是他的小令。小令我們以前也說了，它多半還是用寫詩的筆法直接來鋪寫的，所以帶著直接的感發。我把這首詞先念一遍：

肥水東流無盡期，當初不合種相思。夢中未比丹青見，暗裏忽驚山鳥啼。　春未綠，鬢先絲，人間別久不成悲。誰教歲歲紅蓮夜，兩處沉吟各自知。

「肥水東流無盡期」，因爲在合肥那裏有一條河流叫「肥水」，「肥水」是向東流的。李後主說：「自是人生長恨水長東。」（〈相見歡〉）水的「東流」不斷，人的感情也不斷，人生的長恨也不斷，所以，「肥水東流無盡期」，寫的是他不盡的長恨。要早知今日，則「當初不合種相思」。「相思」是一種樹木，相思樹結出來的豆子叫「紅豆」，也叫「相思子」。王維有一首詩：

紅豆生南國，春來發幾枝。願君多采擷，此物最相思。（〈相思〉）

我現在要問一問大家，你們見過「紅豆」嗎？不是煮湯的「紅豆」，是那種真正的「相思子」？我今天帶來了實物，可以讓大家傳著看一看。你們看，這最大的一顆是非常端正的一顆心的形狀，它顏色純紅，而且非常堅實，不會腐爛，這是真真正正的所謂「相思子」的「紅豆」；這顆小一些的也是紅色，但不是心的形狀，而且上面還有一個小黑點，它也叫「紅豆」。我是從哪裏得來的這些紅豆呢？有一次我去新加坡講學，講到什麼「紅豆生南國，春來發幾枝。」的詩句，那裏的學生就送給我一顆「紅豆」，所以這顆心形「紅豆」是南洋一帶的，「紅豆生南國，春來發幾枝。」指的是這一種；帶小黑點的這顆「紅豆」產自臺灣，你們看臺灣的小說，經常寫到相思樹林，他們是把相思樹林當做防風林的，所以在臺灣的鄉野之間，常常有大片這樣的樹林，它結的子也叫「相思子」。姜白石說：「當初不合種相思」，男女之間「相思」相戀，如果不能夠結合，則當初就不應該種下「相思」的種子。馮延巳說：

> 轉燭飄蓬一夢歸。欲尋陳跡悵人非。天教心願與身違。（〈浣溪沙〉）

是上天教你內心的感情和願望，與你身體的實際生活相違背的。那麼姜白石爲什麼要離開這個女子？以我個人的猜測，因爲姜白石一生沒有正式的仕宦，都是在各地漂泊，依人爲生。我們說他二十歲左右遇到「合肥女子」，三十二歲遇到蕭德藻，並與蕭德藻的姪女結了婚，而蕭德藻在吳興附近有自己的一片莊園田地，所以姜白石結婚以後，就住在湖州蕭德藻他們家裏邊。此後一段時間內，他還是沒有正當的職業，於是，蕭德藻就介紹他去見另外一位詩人范成大。范成大家裏也有一片莊園，裏邊種了很多梅花，以後講到〈暗香〉、〈疏影〉時我們再詳細介紹。

前面我說過，姜白石在辛亥年（1191年）所作的詞中，屢屢提及合肥情事，那年他三十七歲，他是三十二歲結的婚，所以，那時他與「合肥女子」已經分別了有五年之久了。自從他們相識以來，雖然他不一定常住在那個女孩子的所在，但他們常有往來；自從結婚以後，他就不能與「合肥女子」常常來往了。可是三十七歲的時候，他有機會重新回到合肥去，這一年（1191年）正月二十日，他離開合肥，寫了一首〈浣溪沙〉，上半首是這樣的：

釵燕籠雲晚不忺。擬將裙帶繫郎船。別離滋味又今年。

什麼是「釵燕」？古代的女子喜歡在頭上插一根金釵，釵上鑲一隻玉燕，所以叫「玉燕釵」。「釵燕籠雲」是說她如雲的髮髻上插了鑲著「玉燕」的金釵；「忺」是高興快樂的意思。因爲要離別了，這個女子心中滿是離情別緒，看上去很憂傷。「擬將裙帶繫郎船」，她說：我想用自己繫裙的腰帶把你的船繫住，希望你不要離開我。「別離滋味又今年」，他們兩個人常常是聚散離合，別多會少，現在又要分開了。

在〈解連環〉一詞中，我們知道「合肥女子」善彈琵琶。姜白石的詞裏邊常常寫到琵琶，他有一首自度曲，詞牌就是〈琵琶仙〉；他還有一首看上去很奇怪的〈浣溪沙〉，也提到了琵琶，我爲什麼說它奇怪？因爲這首詞有一段短小的序文，而這段序文與詞的內容完全不相干。這首詞也是它三十二歲時的作品，序曰：

予女嬃家沔之山陽。

「女嬃」是姊姊，屈原在〈離騷〉中說：「女嬃之嬋媛兮，申申其詈予。」就是說我的姊姊責備我。姜白石說：我姊姊住在湖北的「山陽」。白石生於高宗紹興二十五年（1155年），死於寧宗嘉定十四年（1221年），小時候跟隨他的父親住在漢陽（湖北），十四歲（1168年）時他父親去世了，他曾經依他的姊姊住在「山陽」。他說「山陽」這裏：

左白湖，右雲夢，春水方生，浸數千里。冬寒沙露，衰草入雲。

這裏左邊是「白湖」，右邊是「雲夢澤」，春天水漲的時候，湖面有數千里這麼廣大，冬天水就淺了，於是水底的沙子就露了出來，湖邊是一片連雲的荒草。

丙午之秋，予與安甥或蕩舟採菱，或舉火罝兔，或觀魚簺下，山行野吟，自適其適，憑虛悵望，因賦是闋。

「安甥」是他的一位外甥，他說：在丙午年（1186年）的秋天，我與我的外甥出來遊玩，有時划著船在湖中採菱角，有時打著火把去抓兔子，有時在漁船中捉魚，我們在山中行走，在曠野中吟嘯，覺得非常快樂，我登高望遠，就寫了這首小詞。那麼，詞裏邊寫了些什麼呢？

著酒行行滿袂風。草枯霜鶻落晴空。銷魂都在夕陽中。　　恨入四弦人欲老，夢尋千驛意難通。當時何似莫匆匆。

「著酒行行滿袂風」，我們喝得半醉，帶著酒意在山野之間走來走去，袖子裏灌滿了秋風。「草枯霜鶻落晴空」，「霜鶻」，我們說秋高可以打獵，「鶻」就是高空上的鷹鶻這樣的鳥，鷹鶻從高空上飛下來，抓住地上野生的小動物。「銷魂都在夕陽中」，本來他與他的外甥飲酒行獵，這是很快樂的事情，怎麼忽然間「銷魂」了呢？我們往下看。「恨入四弦人欲老，夢尋千驛意難通。」「四弦」就是琵琶，因爲琵琶只有四根弦。這兩句是說：我懷念那名會彈琵琶的女子，可是我不能跟她見面，我想在夢中見到她，然而我的夢魂走過了一個又一個的驛站，走了「千驛」之遙，卻總也見不到她。「當時何似莫匆匆」，我真後悔，當初怎麼就「匆匆」草草地離別了？王國維有一首詞說：

當時草草西窗。都成別後思量。（〈清平樂〉）

納蘭性德也說：

方悔從前真草草，等閒看。（〈攤破浣溪沙〉）

當年「西窗」之下我們相聚，只當是「等閒」之事，而今才覺悟，我當時真是太不知珍惜了。在這首詞中，「四弦」表面上指的是琵琶，而實際上是說那名彈琵琶的女子。據夏承燾先生考證，白石詞中凡是提到琵琶、梅花或柳樹的，都與他對「合肥女子」的懷念有密切關係。我現只是要解釋，爲什麼我第一首不講這些詞，而是講「肥水東流無盡期」這一首〈鷓鴣天〉，就是因爲這首〈鷓鴣天〉是他寫「合肥情遇」（夏承燾〈姜白石繫年〉，《唐宋詞人年譜》）寫得最明白的一首。你看剛才我念的那首〈浣溪沙〉，如果我們不先知道他「合肥情遇」的故事，你根本不會明白他到底說了些什麼，你只覺得他的小序與詞完全不相符合。

關於白石詞的序，有兩種情況：一類是序言與詞的內容相配合，敘述他作詞的緣起；另一類是他在序言中所寫的情事，乍看起來與詞的內容完全不相干，但也有一點點聯繫，只是點到爲止。像這首〈浣溪沙〉，他前面寫「山陽」的景物，寫他與安甥如何如何遊獵，與他要寫的內容似乎完全不相干，只有「憑虛悵望」這一句看起來不重要的話，才隱隱透露出一點信息：無論飲酒行吟還是打獵，在這種種的快樂之中，我內心總有一種悵惘的感情，是任何快樂都沒有辦法填補的。這種感情他沒有在序中說出來，而他有時也會在序中大概說出自己要說的意思，等我們講他的長調時，再談這種情況。現在講這首詞，我只是要說明一點，就是白石的小令儘管也是以作詩的筆法來寫的，但他還是沒有明說，「恨入四弦人欲老，夢尋千驛意難通。」寫的是不是懷念？他懷念誰？這都沒有說出來，而真正點明他懷念誰的，就是那首〈鷓鴣天〉。下面，我們接著來看這首詞。

「夢中未比丹青見」。剛才那首「燕燕輕盈，鶯鶯嬌軟」的〈踏莎行〉是「感夢而作」；這首〈鷓鴣天〉也是說夢。爲什麼「夢中未比丹青見」？「丹青」就是圖畫，杜甫說：「畫圖省識春風面」（〈詠懷古跡五首〉其三），如果是一張圖畫，你可以一直掛在那裏，什麼時候想看就可以看，但是夢中的那個人呢？韋莊說：

> 昨夜夜半。枕上分明夢見。語多時。依舊桃花面，頻低柳葉眉。　半羞還半喜，欲去又依依。覺來知是夢，不勝悲。（〈女冠子〉）

昨天半夜裏，我在夢中分明又見到她了，我們談了半天話，她還是原來的樣子：又害羞、又驚喜，臨走時，我們依依不捨，可是結果怎麼樣？「覺來知是夢，不勝悲。」夢中是那麼真切，而醒後一切都是虛空。與其如此，還不如面對著一張圖畫呢！是什麼把他的夢驚醒了？「暗裏忽驚山鳥啼」。唐人詩曰：

打起黃鶯兒，莫教枝上啼。啼時驚妾夢，不得到遼西。（金昌緒〈春怨〉）

是鳥啼聲把他的夢驚醒了。

下片：「春未綠，鬢先絲，人間別久不成悲。」這首詞的題目是「元夕有所夢」，「元夕」就是正月十五，那時還沒有多少春天的氣息，草木也沒有變得綠起來，而我的雙鬢已經有了絲絲的白髮。人間的離別，也許乍別時有很強烈悲哀，然而多少年過去了，那一種悲哀也在時光的流逝中，逐漸消磨掉了。「誰教歲歲紅蓮夜，兩處沉吟各自知。」可是誰想到，在每年點著紅色連花燈的元宵節之夜，我總是想起她，相信她也會同樣想起我，沉吟之際，我們只有彼此心知。

姜白石在寧宗慶元三年（1197年）元宵節前後，一共寫了四首〈鷓鴣天〉，這幾首詞對於姜白石來說，是一個系列。剛才講的這一首，寫於「元夕」；下面我們再看前面的兩首：

鷓鴣天

正月十一日觀燈

巷陌風光縱賞時，籠紗未出馬先嘶。白頭居士無呵殿，只有乘肩小女隨。　花滿市，月侵衣，少年情事老來悲。沙河塘上春寒淺，看了遊人緩緩歸。

這首詞的題目是「正月十一日觀燈」，十五才是燈節，但十一日那些燈就都掛出來了。剛才那首〈鷓鴣天〉寫於「元夕」，「元夕」他沒有出去，可是做了夢；那麼十一日晚上他做了什麼？他出去「觀燈」了。「巷陌風光縱賞時，籠紗未出馬先嘶。」此時姜夔住在杭州，也就是南宋的首都臨安。當時的臨安，君臣上下都是歌舞享樂，所以有人寫詩說：

> 暖風薰得遊人醉，直把杭州作汴州。（林升〈題臨安邸〉）

每年「元夕」，達官貴人們都出來賞燈，賞燈時要搭起紗帳，什麼紗帳？你看杜甫的〈樂遊園歌〉說：「曲江翠幕排銀榜。」他說：在「曲江」的江邊上，仕女如雲，都搭起了高大的帳篷，那些帳篷上面都有那些達官貴人的榜號標誌，所以說「排銀榜」；另外還有一個故事，韋莊不是寫過一首〈秦婦吟〉的長詩嗎？他寫的黃巢變亂時一名女子的遭遇，當時他的這首詩很出名，所以那些達官貴人就做了紗帳，然後把〈秦婦吟〉寫在上面，這種帳子也叫「秦婦吟帳子」。這兩句是說：燈節還沒有正式開始，燈就已經排好了，賞燈的仕女們還沒有正式出來，就有人騎著馬先來預賞了。這一夜，姜白石來到臨安的大街上，他說：「白頭居士無呵殿，只有乘肩小女隨。」他自稱爲「白頭居士」，其實他不過四十三歲，你看韓退之的〈祭十二郎文〉，說：

> 吾年未四十而視茫茫，而髮蒼蒼。

我還不到四十歲，就已經眼睛昏花、頭髮花白了。白石寫這首詞時，可能已經有白髮了；又因爲他沒有在朝廷中做過官，所以自稱爲「白頭居士」。他說：我一介布衣出來賞燈，既沒有呵前者，也沒有殿後者，「只有乘肩小女隨。」「乘肩小女」有兩個出處：據《武林舊事・元夕》卷二記載：

> 都城自舊歲孟冬駕回，則已有乘肩小女鼓吹舞綰者數十隊，以供貴邸豪家幕次之玩。（〈元夕〉）

可見當時的歌舞隊，有讓小女孩站在人家肩膀上的一種雜技表演。吳文英也是南宋詞人，他有一首〈玉樓春・元夕〉說：「乘肩爭看小腰身」，所以，「乘肩小女」的表演是南宋臨安的風俗。另外，黃庭堅在其〈陳留市隱〉一詩的序中曾說：

> 陳留市上有刀鑷工，年四十餘，無室家子姓，惟一女年七歲矣。日以刀鑷所得錢，與女子醉飽，則簪花吹長笛，肩女而歸。無一朝之憂，而有終身之樂，疑以為有道者也。

我們說：大隱隱於市，小隱才隱於山林呢；他說：陳留市有一位隱者，是做刀子、剪子的一名工匠，他只有一個女兒，白天，他帶著女兒到市裏去飽餐一頓，然後把女兒扛在肩膀上，簪花吹笛歸來，過著自得其樂的生活。現在，姜白石這首詞說：「只有乘肩小女隨。」可能有雙重的意思：一方面，他說的是正月十五有小女「乘肩」表演的風俗；另一方面，「乘肩小女」也許指的是他自己的女兒——雖然「乘肩」表演的那些女子還沒有出來，但我現在也有「乘肩小女」，那就是我自己的女兒了。

下片：「花滿市，月侵衣」，正月有燈市和花市，其實不只古代，現在的香港，每年正月的時候，花市都非常興旺，好多人家都要買各種各樣的花回去，來妝點他們的節日，這是「花滿市」；正月十一的月亮已經很亮了，明月照在我的衣服上，這是「月侵衣」。「少年情事老來悲」，回想少年時的那一段感情，令人情何以堪？陸放翁年輕時與他第一任妻子唐琬的感情非常好，唐琬死去後，他一直難以忘情。在他七十五歲時，他還寫道：

> 此身行作稽山土，猶弔遺蹤一泫然。（〈沈園二首〉其二）

縱然我的身體即將化作「稽山」下的一抔黃土，當我憑弔當年我們二人相會之地的遺跡時，我仍然會悲哀得流下淚來。因爲當年的「元夕」，姜白石曾與那個「合肥女子」一同去賞燈，現在又到「元夕」了，雖然街上不乏來來往往的賞燈之人，但是我不能再與她相聚，我們永遠分開了，少年時的快樂，徒然使今夜的我倍感淒涼。「沙河塘上春寒淺，看了遊人緩緩歸。」正月的時候，「沙河」灘上「春寒」料峭，我看了別的「遊人」，歡笑地遊賞，後來，我也默默地回去了。

這是十一日，他出去了，真正到了燈節那一天，他反而沒有出去：

鷓鴣天

元夕不出

> 憶昨天街預賞時，柳慳梅小未教知。而今正是歡遊夕，卻怕春寒自掩扉。　　簾寂寂，月低低，

舊情惟有絳都詞。芙蓉影暗三更後，臥聽鄰娃笑語歸。

「而今正是歡遊夕，卻怕春寒自掩扉。」現在正是應該去看燈的時候，可我害怕春天的寒冷，反而關起門來，不肯去了。如果他真的怕冷，那正月十一怎麼出去了呢？那天就不冷嗎？可見，「怕春寒」只是一個托辭，他之所以不肯出去，是因爲真正到了燈節，他的感傷就更加深重了。李清照寫過一首〈永遇樂〉的詞，她說：

中州盛日，閨門多暇，記得偏重三五。鋪翠冠兒，撚金雪柳，簇帶爭濟楚。如今憔悴，風鬟霧鬢，怕見夜間出去。不如向，簾兒底下，聽人笑語。

李清照生在北宋，南渡後，國破家亡，晚年時一個人孤獨地生活。「中州」即當年的北宋，回想當年繁華的汴京城，我還是一名沒有出嫁的女孩子，整日在閨房中有多少閒暇。沒有結婚的女子就比較閒暇，等到結婚以後，有了家、有了丈夫和兒女，就有忙不完的事。她說：我年輕時最看重「三五」的元宵節，那一天，我們每個人都要穿戴得整整齊齊、漂漂亮亮，去跟人家比賽，看誰最美麗。可是如今丈夫死了，我也老了，憔悴他鄉，兩鬢斑白，頭髮被風吹得散亂不整，此時再有人約我出去賞燈，我真是害怕，我不敢夜間出去了，不然，看到年輕人的快樂，我何以爲情？李後主說：「風情漸老見春羞，到處芳魂感舊遊。」（〈柳枝〉）所以我索性把簾子垂下來，聽別人的歡聲笑語。

現在姜白石也說：「簾寂寂，月低低，舊情惟有絳都詞。」「絳都詞」，丁仙現曾寫有詠元宵佳節的〈絳都春〉一詞，所以，「絳都詞」可以指元宵；另一方面呢，「絳都」是神仙所在之處，而中國古代很多的遊仙詩，寫的往往就是愛情，他們把跟一名女子的遇合，當做跟一位仙女的遇合來寫。「舊情惟有絳都詞」，當年我們一起賞燈，我還寫了詞，如今往事都過去了。「芙蓉影暗三更後，臥聽鄰娃笑語歸。」「芙蓉」就是蓮花燈，正月十五都要點蓮花燈。他說：等到夜深人靜的時候，那些燈都滅了，我躺在床上，聽見鄰家那些年輕人談笑著歸來了。

不知大家有沒有注意到，我講辛棄疾的時候，開頭講的是他的理想和志意，以及他政治上的經歷；可是現在講姜白石的詞，我從一開始就談他的愛情詞。因爲那種奮發有爲、激昂慷慨的感情和意志，是稼軒詞的主調。我講過西方的「意識批評」，說最偉大的作者，他的感情有一個模式、一種形態，雖然有千萬條線放射出去，但那都是從一個中心放出去的。屈原有一個中心、陶淵明有一個中心，杜甫和辛棄疾也各有自己的中心，這個中心，就是他平生的人格、志意、理想、信念所合成的一個整體的Pattern；至於姜白石，他談不到有什麼樣的理念，他的詞主要有兩種情感：一種就是愛情，他主要的寫得很好的詞，一般都與愛情有關；其次，他的某些詞中有一點家國的感慨，因爲那時中國北部的半壁江山，已經淪陷在敵人之手了，所以他有這種感慨，只是這份感情在他的詞中，處於次要的地位。

好，今天我主要看了姜白石的幾首小令；下一次我們再看他的長調。

姜夔（二）

我說過，一般情況下，小令都是用寫詩的筆法直接來寫的，你看周邦彥的〈浣溪沙〉（樓上晴天碧四垂）以及姜白石的〈鷓鴣天〉（肥水東流無盡期），都是這樣。長調就不同了，我曾經特別提到：只有長調裏邊才有所謂「賦化之詞」，也就是說，他不是直接來寫，而是用安排與「勾勒」的「思力」來寫。白石詞中有很多長調，但是他的長調與周邦彥還不一樣：周邦彥雖然也「勾勒」、描繪，但是他的語言沒有什麼特殊之處，他只是安排敘寫的句法比較特殊；那麼姜白石呢？他是用字造句常常與別人不一樣。爲什麼不一樣？大家都說白石詞「清空騷雅」，其實，這種說法最早見於張炎的《詞源》，他說白石的〈暗香〉、〈疏影〉、〈揚州慢〉這些曲子：

> 不惟清空，又且騷雅，讀之使人神觀飛越。（〈清空〉）

什麼叫「清空」？什麼又叫「騷雅」？有很多人寫文章論述

過，而我以爲，陳衍在《石遺室詩話》中的一段話，非常簡明扼要地概括了所謂的「騷雅」，他說：

> 「詞」者意內而言外也。意內者「騷」，言外者「雅」。苟無悱惻幽隱不能自道之情，感物而發，是謂「不騷」；發而不有動宕閎約之詞，是謂「不雅」。

「詞者意內而言外」並不是陳衍首先提出來的。許慎的《說文解字》中解釋「詞」這個字時就曾說：「詞者意內而言外也。」後來，張惠言引用了許慎的說法，認爲「詞」，首先要注意內在的情意，這是「意內」；而且，詞的語言還要有很多供人想像思索的餘地，這是「言外」（《詞選・序》）。陳衍進一步闡發了這種觀點，他說：所謂「意內者」，就是「騷」；所謂「言外者」，就是「雅」。「騷」字是什麼意思？屈原寫〈離騷〉，司馬遷解釋說：

> 〈離騷〉者，猶離憂也。（《史記》卷八十四〈屈原賈生列傳〉）

在古代，「離」通「罹」，「罹」是遭遇的意思；「騷」是憂傷的意思，而「離騷」就是罹憂——遭遇憂傷。我在海外有一段時期要用英文來講授中國古典詩詞，「離騷」譯成英文就是encountering sorrow。現在陳衍說：「苟無悱惻幽隱不能自道之情，感物而發，是謂不騷。」什麼樣才是有「騷」之情呢？太史公說屈原「信而見疑，忠而被謗」，「故憂愁幽思而作〈離騷〉。」你是忠貞的，可是人家不相信你的忠；你是誠信的，可是別人猜忌你，不相信你的誠，就這樣受委屈、被壓抑，卻又沒有辦法來表白自己，這樣一股沒有辦法說明的感情，陳衍稱之爲「悱惻幽隱不能自道之情。」張惠言在《詞選・序》中也說：詞可以表達「賢人君子幽約怨悱不能自言之情。」「詞」裏邊所要表達的是你內心中最幽深、最含蓄的一種哀怨的感情，你「幽約怨悱」卻沒有辦法說出來，這就叫做「騷」。假如你不是一直有這種「幽約怨悱」的感情，而是偶然看見一個外物，有了偶然的觸發，像那天我給大家舉的楊萬里寫小雨的那首詩（〈小雨〉：「雨來細細復疏疏」），那只是偶然的感情，不是「騷」的感情。王國維在《人間詞話》中曾經批評過龔自珍的一首詩：

> 偶賦淩雲偶倦飛，偶然閑慕遂初衣。偶逢錦瑟佳人問，便說尋春為汝歸。（〈乙亥雜詩〉三百十五首之一）

龔自珍說：我「偶然」有一種「凌雲」之志，就出去做官了；「偶然」覺得飛倦了，不願再做官了，我就回來「遂初衣」，像屈原說的：「退將復脩吾初服」（〈離騷〉），我就退身回來，修整我原來沒有受過污染的潔淨的衣服；「偶然」碰到一名彈著琴瑟的美麗的女孩子，她問我爲什麼回來？我便對她說：我就是爲了妳才回來的。你看他做什麼都是「偶然」，這只是「偶然」的「感物而發」，不管你感的是什麼物，是「雨來細細復疏疏」的小雨，還是遊春時偶然遇到的女孩子，這都沒有一種很深沉的感情在裏邊，你只是隨便寫出的，這就是「不騷」。

那麼，什麼又是「不雅」呢？「發而不有動宕閎約之詞，是謂不雅。」「動宕」就是跌宕往復、充滿活力；「閎約」是什麼？本來有人讚美溫庭筠的詞，說他的詞「深美閎約」（張惠言《詞選・序》），王國維就不同意這種說法，說溫飛卿的詞只是「精豔絕人」（《人間詞話》），並無「閎約」之意。所謂「閎約」，「閎」是博大，「約」是約束，也就是「厚積而薄發」（蘇軾〈稼說送張琥〉）——本來有很豐富的內涵，卻只表現出那麼一點點來，而讀者從這一點可以窺見很多的東西。如果做到了「動宕閎約」，這就是「雅」，否則就是「不雅」。

知道了什麼是「騷雅」，那麼什麼是「清空」呢？繆鉞先生在其《詩詞散論》中有一篇論姜白石的文章，在那篇文章中，繆先生說白石詞：

> 非從實際上寫其形態，乃從空靈中攝其神理。（〈姜白石之文學批評〉）

王國維不欣賞姜白石的詞，說他的〈暗香〉、〈疏影〉雖然寫的是梅花，格調也很高，然而「無一語道著。」（《人間詞話》）他沒有一句話真正能夠把梅花切實地寫出來；王國維還說：如果把這兩首詞與古人寫梅花的詩相比較，怎麼樣呢？古人寫了什麼？「江邊一樹垂垂發」（杜甫〈和裴迪登蜀州東亭送客逢早梅相憶見寄〉），你看他寫得多麼逼真！說是江邊的一樹梅花這麼茂盛地開著；而姜白石寫梅花，卻沒有一句讓我們切實地感覺到梅花。王國維說：讀這樣的詞「如霧裏看花，終隔一層。」就是它不能給你一種直接的感受。王國維論詞，主張「真」，他說：

> 能寫真景物、真感情者謂之有境界，否則謂之無境界。（《人間詞話》）

像姜白石這樣詞，「無一語道著」，「如霧裏看花，終隔一層」，所以王國維就不喜歡他的詞。可是你要知道，白石的詞就是讓你「霧裏看花」。我說過，欣賞不同美感的詞，你要用不同的衡量標準，找到不同的入門途徑。白石詞爲什麼「如霧裏看花」？爲什麼「終隔一層」？第一個原因，其實我們講周邦彥時也提到了，就是因爲長調詞缺少了詩歌的那種平平仄仄的直接的感動，如果平鋪直敘地寫，就太直白而沒有餘味了，而詞這種文學體式，要有餘味才能算好，那麼怎樣寫才有餘味？當然，並不是寫得直白就一定沒有餘味。像杜甫的詩：

> 窮年憂黎元，嘆息腸內熱。（〈自京赴奉先縣詠懷五百字〉）

還有他寫給他的好友鄭虔的詩：

> 便與先生成永訣，九重泉路盡交期。（〈送鄭十八虔貶臺州司戶傷其臨老陷賊之故闕為面別情見於詩〉）

因爲安史之亂以後，鄭虔被貶到臺州去，當杜甫回到首都長安的時候，鄭虔已經走了，兩個人「闕爲面別」，連當面告別的機會都沒有就分開了。他說：就算我與你天各一方，今生永遠不能在見面了，死後到了九泉路上，我們也會把這一份友情繼續下去。你看他說得多麼清楚明白！人家杜甫不需要「霧裏看花」，寫出來照樣深摯感人，因為他的生命是博大的。如果你不能夠像杜甫那樣，只是平鋪直敘地寫下去，就顯得沒有餘味了。我常常愛舉一個例證，就是朱光潛先生在講到文藝心理與文藝的關係時，說過一句話：

> 寫景宜顯，寫情宜隱。（〈詩的隱與顯——關於王靜安的《人間詞話》的幾點意見〉，《我與文學及其他》）

對於景物，你寫得越明顯越好；而寫感情呢？你寫得越含蓄越好。他以溫庭筠的那首〈夢江南〉為例：「梳洗罷，獨倚望江樓。過盡千帆皆不是，斜暉脈脈水悠悠。……」他說：這首詞停止在這裏就可以了，再加上「腸斷白蘋洲」，這樣說就太明白而沒有餘味了。朱先生這樣說有他的道理，可我認為，所謂的「寫情宜隱」還要看是什麼樣的情，如果你的感情真是博大深摯的，就無須隱藏；是你感情不夠的時候，才要安排思索、「勾勒」描繪，寫得盡量含蓄一些。對於這種思索安排出來的作品，如果你也用欣賞那些富於直接感發之作的方式來欣賞，自然就覺得如同「霧裏看花，終隔一層」了。

除此之外，白石詞之所以「如霧裏看花，終隔一層」，還與他的小序有關。我曾經說過，白石詞的小序很值得注意，歸納起來，他的小序可分成幾種不同的類型：有時，他的序主要是論樂調的，比如他寫過一首〈淒涼犯〉，序是這樣的：

> 合肥巷陌皆種柳，秋風夕起騷騷然。予客居

> 闔戶，時聞馬嘶，出城四顧，則荒煙野草，不勝淒黯，乃著此解。琴有淒涼調，假以為名。凡曲言犯者，謂以宮犯商、商犯宮之類。如道調宮「上」字住，雙調亦「上」字住。所住字同，故道調曲中犯雙調，或於雙調曲中犯道調，其他準此。唐人樂書云：「犯有正、旁、偏、側，宮犯宮為正，宮犯商為旁，宮犯角為偏，宮犯羽為側。」此說非也。十二宮所住字各不同，不容相犯，十二宮特可犯商、角、羽耳。……。

它的詞牌爲什麼叫「淒涼犯」？這裏邊有所謂的「犯調」。我們常常說A調、B調、G調等等，有時候，你需要定音，你怎麼樣把兩個調子合在一起？是G調換B，還是B調換G調？總之，要最懂得音樂的人才能夠寫「犯調」；而且「犯」得越多，難度就越高。我們不是說，周邦彥寫〈六醜〉，「犯」了六個調子嗎？可惜我不懂音樂，不能給大家講得很清楚，在這首詞的序中，它除了開始處寫到柳樹以外，後邊一大段都在論述這首詞的牌調，這是白石詞的一種類型的序。

再有就是他的〈暗香〉。雖然在序中沒有大段論樂調的話，但是他所說的「仙呂宮」就是一個樂調，然後「辛亥冬」，辛亥年就是南宋光宗紹熙二年（1191年），這一年有什麼特別之處？我們已經看了白石的很多首詞了，我爲什麼要讓大家看這些詞？因爲你要明白〈暗香〉和〈疏影〉是在什麼樣的背景下寫的。我剛才說，白石在「辛亥」年寫了很多首詞，這一年他曾經有幾次回到合肥，春天還跟那個女孩子在一起，可是等到秋天再回來，他已經歸屬於別人了。〈暗香〉和〈疏影〉就寫於「辛亥」年的「冬」天。你只有弄明白他的寫作背景，才能夠進一步來看他到底寫了些什麼。在這年秋天，他還寫過一首〈摸魚兒〉，前面有一篇序言是這樣說的：

> 辛亥秋期，予寓合肥。小雨初霽，偃臥窗下，心事悠然。起與趙君猷露坐月飲，戲吟此曲，蓋欲一洗鈿合金釵之塵。他日野處見之，甚為予擊節也。

他說：「辛亥」年秋天，我住在「合肥」。有一天，剛剛下過一陣「小雨」，雨晴的時候，我躺在「窗下」休息，「心事悠然」。爲什麼是「悠然」呢？陶淵明說：「采菊東籬下，悠然見南山。」（〈飲酒二十首〉其五）他所說的「悠然」是悠閒自在的意思；可白石在這裏所說的「悠然」，指的是一種遙遠的懷想。本來從前回來，他總可以和那個女子相見，但是這一次回來，就不會再有那樣的機會了。當然像這些話他都沒有說，他只是說我「偃臥窗下，心事悠然。」然後他就起床了，與趙君猷在月光下露天飲酒，偶然以遊戲的筆墨寫了這首詞。爲什麼寫？「蓋欲一洗鈿合金釵之塵。」在這段序文的開始，他點明時間是「辛亥秋期」，「秋期」就是七夕，七月七日是牛郎織女相見的時候，牛郎織女是兩個有情人，但每年只能相見一次。「鈿合金釵」出自〈長恨歌〉，〈長恨歌〉中說：「釵留一股合一扇，釵擘黃金合分鈿。但教心似金鈿堅，天上人間會相見。」當年唐明皇與楊貴妃在「長生殿」裏盟誓，說什麼：願生生世世爲夫婦，然後把釵鈿掰開，你拿一半我拿一半，做爲來日相見時的證物，所以「鈿合金釵」代表的是愛情。姜白石說：我想用這支曲子洗掉「鈿合金釵之塵。」什麼是「塵」呢？佛教有「六根」、「六塵」之說，「六根」指六種感受的官能，分別是眼、耳、鼻、舌、身、意，它們一一對應著色、聲、香、味、觸、法，合起來就是「六塵」，因此，像什麼「鈿合金釵」、山盟海誓這一切的感情、一切的沾染，都屬於「塵」。現在，姜白石說：我要用這首詞洗去「鈿合金釵」的沾染，忘記這一段感情。「他日野處見之」，後來有一位朋友看到這首詞，「甚爲予擊節也。」「擊節」就是打拍子表示欣賞之意，他讚美我說：這首詞寫得非常好。

那麼，這首〈摸魚兒〉寫了些什麼呢？我們看一看它的上半首：

> 向秋來、漸疏班扇，雨聲時過金井。堂虛已放新涼入，湘竹最宜欹枕。閑記省。又還是、斜河舊約今再整。天風夜冷。自織錦人歸，乘槎客去，此意有誰領。

「班扇」用的是班婕妤的典故。班婕妤是漢成帝的妃子，失寵後寫過一首〈怨歌行〉：

> 新裂齊紈素，鮮潔如霜雪。裁為合歡扇，團團似明月。出入君懷袖，動搖微風發。常恐秋節至，涼風奪炎熱。棄捐篋笥中，恩情中道絕。

「齊」人新織成的「紈素」，如「霜雪」一樣皎潔，把它裁成「合歡扇」，如明月一樣團團。熱的時候，你隨時可以把扇子拿出來搧風；秋天來了，涼風吹起，炎熱就消逝了。到那時，你拋棄了扇子，把它鎖在箱子裏邊，而當初它總是跟隨在你身邊，給你送來無數涼爽的風，可是夏天過去了，你把它扔在一邊，從此再也不用它了。你看她寫的扇子感慨的卻是自己的身世。現在，姜白石說：「向秋來、漸疏班扇」，也有雙重的意思：一個是說秋天來了，我當然不用扇子了；另一個是說我與她也是「恩情中道絕」了。接著：「雨聲時過金井」，常言說：「一場秋雨一場寒」，我們聽到那瀟瀟的「雨聲」飄過庭院中的「金井」。「堂虛已放新涼入，湘竹最宜欹枕。」因爲是空堂，所以更覺得寒冷。這個時候最好「枕」在「湘竹」做成的枕頭上，枕上去怎麼樣呢？「閑記省。又還是、斜河舊約今再整。」我就慢慢地想起來了，今天不是七月初七、牛郎織女相會的日子嗎？然而，「天風夜冷」，今天晚上，空中只是一片寒冷。「自織錦人歸，乘槎客去，此意有誰領。」「織錦人」就是織女，她已經走了；「乘槎客」出自張華的《博物志》，說是天河本來與大海相通，有一個人看到每年八月有「浮槎」從海上來，他很好奇，就坐上了「浮槎」，然後被帶到天河上去了。在那裏，他遇見一個人牽著牛去河邊飲水。回來以後，他找到會占卜的嚴君平，嚴君平說：

> 某年月日有客星犯牽牛宿。（《博物志》卷十〈雜說下篇〉）

一計算時間，正是那人到天河的日子。這當然是神話傳說了，因爲姜白石不是那名「合肥女子」的丈夫，他只是偶然跟她有一段遇合，所以才說：「乘槎客去」——我好像乘著

「浮槎」偶然間來到天河，偶然間有了一段遇合；而現在，她走了，我這個「乘槎客」也要回去了。「此意有誰領」？這一份情意，有誰能夠體會，又有誰能夠理解呢？陸放翁年輕時，有一段傷心的感情經歷，晚年時他寫了〈余年二十時嘗作菊枕詩，頗傳於人，今秋偶復采菊縫枕囊，淒然有感二首〉其一：

采得黃花作枕囊，曲屏深幌閟幽香。喚回四十三年夢，燈暗無人說斷腸。

他說：記得當年，我的妻子為我採摘菊花做了「枕囊」，幾十年過去了，在那曲折的屏風內、在那幽深的帷幕中，永遠封存著菊枕幽微的香氣。每當我聞到這樣的香氣，它總是呼喚回來我四十三年前的往事。四十三年如同一夢，而今在昏暗的燈光下，我這一份令人腸斷的回憶，又能跟誰說起呢？你能對你的妻子說嗎？能對你的女兒說嗎？「此意有誰領。」

所以你看辛亥這一年（1191年），真的是姜白石很悲哀的一年。因為在此之前，他雖然結婚了，但還有相當的自由，還可以回來看看那個女子，就在這一年正月，他不是還回來過嗎？可是現在，那個女子也已經結婚了，這樣一來，他們兩個人真的再沒有見面的機會了。而他寫得很微妙：明明是懷念合肥的女子，他卻不直接說出來，他在序中只是交代了作這首詞時的一些情景。

另外，他有一首寫荷花的〈念奴嬌〉，前面也有一段序文：

> 予客武陵，湖北憲治在焉。古城野水，喬木參天。予與二三友日蕩舟其間，薄荷花而飲。意象幽閒，不類人境。秋水且涸，荷葉出地尋丈，因列坐其下，上不見日，清風徐來，綠雲自動。間於疏處窺見遊人畫船，亦一樂也。朅來吳興，數得相羊荷花中，又夜泛西湖，光景奇絕，故以此句寫之。

後邊就是詞的正文了：

> 鬧紅一舸，記來時、嘗與鴛鴦為侶。三十六陂人未到，水佩風裳無數。翠葉吹涼，玉容銷酒，更灑菰蒲雨。嫣然搖動，冷香飛上詩句。　日暮青蓋亭亭，情人不見，爭忍凌波去。只恐舞衣寒易落，愁入西風南浦。高柳垂陰，老魚吹浪，留我花間住。田田多少，幾回沙際歸路。

像這一類的詞序，他是把當時的情景，用很優美的散文寫出來，與他的詞相結合，寫得情景相生，這是他又一類的詞序。

白石詞還有第三類詞序：就是情景若不相干。比如我們上次講的那首〈浣溪沙〉（著酒行行滿袂風），從表面上看，他在序中說的都是他與他外甥如何如何的遊獵，後邊的詞中卻說：「恨入四弦人欲老，夢尋千驛意難通。」你如果不了解他的故事，那麼看了這個序言，肯定會覺得莫名其妙：打獵打得好好的，怎麼忽然就有了悵恨呢？——情景若不相干。但是，他爲什麼要這樣？有時候，他並不是不相干，而是故爲隱詞。有很多人，恰恰因爲他有最真實的感情，可他不願意別人知道他的內心，所以就在詞的序言中，把它推遠一些。這種情形，早在講北宋晏殊的詞時，我就已經講過了。本來晚唐、五代的詞是沒有序言的，不但沒有序言，連題目都沒有，它只有一個詞的牌調，而晏殊有一首〈山亭柳〉的詞，他給它加了一個題目：「贈歌者」。既然從唐、五代到北宋初年的令詞，大部份是寫給歌女去唱的歌辭，他為什麼還要特別注明是「贈歌者」呢？我想，這首詞說的其實是晏殊自己的悲慨，他不願把這種悲慨讓別人窺見，因此，故意推遠一步說：我不過是寫來送給一名歌者的。所以你要注意，古人的那些詩詞，或者有題目、或者有序文，但是序文又可分為不同的類型：有人在序中果然老老實實地把自己的本事說了；也有人不說，不但不說，還故意推開——白石詞中就有這樣的作品。

到此為止，我們已經介紹了白石詞的三種類型的序：論樂調的、情景相生的，以及情景若不相干的。當然，前人對他的詞序，也有過一些說法，周濟在〈宋四家詞選目錄序論〉中說：

> **白石小詞甚可觀，苦與詞復，若序其緣起，不犯詞境，斯為兩美已。**

比如〈念奴嬌〉、（鬧紅一舸）這一類的詞，他寫了荷花，寫了在荷花下飲酒，這已經很美了；然後他再寫詞，又是說荷花以及泛舟觀荷的情景。所以，周濟認為這一類的序，與正文的意思有些重複了：他只是先用散文寫一遍，然後用韻文再寫一遍。因此，周濟說：如果在序中只寫作詞的緣起，不寫詞的情境，這就可以兩全其美了。

另外，陳廷焯在《白雨齋詞話》中說：

> 唐、五代詞皆無題，調即題也。宋人間有命題者，自增入閨情、閨思、四時景等題，自《花庵》、《草堂》始，後遂相沿，殊屬可厭，失古人無端寄慨之旨矣。

他說：給詞加題目或序言等等，是宋人才開始有的，本來唐、五代的詞只有牌調沒有題目；後來，宋人在詞中加上了諸如「閨情」、「閨思」、「四時景」等等的題目，這樣一來，就失去了「古人無端寄慨」的主旨。因爲無題目的小詞如果寫得好，有感發的力量，則它給人的聯想更豐富，可是一旦有了序，反而把它限制住了。

好，我們今天就講到這裏；下一次再看他最有名的兩首詞：〈暗香〉和〈疏影〉。

姜夔（三）

今天我們來看〈暗香〉和〈疏影〉，這兩首詞都是姜白石的自度曲，也就是他自己譜的曲子。在白石的詞集中，這些詞旁邊都附有樂譜（工尺譜），是按照古代的音樂符號記錄下來的；近代有一些音樂家，把這些古樂譜破譯成現代樂譜，就可以歌唱了，像〈暗香〉、〈疏影〉這兩首詞，就是可以唱出來的。可是由它們而引起的爭議也很多：喜歡姜白石的人就說〈暗香〉、〈疏影〉寫得如何如何好；不喜歡白石詞的人，像王國維，就說這首詞雖然詠的是梅花，但是「無一語道著。」（《人間詞話》）不但對於它的好壞有很多爭議，就是對於它的內容，同樣有各種各樣的猜測，概括起來，大概有兩種說法：有人說這兩首詞是「傷二帝蒙塵」（鄭文焯《鄭校白石道人歌曲》）而作，「二帝」就是北宋最後的兩個皇帝：徽宗和欽宗，在亡國後被俘虜到北方，當時有眾多后妃也一同去了，所以「二帝蒙塵」即二帝受到污辱之意；夏承燾先生在〈姜白石繫年〉中，對姜白石的每一首詞究竟系哪年所作，都做了考證（《唐宋詞人年譜》，另參〈行實考・繫年〉，《姜白石詞編年箋校》），此外，他還寫了〈白石懷人詞考〉，對白石在合肥的一段愛情本事進行了詳細的考證（《唐宋詞人年譜》）。夏先生認爲，既然白石在辛亥年（1191年）寫了很多首詞，懷念他所愛的「合肥女子」，那麼這兩首詞也是辛亥年寫的，所以也應該歸入寫「合肥情遇」的情詞。我個人認爲，〈暗香〉和〈疏影〉應該分別來看待，雖然它們作於同時，但它們的內容不同：從內容上看，〈暗香〉一詞懷念「合肥女子」的成份比較高；而〈疏影〉一詞感傷「二帝蒙塵」的成份比較高。在具體講這兩首詞之前，我們再講一些與之相關的內容。

我們已經看了白石的幾首詞，發現他常常要寫一段小序，有時候，他本來寫的是愛情，卻故意在序文中寫一些其他的故事。夏承燾先生在《姜白石詞編年箋校》的〈行實考・合肥詞事〉中說：

> 白石此類情詞有其本事，而題序時時亂以他辭，此見其孤往之懷有不見諒于人而宛轉不能自已者。

《花間集》裏所寫的愛情可以是莫須有的，如黃庭堅所說，那只是「空中語耳」（釋惠洪《冷齋夜話》卷十）；可是姜白石的愛情是有其本事的，但他不能夠直接說出來，這就更可以見到他的「孤往之懷」。什麼是「孤往之懷」呢？「孤往」是指人的內心有一個專注的目標，我們常常說「孤注一擲」，比如你平時專愛一個人，完全把自己的感情投注到他身上，這叫「孤往之懷」。夏先生說，白石這一份

「孤往之懷」可能不會得到別人的諒解。得不到諒解你斬斷它好了，那可以不寫呀，可你又不能斬斷，還一定要寫，這是「宛轉不能自已」的一份感情，它使你內心千迴百轉而不能斷絕。所以夏先生一直認爲姜白石的愛情詞寫得很好。那麼，什麼樣的愛情詞才是好的？是不是寫那些不能得到諒解、不被社會所接受的愛情，才容易寫出好詞來？我的秘書安易正在寫《人間詞》的註解，王國維有一句詞：「弄梅騎竹嬉遊日」（〈虞美人〉），這句用了李白的〈長干行〉，李白說：

> 郎騎竹馬來，繞床弄青梅。同居長干里，兩小無嫌猜。

他寫的是男孩子與女孩子之間兩小無猜的嬉戲。安易問我：「像這樣的詞是不是好詞？」我認爲這不是王國維很好的詞。她說：「葉先生，朱彝尊也有一段不能告人的愛情本事，他寫那個女孩子小時候『生擒蝴蝶花間』（〈清平樂〉），她跑到花叢中活捉了一隻蝴蝶回來，您說他寫得很生動，把那個女孩子表現得那麼天真無邪；而王國維這首詞也是寫男孩子與女孩子之間的感情，您爲什麼說它不好呢？」大家要注意，凡是詩詞的好壞，不在你寫的是什麼，而在於你怎麼樣去寫。對於朱彝尊的愛情詞，我曾寫過很長的一篇文章加以探討（〈從艷詞發展之歷史看朱彝尊愛情詞之美學特質〉，《清詞叢論》），同樣寫一種「不見諒于人」的感情，姜白石與朱彝尊有什麼不同？

我認爲，姜白石的詞是用「思力」安排寫出來的，所以宛轉曲折，如「霧裏看花」，其幽隱曲折是因爲筆法的曲折；而朱彝尊的愛情詞之所以曲折，則是因爲他的愛情本質就是千迴百轉的。何以見得？通過比較才能看出來。

朱彝尊的《靜志居琴趣》中有一首〈鵲橋仙〉，這首詞的題序寫得非常妙。白詞常常把小序推出去，說一段別的話；而朱彝尊沒有寫那麼長的序，他只寫出寫作的月和日。你要知道，一般人寫詞是不寫月日的；而且，他的牌調是〈鵲橋仙〉，「鵲橋仙」本來說的是七月七、牛郎織女相會的故事，按理說，寫作日期應是七月七那天才對，可他寫的是什麼？「十一月八日」。那麼，這一天有什麼特殊意義？因爲朱彝尊所愛的那個女子不是別人，而是他的妻妹。他小時候家裏窮，沒有錢送女方聘禮，所以被招贅到人家做女婿，他結婚時不過十五、六歲，而他的妻妹那時只有十一歲左右，一直到這個女孩子長大以後，朱彝尊教她作詩、寫字，但兩個人都能做到以禮法自持，從來沒有發生過什麼事情。我們知道，朱彝尊是經歷了明朝滅亡而到清朝的一個人，他不肯參加科考，沒有得到一官半職，只靠給人家當私塾先生來維持一家人的生活，所以窮困潦倒。每次回到家裏來，妻子兒女交相怨責，可這個妻妹很欣賞他的才華；而且這個女孩子非常聰明，字也寫得好、詩也作得好。本來按照中國古代的習慣，姊妹倆同嫁一位丈夫，是司空見慣的事情，舜不是就娶了堯的兩個女兒：娥皇和女英嗎？但她母親不肯把這個女兒也嫁給朱彝尊——我有一個女兒跟你一起受窮受苦已經夠了，難道還讓另外一個女兒也跟你一起受苦嗎？所以這個女孩子就嫁給了別人，結果婚姻很不美滿。後來，當她又回到娘家的時候，他們兩個人才真正有了愛情的事實。在他們還沒有這樣的關係之前，有一次，朱彝遵從外邊周遊回來，正趕上這個女孩子也回到娘家來，而他們家要遷居。根據朱彝尊的年譜，這一天是十一月八日。於是，他寫了這首〈鵲橋仙〉：

一箱書卷，一盤茶磨，移住早梅花下。全家剛上五湖舟，恰添了、個人如畫。　月弦新直，霜花乍緊，蘭槳中流徐打。寒威不到小蓬窗，漸坐近、越羅裙衩。

他說：我們家這麼窮，我身無長物，只有一箱書和一盤磨茶用的磨。據考證，他家要遷往的地方叫「梅里」（今浙江嘉善縣王鎮店），那裏種了很多梅花，所以是「移住早梅花下。」接著他說：等到全家人都上了船，除去我的妻子兒女以外，又多了一位非常美麗的人——當然是他的妻妹了。「月弦新直，霜花乍緊，蘭槳中流徐打。」初八的月亮像弓弦一樣，正好是一弧半圓；十一月的天氣，素霜初降，剛剛寒冷，我聽到外邊的船槳嘩啦嘩啦撥水的聲音。任憑嚴寒的侵襲，我在船篷裏邊絲毫感覺不到寒冷。爲什麼？因爲我坐在離她很近的地方，此時，她正穿著一身越羅做的衣裙。

你看這首詞，他不是從思想、筆致上來安排，而是從感情和感覺上來寫的，是他的感情本身有難言之隱，不能直接說出來。儘管他寫得悱惻幽隱，把感情的本質表現得很好，但跟下邊這一首比起來，就有了高下之分了。我們再來看他的這首〈桂殿秋〉：

思往事，渡江干。青蛾低映越山看。共眠一舸聽秋雨，小簟輕衾各自寒。

關於這首詞還有一段故事。大家知道，晚清時的況周頤是一位詞人，也是一位詞學批評家，他寫過一本詞學批評著作《蕙風詞話》，其中有這麼一段記載，他說：有人問我：「先生，你看我們清朝有這麼多詞人，哪一位寫得最好？」我考慮再三，覺得還是朱彝尊的詞最好；那個人接著又問：「你既然說朱彝尊的詞最好，那麼他有幾百首詞，其中哪一首最好呢？」我又考慮了半天，才說：「〈桂殿秋〉最好。」在座的有很多人是我的學生，我常告訴他們如何辨別詞的高下。讀詞切忌望文生義，雖然都是寫愛情，也都有難言之隱，但我們不能夠一概而論。剛才那首〈鵲橋仙〉寫於十一月八日，這首〈桂殿秋〉沒有寫作的月日，所以〈鵲橋仙〉寫的是個別事件，但〈桂殿秋〉寫的則是整個的回憶。朱彝尊是浙江秀水（今浙江嘉興縣）人，他們那裏到處交通來往的都是船，所以他說：「思往事，渡江干。」回首「往事」，我們常常一起坐船渡過「江干」。雖然坐在同一條船上，我卻不能與她隨便交談，只能看一看她青青的蛾眉——也許這個女孩子的眉毛很美麗，他很多地方都寫到她的眉毛——，「青蛾低映越山看」，遠處是起伏的青山，她的蛾眉就像遠山一樣美麗。如果行程遙遠，到了晚上，他們就要在船中過夜，「共眠一舸聽秋雨」，我們共同睡在一條船上，聽到外邊傳來瀟瀟的「秋雨」聲，既然是「聽秋雨」，也就是不能成眠。接著，「小簟輕衾各自寒」，他們倆個人之間當然要保持距離了。所以，你身下鋪著你的小竹席，我身下鋪著我的小竹席；你身上蓋著你的薄薄的被，我也蓋著我的薄薄的被，我們兩個人內心都有一種感情，都不能成眠，但是我們不能夠在一起，也不能說一句話。你要在「小簟輕衾」中忍受你的寒冷，我也要在「小簟輕衾」中忍受我的寒冷。

你看這首詞，朱彝尊寫感情與姜白石寫感情絕對不同：姜白石是筆法、思致上的曲折幽隱；而朱彝尊是感情本質的曲折幽隱。如果拿這首〈桂殿秋〉與前一首〈鵲橋仙〉相比較，同樣寫感情，它們的不同之處在哪裏？

王國維說：

> 古今之成大事業、大學問者，罔不經過三種之境界：「昨夜西風凋碧樹。獨上高樓，望盡天涯路。」此第一境界也。（《人間詞話》）

王國維所引的這句詞，出自晏殊的〈蝶戀花〉，他前面說：「明月不諳離恨苦，斜光到曉穿朱戶。」天上的「明月」不知道我們人間離別的痛苦，月光從窗戶斜斜地照進來，我一夜不能成眠。第二天早晨起來，看到「昨夜西風凋碧樹」，然後「獨上高樓，望盡天涯路。」他「望」的明明是自己所思念的那個遠人，所以這本是一首相思懷人之詞，與「成大事業、大學問」有何相干？但王國維很妙，他說這是「成大事業、大學問者」的第一種境界；而且，「此等語皆非大詞人不能道」，不是真正偉大的詞人，不會寫出這樣的話來。爲什麼王國維可以從晏殊這首詞看到「成大事業、大學問」的一種境界？「此等語」是什麼語？這其實就是王國維所說的「詞以境界爲最上。」他認爲，詞要有一種言外的境界，它可以在本身的情事之外，引起讀者更豐富的聯想。這樣可不可以呢？

西方近代文學批評從作者轉到作品，又從作品轉到讀者，所以有 Aesthetic of Reception，即所謂的「接受美學」，你怎麼樣接受一部作品？是不是寫兒女之間天真爛漫的愛情就都是好詞？絕對不是。詞的好壞不在它寫什麼，而在它怎樣去寫。爲此，Wolfgang Iser提出一個術語，他說：好的文學作品要有一種 potential effect（潛能），也就是除了它本身的意思以外，它要具有使讀者產生很多言外聯想的可能性。

好，我們現在就可以回來做一個判斷了。前面我們說，朱彝尊與姜白石兩個人寫愛情的方式是不同的。其實，同樣是朱彝尊本人，同樣寫的是一種不可告人的愛情，不同的詞之間，也是有分別的。比如剛才我們講的〈鵲橋仙〉和〈桂殿秋〉兩首詞，〈鵲橋仙〉當然寫得很好，它的感情使你感動了，但是它不能給你言外的聯想；而〈桂殿秋〉呢？況周頤說它最好，好在哪裏？他並沒有告訴我們。中國傳統的詩話、詞話常常說這首詞的「氣骨」好、那首詞的「風神」好，這都是什麼？一堆模糊的影像，你根本抓不到。王國維說：「此等語皆非大詞人不能道。」爲什麼大詞人能夠說出這樣的話來？道理何在？他並沒有告訴你呀。你要知道，無論詩還是詞，都是由語言構成的「文本」（Text），而大詩人的好處，就在於其作品的「文本」，能夠引起讀者言外的感發和聯想。從「文本」表面上看，〈桂殿秋〉這樣一首短小的詞，寫的就是他跟那個女孩子睡在同一條船上，兩個人不能講話，但他寫出了世界上人與人之間的一個共有的悲哀——你與別人，你與你的父母、兄弟、妻子、兒女，生活在同一個屋頂之下，你們彼此果然能夠理解嗎？「共眠一舸聽秋雨，小簟輕衾各自寒。」同一間教室之內，都是同學，可是你有你的悲哀苦惱，他有他的悲哀苦惱。人與人之間是關連的，但每一個個體同時也是孤獨的。當然，朱彝尊並沒有這樣說，況周頤也沒有這樣說，我之所以這樣說，是因爲它使我產生了這樣的聯想。也許作者未必有此意，可他的這首小詞的「文本」中確實含有這樣一種 potential effect。

現在，我們就要講白石的〈暗香〉了。很多人認爲白石這類詞寫得「清空騷雅」，我也曾引用陳衍的話，說所謂的「騷雅」，就是能夠用語言傳達出一種曲折幽隱的情意。不錯，白石詞的語言文字很美、很雅，但什麼又是「清空」呢？

你要真正了解白石詞的「清空」，先要了解他寫詞的筆法。從前我與四川大學的繆鉞先生合寫了《靈谿詞說》，繆先生特別欣賞姜白石，他自己的創作就是從白石詞入手的。在《靈谿詞說》中，論姜白石的這一部份是繆先生寫的（〈論姜夔詞〉），他說：姜白石是由「江西詩派」作詩的方法入門來寫詞的。提起「江西詩派」，大家馬上會想起黃山谷、陳後山這些人；黃山谷曾經說，作詩要「奪胎換骨」（釋惠洪《冷齋夜話》卷一）。何謂「奪胎換骨」？「奪胎」就是你情意的本質可以從古人那裏來，但是你在外表上要變一個方式來說；「換骨」則是說你外表上跟前人寫得差不多，但你變換了裏邊實質性的東西。你要知道，黃山谷所說的「奪胎換骨」，都是盡量在模仿古人之中，又要與古人不同。我們有幾千年歷史文化的積澱，你一生下來就受到了它的感染，沒有人能夠完全不受前人的影響。可是，如果你完全被籠罩在前人的影響之下，那麼你自己到哪裏去了？所以一個很重要的問題就是：怎樣在前人的影響之下來變化出之——我要盡量跟他們不一樣。

西方當代文學批評家 Harold Bloom 提出來一個詞語，

叫 anxiety of influence，即「影響的焦慮」。我們說什麼才能算是創作？就是你的作品要有新鮮感，是世間獨一無二的。一位作家總是擔心被別人的「影響」所籠罩，於是有了一種「焦慮」，這就是 Harold 所說的 anxiety of influence；黃山谷就有一種「影響的焦慮」。而姜白石作詩是從黃山谷下手的，姜白石也寫過詩話，他說：

> 詩之不工，只是不精思耳。不思而作，雖多亦奚為？（《白石道人詩說》）

你作詩爲什麼總寫不好？就是因爲你沒有仔細地想過，你不好好地思考，就隨便去寫，寫得再多又有什麼用處呢？他又說：

> 人所易言，我寡言之；人所難言，我易言之，自不俗。（同上）

別人輕易就說出來的話，我就不要再說了；別人很不容易說出來的話，我一下子說出來了，處處與眾不同，當然不俗。他還說：

> 學有餘而約以用之，善用事者也。（同上）

你的學問很廣博，但是你表現的時候，要非常約束有節制；你的意思很豐富，但你也要用簡約的方法把他包涵在裏邊，我們說「厚積而薄發」（蘇軾〈稼說送張琥〉），你積累得很深厚，說的時候卻只是微露端倪就可以了。此外，他還說：

> 難說處一語而盡，易說處莫便放過。僻事實用，熟事虛用。說理要簡切，說事要圓活，說景要

微妙。（同上）

諸如此類，都屬於江西詩法的範疇，「江西詩派」就是有那種「影響的焦慮」——你們都這樣說，我偏偏那樣說。

我認爲：有這種觀念的人，就算他作得再好，也是第二流的作者。人家李後主想過別人說什麼了嗎？「春花秋月何時了，往事知多少。小樓昨夜又東風，故國不堪回首月明中。」（〈虞美人〉）脫口而出，自然就好了。當然，姜白石也說，你要用這樣的工夫用得長久了，就會到達一種「自然高妙」（《白石道人詩說》）的境界，這是一種最高的境界。像李後主，那真是「自然高妙」；而姜白石他們從江西詩法入門，往往用意太多、思致太多，雖然安排得很好，鍊字造句也都很妙，但是缺少了那種自然感發的生命。好，下面我們就具體來看他的這一首〈暗香〉：

暗香　　仙呂宮

辛亥之冬，予載雪詣石湖。止既月，授簡索句，且徵新聲。作此兩曲，石湖把玩不已，使工妓隸習之，音節諧婉，乃名之曰〈暗香〉、〈疏影〉。

舊時月色。算幾番照我，梅邊吹笛。喚起玉人，不管清寒與攀摘。何遜而今漸老，都忘卻、春風詞筆。但怪得、竹外疏花，香冷入瑤席。　江國。正寂寂。歎寄與路遙，夜雪初積。翠尊易泣。紅萼無言耿相憶。長記曾攜手處，千樹壓、西湖寒碧。又片片、吹盡也，幾時見得。

這首詞在音樂上屬於「仙呂宮」的宮調，因爲白石精通音律，這是他的自度曲，所以他要告訴一般人，我是用的哪個宮調。他說：「辛亥」年（1191年）冬天，我冒著雪去拜訪范成大，在那裏住了一個月。後來，他拿一張紙讓我爲他填詞，而且要我作一支新曲子，於是，我作了兩支曲子。他非常高興，把我的曲稿拿在手中欣賞「把玩」不已，還叫他家裏的樂工、歌妓來練習演唱這兩支曲子。她們唱出來的「音節」和諧婉轉，我就給它們起了名字：一支叫〈暗香〉，另一支叫〈疏影〉。

〈暗香〉和〈疏影〉都是詠梅花的，這兩個牌調用的是林和靖詠梅花的兩句詩：

> 疏影橫斜水清淺，暗香浮動月黃昏。（〈山園小梅〉）

他爲什麼要詠梅花呢？因爲他拜訪的是范成大，范成大別號「石湖居士」，據白石另一首〈玉梅令〉的小序上說：

> 石湖宅南，隔河有圃曰范村，梅開雪落，竹院深靜。

在范石湖家的南邊，隔著河有一大片花園，石湖給它起名叫「范村」，「范村」裏種了很多梅花和竹子。梅花和竹子種在一起，我們講辛棄疾的詞，講他要佈置「帶湖」的住宅，不是說「疏籬護竹，莫礙觀梅」（〈沁園春〉）嗎？「范村」裏也是這樣，當梅花開放，又下過雪以後，「竹院」裏寂靜而幽深。現在，白石寫了這兩首詞，牌調出自詠梅花的詩句，內容也應該是詠梅花的，可是王國維就說了：

> 白石〈暗香〉、〈疏影〉格調雖高，然無一語道著。（《人間詞話》）

我們說白石「清空」，「清空」就是不落實。將來我們要講到吳文英，吳文英常常抱住主題來寫，寫得就比較落實；而姜白石總是在旁敲側擊，也不從正面來寫梅花，因爲他以爲這樣才「清空」。那麼，他爲什麼要追求「清空」？因爲他是從江西詩法變出來的，他故意跟人家不一樣——你們寫梅花就是梅花，我偏偏不這樣寫，我只寫與梅花有關的一些情事。

「舊時月色。算幾番照我，梅邊吹笛。」我們說：「秦時明月漢時關」（王昌齡〈出塞〉），秦朝的明月如此，今天的明月依舊如此，月色還是當年的月色，而當年的我呢？當年的月色曾經有多少次照見我在梅樹下吹笛子？白石是個音樂家，他既吹笛、又吹簫。這一句說他吹的是笛，至於吹簫，相傳還有另外一段故事：他不是在范成大家住了很長時間嗎？而且他給范成大寫了這麼好聽的兩首詞，所以他臨走的時候，范成大就把一名叫「小紅」的侍女送給他，白石曾寫詩說：

> 自作新詞韻最嬌，小紅低唱我吹簫。曲終過盡松陵路，回首煙波十四橋。（〈過垂虹橋〉）

他說：我自己作的詞，聲律特別嬌美動聽，我叫「小紅」低低地唱，我爲她吹簫伴奏。總之，有這麼一段風流浪漫的故事。此外，據夏承燾先生說，白石寫〈暗香〉、〈疏影〉是在辛亥年（1191年）的冬天，而這一年秋天，那個「合肥女子」已經與別人結婚了，所以范石湖把「小紅」送給他，就是爲了安慰他那一份離別的哀傷。「舊時月色。算幾番照我，梅邊吹笛。」也許當年是「合肥女子」唱他的詞，他就在旁邊吹笛；而現在范成大既然把「小紅」給了他，那麼就「小紅低唱我吹簫」了。不但想起「梅邊吹笛」的往事，他還記得「喚起玉人，不管清寒與攀摘。」我叫起那個美麗的女子，說不管外面多麼寒冷，也要去折下一枝梅花來。古人常寫到女子折梅花的情景，蔣捷就說過：

> 折時高折些。說與折花人道，須插向、鬢邊斜。（〈霜天曉角〉）

在《紅樓夢》中，賈寶玉不是還跑出去，跟妙玉要了一枝紅梅抱回來了嗎？（《紅樓夢》第五十回）「何遜而今漸老，都忘卻、春風詞筆。」姜白石不但善於旁敲側擊，他還常常用一些別人的詩詞來做點綴。何遜是南朝梁時的一位詩人，曾經寫過〈揚州法曹梅花盛開〉的詩：

> 銜霜當路發，映雪擬寒開。……應知早飄落，故逐上春來。

當別的花在寒冷的霜雪中漸次凋零之時，梅花衝寒冒雪而開。爲什麼梅花那麼早就開？不像其他花，要等到陽春三月、草長鶯飛的時候？因爲它知道自己很快就要飄落了，於是趕在春天以前就趕快開放了。何遜寫過這樣的詩，後來的人說到梅花，常常提到他，杜甫有一句詩：「還如何遜在揚州」（〈和裴迪登蜀州東亭送客逢早梅相憶見寄〉），就是說何遜在揚州寫了詠梅的詩，我也寫了詠梅的詩，正如當年的何遜。現在姜白石說：當年跟那個女孩子在一起，我爲她寫過多少詠梅的詩詞！可是現在呢？我就像何遜一樣漸漸老去了。「春風詞筆」是說筆下如同帶著春風一樣，能把梅花寫得這樣美的寫詞的文筆。他說：而今我年華老大，不能再寫出當年那些美麗的詞句了。而今我只覺得什麼？「但怪得、竹外疏花，香冷入瑤席。」我只怪竹籬笆外那稀疏的梅花，雜在寒冷的霜雪之中，那寒冷的香氣一陣一陣地飄過來，飄到我的座席之中。古人常常有座席，而華美的座席就叫做「瑤席」。因爲范成大家裏很富有，有大宅院、有花園，當然還有「瑤席」了。

「江國。正寂寂。」「江國」就是南方有江水的地區。他說：「江國」的冬天寂寞而寒冷。「歎寄與路遙，夜雪初積。」因爲他離開了那個女子，所以要寄給她一枝梅花。古人也有寄梅花的詩，南朝詩人陸凱說：

> 折梅逢驛使，寄與隴頭人。江南無所有，聊贈一枝春。（〈贈范曄〉，《太平御覽》卷十九引《荊州記》）

我折了一枝梅花，恰好遇到一位傳遞郵信的「驛使」，我們「江南」也沒有什麼好東西，姑且把這一枝早開的梅花寄給北方的那個人吧；北宋的秦少游也寫過這樣的詞句：

> 驛寄梅花，魚傳尺素。砌成此恨無重數。（〈踏莎行〉）

「驛寄梅花」就是讓驛使一站一站地寄梅花，「魚傳尺素」則有一段故事：據說當年陳勝、吳廣起義的時候，他們事先在魚的肚子裏邊藏了一條絲帛，上面寫著「大楚興，陳勝王」（《史記・陳涉世家》）的字跡；古詩上也說：

> 客從遠方來，遺我雙鯉魚。呼童烹鯉魚，中有尺素書。（蔡邕〈飲馬長城窟行〉）

有一名客人從「遠方」而來，送給我一對「鯉魚」，我讓僮僕把魚切開烹煮，卻發現，魚肚子裏有用一尺見方的素白綢子所寫的一封信。在這裏，你不要以爲那對鯉魚真的帶著信，從江南游到江北來了，不是這麼回事。因爲中國古代沒有發明紙張以前，人們把字寫在綢子上，然後用一個木頭做的魚狀盒子做爲信封，把寫了信的絲帛裝起來，收信的人收到盒子以後，把它打開，就發現中間有一封用尺素寫成的信，這就是所謂的「魚傳尺素」了。總而言之，古人常常借寄梅花來傳遞信息，表達自己的感情。姜白石說：我在這裏對著寂寞的江天，懷念當年爲我折梅的那個女子，於是我也折下一枝想寄給她，可是道路太遙遠了。當然，這還不只是說現實的可以道里計的路途之遙，而是因爲那個女子已經嫁與別人了，所以他們之間更有了一種無形的阻隔。他說：「夜雪初積」，此時外邊下了很厚重的雪。「翠尊易泣。紅萼無言耿相憶。」「翠尊」是翠綠色的酒杯；「紅萼」指梅花紅色的花萼。他說：我對著飲酒的「翠尊」，很容易就流下淚來，看著梅花的「紅萼」，我說不出什麼話來，只有「耿耿」地相憶。「耿」字從「火」，本來指的是明亮的燈光；如果你心裏有一種感情，像是不消滅的火焰一樣，也可以用「耿耿」來形容。我今年寫了一首詞，就用到了「耿耿」兩個字：因爲友人給我寄來一冊《老油燈》的圖影集，其中有一盞燈與我小時候家裏點的一盞油燈，非常相似，我就想到李商隱有一首〈燈〉詩，開頭兩句說：

> 皎潔終無倦，煎熬亦自求。花時隨酒遠，雨後背窗休。

他說燈永遠是明亮的，它不知疲倦地燃燒著，因為它生命中註定要如此。古人有時候點燈賞花：「古人秉燭夜遊，良有以也。」（李白〈春夜宴桃李園序〉）「只恐夜深花睡去，故燒高燭照紅妝。」（蘇軾〈海棠〉）那些詩朋酒侶們一邊吟詩、一邊飲酒、一邊拿著燈來看花，這是「花時隨酒遠」；而「雨後背窗休」則是說：在寒冷的雨夜，窗內那盞燈就熄滅了。看到那盞燈的圖形，又回憶起李商隱的這句詩，我有感而發寫了一首〈鷓鴣天〉：

> 皎潔煎熬枉自痴，當年愛誦義山詩。酒邊花外曾無份，雨冷窗寒有夢知。　人老去，願都遲。驀看圖影起相思。心頭一焰憑誰識，耿耿長明永夜時。（《迦陵詩詞稿》）

「皎潔煎熬枉自痴，當年愛誦義山詩。」我現在已是七、八十歲的老人，還在這裏一站兩個小時來講課，為什麼？有人說這不是太「痴」了嗎？可我當年就非常喜歡李商隱所說的「皎潔終無倦，煎熬亦自求。」這正是我自己所求的。「酒邊花外曾無份」，李商隱筆下的燈，可以照著人們看花飲酒，但以我個人的生活而言，我是關在大門內長大的，規規矩矩老老實實地閉門讀書，所以沒有過「酒邊花外」的生活；「雨冷窗寒有夢知」，我也經過了很多的挫折患難。

「人老去，願都遲。驀看圖影起相思。」現在我老了，有人說你當年有什麼希望、什麼理想？驀然間看到那盞熟悉的燈影，我內心無限感慨。「心頭一焰憑誰識，耿耿長明永夜時。」我之所以還要不辭辛苦地做下去，就因爲我心中還有一點光焰——我喜歡古典詩詞，願意爲之奉獻我所有的力量。我沒有時間詳細地講我那首詞，我只是要告訴大家，「耿耿」是光明的意思。姜白石說：「紅萼無言耿相憶」：我的相思懷念之情是耿耿不滅的。「長記曾攜手處，千樹壓、西湖寒碧。」我永遠記得，我們當年曾經「攜手」去看梅花。「壓」是極言梅花的繁密，而把花的繁密說成「壓」，也有一個來歷：杜甫詩曰：

> 黃四娘家花滿蹊，千朵萬朵壓枝低。（〈江畔獨步尋花七絕句〉其六）

他說：我看到江邊開著花，千朵萬朵把樹枝都壓低了。姜白石說：「千樹壓、西湖寒碧。」千萬樹梅花在冬日「西湖」寒冷而碧綠的水上。在這一句中，你不要一口咬定「西湖」一定就是杭州的「西湖」，我們講歐陽修的十首〈采桑子〉，他詠的不都是潁州的「西湖」嗎？所以白石所說的「西湖」究竟指哪裏的「西湖」，也不能確指。「又片片、吹盡也，幾時見得。」那麼好的花，那麼美的回憶，可是轉眼間又是一年，一片一片的梅花都被風吹落了，而今天的梅花落下去以後，你哪一天才能再見到它？今水非昔水，「古今相續流」（李白〈古風〉），明年縱然有花開，「不是去年枝上朵」（王國維〈玉樓春〉），落下去的花永遠也回不來了。大家注意：「幾時見得」這幾個字，「幾」是第三聲，「時」是第二聲，「見」是第四聲，「得」是入聲字；你看，它這四個字包括了平、上、去、入的四聲，而這首詞是白石的自度曲，你一定要按照他這個平仄的聲調才能唱出來，才能唱得好聽。所以凡是用〈暗香〉這個牌調來填詞，你最後四個字，一定要按照白石的平仄，逐字去填，這是值得注意的一個問題。

好，〈暗香〉我們就講到這裏。我個人以爲，姜白石寫了很多首與梅花有關的詞，而從這一首詞來看，他應該是懷念那一段愛情往事的。

下面我們再看〈疏影〉：

苔枝綴玉。有翠禽小小，枝上同宿。客裏相逢，籬角黃昏，無言自倚修竹。昭君不慣胡沙遠，但暗憶、江南江北。想佩環、月夜歸來，化作此花幽獨。　　猶記深宮舊事，那人正睡裏，飛近蛾綠。莫似春風，不管盈盈，早與安排金屋。還教一片隨波去，又卻怨、玉龍哀曲。等恁時、重覓幽香，已入小窗橫幅。

「苔枝綴玉」，「苔枝」就是梅樹的枝幹，爲什麼要叫它「苔枝」呢？因爲梅樹有很多種，其中一種的枝幹上都是綠苔，所以叫「苔梅」，「苔梅」的樹枝當然是「苔枝」了。他說：「苔枝」上點「綴」了「玉」，「玉」就是白色的梅花。「有翠禽小小，枝上同宿。」有一對小小的綠色的鳥，一同落在梅枝上面棲息。關於「翠禽」也有一個典故。姜白石就是這樣，他不寫梅花的形象或者自己對現實的梅花的感受，他都是用與梅花有關係的一些事情來旁敲側擊。這一句，就又涉及到與梅花有關的一個故事了：《異人錄》裏有這樣一條記載，說是在隋文帝開皇年間，有一位名叫趙師雄的人來到羅浮山——羅浮山在廣東省，那裏的梅花是很有名的。——，有一天晚上，趙師雄喝了酒，在松林間休息，半醒半醉之際，他看見一名淡妝素服的美人出來相迎，此時殘雪未消，月色微明。趙師雄很高興，與那個女子談起話來，只覺得她芳香襲人，語言極其清麗。後來，他們一同去酒店飲酒，相與共歡，這時來了一位青衣小童，爲他們歌舞助興。不知不覺間，趙師雄就沉沉入睡了。第二天早晨醒來一看，哪裏有什麼酒店和美女，他只是睡在一棵大梅樹下，樹上「有翠羽啾嘈相顧，月落參橫，但惆悵而已。」（曾慥《類說》卷十二引）原來，夢中的美人本是梅花仙子的化身；而青衣小童就是樹上的翠鳥了。現在，姜白石正是用了這段與梅花有關的典故，他說：「苔枝綴玉。有翠禽小小，枝上同宿。」那趙師雄不是在旅途中經過羅浮，有這麼一段遇合嗎？所以是「客裏相逢」；今天白石在范成大家裏做客，看到這麼美麗的「苔梅」，也是「客裏相逢」。而這些梅樹長在哪裏？「籬角黃昏，無言自倚修竹。」我們說范成大家裏有竹院、梅院，而梅花就開在竹子的旁邊；在這句中，他其實用了杜甫的詩。杜甫的〈佳人〉寫的是一位亂離之中與家人生離死別的孤獨女子，最後兩句說：

天寒翠袖薄，日暮倚修竹。

因爲范成大家的梅與竹相鄰，姜白石就把眼前的梅花比做杜甫筆下的佳人——佳人倚竹，梅花也倚竹。這就是姜白石，他總是不直說梅花如何如何，而是借用一個典故，說它們如佳人一樣，「無言自倚修竹。」「昭君不慣胡沙遠，但暗憶、江南江北。」這兩句同樣有其出處：唐朝的王建有一首〈塞上梅〉的詩，他說：

天山路傍一株梅，年年花發黃雲下。昭君已歿漢使回，前後征人惟繫馬。……。

梅花本來開在山清水秀的江南，可現在王建詠的卻是塞外的梅花；他說：在「天山」的路旁有「一株梅」樹，每一年都要在「黃雲」之下開花，因為塞外都是塵沙，連天上的雲彩都是帶著黃色的，所以叫「黃雲」。這株梅花可能是當年「昭君」出塞和親時種的，但「昭君」已經死了，漢朝的使者也都回去了，過去的一切已成為陳跡，只有這株梅花還留在那裏。古往今來，有多少遠行塞外的「征人」經過樹下，停了下來，把他的馬匹「繫」在那裏。姜白石說：像出塞的「昭君」一樣，梅花不習慣塞外的風沙，它如果有感情、有記憶，一定會暗自憶起「江南江北」那美好的故鄉。於是，它就回來了，「想佩環、月夜歸來，化作此花幽獨。」杜甫的〈詠懷古跡五首〉中有一首寫王昭君的詩，其中兩句說：

畫圖省識春風面，環珮空歸月夜魂。（〈詠懷古跡五首〉其三）

相傳，漢朝的皇帝因為後宮佳麗三千人，他要寵愛哪一位，看都看不過來，因此他就找來畫師，把所有的後宮佳麗都畫成圖畫，然後按圖臨幸。於是，有的女孩子就賄賂畫師，讓他把自己畫得更美一些，但王昭君對自己的相貌很自信，她不肯那樣去做，結果被畫師有意畫得不美麗，皇帝也從來沒有臨幸過她。昭君鬱鬱不得志，所以，當匈奴的使者要求派一個人去和親的時候，她就自告奮勇去和番了。臨走前，她來到金殿上與皇帝告別，皇帝這才驚爲天人，但已經無可挽回了，昭君就這樣去了塞外。杜甫說：「畫圖省識春風面，環珮空歸月夜魂。」從「畫圖」上還可以依稀見到昭君當年美麗的容顏，而她死在塞外已有多年，只有魂魄在「月夜」歸來，身上還配帶著瑽瑢的「環珮」。現在姜白石說：「想佩環、月夜歸來，化作此花幽獨。」昭君當然已經死去了，但我想像可能她的魂魄在明月下歸來，幻化成這樣幽靜、孤獨的一樹梅花。

你看姜白石，因爲杜甫詩中有一位佳人，在「日暮」「天寒」的時候獨「倚修竹」，他就由開在竹子旁邊的梅花聯想到佳人；再由佳人聯想到王昭君；現在又說昭君的魂魄化做了眼前的梅花。而這首詞到底說的是什麼呢？

現在我想請大家注意一件事情，就是有關典故和出處的問題。這學期我們從辛棄疾的詞講起，你們可以看到，很多詞人喜歡在自己的作品中用典：有的典故包含了一個故事，而這個故事與這首詞的情意有相當的關係；還有一種只是他用的某個詞語有一個來歷，但它不見得要牽涉到一個歷史故事。很多詩人、詞人習慣於用典，用詞也常常有出處，可是你一定要注意到他們不同的地方。比如辛棄疾那首〈水龍吟・過南劍雙溪樓〉：

舉頭西北浮雲，倚天萬里須長劍。人言此地，夜深長見，斗牛光焰。我覺山高，潭空水冷，月明星淡。待燃犀下看，憑闌卻怕，風雷怒，魚龍慘。

他說的都是歷史上的典故，但是你要注意，稼軒所用的每一個典故，都結合了他自己的理想和志意，都帶著他自己的感動和興發，所以這些典故是活潑的、有生命力的。現在我們講姜白石的詞，像他的〈暗香〉和〈疏影〉，也用了很多歷史上的典故，但情況就完全不同了。有什麼不同呢？我們還要從周邦彥談起。

我說過，周邦彥是用「賦筆」來寫詞的。昨天上課時有同學問我，他說柳永的那些長調詞，是不是也算是「賦化之詞」呢？現在，我們首先要把這個問題搞清楚。在開始的時候，我們講到了「歌辭之詞」、「詩化之詞」和「賦化之詞」；其中，「歌辭之詞」與「詩化之詞」的說法，古來有之，而「賦化之詞」是由我提出來的。八○年代後期，我去美國參加了一場國際詞學會議，與會的都是世界各地研究中國古典文學的專家，在那次會議上，我第一次提出了「賦化之詞」這種說法（〈對傳統詞學與王國維詞論在西方理論之觀照中的反思〉，《中國詞學的現代觀》）。當時有一位來自普林斯頓大學的高友工教授，他聽我說完以後馬上就問：「葉先生，以前沒有人提出過『賦化之詞』，你是從哪裏見到這種說法的？」我回答說：「這是我自己的說法。」爲什麼這樣說？第一，因爲周邦彥長於寫賦，他不但在宋神宗推行新法的時代寫了〈汴都賦〉，而且，他的文集中還有許多其他的賦作。那麼，昨天那位同學問我的問題，說是柳永的鋪陳算不算是一種「賦化」？當然了，鋪陳也是一種「賦化」，但柳永的詞只是鋪陳。我並不是說柳永的詞就是「賦化之詞」，因爲「賦」應該有兩層意思：第一層是《詩經》「六義」中的「賦」。我們知道，「六義」包括「風」、「雅」、「頌」和「賦」、「比」、「興」，「風」、「雅」、「頌」是三種不同的音樂、不同性質的詩；「賦」、「比」、「興」是三種寫作的方法。簡單地說，「興」就是「見物起興」，即看到外邊的物，引起人的一種「興發感動」。比如看到「關關雎鳩，在河之洲」就想到「窈窕淑女，君子好逑。」（《詩經・周南・關雎》）這是「興」；「比」呢？是「以此例彼」，即用這個來比那個。比如大家學過的、課本常常選的那首〈碩鼠〉，他說：

> 碩鼠碩鼠，無食我黍。三歲貫女，莫我肯顧。逝將去女，適彼樂土。

這都是在諷刺剝削者，把他比做大老鼠的。那麼「比」與「興」有什麼區別呢？我也曾給它下了一個界定。因爲「賦」、「比」、「興」這三種說法產生以來，大家常常把它們說得很混亂，像什麼「比而興」、「興而比」之類的說法，總讓我們覺得比較含糊。所以，我曾經用很簡單的現代語言對它做了歸納。其實，所謂的「比」和「興」，說的都是心與物的關係。不同之處在於：「興」是「由物及心」，你看到成雙成對的鳥在快樂地鳴叫，就想到人也應該有這樣美好的伴侶；「比」是「由心及物」，是你內心先有了一種情志，然後再找一個外物來作「比」，像〈碩鼠〉那首詩，你先感覺到那個剝削者對你的傷害，所以才用「碩鼠」來比喻牠。什麼是「賦」呢？簡單地說，賦就是「直陳其事」，它沒有一個「由物及心」或「由心及物」的過程，你直接說就是了。即如：

> 將仲子兮，無踰我里，無折我樹杞。豈敢愛之，畏我父母。仲可懷也，父母之言， 亦可畏也。（《詩經·鄭風·將仲子》）

她直接就呼換了：「將——仲子——兮」，「仲子」是那個男子的名字，也許他在家裏排行老二，妳如果直呼其爲「仲子」，這樣就顯得很生硬，但若前面加一個「將」的發音，後面加一個「兮」的結尾，這就把女子的溫柔表現出來了。接著兩句「無踰我里，無折我樹杞」，都是否定、都是拒絕，這不是很傷感情嗎？所以下邊她馬上拉回來說：「仲可懷也，父母之言，亦可畏也。」我也是無可奈何呀！你看她這是直接敘述，但她敘述得很有姿態、有節奏，而她內心的感情，這種「興發感動」的力量，就在她敘述的口吻中傳達出來了。像這種情況，我管它叫「即物即心」，「即心即物」，這是最基本的「賦」。

不過，我所說的「賦化之詞」的「賦」不只具有「六義」中「賦」的特點，不只是說「六義」中的「賦」，它還兼具文學體式的「賦」的特點。最早寫賦這種文學體式的當然是荀子，這在以前我們就已經說過了。我還說過，詩是「感物言志」（《文心雕龍·明詩》）的，重在直接的感發；賦是「體物寫志」（《文心雕龍·詮賦》）的，重在安排「勾勒」。從周邦彥開始，才正式出現了以「思力」安排爲主的「賦化之詞」。柳永雖然也寫了很多長調，但他只是平鋪直敘。比如他的〈夜半樂〉：

凍雲黯淡天氣，扁舟一葉，乘興離江渚。渡萬壑千巖，越溪深處。

後邊還有好多，他說：我從哪裏出發，經過了什麼地方，看到了什麼景色、什麼人物，這都是直接從感受來寫的，並沒有特別用「思力」來安排。所以柳永的詞不算做我所謂的真正意義上的「賦化之詞」。

周邦彥是「賦化之詞」的開創者，姜白石作詞受了周邦彥的影響，講究「思力」安排，喜歡用典故。同樣是用典，人家辛棄疾用的那些典故不是他拼湊出來的，也不是他爲了要作什麼題目查找出來的，而是他「讀書破萬卷」，自然「下筆如有神」（杜甫〈奉贈韋左丞丈二十二韻〉），他把大量的歷史故事爛熟於心，與他的生命、感情融爲一體，隨時用，隨時出來，而且都帶著作者生命的感情和感發的力量。白石的詞當然也很好，也有很多人讚賞他，可是，白石是用「思力」安排寫下來的，因此，白石之用典與稼軒之用典當然就不同了。

我們再從頭來看〈疏影〉這首詞。他寫的是梅花，於是先從「羅浮山」上一個有關梅花的故事寫起，「苔枝綴玉。有翠禽小小，枝上同宿。」然後他此時正在范成大的家裏邊賞梅，所以是「客裏相逢」——趙師雄遇梅花仙子是「客裏相逢」，我在別人家裏賞梅當然也是「客裏相逢」了。就這樣，從上一個典故的故事過渡到現在的「客裏」賞梅。我們知道，范成大家的對岸就是梅花園，園裏種了很多梅花和竹子，梅花就在竹子旁邊，所以他說：「無言自倚修竹。」在這裏，他從梅花「倚」「竹」聯想到杜甫〈佳人〉詩中佳人的「倚」「竹」；趙師雄所遇的那個梅仙是女子，杜甫〈佳人〉詩寫的也是一名女子，所以梅花跟女子的形象是重疊的。接著，他又由女子想到昭君出塞，想到王建詩中的塞外梅花，如果梅花生在塞外，它會像當年遠嫁胡地的昭君一樣懷念自己的故鄉，而「昭君不慣胡沙遠，但暗憶、江南江北。」這一句就引起了很多讀者的聯想，聯想到「二帝蒙塵，諸后妃相從北轅，淪落胡地」（鄭文焯校《白石道人歌曲》）的事情。大家看這首詞，它不是直接說出來讓你知道，從而感動你，而是用「思力」安排來寫，因此，你也要用「思力」安排去欣賞、去尋繹，這樣你就找到了，說它可能是慨嘆北宋的淪亡——那些流落胡地的女子一定懷念故鄉，活著的時候不能回來，死後的魂魄也要回來的。「想佩環、月夜歸來」，這裏又用了杜甫的詩：「環珮空歸月夜魂」（〈詠懷古跡五首〉其三），歸來後如何？「化作此花幽獨。」你看他的「思力」確實很微妙，這是〈疏影〉的前半首，他用的都是與梅花有關係的一些典故和詩句來寫的。

我們接著看下半首。「猶記深宮舊事，那人正睡裏，飛近蛾綠。」如果梅花有知，它一定記得從前有這麼一段美好的往事。什麼往事？《雜五行書》上說：

> 宋武帝女壽陽公主人日臥於含章殿檐下，梅花落公主額上，成五出之花，拂之不去。（《太平御覽》卷三十引）

「人日」就是正月初七，在中國古代，都說正月開頭的幾天，每一天天氣的好壞預示了這一年中某種事物的好壞，即一雞、二狗、三豬、四羊、五牛、六馬、七人，所以第七天就是「人日」。據說這一天，劉宋武帝的壽陽公主睡在含章殿的屋檐下，檐外有一株梅樹，風吹花落，有一朵落在她的額上，留下了一朵花的痕跡，後來怎麼洗也洗不掉，就印在她的額上了。宮中的其他女子覺得這樣很美，大家爭相模仿，你看中國古代的仕女圖，凡是在額前點一朵梅花的，都跟這個故事有關。姜白石說：如果梅花有感知的話，它應該記得當年在含章殿的深宮之中，那位壽陽公主睡臥在殿檐之下，梅花一飛，就「飛近」了她的蛾眉上。他爲什麼稱蛾眉爲「蛾綠」呢？因爲中國文學講到顏色時不是很科學的，尤其是青這個顏色，它可以是藍色，比如青天；也可以是綠色，比如青草；還可以是黑色，比如青衣。上次我給大家引了朱彝尊的一首〈桂殿秋〉的小詞，他說：「青蛾低映越山看」，「青蛾」就是蛾眉的意思。我們說林黛玉的「黛」字，就是介於青、黑二色之間的一種顏色。我在臺灣時的一位學生，有一次聽我講課講到「青」這顏色，他說：「葉先生你講得對，我祖母就常常對我說起她年輕時頭髮有多麼黑多麼亮，她說那時洗完了頭髮，在太陽底下一照，都有綠光！」所以姜白石所說的「蛾綠」和朱彝尊所說的「青蛾」，都是形容蛾眉的黑和亮，似乎都閃著青藍色的光彩了。梅花終歸零落的，可是它這麼美好，你應該保護它才對呀！如果你真正愛花，就「莫似春風」，不要像「春風」一樣，「春風」怎麼樣？它「不管盈盈」，「盈盈」可以指美麗的女子，也可以指美麗的花朵。不管開得多麼美麗的花朵，「春風」總會把它吹落的，所以你要「早與安排金屋」，你應該把花、或者把那像花一樣的女子好好保護起來，不要讓它在外邊經受風吹雨打。李後主說：「無奈朝來寒雨晚來風」（〈相見歡〉），無論什麼樣的花，又能經得住幾番的風吹雨打呢？那麼怎麼樣保護？你最好給它蓋一間黃金的屋子，把它藏在其中。「金屋」的典故出自《漢武故事》，這在講辛棄疾時我們已經說過了。在這裏，他只是斷章取義，姑且不要管後來陳皇后失寵，被打入「長門」這樣的事情，我們只取其「金屋藏嬌」的珍視愛惜之意。這一句說的既是花、也是人。如果你是一位皇帝，就要保護好你的后妃們。爲什麼「馬嵬坡」下，唐玄宗就眼睜睜地看著他所愛的楊貴妃死去了？「如何四紀爲天子，不及盧家有莫愁。」（李商隱〈馬嵬二首〉其二）你怎麼能夠犧牲了人家這些女子？是你自己不好好做皇帝，使國家淪亡了，讓你的后妃們「相從北轅」（鄭文焯校《白石道人歌曲》），你對得起她們嗎？可是，你畢竟沒有保護好她們，所以花就落了。杜甫說：「一片花飛減卻春」（〈曲江二首〉其一），「一片」花落春天就已經不完整了，而這「一片」花落到了哪裏？「還教一片隨波去」，你就任憑那花瓣隨著流水消逝了。「流水落花春去也」（李煜〈浪淘沙〉），李後主所慨嘆的，一方面當然是春天的水流花落；而另一方面，何嘗不是其「四十年來家國，三千里地山河。」（〈破陣子〉）的水流花落呢？而北宋的朝廷、淪落胡地的皇帝及后妃們，不也是「流水落花春去也」了嗎？等到花朵零落殆盡之時，你「又卻怨、玉龍哀曲。」「玉龍」是古代笛子的別稱；「玉龍哀曲」就是笛曲，笛曲中有一支特別有名的曲子叫〈梅花落〉。李白詩曰：

黃鶴樓中吹玉笛，江城五月落梅花。（〈與史郎中欽聽黃鶴樓上吹笛〉）

指的就是這支曲子。現在梅花不是都落了嗎？他說，這個時候，你就滿懷幽怨地聽著「玉龍」所吹奏出來的悲哀的曲子。什麼曲子？〈梅花落〉。關於〈梅花落〉，其實還有一個故事。大家知道，宋徽宗是一位很風流浪漫的皇帝，他與李後主一樣，喜歡文學、藝術，會寫詩，會填詞，還擅長繪畫與書法，「瘦金體」這種字體就是由他所創的。李後主被宋朝的皇帝俘虜後，寫了很多首詞；宋徽宗被金人帶到北方去，也寫了很多詞，王國維曾把這兩個皇帝的詞做一番比較。宋徽宗有一首〈眼兒媚〉，其中有這麼幾句：

春夢繞胡沙。家山何處，忍聽羌笛，吹徹梅花。

每到春天，我總要懷念往事。李後主說：

多少恨，昨夜夢魂中。還似舊時游上苑，車如流水馬如龍。花月正春風。（〈望江南〉）

可那是當年的情景，是他的夢啊！現在春天來了，我還有我的「春夢」，但我如今在哪裏？在風沙障眼的胡地。「家山何處」？「獨自莫憑欄。無限江山。」你已是「別時容易見時難」了（李煜〈浪淘沙〉）。此時此刻，你「忍聽羌笛，吹徹梅花。」詩和詞中的「忍」，常常是不忍、豈忍的意思；「羌笛」本是胡地的樂器。那天有人說，中國傳統的民族樂器像什麼琴、瑟、塤、簫等等，都是一個字的名字，凡是再加上一個字的，像「胡琴」啦、「羌笛」啦，這都是外來的樂器。宋徽宗流落胡地，胡人吹的都是「羌笛」。他說：聽到胡人用羌笛吹奏〈梅花落〉的曲子，我情何以堪！最後，「等恁時、重覓幽香，已入小窗橫幅。」等到「流水落花春去也」（李煜〈浪淘沙〉）的時候，你再想尋覓梅花的芳香，就再也找不到了。不過花雖然不見了，可有人把它畫成了「橫幅」的圖畫掛在小窗之上。杜甫說：「畫圖省識春風面，環珮空歸月夜魂。」（〈詠懷古跡五首〉其三）白石的〈鷓鴣天〉也說過：

> 夢中未比丹青見，暗裏忽驚山鳥啼。

現在只有那「圖畫」、「丹青」上還留有梅花的痕跡，無論你對於往事、對於梅花有多少懷戀，也只能寄情於「小窗橫幅」上梅花的舊影了。

好，我們看這首詞，它用了很多與塞外、帝王有關的典故，所以鄭文焯說：

> 此蓋傷心二帝蒙塵，諸后妃相從北轅，淪落胡地，故以昭君托喻，發言哀斷。（《鄭校白石道人歌曲》）

可是夏承燾先生不贊成這種觀點，我不是說他寫過〈白石懷人詞考〉嗎？他把重點放在了白石的「合肥情遇」之上，所以他說：白石在辛亥年（1191年）寫了很多首懷念「合肥女子」的作品，而〈暗香〉和〈疏影〉寫於這一年冬天，所以也應該是「懷人」的情詞。再者說來，靖康國變、北宋淪亡是在1127年，白石寫這兩首詞是在光宗少熙二年，也就是1191年，相隔已有六、七十年之久，白石不可能寫詞來懷念那件事情了。

我認爲，鄭文焯的觀點未必沒有道理，何以見得？我說過，白石詞主要有兩種感情：一種是懷念「合肥女子」的感情，這當然佔主要地位；另一種是懷念故國的感情，這種感情所佔的比重雖輕，但一定是有。接下來我們要講他的一首〈揚州慢〉，主要就是抒發這種感情的。

姜夔（四）

這節課我們就要把白石詞結束了。上節課快下課的時候，我說白石詞基本上有兩種感情：一方面是他對於「合肥女子」的懷念之情，這在其作品中始終佔主要地位；另一方面，他生在南宋，那時中國北方已淪陷於敵手，宋王朝只剩下半壁江山了。做爲一名中國人，對於祖國領土的破碎、淪陷，總是有一些感慨的，白石當然也不例外。但是，時代確實不同了，你看南宋早期那些作者，像張元幹、張孝祥等人，他們親身經歷了破國亡家之痛，寫出來的作品真是激昂慷慨！而姜白石呢？雖然同樣有一份故國的悲慨，但悲慨的程度完全不一樣了。下面，我們就以〈揚州慢〉爲例，看一看白石這一方面的詞：

揚州慢　　中宮呂

淳熙丙申至日，予過維揚。夜雪初霽，薺麥彌望。入其城，則四顧蕭條，寒水自碧，暮色漸起，戍角悲吟。予懷愴然，感慨今昔，因自度此曲。千巖老人以為有〈黍離〉之悲也。

淮左名都，竹西佳處，解鞍少駐初程。過春風十里，盡薺麥青青。自胡馬窺江去後，廢池喬木，猶厭言兵。漸黃昏、清角吹寒，都在空城。
杜郎俊賞，算而今、重到須驚。縱豆蔻詞工，青樓夢好，難賦深情。二十四橋仍在，波心蕩、冷月無聲。念橋邊、紅藥年年，知為誰生。

「中宮呂」是它的宮調，這首詞是可以歌唱的；「淳熙」是宋孝宗的年號；「至日」就是冬至，杜甫不是寫過〈至日早朝大明宮〉嗎？在中國古典文學中，冬至日簡稱爲「至日」；「維揚」指揚州（今江蘇揚州市）。他說，宋孝宗淳熙三年（1176年）的冬至這一天，我經過揚州。白石大概生於1155年左右，他寫這首詞時應該只有二十幾歲，所以這首〈揚州慢〉是他早期的作品。那一天夜裏下了雪，第二天早晨雪停了，極目四望，只看到滿眼的「薺麥」。本來揚州從唐朝以來一直屬於歌舞繁華之地，唐朝的杜牧之曾經在揚州做過官，寫過許多風流浪漫的詩句。可是靖康之難（1127年）以後，金人佔領北方，揚州也在高宗建炎三年（1129年）被攻陷；紹興三十一年（1161年），金主完顏亮大舉南渡，揚州再度被燒殺搶掠，遭到一次洗劫，白石來到這裏，當年的那些歌臺舞榭早已不見了，野外到處是「彌望」的「薺麥」；那麼城中呢？「入其城，則四顧蕭條，寒水自碧」，城中也是一派冷落「蕭條」的景象。因爲這裏是前線，所以遠處有戍守的將士吹起了號角，此時天慢慢地黑了下來。「予懷愴然，感慨今昔，因自度此曲。」我心中淒絕，感嘆揚州昔日的繁華與此日的荒涼，於是做了這支曲子。「千巖老人以爲有〈黍離〉之悲也」，「千巖老人」就是他妻子的叔叔蕭德藻，這當然是後話了。我剛才說，白石寫這首詞時只有二十幾歲，那時他還沒有認識蕭德藻，因此這句話是他後來補上去的。他說，蕭德藻老先生看到這首詞，認爲寫得不錯，有「黍離」之悲。〈黍離〉是《詩經．王風》中的一篇：

彼黍離離，彼稷之苗。行邁靡靡，中心搖搖。知我者謂我心憂，不知我者謂我何求。悠悠蒼天，此何人哉。

我現在只是給大家念一念，可我聽過文懷沙先生吟誦這首詩，他吟誦得非常好，那真是一唱三嘆！那麼〈黍離〉說的是什麼呢？是：

周大夫行役，至於宗周，過故宗廟宮室，盡為禾黍，閔周室之顛覆，徬徨不忍去，而作是詩也。（〈毛詩序〉）

西周滅亡後，周王室東遷，有過去的大臣經過舊都，寫了這首詩，慨嘆國家的敗亡，所以「〈黍離〉之悲」就是亡國之悲。蕭德藻認爲白石這首〈揚州慢〉有「〈黍離〉之悲」，白石所慨嘆的自然是北宋的淪亡了。

不只蕭德藻，很多人都讚美這首詞。陳廷焯在《白雨齋詞話》（卷二）中說：

「猶厭言兵」四字，包括無限傷亂語，他人累千百言，亦無此韻味。

他說：「猶厭言兵」四個字，包括了「無限」傷離念亂的語言。晚唐的韋莊也是經歷過戰亂的人，他曾寫過這兩句詩：

> 內庫燒為錦繡灰，天街踏盡公卿骨。（〈秦婦吟〉）

你看這兩句說的是戰亂中的焚燒劫掠的場面，他把亂離的景象直接寫出來了。而姜白石呢？他不是說：「人所易言，我寡言之；人所難言，我易言之」（《白石道人詩說》）嗎？別人寫戰亂就是從正面來寫戰亂，我偏偏不這樣，我只說：「廢池喬木，猶厭言兵」——不要說人，就是沒有感情的「廢池喬木」都不願意再聽到戰爭了。你看他寫得多麼含蓄、多麼蘊藉！都是寫戰亂，而白石寫得「清空騷雅」，所以陳廷焯就讚美他，說別人要千萬言才說清楚的傷離念亂之語，他只用幾個字就包括了。

唐圭璋也讚美白石說：

> 參軍蕪城之賦似不得專美於前矣。（《唐宋詞簡釋》）

「參軍」就是南朝的鮑照，他寫過〈蕪城賦〉，感慨經過劉宋戰亂，兵火劫餘的揚州，最後幾句話說：

> 邊風急兮城上寒，井徑滅兮丘隴殘。千齡兮萬代，共盡兮何言。

一般人寫到揚州，常常是感慨戰亂的。因爲揚州地處南北要衝，是歷代兵家必爭之地，曾多次經歷了戰爭的烽火。辛棄疾晚年來到建康的「北固亭」，隔岸與揚州相望，曾慨嘆說：

> 四十三年，望中猶記，烽火揚州路。（〈永遇樂〉）

不但他們這些人曾寫到戰亂後的揚州，其後，清朝初年的女詞人徐燦，寫過一首〈青玉案〉，也是感慨揚州的盛衰興亡之作，她說：

> 傷心誤到蕪城路。攜血淚、無揮處。

徐燦生於明朝末年，她親身經歷了明朝的敗亡。她的丈夫陳之遴本來在明朝做官，後來因事獲罪被貶。明清易代後，陳之遴就降清了。他做了清朝的官，然後把徐燦從江南接到當時的京師，也就是現在的北京。在北行的路上，她經過揚州，寫了這首詞。她說：我怎麼就沒有注意，居然經過這樣一處讓我「傷心」的地方。你要知道，徐燦那個年代的揚州才真是悲慘，當年明朝滅亡，清軍入關南下，揚州是經過屠城的。所以她說：我錯誤地走上了這條經過揚州的路，此時滿臉是淚，不知向何處揮灑。

總之，時代不同，感情不同。辛棄疾寫的是記憶中烽火裏的揚州；徐燦寫的是「攜血淚、無揮處」的揚州；現在，姜白石縱然有家國的悲慨，可他畢竟沒有身經戰亂，那麼他是如何寫的呢？

「淮左名都，竹西佳處，解鞍少駐初程。」揚州本來是淮水東邊一座有名的都市，我們說：「腰纏十萬貫，騎鶴上揚州。」（殷芸《小說》卷六）中國古人認爲這是最志得意滿的一件事情。「竹西」是揚州的別名，杜牧曾經在揚州做官，寫過一首〈題揚州禪智寺〉的詩，其中有兩句說：

誰知竹西路，歌吹是揚州。

他說：我沒有想到經過「竹西路」的時候，遠遠就聽到一片笙簫歌舞的聲音，而那裏就是揚州了。所以，在沒有經過戰亂的時候，揚州一向是歌舞繁華之地。姜白石從小念這些詩，對揚州這樣美好的城市，自然心嚮往之，恰巧出遊時經過揚州，怎麼能不進去看看呢？因此，「解鞍少駐初程。」「初程」即剛剛上路不久，走得還不太遠的地方。他是在湖北長大的，二十歲左右出來遠遊，現在經過揚州這樣一座有名的城市，於是「解鞍」下馬，稍做停留，進城去看一看揚州昔日的繁華。「過春風十里，盡薺麥青青。」「春風十里」出自杜牧的詩，杜牧曾經寫過揚州城內一名年輕美麗的女子，說：

春風十里揚州路，卷上珠簾總不如。（〈贈別二首〉其一）

這首詩姜白石當然讀過，所以他腦子裏總想著杜牧之筆下「春風十里」的揚州；現在一看，哪裏有什麼歌臺舞榭、畫棟珠簾？到處都是荒涼的「薺麥」。「自胡馬窺江去後，廢池喬木，猶厭言兵。」自從胡人的兵馬逼近長江攻打我們，也就是說，經過了當年的戰爭以後，而今不要說人、就是那些殘留下來的荒涼的池館和那些高大古老的樹木，都討厭戰爭，不願再聽到有關戰爭的話題了。說到這裏我就想到：這個世界總有人在製造戰爭，古往今來，戰爭荼毒了多少生靈！連「廢池喬木」都討厭戰爭，而萬物之靈的人類居然自己在製造戰爭，這是何等愚蠢而又可怕的一件事情！「漸黃昏、清角吹寒，都在空城。」天慢慢黑了下來，在「至日」的寒風之中，戍守前線的兵士們吹起了號角，那淒清的聲音在空城間迴盪。

我第一次回國旅遊時曾到過西安，我也作了一首詩，其中有兩句是這樣說的：

> 詩中見慣古長安，萬里來游鄠杜間。（〈紀游絕句十二首〉其一，《迦陵詩詞稿》二集，詩稿）

因為我是講詩詞的，所以常常看到什麼「不見長安見塵霧」（白居易〈長恨歌〉）、「每依北斗望京華」（杜甫〈秋興八首〉其二）之類的詩句，那都是古人寫長安的；現在我真的不遠千里，回到自己的國家，在鄠縣和杜曲之間游賞，那正是古長安的所在呀！我是「詩中見慣古長安」，而姜白石是「詩中見慣古揚州」，那麼，真正見到了揚州此日的情景，他又想到了些什麼呢？

「杜郎俊賞，算而今、重到須驚。」「杜郎」就是杜牧，有一位朋友曾經對我說：詩人是永遠不老的，像杜牧之這樣的人，你怎麼能想像他會老？在詩境之中，他永遠年輕，所以一直到現在，人們還稱他為「杜郎」。「杜郎俊賞」，像杜牧之那麼風流浪漫的人，不管對什麼都有一種美的欣賞，而且很懂得如何欣賞美的事物，假如請他再回來看一看今天的揚州，看一看「廢池喬木」、「清角吹寒」的揚州，他該會有怎樣的驚嘆！「縱豆蔻詞工，青樓夢好，難賦深情。」杜牧在揚州時寫過很多首詩，他說一名女孩子「娉娉裊裊十三餘，豆蔻梢頭二月初。」（〈贈別二首〉其一）「娉娉裊裊」是形容這個女子美麗的姿態，她剛剛十三歲多一點，嬌豔得如同「二月」裏剛剛開放的「豆蔻」花的嫩蕊；杜牧還寫過這麼兩句：

> 十年一覺揚州夢，贏得青樓薄倖名。（〈遣懷〉）

所以姜白石說：縱然杜牧能寫出像「豆蔻梢頭二月初」這樣工致的詩句、縱然他與揚州城內的青樓女子有過這麼多如夢如煙的往事，若來到今日的揚州，他也再不能寫出當年那樣的情感來了。「二十四橋仍在，波心蕩、冷月無聲。」「二十四橋」也是出自杜牧的詩句，杜牧說：

> 二十四橋明月夜，玉人何處教吹簫。（〈寄揚州韓綽判官〉）

現在，「二十四橋」上已沒有往日的笙簫歌舞了，只有寒水的「波心」寂寞地搖「蕩」著一片昏黃的「冷月」。「念橋邊、紅藥年年，知爲誰生。」這兩句其實是用了杜甫的詩句而變化出之，當屬於黃庭堅所說的「奪胎換骨」（釋惠洪《冷齋夜話》卷一）的方法。杜甫寫過一首〈哀江頭〉的詩，他說：

> 少陵野老吞聲哭，春日潛行曲江曲。江頭宮殿鎖千門，細柳新蒲為誰綠。

那時長安（今陝西西安市）已經淪陷了，杜甫本來與家人在奉先縣（今陝西澧城縣），後來他聽說肅宗在靈武（今寧夏銀川市）即位的消息，馬上去投奔肅宗。沒想到中途被叛軍抓獲，帶到了長安，那年他就在長安城裏捱過了漫長而寒冷的一個冬天。在〈對雪〉一詩裏，他說：

戰哭多新鬼，愁吟獨老翁。

安史之亂中，有的人戰死、有的人被焚燒劫掠而死，所以到處都是在戰爭中死去的「新鬼」，到處可以聽到他們的哭泣。我杜甫這樣一名孤獨的「老翁」，離開了家人，現在又被困在長安城裏，我因悲愁而哀吟。第二年春天，杜甫來到「曲江」的江頭。安史之亂以前，每到春天，「曲江」江畔仕女如雲，「拂水低迴舞袖翻，緣雲清切歌聲上。」（〈樂遊園歌〉）而且江邊建有很多宮殿，那都是王宮貴人們的別墅；可是現在，國破家亡，長安已被敵人佔領，「國破山河在，城春草木深。」（〈春望〉）草木無知，到了春天，柳樹又發芽了，依舊是長條低拂，蒲葦此時也長出了鮮嫩的綠葉，然而它們究竟爲誰而綠？在這首詞中，姜白石變化運用了杜甫的詩意，他說：在「二十四橋」的「橋邊」，居然還開放著那麼多紅色的芍藥花，可是它們究竟爲誰「年年」開放呢？

從這首詞我們可以看出，姜白石果然有一份家國的悲慨。此外，這首詞還有一個值得注意的地方，就是結尾處標點的問題。這首詞上半首結尾處是「漸黃昏、清角吹寒，都在空城。」它的句法是「三、四、四」的停頓；而下半首結尾處，有人斷成「念橋邊紅藥，年年知爲誰生。」這是「五、六」的停頓，我認爲：這樣斷句就缺少了那種一波三折的姿態，所以應該是「念橋邊、紅藥年年，知爲誰生。」

我曾經給大家舉過一個例證，就是王之渙的〈涼州詞二首〉其一：

黃河遠上白雲間，一片孤城萬仞山。羌笛何須怨楊柳，春風不度玉門關。

你如果給它點破，不讓它七個字一句，看看怎麼辦？

黃河遠上，白雲一片，孤城萬仞山。羌笛何須怨，楊柳春風，不度玉門關。

句讀不同，顯然姿態就不同了。有很多人說那新詩寫得不通，為什麼一句話不直接說下來，而是這行寫幾個字，然後斷開再起一行，一句話幹嘛總要這麼提來提去的呢？其實，它之所以要這樣，也是為了要形成一種頓挫、一種姿態，有那種一唱三嘆的滋味。

好，下面我們再看一首〈玲瓏四犯〉，就把白石結束了。這首詞其實很多版本不選它，而我以為這首詞寫得很不錯，我先把它念一遍：

玲瓏四犯　此曲雙調，世別有大石調一曲。

越中歲暮聞簫鼓感懷

疊鼓夜寒，垂燈春淺，匆匆時事如許。倦遊歡意少，俯仰悲今古。江淹又吟恨賦。記當時、送君南浦。萬裏乾坤，百年身世，惟有此情苦。　揚州柳，垂官路。有輕盈換馬，端正窺戶。酒醒明月下，夢逐潮聲去。文章信美知何用，漫贏得、天涯羈旅。教說與，春來要、尋花伴侶。

在這首詞的題序中，他說還有一支曲子也叫〈玲瓏四犯〉，但它們所配的音樂調子不同；這個是「雙調」，那個是「大石調」。此外，他還簡單地說了一下這首詞的寫作緣起，即「越中歲暮聞簫鼓感懷」，當時他在浙江紹興，「歲暮」年終的時候，到處是人們吹簫擊鼓的聲音，他有所感觸，寫了這首詞。這一年白石三十九歲，而這首詞與以前的作品相比，確實不同了。前面那些詞，或者是爲了「合肥女子」，或者是慨嘆揚州今昔的盛衰，總不出某一個地方、某一段情事，而〈玲瓏四犯〉這首詞則是白石對於自己整個生平的感慨。我說過，白石平生沒有科第功名，總是依人爲生，在那些達官貴人的家裏做門客，所以他一生都相當貧困。他曾經在他妻子的叔叔蕭德藻那裏住過很長時間；後來在范石湖那裏也住過一段時間；到了晚年，他又依託張鎡、張鑑兄弟。張鎡字功甫，張鑑字平甫，他們是循王張俊的孫輩。宋朝還有一位叫張浚的人，是主戰的忠義之士；而這個循王張俊，說起來大家都認爲是很不好的名字。因爲他曾經與秦檜合作，陷害過岳飛。張鎡兄弟家裏很富有，白石曾經爲張鑑寫過一首〈鶯聲繞紅樓〉，前面有這樣一段序：

平甫與予自越來吳，攜家妓觀梅於孤山之西村。命國工吹笛，妓皆以柳黃為衣。

他說：張平甫跟我從紹興來到蘇州，他帶著他家裏的歌妓到「孤山」的「西村」「觀賞」梅花，讓很好的樂師吹笛子，那些歌妓都穿著非常漂亮的、柳黃色的衣服。在宋人的筆記中也記載了張氏兄弟的富有。據說他們有一次請客人來參加牡丹花會，在一個很廣闊的大庭上垂下重重的布幔，宴會開始後，音樂奏響，布幔拉開，裏邊香煙繚繞，瀰漫開來。一隊女子出來表演一套歌舞，然後退下，不一會兒，又一隊女子出來，已換上另外一套服飾了（周密《齊東野語》卷二十）——總之，這些人很富有。姜白石自己沒有仕宦，一生都是曳裾於這些人的門下，過著這樣的生活。很多人讚美白石，說他如何清高，因爲當時秦檜當權，白石不肯附和奸佞，所以才過這樣的生活。也許是吧，可是人家陶淵明不是更好嗎？他說：我不能爲五斗米折腰，怎麼樣？他就躬耕田園——親自種起地來。天下唯一不令人慚愧的，就是用自己的勞動來維持自己的生活。因此我認爲，對於白石，你一方面可以說他清高，但另一方面，比起陶淵明來，他就差得遠了。而對於自己平生曳裾門下的生活，白石何嘗沒有感慨呢？下面，我們就來看這首〈玲瓏四犯〉。「疊鼓夜寒，垂燈春淺，匆匆時事如許。」過年的時候，人們喜歡敲鑼打鼓，像從前的北京，一過臘月二十三，祭完灶以後，很多店鋪就不做買賣了，大家關起門來，在店裏敲鼓。因爲不是只敲一下，而是一陣一陣地敲，所以是「疊鼓」；又因爲過舊曆年是在冬天，所以是「疊鼓夜寒」。舊曆年一過，正月就是燈節，很多花燈掛了出來，迎來第二年的初春。「時事」「匆匆」，轉瞬即逝。當然，一年過去就過去了，可是在南宋那個時代，是一年不如一年的，所以「匆匆時事如許」——我們收復北方失地的希望一天比一天渺茫了。「倦遊歡意少，俯仰悲今古。」這兩句是白石對自己平生的一個總結。他從二十歲左右就離開家，到各地依人作客，所以是「倦遊歡意少」；「俯仰悲今古」，蘇東坡說：「不用思量今古，俯仰昔人非。誰似東坡老，白首忘機。」（〈八聲甘州〉）俯仰之間，多少世事都改變了。「江淹又吟恨賦。記當時、送君南浦。」江淹寫過〈別賦〉和〈恨賦〉，〈別賦〉中有一句話：

　　黯然銷魂者，唯別而已矣。

李商隱也說：

　　人世死前惟有別（〈離亭賦得折楊柳二首〉其一）

人世之間最悲哀的，除了死亡的永別之外，就是生離了。本來，人有生就一定有死，可是有多少人是飲恨吞聲而死的？有多少人的理想和願望是失落的？白石半生漂泊各地，落魄無成，這已經使他感到「倦遊歡意少」了，更何況他還有一段愛情的悲劇！「春草碧色，春水綠波，送君南浦，傷如之何。」這不是江淹在〈別賦〉中說的嗎？白石與他所愛的女子離別後，再也沒有見面，同樣是「送君南浦，傷如之何。」而這樣的悲傷，也已成爲記憶中的事了。「萬裏乾坤，百年身世，惟有此情苦。」世界以空間來說，這麼廣大；以歷史來說，這麼悠久，而我們個人的生命最多不過百年，這在悠久的歷史之中不過是一個瞬間而已。陳子昂說：

　　前不見古人，後不見來者。念天地之悠悠，獨愴然而涕下。（〈登幽州臺歌〉）

江淹在〈別賦〉中說：

> 自古皆有死，莫不飲恨而吞聲。

個人一生留下了多少遺恨呢？所以是「惟有此情苦」。

「揚州柳，垂官路。有輕盈換馬，端正窺戶。」你看，他又想到揚州了，姜白石這個人，他主要感懷的還是他自己的那一段愛情的往事。一般說起來，同樣是好的詩詞，白石寫得好，稼軒寫得也好，但是你一比較就會發現，他們一個是大、一個是小。詩人當然有好的詩人，也有不好的詩人，如果他們的藝術成就都是好的，那麼，一定是那個關懷面廣的人，他的詩更高一籌。凡是偉大的作家，像托爾斯泰、羅曼·羅蘭，他們的關懷面一定是廣的。那個愛倫坡，當然也寫得很好，但是他永遠不能夠比美於托爾斯泰或羅曼·羅蘭。中國也是，一位小家的詩人、小家的詞人，他們也寫得很好，可一旦跟大家比起來，高下立見。大家看，白石最懷念的還是那種浪漫的愛情，「春風十里揚州路」（杜牧〈贈別二首〉其一）嘛！他說：「揚州柳，垂官路。」在那裏，他所說的還不只是揚州城的美麗，說那裏有很多垂柳，輕柔的柳條在「官路」兩側低垂。敦煌曲子詞裏不是有一首〈憶江南〉嗎？詞曰：

> 莫攀我，攀我太心偏。我是曲江臨池柳，者人折了那人攀，恩愛一時間。

我們說：「路柳墻花」，一般指的是那些歌妓酒女。這些歌妓酒女怎麼樣呢？「有輕盈換馬，端正窺戶。」在中國古代，愛妾可以換馬，古人說：「聲色犬馬」，「聲色」與「犬馬」是並列而言的，他們同屬於男人的寵物。所以你如果覺得別人的馬更好，就可以用你的愛妾去換。白石說：「有輕盈換馬」，「輕盈」指的就是美麗的女子，她可以用來「換馬」，還有，「端正窺戶」呢？一般說來，「端正窺戶」有兩種可能的解釋。王沂孫有一首寫新月的〈眉嫵〉，他說：

試待他、窺戶端正。

現在天上雖然只有一彎斜斜的月牙，但是我要等到它變成圓月，端端正正地照到我的門戶之間。他說的是月亮「窺戶」，所以有人認爲，這一句「端正窺戶」的，也應該是月亮。其實不然，張炎的〈探春慢〉說：

休忘了盈盈，端正窺戶。

姚雲文的〈齊天樂〉說：

待尋訪斜橋，水邊窺戶。

周邦彥的〈瑞龍吟〉也說：

因念箇人癡小，乍窺門戶。

在這幾句中，「窺戶」的都是女子，特別是那些歌樓妓館的女子，她們站在門口，招邀客人，這也是「窺戶」。白石說：揚州路上有這麼多風流浪漫的情事，有這麼多歌樓妓館的女子，可是現在呢？「酒醒明月下，夢逐潮聲去。」柳永說：

歸雲一去無蹤跡，何處是前期。狎興生疏，酒

徒蕭索，不似少年時。（〈少年遊〉）

你少年時有許多狂朋怪侶，你們在一起飲酒，有過種種的歡樂，而今夢迴酒醒，那浪漫的感情永遠不會回來了。「文章信美知何用，漫贏得、天涯羈旅。」就算我姜白石的文章寫得再美，又有什麼用呢？它只換來我一生的漂泊。「教說與，春來要、尋花伴侶。」馮正中有一首〈采桑子〉說：

花前失卻游春侶，獨自尋芳。滿目悲涼。縱有笙歌亦斷腸。

不是沒有花，有花，如果和所愛的人在一起賞花，你會覺得那萬紫千紅都是快樂的；可是，如果你獨自去尋花，那麼良辰美景反而會使你觸目傷懷，此時縱然有「笙歌」助興也是枉然，它只會使人更覺悲涼。所以姜白石說：我要找一個人，告訴他，春天來了，我希望當我尋芳時，能有一名伴侶相陪。一個人年歲大了，常常會檢點平生。李清照晚年不是還寫過一首〈漁家傲〉嗎？她說：

天接雲濤連曉霧。星河欲轉千帆舞。彷彿夢魂歸帝所。聞天語。殷勤問我歸何處。

晚年時回想自己的一生，你都做了些什麼？少年時的歌舞繁華、飲酒觀花，一例都是空幻；現在一切都過去了。柳永說：

狎興生疏，酒徒蕭索，不似少年時。」（〈少年遊〉）

姜白石也說：「酒醒明月下，夢逐潮聲去。」你所留下的是什麼？這是每個人都應該問一問自己的。

好，時間到了，下一次我們講史達祖的詞。

史達祖

今天在開始講史達祖的詞之前，我首先要來講一講如何評價一首詩詞的好壞，怎麼樣來欣賞一首詩詞真正的好處。

大家都知道俞平伯先生寫過一些關於詩詞欣賞的書——他在五四前後還寫過一篇著名的散文〈槳聲燈影裏的秦淮河〉，你們當中很多人一定都看過——，我認爲俞平伯先生有一個習慣，不能說是他的毛病，只能說是他的習慣，他寫文章的時候不是很直截了當，而是從旁邊說很多其他的話。我最近在整理我的老師顧隨先生的《東坡詞說》和《稼軒詞說》——我在北京師範大學還碰到了一位教古典文學的女老師叫楊敏如，她也是顧隨先生的學生——，事實上顧隨先生的書沒有流傳，他的《東坡詞說》和《稼軒詞說》都沒有印成書；另外，他自己詩、詞、曲的著作也都沒有印刷流傳。可是顧隨先生教書的影響真的是很大的，像我就是受到他的影響，楊敏如也是受了他的影響。有的人是著作好，你看他的著作寫得非常好，他是以著作流傳的；可是顧隨先生不是以著作流傳的，他的好處就是：他在課堂上講課的時候，真的是把詩歌的生命傳達出來了。這是他最大的好處。而這個好處是很多其他人很難做到的，很多其他的老師，我也跟著他們上過課，可能他們寫的著作很有價值，學問確實很好，可是他們講課的時候，傳授的僅僅是知識。確實存在這樣的區別。有的老師講授知識很豐富，這當然是很好的一件事情；可是顧隨先生講課不是這樣的，他所傳達的是詩歌的生命，而不是一般的知識。他沒有什麼著作流傳下來，所以我們就想要替他整理他的詞說，我也幾次跟我們班上的同學說：大家一起來做，因爲我一個人的能力有限，也沒有這麼多時間。於是我就跟楊敏如商量，我們的老師寫過兩本詞說：《東坡詞說》和《稼軒詞說》，我們可以給他整理出版。在整理的過程中，我們發現他寫作的時候，文白摻雜，一半文言一半白話，引用了很多古典和佛教禪宗語錄上的話，讓人不容易看懂，所以需要給他的兩本詞說做一種解釋：我們不要死板的注解，我們想把它裏面的要旨說明一下；如果需要說明的古典，我們也順便說明一下，總之不是那種很死板的注解。我在北京臨走之前跟她商量好了，前兩天我收到楊敏如的來信，她說看了《東坡詞說》後，覺得顧隨先生的東西看起來覺得很好、很有味道，可是整理起來就會發現很困難，因爲他常常跑野馬，說到很多別的東西。這些都不重要嗎？這些東西在整篇文章的進行上，起了某些重要的作用。從前的那些老先生，像俞平伯先生、我的老師顧隨先生，他們在說詞的時候，常常喜歡談很多我們現在認爲的廢話，跑野馬跑得很遠，這是當時的一種風氣，也許當年他們以爲詩詞就是要這樣說，才能使它活潑。如果只講重要的東西，沒有生發，就會變得很死板，所以需要一些餘韻，從容不迫的、看起來不太重要的東西，有的人說是：無用之爲用大矣哉。他們兩個人都有這樣的習慣，可是他們兩人的重點不同：俞平伯先生說詞的好處在什麼地方呢？我們看他的《清真詞釋》和《讀詞偶得》可以發現，俞平伯先生說詞非常細膩，他一個字一個字，一層一層的、一節一節的慢慢地說，而且說得比較落實，他是從每一首詞的字句、章法很仔細地分析和解釋的，這樣分析解釋的結果是：重視表現的技巧和章法。他喜歡周清真的詞，周清真的詞是在技巧功力上有獨到之處的，他喜歡這樣有功力的詞。我的老師顧隨先生也喜歡跑野馬，他說詞的好處不在於用字、造句，不是它的章法層次，他說的是詩歌裏面的一種生命，一種感發的力量。這個話很難講，我現在越來越覺得很難把這一點說明。前兩天我碰到一個問題，不知道應該怎樣講才好，我很想把這個問題說明，也許你們可以幫助我把它說明清楚。

我們來看孟浩然的詩。其中有兩句：

不才明主棄，多病故人疏。（〈歲暮歸南山〉）

我在講這首詩的時候，曾經批評他的這兩句，我覺得這兩句詩不是很好。他所寫的這種感情，我承認是真實的，孟浩然當時寫的感情是真實的，他覺得他的生命落空了，沒有能夠有所作爲，他產生了這種傷感，所以寫下了「不才明主棄，多病故人疏」。可是我認爲這兩句說得不夠好，因爲這兩句孟浩然做到的，只是說明，沒有帶給讀者一種感發的聯想和感動。我常常說：寫詩的時候，如果把感情都說明了，就不好，有時候需要情景交融才好。你的感情要用一個景物來做陪襯，把它引發、感動出來，這樣才好。我也曾經舉了一些例證，比如說還是孟浩然的詩，我說他這兩句就寫得好：

> 我家襄水曲，遙隔楚雲端。（〈早寒江上有懷〉）

這兩句詩字面上看起來不也是說明嗎？作者說我離開家鄉很遠，我的家在哪裏呢？水的旁邊，就是「水曲」，我的家在襄水的邊上，離得那麼遙遠，在藍天白雲的另一端才是我的家。那麼這兩句其實也是寫一種感情，寫作者思家的感情。爲什麼我說這兩句要比「不才明主棄，多病故人疏」寫得好呢？因爲他不是平鋪直敍的說明，他不是說我家很遙遠，他沒有這樣說。「我家襄水曲」，「襄水曲」是一個形象；「遙隔楚雲端」，「楚雲端」也是一個形象，作者把他故鄉的遙遠、思鄉的感情都用這種形象表現出來了，這就是情景交融。你讀它的時候，就不只是理性上的知道，同時還有一種感性上的生發，所以我說這樣詩句寫得很好，它裏面有一種感發的生命。

剛才我說了寫情。還有寫景，寫景有的時候所寫的就是景物的形貌，像大謝的詩，有人說他「刻劃山水」（王士禎《帶經堂詩話》卷五），孟浩然的詩有一部份受到了大謝的影響，杜甫曾經讚美孟浩然說：「賦詩何必多，往往凌鮑謝。」（〈遣興五首〉其五）孟浩然寫過：

> 黤黕容霽色，崢嶸當曉空。（〈彭蠡湖中望廬山〉）

這是寫江西的廬山。「黤黕」是深黑的樣子，他說深黑的山，它裏面包含著有早晨破曉的霽色，一點點光線射到山上去了，山就慢慢的明亮起來；「崢嶸」是形容山很高，「當曉空」，立在破曉的天空。這就是「黤黕容霽色，崢嶸當曉空」。如果太陽已經在中天了，山上的青山綠水通通都會照出來，可是現在太陽剛剛升起一點，所以山就是一幢一幢的黑影，有一點點破曉的霽色的晴光，可是整座山還是黑色的陰影，「黤黕容霽色」，黑影很高，崢嶸立在破曉的天空之中。他所描寫的是山水的外表，不是說寫得不好，他寫得也很好，可是僅僅是山水的外表。我再舉孟浩然的另外一首詩，也是寫景物的：

木落雁南渡，北風江上寒。（〈早寒江上有懷〉）

樹葉已經黃落了，鴻雁已經向南飛去，說明天氣已經變冷；西北風吹起來了，作者站在江邊上，覺得這樣的寒冷。「木落雁南渡，北風江上寒」。表面上看起來他所寫的也是景物，可是在這個景物之中，就有了一種詩人自己的感受在裏面。前面那兩句（「黤黕容霽色，崢嶸當曉空」）只是客觀的寫山；後面這兩句（「木落雁南渡，北風江上寒」）卻有他自己的感受。

寫情的時候，有些是說明、沒有感發；有些是說明而有感發。寫景的時候，有些是把形貌刻畫描寫得很真切、很清楚、很仔細，可是沒有一種感發；有些在寫景之中本身就帶有一種感發。我們在講王昌齡的詩之前，曾經講過一首李白送給王昌齡的詩，因爲王昌齡被貶官了，貶去做龍標縣（今湖南黔陽縣）的縣尉，在湖南很遙遠的地方。李白的詩這樣寫道：

楊花落盡子規啼，聞道龍標過五溪。（〈聞王昌齡左遷龍標遙有此寄〉）

李白的詩確實寫得很好，他得名不是偶然的，這麼平常的兩句寫得真是好。你看他前面的七個字也是寫景，春天的時候，柳樹的柳絮、也就是楊花，已經都飄落完了，聽到杜鵑鳥「不如歸去」、「不如歸去」的叫聲，他有很多的感受在裏面：楊花落盡的那種生命零落的感覺、時間消逝的感覺；「子規啼」有一個典故，是說蜀主望帝死了以後，魂魄化成杜鵑鳥（《華陽國志・蜀志》），後來常常說杜鵑鳥叫的聲音是「不如歸去」、「不如歸去」，這裏面有一種思鄉的悲哀的感情。「楊花落盡子規啼」這七個字表面上好像也是寫景物，可是它裏面卻含有這麼多豐富的感情；不但有這麼多感情在裏面，它還能夠帶給讀者豐富的聯想。「楊花落盡」使人感受到生命的零落、光陰的無常消逝；「子規啼」使人感覺到思鄉的悲痛。接下來的一句使我們確定和加強了這種感受：「聞道龍標過五溪」，這兩句結合得非常好，情景很能夠打動人，並且打動得很深切。「楊花落盡子規啼」這一句詩確實是有感發的，即使沒有後面的「聞道龍標過五溪」，僅僅是「楊花落盡子規啼」，這裏面也包含著很多的聯想和感發。

同樣是楊花的飄落，蘇東坡寫過一首詠楊花的詞〈水龍吟〉，這首詞是和章質夫的韻。章質夫是蘇東坡的一位朋友，他寫了一首詠楊花的詞，蘇東坡和他這首詞，同樣是寫楊花的。章質夫怎麼寫呢？章質夫寫的也是〈水龍吟〉：

燕忙鶯懶芳殘，正堤上、柳花飄墜。

他寫得很仔細，李太白說「楊花落盡」四個字就完了，章質夫說是「燕忙」，燕子很忙，燕子忙著幹什麼呢？忙著築巢。春天的時候，燕子回來了，忙著築巢。燕子回來忙著築巢的時候是什麼季節呢？一定是暮春，春天已經都消逝了。「鶯懶」，黃鶯鳥在春天來的時候就開始鳴叫，慢慢的叫得太疲倦了，後來都懶得再叫了，春天也快過完了。「芳殘」，花都零落殘損了，當然也是春天快過完了。在這樣遲暮的春天，站在水邊的堤上，「堤」是岸邊，柳樹常常種在水邊，在水邊的岸上「柳花飄墜」。章質夫所寫的完全是外表，就算是寫得很仔細，也只是外表。我把它講完了就完了，它不會讓你一唸就在感情上能夠打動你，使你有很多的感受和聯想，它不發生這樣的作用。這個話很難講，但是它真是不發生這樣的作用。

現在既然舉了這兩個例證，我就要把它們再說明一下。有的人以為描寫的時候越細緻越好，「燕忙」、「鶯懶」、「芳殘」這三個詞，給我們一種非常重複而且雜亂的感覺。我也不是說寫詩就不能重複，沒有一個絕對的東西。「燕忙」、「鶯懶」、「芳殘」寫得非常支離破碎，雖然很細膩，但是支離破碎，每個字都不給你一種啓發，我認爲這是寫得不好的作品。我們再回來看李太白的詩：「楊花落盡子規啼，聞道龍標過五溪」，接下來他寫道：

> 我寄愁心與明月，隨風直到夜郎西。（〈聞王昌齡左遷龍標遙有此寄〉）

他說我把懷念你的心、爲你被貶官而憂傷的心，寄託天上的明月，明月照到我，也照到你。我跟你之間沒有共同的東西，只有這輪明月是我們共有的，所以我要把我同情你的悲愁的心，寄託給天上的明月；而明月的月光隨著天上的萬里長風，從我這裏吹到你那裏去。杜甫詩句說：「**萬里風煙接素秋**」（**〈秋興八首〉其六**），李太白說，空中的萬里長風，把我的愁心一直隨著月光吹到你所貶官的夜郎的西邊。夜郎是很遙遠的，這就表示王昌齡被貶官的地方很遙遠。我要說明的是什麼呢？我認爲不管是寫景也好，寫情也好，不能只是說明，好的作品都是在裏面帶有一種感發的力量；而這種感發力量的大小、厚薄、強弱、高低也會各有不同。人人都可以表現感發的力量，可是這種感發的力量又有種種的不同。李太白之所以了不起，是因爲他雖然寫的是悲哀的東西，卻寫得如此的開闊博大，真是瀟灑自然：「我寄愁心與明月，隨風直到夜郎西」，寫得那麼高遠，那麼縹緲，這是李太白的好處。寫景、寫情，要有感發的力量，而這種感發的力量有大小、厚薄、強弱、高低的不同。寫景可以分成兩種：一種是寫景物的形貌；一種表面上是寫景物的外表，裏面卻包含有感發的力量。寫情也有兩種類型：一種只是說明，沒有感發的力量；一種是包含著感發的力量。像孟浩然的「不才明主棄，多病故人疏」，這是直接的說明，說明只是讓讀者知道，並不使讀者感動。而他的「我家襄水曲，遙隔楚雲端」，這就寫得情景交融，故鄉很遠，他沒有直接說很遠，他說我家在襄水的邊上，遠在楚雲天的盡頭。大自然的景物跟作者的感情結合在一起，情景交融，這是形象化的表現。秦少游寫過一首小詞：

欲見回腸，斷盡金爐小篆香。（〈減字木蘭

花〉）

他說我內心中千回百轉的感情，像是熏爐裏斷盡的、非常纖細的篆香，我的心就跟香被燒成灰一樣，一寸一寸被這樣斷盡了。這也是把感情用形象表現出來。所以很多人都以爲創作需要用形象化的語言來表現，剛才我所講的也證明了這一點。如果直接的寫感情，用說明的方式，就沒有感動；如果情景交融結合起來，就會使人感動。

但我最近發現一首詩，情況並不是完全如此的。陳子昂的〈登幽州臺歌〉：

> 前不見古人，後不見來者。念天地之悠悠，獨愴然而涕下。

這是非常難得的四句詩，這四句詩跟景物結合了嗎？沒有。詩人沒有描寫風景山川，他所寫的完全是他的主觀感受，是他登上幽州臺以後，內心中的一份感受。我們常常說詩歌要表現一種感發的力量，而這又需要借助外在景物的形象來傳達：或者是情景交融，或者是感情被景物所打動。可是陳子昂的這首詩並沒有說明，也沒有借助外在景物進行形象化的表達，那麼它的好處在哪裏呢？這首詩的好處就在於：陳子昂所寫的是感發的本身。這就是他非常難得的地方。他所寫的真的是感發生命的本身，作者只是把這樣的感情如實的寫下來，同樣帶有強大的感發的力量。當然，有些詩詞裏面也有感發，但並不是不使人感動，因爲這種感發不切實、虛浮。不是說沒有感發，它裏面也有感發，只是這種感發不切實、說得比較虛浮。像我們前幾天講過的劉克莊的一首詞：

……喚廚人斫就，東溟鯨膾，圉人呈罷，西極龍媒。天下英雄，使君與操，餘子誰堪共酒杯。……使李將軍，遇高皇帝，萬戶侯何足道哉。……（〈沁園春〉）

表面上看起來他是激昂慷慨的、好像很感動的樣子，可是他所說的都是「大言」（《莊子・齊物論》），都是誇大的話，這種感發是不切實的，是虛浮的。談到詩詞的高低好壞，一定要從它的生命本身來分析，這才是真正的詩詞的好處。

我們以前講到王昌齡的詩，說他的詩歌音節非常明快，他的字音非常的鮮明、非常的輕快。我的朋友范曾曾經跟我說過，他們家裏吟詩的時候，有一個傳統，范先生的曾祖父是清朝的詩人，他說：「字從音出」，選擇用字的時候，不僅要選擇字的意思，還要選擇字的聲音。一首詩有沒有活起來？唸起來的感受是什麼樣的？每一個字的聲音都非常重要，所以是「字從音出」。如果真正要批評一首詩的好壞，一定就要有這種感受能力。雖然看起來都差不多：內容差不多、平仄差不多，可是詩歌裏面所傳達的感發的力量，是有很多不同的。有的人學了一些西方的理論，他們拿這些理論的框子來套中國的詩歌，這其實是不對的，因爲每首詩、每個字本身，都有不同的聲音，就是按照某個理論把它套進去了，可是這首詩真正的好處與壞處，完全不在那裏。這是很難解說的一件事情，卻是中國詩歌裏面非常重要的一點質素。中國詩歌的好壞高低正是從這些地方來分辨的，一個字的聲音好不好，可以造成很多不同的感受和效果，整首詩能不能給你一種感發的力量，這是一種整體的感受。要批評欣賞一首詩，第一要養成的就是感受的能力，看到這首詩，就要有這種感受，知道它是好詩還是壞詩——你本身的一種感受。不過，光有這種感受是不夠的，還需要把這種感受說明清楚。中國古代的詩話、詞話，那些古人不是沒有感受，可是他們沒有把它說明清楚。所以第一要有感受，第二要能夠把感受清清楚楚的說明出來，這兩點非常重要。中國古人說「意在言外」，我以爲沒有絕對的「意在言外」，它一定是以它的造句、用字、結構、聲音等很多因素造成這樣的結果，而能夠把它說明清楚，這才算是好。這是我想談到的關於詩詞欣賞的一些問題。

下面我們來看史達祖的詞。在講史達祖的詞之前，我要說我對於姜白石可能太嚴苛了一點，我之所以感到對白石太嚴苛，正是因爲我今天要講史達祖，我才這樣說。詩詞的好壞、高低、層次的不同，差一點點就不一樣。我剛才說到俞平伯先生對詩詞很有研究，很有修養。我今年暑假見到俞平伯先生時，他已經九十歲了，我把我寫詞的兩篇稿子給他看，一篇稿子是寫溫、韋、馮、李四家詞的；另外一篇稿子是寫吳文英的。俞平伯先生看了以後跟我說，他覺得這兩篇都寫得很好，能夠把他們的好處都說出來。可是他覺得我對吳文英比較寬大，對溫庭筠太嚴苛了一點，他是這樣說的。我現在要講史達祖的詞，才發現我對姜白石可能太嚴苛了一點。我要說明造成這種情形的一點緣故。因爲我是從辛稼軒講下來的，這對姜白石實在是很不幸的一件事情，我說的都是很老實的話。中國古人說批評跟欣賞，不怕不識貨，只怕貨比貨，批評好壞都是在一種比較的情形下發生的，姜白石接著辛稼軒後面講，對於姜白石來說，真的是非常不幸的一件事情。因爲辛棄疾是一個生命特別旺盛的人，這是沒有辦法的，他每一首詞裏面感發的力量都是那樣的充沛，相比之下，姜白石詞最大的一個缺點就是缺乏感發之生命。接著辛棄疾講姜白石，我就只看到了他的短處，這是不對的。接下來要講史達祖的時候，再反過來想一想，我才看到姜白石的好處，我是很誠懇的這樣說。我上次講課的時候說過，如果感動的時候，我一定要很誠實的說；如果不感動的時候，我也不會說我內心沒有真實感覺的話。我當時完全是從感發之生命來衡量姜白石的，當然就只看到他的不好，因爲這方面不是他的長處。我是用衡量辛棄疾的標準來衡量姜白石，這對於姜白石來說實在是很不公平的一件事情。爲什麼說講到史達祖，再回過頭來看姜白石就不一樣了呢？這是因爲史達祖詞最大的一個缺點就是俗，所以這樣一比較，當然就看到姜白石之雅了。這個話很難說，可是事實上真是如此。我越來越覺得中國詩歌的好壞真的是很難簡單的來加以說明，我有這種感覺，可是我沒有能力把它說得很清楚。像辛棄疾的〈沁園春〉：

疊嶂西馳，萬馬迴旋，眾山欲東。

他那種情感和思想，他的那些想像和比喻，都是非常勁健、非常高大的形象和感情。而史達祖這個詞人有時候寫得未免太俗了，他的情感跟思想，一點都飛不起來、跳不起來，他是寫得非常的仔細，可是他只能貼在地上這樣一步一步的走，他一點也沒有飛躍的能力，就是寫得很俗。如果姜白石跟他比較起來，姜白石就寫得很雅。像姜白石的〈暗香〉、

〈疏影〉：

> 舊時月色，算幾番照我，梅邊吹笛。喚起玉人，不管清寒與攀摘。……（〈暗香〉）

他的說法是不俗的。白石是如何來說這些事情的呢？月亮還是當年的月亮，從前他在月光之下，曾經賞過梅花，曾經有一個人陪著他賞梅花，那個人在賞梅花的時候還吹過笛子。這些事情要是平鋪直敘的說起來就很平常，可是姜白石的說法真的不俗。舊時的月色，算起來曾經照過我多少次，是在梅邊吹笛。他不是這樣平鋪直敘，不是庸俗的寫法，他確實寫得很好，非常的曲折。我們說一般的人沒有飛躍的能力，就是在地上爬行。有很多英雄豪傑之士具有一種飛躍的精神，他們真的能夠騰躍起來，而這種騰躍，有的人是出於他本身的生命，像辛稼軒就是屬於這一類。那麼姜白石呢？他是不甘心在地上爬行的人，大家都這樣說，他就一定要避俗，不能跟你們一樣的說法，他一定要有另外的一種方法，這不是他本身的生命騰躍，而是以技巧和功力造出來這種不俗的效果。姜白石具有這種技巧和功力，他真的能夠避免這種庸俗；可是有的人卻不能夠避免庸俗，就像史達祖這樣的作者。我們以後還要講到吳文英，吳文英這個詞人之所以了不起的緣故呢，他不是像辛棄疾那樣一直向上飛的，不過他偶然會有一個聲音跳起來，帶有感發的力量，等我們講到吳文英的時候，你們可以仔細比較，就會發現他們的不同。外表看起來都差不多，可是每一個人的能力、每一個人的表現方法，實在都很不一樣。姜白石確實能夠不俗，他脫離了地平線上的庸俗，不是像辛棄疾那樣憑藉自己本身的生命騰躍起來，而是通過技巧和功力把他支撐起來，離開庸俗，這是姜白石的境界。

現在我們來講史達祖。史達祖是在地面上行走的，他比姜白石俗，他的好處是寫得非常的妥貼、細膩，我們讀史達祖的詞就會發現，他的聯想和想像的能力非常好，只是他的聯想和想像都不夠高遠。李太白說「我寄愁心與明月，隨風直到夜郎西」，他的那種想像和聯想，就算表現的是悲哀的感情，也還是飛躍的樣子，這是李太白了不起的地方。李太白之所以是天才，而且是一個不受約束的天才，就在於他的想像和聯想的飛躍，寫得那樣的開闊高遠、這是李太白的特色。我們再看史達祖的詞，他的聯想和想像也非常豐富、非常細膩，但是就沒有這種飛躍的能力。前代有人批評史達祖的詞說：

> 梅溪詞中喜用「偷」字，足以定其品格矣。
> （周濟《介存齋論詞雜著》）

我曾經寫過一篇論文講到常州詞派（〈常州詞派比興寄託之說的新檢討〉《中國古典詩詞論集》）。常州詞派的開創者是張惠言，後來的周濟也是常州詞派重要的批評家，我在那篇文章裏面特別說明，周濟雖然受了張惠言說法的一些影響，但是周濟對於詞的欣賞是有自己獨到眼光的，他是一位有眼光、有見解的批評家。對於各種不同的詩詞批評和文學史，如果是有經驗的讀者一定會發現，那些編寫文學史的人、那些寫詩詞批評的人，很多都是人云亦云。古人說，天下文章一大抄，東抄西抄，看的東西多，把它們編排起來都很好，結果沒有一點是自己的東西，這是很可惜的一件事情。其實不只是研究欣賞中國古典詩詞，包括做歷史、考古等領域的研究，最重要的都是要有眼光和見識，王國維之所以了不起，正是因爲他能夠給那些沒有生命的古典材料賦予生命，具有自己的眼光和見解，所以王國維在中國考古、歷史的學者裏面，一直到現在我們都要說他是一位很了不起的人。但有很多人是人云亦云，他們並沒有真正的眼光和見解，我認爲在常州詞派的批評家裏面，周濟是有眼光和見解的。他在《介存齋論詞雜著》中還說：

> 梅溪甚有心思，而用筆多涉尖巧，非大方家數，所謂一鉤勒即薄者。

梅溪是史達祖的號。周濟說史達祖這個人是很有「心思」的，他承認史達祖是一個非常有聯想和想像能力的人，可是他用筆來描寫的時候「多涉尖巧」。我們看人家李太白：「我寄愁心與明月，隨風直到夜郎西」，這是多麼大方、多麼開闊的筆法。可是史達祖沒有飛躍的生命力，他飛不起來，他只是趴在地上看到這麼一點小小的東西，然後拼命的想像，把這小小東西的方方面面都給它說出來，這就是「尖巧」，人家一看就知道了，所謂非「大方家」也。「大方家」是能夠把他的精神掌握住、把生命掌握住，而不是只在外表上這樣一點一點的來寫。「勾勒」就是細緻描寫，這麼一點點的小東西，卻在它旁邊儘說儘說，寫得什麼味道都沒有了。周濟又說：「梅溪詞中，喜用『偷』字，足以定其品格矣。」史達祖詞中喜歡用「偷」字，我們閱讀他的作品就會發現，他確實用了很多「偷」字。我選的少數的幾首詞，已經可以看到不少的「偷」字，也證明他真的喜歡用

「偷」這個字。中國古代的文學批評，常常喜歡把作品的風格和作者的人格結合起來講，這是對還是錯呢？當然按照西方現代的文學批評來說，這是不對的一件事情。因爲文學、藝術應該是很獨立的，當一部作品完成以後，那麼這個作品本身就是一個獨立完整的藝術品，它的價值就在於作品的本身，不能夠把作者生平的很多事情加進來，說作者曾經做過一件錯事，就會影響他的作品，不可以這樣說。其實把作品風格和作者人格結合起來看，也要就具體而言：如果不從它的藝術成就來批評，而是因爲作者做了一件壞事，就貶低了作品的價值，這是不正確的，也是中國人常犯的毛病。如果一個人因爲行爲不好，作品就隨之貶低，例如吳文英，他就是在這一點上面吃了虧。以前很多人批評吳文英，就是因爲他跟南宋末年的一個宰相賈似道有來往，而在中國的傳統觀念中，賈似道是一名奸臣，吳文英跟賈似道有來往，因此他的品格也不高；由於品格不高，所以他的詞也相對減少了其價值。這個是不對的。吳文英詞本身的好壞自然有它獨立的價值，不能因爲吳文英跟賈似道交往過，就貶低他的詞，不可以這樣批評一位作家和他的作品。可是，我們反過來說，人格和風格也會有必然的關係，不能用作者的行爲來評價他作品的好壞，但是它們之間確有必然的關係，因爲一個人的人格是他的感情、他的思想的表現，這個人是什麼樣的感情，他的心胸是狹窄還是開闊，由於本身感情思想的不同，就會造成其人格的不同。作家的感情思想同樣會影響到他的創作風格，李太白之所以寫得這樣的飛揚、這樣的高遠，是因爲李太白之爲人本是如此，所以他的詩也是如此。我們再來看唐代另外一位詩人元稹。元稹聽說他的好朋友白居易被貶官了，白居易被貶官去做江州（今江西九江市）司馬，元微之聽到這個消息以後，也寫過一首詩——這首詩本身並不壞，我只是想說這首詩所表現的風格跟李太白的不一樣：

> 殘燈無焰影幢幢，此夕聞君謫九江。垂死病中驚坐起，暗風吹雨入寒窗。（〈聞樂天授江州司馬〉）

這是很好的一首詩，他寫的感情很真摯。「殘燈無焰影幢幢」，一盞快要燒殘的燈，光焰已經很黯淡了，在昏暗的燈光之下，房間的光線也很昏暗、不明亮，到處都是黑影在搖動。「此夕聞君謫九江」，就是在這樣一個昏暗的悲慘的夜晚，元稹聽說他的朋友白居易被貶官到九江去了。「垂死病中驚坐起」，他說我已經生病到快要死了，可是聽到朋友的這種消息，我在重病中驚起，從床上坐起來，這個時候外面的環境是「暗風吹雨入寒窗」。寫得真是非常的慘澹淒涼。李太白聽到王昌齡被貶官的消息，他也是很同情王昌齡，可李太白怎麼說？「我寄愁心與明月，隨風直到夜郎西」，他把他那份悲哀愁苦的感情，寫得那樣飛揚健舉。我們再舉兩個比較的例證，李白有一首詩：

> 明月出天山，蒼茫雲海間。長風幾萬里，吹度玉門關。（〈關山月〉）

這首詩寫的是什麼？他寫的是閨情、閨怨，是閨中女子懷念她遠在邊疆打戰的丈夫：

> 漢下白登道，胡窺青海灣。由來征戰地，不見

有人還。戍客望邊邑，思歸多苦顏。高樓當此夜，歎息未應閒。（同上）

寫征夫思婦感情的詩多得不勝枚舉，人家李太白一張口出來就是：「明月出天山，蒼茫雲海間。長風幾萬里，吹度玉門關。」他從多麼高遠的地方寫下來，他的這種想像真的是飛揚健舉，寫得非常好。接下來：「漢下白登道，胡窺青海灣。由來征戰地，不見有人還。」開頭的幾句把空間寫得這麼樣的廣遠，後面幾句轉寫歷史，把時間寫得這麼樣的久長。王昌齡也有一首詩是寫別離和戰爭的：

秦時明月漢時關 萬里長征人未還。但使龍城飛將在，不教胡馬度陰山。（〈出塞〉）

短短一首七言絕句，他寫得氣象這麼樣的開闊。文學史上常常說七言絕句這麼短的形式，能夠寫出如此博大的氣象，只有王昌齡和李太白最相近。我們看到同樣是寫朋友被貶官了，李白和元稹表現的情調是不一樣的；同樣是寫征夫思婦的感情，人家李太白開口出來就是那麼飛揚健舉的氣象。這是沒有辦法的一件事情，一個人天生下來，他的情感、他的思想、他的性格都是不同的。

我們再來看史達祖。我認為史達祖他非常用心，也不是沒有感受，他還有很好的想像和聯想的能力，寫得很仔細，可惜他的作品的格調不是很高，這是無可奈何的一件事情。

史達祖，字邦卿，號梅溪。他祖先是河南開封人，宋朝南渡以後，他的籍貫故鄉是哪裏？不確切知道。現存的《梅溪詞》有嘉泰元年辛酉（1201年）張鎡所寫的序文，嘉泰是宋寧宗的年號；張鎡，號功父，他也是當時非常有名的一位詞人。張鎡在給史達祖寫的序文中說：

> 余老矣，生鬚髮未白。

張鎡稱史達祖叫做「生」，可見張功父年歲比他大，是他的長輩。張功父說我的年歲老了，可是史達祖的鬍鬚跟頭髮還沒有白，還是中年的樣子。史達祖這位詞人，正史上沒有他的傳記，其生卒年不詳，而張鎡這個人的生平我們是知道的，我們可以根據張鎡的序言來推斷，他和史達祖是同一時期的人，張鎡比史達祖年長，所以我們大致知道史達祖也是宋寧宗時候的人。張鎡序文中還稱讚史達祖的詞：

> 辭情俱到，織綃泉底，去塵眼中。妥帖輕圓，特其餘事。至於奪苕豔于春景，起悲音于商素。有瓌奇、警邁、清新、閑婉之長，而無訑蕩、汙淫之失。端可分鑣清真，平睨方回，而紛紛三變行輩，幾不足比數。（〈題梅溪詞序〉）

這是從多方面來稱讚史達祖的詞，並把他和宋代的幾位著名詞人相比較，認爲史達祖可以和周邦彥、賀鑄等人並駕齊驅，而眾多的詞人像柳永之流，是不足以跟他一比的。前面講到張鎡稱史達祖爲「生」，還說：「余老矣，生鬚髮未白」，可見張鎡對史達祖將來詞的成就也是非常看好的。張功父這篇序文主要是對於史達祖詞的評價，有關他的生平談到得很少。

關於史達祖的生平，我們主要根據南宋末年周密編的《絕妙好詞》，這本書裏面選了很多南宋以來的作者，清代的厲鶚和查爲仁曾經給《絕妙好詞》作過箋注，凡是《絕妙好詞》裏面選錄的作者，他們在詞作後面都附有一篇簡短的作者小傳，這是他們兩人整理的。當然厲鶚他們所寫的小傳都是有根據的，不過中國古代那些文人把他們收集的資料編成小傳後，並沒有一個注解來標明出處。我前些時候寫過一篇考證王沂孫生平以及關於他的詞的評價的文章（〈碧山詞析論——對一位南宋古典詞人的再評價〉），我在那篇文章中也引用了厲鶚和查爲仁《絕妙好詞》的箋注，他們也談到了王沂孫生平的一些事蹟。關於王沂孫生平的事蹟，有些在歷史資料中找不到了，但可以在地方志上找到。南宋末年的時候編過四個地方的方志。我很早以前讀吳文英詞的時候，其中有一首是寫登禹陵的（〈齊天樂·與馮深居登禹陵〉），禹陵是夏禹王的墳墓，在浙江會稽；他還有一首詞寫到蘇州附近的靈岩山（〈八聲甘州·陪庾幕諸公游靈岩〉），這兩首詞裏面用了很多典故，是在古代的典籍上找不到的，後來我發現在浙江的地方志裏面有記載（《大明一統志·紹興府志》、《嘉泰會稽志》）。登禹陵的那首詞中說到禹陵的廟中有一根橫樑，關於這個橫樑有很多神話的傳說，傳說這個橫樑可以變化成龍以後，回到水中去跟那些真龍戰鬥，牠經常半夜時回到水中去戰鬥，天亮了再飛回來，又變成橫樑。因爲它半夜去跟水中的龍戰鬥過，所以變回橫樑後，還掛了很多水藻。這是神話的傳說，在別的典籍上都沒有記載，只在浙江的地方志上才有記載。詞裏面有幾句，大家都不知道作者爲什麼這樣說，所以很多前人的注解都以各種的猜測來說，有人甚至以爲詞句裏面有個錯字，才使它講不通。這是不對的，那些人要改它，是因爲不知道這個典故。再像王沂孫的生平，他有沒有在元朝做過官？這個正史上也沒有記載，只有地方志上才有（《延祐四明志》）。南宋後期很多詞人的生平，正史上都沒有記載，只有在地方志上才能找到一些材料。《絕妙好詞》的箋注裏面，記載了史達祖的姓名和籍貫，還有他生平的一些事蹟，他們是根據宋朝葉紹翁《四朝聞見錄》裏有關史達祖的材料而來的。想要瞭解一位作者的生平，就要去找各方面的相關資料；除此以外，還要通讀作者的本集，作者自己的集子裏面，常常會寫到與其生平有關係的事情。例如姜白石，他的生平大家知道的也不多，後來夏承燾先生給姜白石詞作繫年（〈姜白石繫年〉），依據是姜白石的詞常常注明年代。有些作者的詞集裏面沒有詳細注明年代，不過從他所寫的事情來判斷，大概可以知道是發生在什麼時期的事情。史達祖的詞集裏面有幾首詞，雖然沒有注明年代，可是他有題目，從這些題目中我們可以知道他大概做過一些什麼事情。如《梅溪詞》中有一首詞的題目是「陪節欲行」，什麼是「陪節欲行」？「節」是使節，史達祖曾經出使到金。宋朝時北方的強鄰是金，後來又有一個外族蒙古族興起。從北宋以來，宋朝都是受到金的欺淩，這種情況一直延續到南宋，所以宋朝就想聯合蒙古去抵抗金人，結果把金人打敗了，蒙古卻強大起來，最後南宋就滅亡在蒙古人的手上。在蒙古還沒有興起以前，宋朝的主要敵人是金，南宋和金每年都有往來的使者，南宋要向金歲輸貨幣，每年都要送出多少的金錢、多少出產的財貨給金人。南宋每年都會派使者到金地去，這個「節」就是使節，特別是指南宋出使到金的使節。「陪節欲行」，史達祖是陪使節出使到金的，出發之前他寫了這首詞。他還有一首詞作於「衛縣道中」，衛縣在河南，河南當時已淪陷在金人手中，這是他經過衛縣的道中所寫。還有作於「定興道中」的，定興在河北，當時也被金人佔領。從這些作品來看，我們知道史達祖曾經出使到金的地方。我讀史達祖的全集，這幾首詞我都看過，可是不會背，憑我個人的印象，他雖然是從南宋出使到金去的，本來應該可以寫出很多有家國感慨的詞，可是史達祖沒有。我不以爲他這幾首詞寫得很好，歷代的選本也沒有選錄他這幾首詞。事實上說起來，如果一個人有家國的觀念，那麼這樣的詞應該寫得很好，可是史達祖寫得不好，以致於我不會背，大家的選本也不選。史達祖這個人本身沒有這種很深厚的家國的感情，他這幾首詞所寫的就是普通的羈旅懷思，就是一般的跟朋友離別遠行的懷思，沒有寫出很深刻、很動人的家國的感情。關於他的生平，葉紹翁《四朝聞見錄》中記載：

> 韓為平章。事無決，專倚省吏史邦卿，奉行文字，擬帖撰旨，俱出其手。權炙縉紳，侍從柬札，至用申呈。（第五章．戊集）

韓侂冑在當時是主戰的，但是他主戰的計畫準備得不周密，後來失敗了。歷史上對於韓侂冑的評價都不是很好，主要因爲韓侂冑曾經反對過道學，反對像朱熹這樣的理學家，而且他跟金人打戰也沒有成功，所以韓侂冑在中國歷史上的評價不是很好，很多人認爲他是爲了鞏固自己的地位才發動戰爭的，並沒有爲國家籌畫準備得很仔細。當韓侂冑作平章的時候——平章相當於宰相的地位——，史達祖就在韓侂冑的手下做事。韓侂冑非常信任他，「專倚省吏史邦卿，奉行文字，擬帖撰旨，俱出其手。」「省吏」就是中央政府的吏（宋以後，官、吏分途，後者地位卑微。據《宋史》，「省吏」乃不入流品的雜佐，員額隨時可減省），韓侂胄是當時的宰相，他奉朝廷的旨意擬寫公文的文稿，甚至替皇帝起草的一些文書，都是出於「省吏」史達祖的手筆，可見韓侂胄對史達祖之信任。每個人的作風都不一樣，有的人地位很高，仍然以國家的事情為重，並不是以自己的權位為重，而韓侂胄這個人把權位看得很重；同樣，史達祖這個人也把權位看得很重，當他一旦有實際掌握文書的權力之後，就經常作威作福，很多中央政府的官吏要想通過什麼事情，都要在史達祖的門前給他逢迎拍馬。當時在朝廷裏任職的「侍從」（在宋代，「侍從」是權位顯赫的內廷官，僅次於宰相、執政，所以才會有人認為：掙到侍從的地位，就可含笑致仕了），他們跟史達祖公文往來的時候，本來都是同樣為朝廷做事情的人，可是他們都對史達祖用了「申呈」兩個字樣。史達祖這個人出身並不高，並不是進士出身，他就是有一些寫作的才能，被韓侂胄所信用，然後他就作威作福，大家都對他逢迎拍馬，給他寫信也很客氣。《四朝聞見錄》裏還記載：

> 時有李其姓者，嘗與史游，于史几上大書云：「危哉邦卿，侍從申呈」。（同上）

這位姓李的朋友說，史達祖這樣太危險了，他本來沒有很高的出身，進士都沒有考中，居然這樣作威作福，連朝廷的「侍從」給他寫信都要用「申呈」二字，這樣真的非常的危險。後來韓侂胄跟金人作戰失敗了，金人要追究禍首，南宋就把韓侂胄的首級函封起來送給了金人。什麼事情一旦失敗，總會找幾個替罪的羔羊。當初韓侂胄要北伐，朝廷也是贊同他打仗的，不然的話他一個人如何發動戰爭呢？他是得到了南宋皇帝的支持的。等到他北伐失敗了，皇帝就把過錯都怪罪在韓侂胄的身上，將他當作罪魁禍首，處死後送給了金人，而凡是在韓侂胄手下做事的人，都受到了牽連，史達祖當時也受到懲罰，他被處以黥刑，就是在臉上刺字，說犯了什麼罪，終身都不會洗掉，永遠都刺在臉上。中國古代有五種肉刑，就是在身體上留下犯罪的痕跡，宋朝的時候，黥刑很流行，《水滸傳》裏面的武松就受過黥刑，他把頭髮放下來，蓋住印記。周密的《浩然齋雅談》所記載的史達祖的生平事蹟也大致如此，這是我們現在所能知道的。

史達祖最有名的是他的詠物詞，如果要說史達祖詞的好處，那就是他真是寫得很仔細，纏綿宛轉，妥貼工麗。從一般的標準來看，詞的外表文字、章法技巧等，史達祖都寫得非常好。我以爲對於詩詞的欣賞，大家的眼光看法不同，有人著眼於這些方面，就會稱讚史達祖的詞寫得很好，對他大力的誇獎。剛才講到張鎡在〈梅溪詞序〉中讚美他的詞「辭情俱到」，認爲史達祖的語言跟感情都寫得恰到好處、非常到家，說他詞的美感如同「織綃泉底，去塵眼中。」「綃」是一種絲織品，傳說是海裏鮫人所織的一種最精美的絲織品（左思〈吳都賦〉）；而且張鎡形容史達祖的詞不單是「鮫綃」，還是「織綃泉底」：泉水是清澈的，從地下或者山上流出來的泉水，所謂「在山泉水清」（杜甫〈佳人〉）。史達祖文辭的美麗，好像是鮫人織出來的精美薄紗「綃」；而且是映照在清澈的泉水中，「去塵眼中」，在眼中一點塵雜也沒有——我們的眼睛是最不能接受塵雜的，一粒很小的沙塵落到眼睛裏，都會覺得不舒服——，這是形容史達祖的詞一點不妥當的地方都沒有，用字非常的講究，沒有一個是渣滓的字，每一個字都很好。「妥貼」是妥當貼切，比如他寫春雨，就絕不是夏天的雨，也不是秋天的雨，一定是春天的雨的那種感覺，寫得非常的妥當貼切。「輕圓」，「輕」是輕快流利，沒有生硬的地方；「圓」是非常的完整。這是張鎡對史達祖詞的讚美。我也承認史達祖並不是沒有聯想和想像，他是有的，他的文辭跟感情都寫得很好，但是我實在要說他是一個飛不起來的人。我們這麼說都是空談，一定要看他的詞才可以。

我們首先來看〈綺羅香・詠春雨〉這首詞，我先念一下，你們就知道古人批評他的長處和短處是不是有道理的？

> 做冷欺花，將煙困柳，千里偷催春暮。盡日冥迷，愁裏欲飛還住。驚粉重、蝶宿西園，喜泥潤、燕歸南浦。最妨他，佳約風流，鈿車不到杜陵路。沉沉江上望極，還被春潮晚急，難尋官渡。隱約遙峰，和淚謝娘眉嫵。臨斷岸、新綠生時，是落紅、帶愁流處。記當日，門掩梨花，翦燈深夜語。

「做冷欺花，將煙困柳，千里偷催春暮。」這一句裏面就用了「偷」字，可是他寫得真是很好。春寒未退，春天雖然來了，可是寒冷的日子還沒有走，下雨的時候就增加冷的感覺。「做冷」是雨製造出來的寒冷，雨製造出來寒冷幹什麼呢？雨製造出寒冷來「欺花」。春天花要開了，下雨天氣很冷，花將要開還沒有開，雨特別製造寒冷，就是爲了欺凌這個花。雨還幹什麼呢？「將煙困柳」。「將煙」是把這個煙、用這個煙。春天的雨跟夏天的雨是不同的，春天是很細很細的小小雨絲，秦少游的詞說：「無邊絲雨細如愁」（〈浣溪沙〉），很細很細的牛毛細雨，遠遠的看到迷濛之間那些柳樹上就有一層煙霧的籠罩。「困」是圍困。這兩句真是寫得很好，一定是寫春雨，「做冷欺花，將煙困柳」，「冷」是春雨的寒冷，是溫度上給人的感覺；「煙」是細雨朦朧的樣子，是形象上給人的感覺。「千里偷催春暮」，他說這雨絲不僅僅是下在院子裏面，千里萬里也都在這雨絲之中。千里萬里茫茫的一片春雨，春天就怎麼樣呢？春天也就慢慢的遲暮了。冬天是下雪，春天開始下雨，下過一場雨，春天就消逝更多一點，春雨偷偷的就把春天推到遲暮了。因爲下了幾場雨，風雨之中花也凋零了，春天不知不覺中就過去了。春天是怎麼走的呢？它是被春雨催走的；春雨又是如何催走的春天呢？史達祖說是偷偷的、不知不覺的時候就把春天催走了。他寫得非常仔細，抓住這個春雨，就再也飛不起來了，一直寫雨，通過各種情況來寫雨。「盡日冥迷，愁裏欲飛還住。」「盡日」是整天；「冥迷」是迷濛不清楚的樣子，昏暗一片。細雨如絲，整天飄灑，昏昏暗暗、迷迷濛濛的一片。「愁裏欲飛還住」，他說看到迷迷濛濛的春雨，就像心中迷迷濛濛的憂愁一樣。把雨比做愁，秦少游有一句詞：「無邊絲雨細如愁」（〈浣溪沙〉），賀鑄的〈青玉案〉也說：「試問閒愁都幾許？一川煙草，滿城風絮，梅子黃時雨。」要知道我心裏面有多少憂愁，就像那一川的煙草，像那滿城的風中柳絮，像梅子黃的時候整天飄飛的雨絲。大家都喜歡借雨來寫愁，不管是秦觀還是賀鑄，都是借用雨來寫愁。雨絲那種繁密的樣子、那種迷濛的樣子，就像心裏面的憂愁，史達祖說，春天的雨是「愁裏」，整個雨都表現了憂愁的樣子。春雨是憂愁的感覺，作者也在這種感覺裏面，「欲飛還住」，春天下雨的時候怎麼可能沒有一絲風呢？常常會有風，一陣風吹來，這個雨就隨風飄動，好像要飛起來的樣子。風把雨吹走了嗎？沒有。雨一直在下，我們看到雨絲在空中飄動然後又落下來，「還住」表示還在不停的下，「住」表示留在那裏，好像風把雨絲吹走了，其實它還留在那裏。「驚粉重、蝶宿西園，喜泥潤、燕歸南浦。」「粉」是蝶翅上的鱗粉，如果去捉蝴蝶，捉住它的翅膀，手上就會沾上很多鱗粉，這不是花上的粉，而是蝴蝶翅膀上各種顏色的鱗粉。蝴蝶翅膀上是有粉的，這個粉怎麼樣呢？「重」，爲什麼重呢？因爲被雨打濕了，如果衣服被雨打濕了，就會變得沉重，加了水以後，分量就重了。唐代詩人駱賓王有一首詠蟬的詩說：「露重飛難進」（〈在獄詠蟬〉），露水很重，把蟬的翅膀打濕了，蟬飛的時候不容易向前進了，因爲它的翅膀被露水打濕了，很沉重。蝴蝶翅膀上的粉被雨打濕了，也很沉重，忽然間它就很驚訝，怎麼我的翅膀上的粉這麼重了呢？蝴蝶飛不起來了，於是就「蝶宿西園」，它就在西園的花草之間休息，趴在那裏不動了。「喜泥潤、燕歸南浦。」雨落在土地上，泥土變得很潮潤，燕子就用濕的泥土做窩壘巢。雨對蝴蝶有影響，對燕子也有影響，蝴蝶覺得翅膀上的粉重了，就停宿在西園；燕子看到泥潤很歡喜，就從「南浦」飛回來。雨還對誰有影響呢？對人也有影響。「最妨他，佳約風流，鈿車不到杜陵路。」「妨」是妨害，雨還會妨害那些青年的男女，他們在春天本來有風流浪漫的美好約會，因爲下雨，出來行走不方便，「鈿車」是有珠玉貝殼裝飾的美麗的車，女孩子的鈿車不能夠走到杜陵的路上了。「杜陵」是長安附近大家遊春的地方，這裏並不是說真的要到長安杜陵，「杜陵」象徵青年男女踏青游春的地方，由於下雨他們都不能出來了。我們看史達祖寫的都是春雨，「蝶宿西園」是春天，「燕歸南浦」是春天，「鈿車不到杜陵路」也是春天，這都是春雨造成的各方面的影響。

「沉沉江上望極，還被春潮晚急，難尋官渡。」如果站在江邊遠望，就會看到沉沉的一片，江上是煙雨朦朦的樣子。當然不只是看起來是沉沉一片，當雨下得很多的時候，江上的潮水就會漲得更高了，是「春潮晚急」。史達祖受到很多前人詩詞的影響，像把雨絲比喻成愁，秦淮海、賀方回的詞裏都有類似的句子；這一句裏面史達祖也化用了唐朝詩人韋應物的詩句：「春潮帶雨晚來急」（〈滁州西澗〉），春天的潮水漲潮，尤其是在下雨的時候，當傍晚漲潮之時，因爲下雨，潮水就會流得更急、流得更快，所以是「春潮帶雨晚來急」。春潮漲上來以後又會怎麼樣呢？「難尋官渡」，渡口的碼頭被潮水遮漫了，「官渡」是政府公共交通往來的碼頭，因爲下雨漲潮被江水給遮住了。我曾經看過一部電影，講一個小孩子回憶從前的故事：他母親得了肺病快要死了，有一天他母親精神還好，就帶這個孩子到一座孤島岸邊去抓魚，正在抓魚的時候，海潮漲上來了，他跟他母親往岸邊走。他母親因爲肺病的關係，走到半路就支持不住了，就在一塊礁石上停下來，她讓他的小孩往前走，交代他要一直往前走，不要回頭看，趕快去找醫生。後來小孩子就一直往前走，潮水漲上來，他的母親就死在那裏了。這個電影拍了潮水漲上來的樣子，速度很快的就漲上來了，淹沒了礁石。我們不得不承認史達祖會寫，他抓住一個事物，從各種典故、各種情形，運用各種方法來描寫。但這些都不是從他自己本身的感動，從生命裏出來的東西，都是他千思百轉的想像、修飾和造作出來的。「隱約遙峰，和淚謝娘眉嫵。」「隱約」，因爲在春雨之中，遠遠的山峰看不清楚；「和淚謝娘眉嫵」，是說遠遠的山峰好像美麗女子的眉毛。「嫵」是嫵媚的樣子，美麗的眉毛。爲什麼是「謝娘」的「眉嫵」呢？唐朝的時候，詩人們喜歡用「謝娘」、「謝橋」，都是說姓謝，這是因爲當時有一位很著名的歌妓姓謝（李德裕愛妓名謝秋娘），所以大家常常這樣用。男子說的是「蕭郎」；女子說的是「謝娘」。「謝娘」是泛指美麗的女孩子，並不確指某一個人。遠處的山峰看上去好像「謝娘」的眉毛，而且是「和淚謝娘眉嫵」，雨水的樣子，他形容是美麗的眉毛，還帶有眼淚，真的很會想像，那隱約春雨之中的遙峰，就好像是美麗女子「謝娘」帶著眼淚的眉目的樣子。「臨斷岸、新綠生時，是落紅、帶愁流處。」姜白石很讚賞他這兩句。在史達祖的詞集中，這首詞後面的附錄說姜白石對於這兩句特別欣賞，這兩句是寫得非常好。「斷岸」，是指岸的盡頭；「臨」是來到岸邊；「斷」是說岸邊上斷裂了，從這裏斷開，前面無路可走了，走到了盡頭。如果來到斷岸的旁邊，就會發現「新綠生時」，綠色的潮水因爲下雨，漲起來了。水漲了，他說是「生」，我實在要說史達祖對於春雨的想像，是結合了他個人的體驗，還有前人的詩詞典故。春雨是什麼樣子？他當然有自己的體驗，可是他寫春雨的時候，還結合了很多前人的詩詞來寫，像韋應物的詩、秦少游的詞、賀方回的詞，他都受到了影響，用古人的詩詞來聯想。這一句也是：「臨斷岸、新綠生時」，水漲起來叫「生」，我們以前講陸放翁詩詞的時候，講過他在沈園寫的幾首詩，其中有一句：「綠蘸寺橋春水生」（〈十二月二日夜夢游沈氏亭園〉），「綠」是水的顏色，青山綠水；「蘸」是打濕了，當綠色的水打濕了廟前的小橋，春水漲起來了，漲得很高，水就可以打到橋上來，所以「水生」就表示水漲起來了。「臨斷岸、新綠生時」，來到斷岸的旁邊，看到新鮮的綠水漲起來的時候，這當然是在下雨。他寫的題目是「春雨」，可是他不正面寫雨，我們看他整首詞裏沒有出現一個「雨」字，這是古人寫詠物詞很講究的一點，通首都寫雨，通首一個「雨」字都沒有，就從雨的周圍來寫，從有關雨的典故來寫。沈義父《樂府指迷》說：

> 煉句下語，最是緊要，如說桃，不可直說破桃，須用「紅雨」、「劉郎」等字；如詠柳，不可直說破柳，須用「章臺」、「灞岸」等字。

形容桃花的時候，不能夠直接說一個「桃」字，而要用關於桃花的典故：「劉郎」出於古代的神話傳說，劉晨和他的朋友阮肇一道去天臺山，天臺山上有桃花，還有仙女住在那裏（劉義慶《幽明錄》）；「紅雨」出自唐代詩人李賀的詩句：「桃花亂落如紅雨」（〈將進酒〉），桃花凌亂地落下，成爲紅色的雨。形容柳樹的時候，也不可以直接用「柳」字，而要用「灞岸」，灞水的岸邊有很多柳樹；「章臺」，唐傳奇裏面有〈柳氏傳〉的小說。如果要寫桃、寫柳，都不能直接說桃、說柳，要用與它相關的典故或者是古人的詩詞。王國維曾經批評這種說法，他非常反對，認爲說桃不可以直說桃，非要用典故和古人的詩詞，這是用作謎語的方法來寫詞，不寫自己直接的感動，拼命找一些古典，用古人的詩詞（《人間詞話》）。南宋確實有一部份詠物詞的作法就是如此的。史達祖寫春雨，整首詞裏面都不露一個「雨」字，而是用和雨有關的典故、古人的詩詞，用旁敲側擊的方法來寫，這是一種寫作的方法。「臨斷岸、新綠生時」，當春天下雨水漲起來的時候，「是落紅、帶愁流處」，當下過一場一場的春雨以後，花都零落了，不知不覺的催得春暮了。當水漲起來的時候，花已經零落了，這是春雨造成的結果。春雨造成了水漲，春雨造成了花落。新綠生時水漲起來，正是花落的時候，他把水漲和花落結合在一起，落花的紅色花瓣帶著春天的哀愁從斷岸的旁邊流走了。這兩句想像得非常的好，寫得委婉曲折，細緻工整。「記當日、門掩梨花，剪燈深夜語。」他喚起一個記憶，回憶起當年兩個人在一起的時候，而現在相愛的人隔離了，車也走不了，船也走不了，就只能回想當年在一起的時候。「門掩梨花」，這裏又是用到了古人的詞句：「雨打梨花深閉門」（李重元〈憶王孫〉），都跟雨有關係的。當「雨打梨花深閉門」的時候，他跟他所愛的人在一起，「剪燈深夜語」，古人用的是油燈，需要剪燈花，他們兩個人在春雨之中深夜剪燈夜話。

這是寫得非常美的一首詞，作者都是從旁敲側擊來寫，前半首是寫春雨的各種情景，後來也寫到人。我們知道，欣賞南宋的詠物詞還有一個方法，就是可以把詞裏面看成是有寄託的；如果要用寄託來看這首詞，有人會有一種聯想，以爲前半首詞後來寫到人：「最妨他，佳約風流，鈿車不到杜陵路。」是說雨阻礙了行途。陶淵明有一首詩〈停雲〉：

靄靄停雲，濛濛時雨。八表同昏，平路伊阻。……。

天上靄靄的雲不散開，濛濛空中飄飛著春天的時雨，「八表同昏」是說四面八方完全在這種昏暗的陰雨之中，「平路伊阻」，平坦的大路被阻隔了。陶淵明的這首詩是說路途被阻隔了。杜甫也寫過一首〈九日寄岑參〉），他在秋雨之中懷念他的朋友岑參：

寸步曲江頭，難為一相就。……。

杜甫說他的朋友住得離他並不遠，只有「寸步」的距離，就住在曲江的邊上，一向可以到他那裏拜訪，可是現在下雨了，拜訪他一次都很難達到目的，道路被阻隔了。他後面說：

安得誅雲師，疇能補天漏。……。

因爲下雨阻隔，不能去看望自己的朋友，誰能夠把密佈陰雲的「雲師」殺死，怎麼樣才能把天上漏的空隙補上？不停的下雨，好像是天漏了一樣。陶淵明和杜甫這兩首詩都是寫到雨中道路的阻隔，詩裏面是很明顯有寄託的，可以看到當時時代的黑暗。那麼史達祖這首詞中「最妨他，佳約風流，鈿車不到杜陵路。」究竟有沒有寄託呢？這就需要講到作者主觀感情和外在景物之間的關係了。我以爲，作者的主觀感情跟外在景物互相有一種生發，有的是把感情投注到景物上面去，有的是因爲外在的景物引起了作者的感情。詩詞裏面內容的情意跟其所用的文辭，有一種「情文相生」的關係，能夠做到這樣才是最好的作品。作者感情的感發生命在他的內心之中，他需要找到適當的文字，很好的把內心中的感情表達出來，所用的文字恰到好處，能夠表達他的感情，這就是「情文相生」。一般說起來，有的作者是「情勝於文」，有的作者是「文勝於情」。杜甫的作品常常是「情勝於文」的，即是他感情本身的質地勝過了外表的文采，杜甫有時候說的話非常樸質、非常笨拙，一點也不美麗，但是他的感情勝過了他的文采；還有一些詩人是他的文采勝過了他的感情，例如初唐四傑那些作者，像王勃〈送杜少府之任蜀州〉、杜審言〈和晉陵陸丞早春遊望〉這樣的詩，也寫得很美：

> ……雲霞出海曙，梅柳渡江春。淑氣催黃鳥，晴光轉綠蘋。……。（杜審言〈和晉陵陸丞早春遊望〉）

文采非常美麗，可是他本身內在的情意並沒有什麼很深刻、很高明的地方，這是「文勝於情」。而杜甫的「窮年憂黎元，歎息腸內熱」、「朱門酒肉臭，路有凍死骨」（〈自京赴奉先縣詠懷五百字〉），這是「情勝於文」。我的意思是說，「情勝於文」他本身一定是有一個情的；「文勝於情」的本身也是先有一個情，不過他的文采的美麗勝過了他本身的情意。我覺得像史達祖〈綺羅香・詠春雨〉這樣的作品是「因文造情」，這是我的一種看法，當然也不一定正確。史達祖是先有「春雨」這樣的一個題目，接著把很多關於春雨的典故、古人的詩詞收集到一起，然後再把這些典故和詩詞用非常巧妙的、非常工麗的筆法寫出來。他寫得這樣巧妙、這樣工麗，所以當讀者念起來的時候，仿佛覺得詞裏面有情：「最妨他，佳約風流，鈿車不到杜陵路」、「記當日，門掩梨花，剪燈深夜語」，看起來好像是很有情意，可能讓人聯想到其中到底有沒有寄託，可是我以爲當初史達祖寫這首詞的時候，他實在是「因文造情」的成分比較多。他不是先有一個感情才寫的這首詞，而是先找到一個美麗的題目，然後圍繞著這個題目，用了很多的典故和詩詞，把它安排得非常巧妙、非常工麗，讓讀者讀起來仿佛有情。史達祖的才能就是能夠把材料安排、使用得非常好，他把找到的那些材料，安排得妥貼工整，而且能夠安排出仿佛有情的樣子，可以讓讀者聯想到其中的寄託，這就是作者未必有此意，讀者不妨有此想。

我們再來看他另外一首有名的詠物詞〈雙雙燕・詠燕〉：

> 過春社了，度簾幕中間，去年塵冷。差池欲住，試入舊巢相並。還相雕梁藻井，又軟語、商量不定。飄然快拂花梢，翠尾分開紅影。　　芳徑。芹泥雨潤，愛貼地爭飛，競誇輕俊。紅樓歸晚，看足柳昏花暝。應自棲香正穩，便忘了、天涯芳信。愁損翠黛雙蛾，日日畫欄獨憑。

「過春社了」，「春社」是中國古代農村春季的祭神之日，過了春社以後，燕子就回來了，這是燕子回來的季節。「度簾幕中間」，「度」是飛過，燕子從簾幕中間飛過，燕子有時候在簾幕裏的屋樑上做巢，它在屋樑上看一看，看到的是「去年塵冷」，它去年就是在這個屋樑上做巢，今年它穿過簾幕，再飛到這個屋樑上，一看都是塵土，舊巢已經冷落多時，燕子不住在那裏已經過了一年了。「差池欲住」，「差池」是不整齊的樣子，燕子飛的時候，翅膀張開，尾巴也像剪刀一樣分開，「差池」就是形容燕子飛翔時候的樣子；「欲住」，是說燕子飛過簾幕，看到屋樑上的塵土，牠們離開一年了，如此之淒涼冷落，這是牠們從前築巢的地方，所以想要停住。「試入舊巢相並」，去年做的巢還留在那裏，這對燕子牠們就想：還能不能回到舊日的那個巢當中呢？「相並」是兩隻燕子住在一起，那麼這裏還適不適合牠們住呢？「還相雕梁藻井」，燕子在屋樑上探頭東邊看一看，西邊看一看，「相」應該是「相看」的「相」（ㄒㄧㄤ）字，是仔細看的意思，可是在這裏按照平仄，應該讀「ㄒㄧㄤˋ」。屋樑上有美麗的裝飾，是畫棟雕樑。「藻井」是天花版上一個一個方格形的雕飾，中國古代的建築都繪有藻井。這兩隻燕子在屋樑上張望，我們今年是不是還在這一家住呢？是不是還住在去年的那個舊巢之中呢？這一句寫得非常傳神，小鳥在屋樑上，頭東邊歪一歪，西邊歪一歪，左邊看一看，右邊看一看，小鳥常常有這種樣子。「又軟語商量不定」，兩隻小燕子嘰嘰喳喳的叫著，史達祖說它們是「燕語呢喃」，燕子的聲音不會像老鴰、烏鴉叫得那麼難聽，所以說燕的叫聲是「軟語」，牠們好像在商量一樣，是不是還住在這個舊巢中呢？在屋樑上停了一下，突然間兩隻燕子一張開翅膀就飛走了，「飄然快拂花梢」，「拂」是掠過，燕子張開翅膀快速地掠過花梢。「翠尾分開紅影」，古人形容黑色的時候常常是說「翠」，例如「翠鬟」，「鬟」是女子的頭髮，女子的頭髮本來是黑色的，但在日光的閃耀下就會帶有藍綠的色調，所以說是「翠鬟」。「翠」是黑到發亮的時候，在光影照射之下才會有的藍綠的顏色。燕子的尾巴本來是黑色的，在陽光下帶有一種藍綠的顏色，史達祖說「翠尾分開紅影」，燕子是從花枝上飛過去的，它的「翠尾」分開的是「紅影」，「紅影」是指花的影子，也就是說燕子從花上面飛過。

「芳徑」，燕子飛到開滿花的小路上。「芹泥雨潤」，「芹泥」是種有植物的泥土，經過春雨之後現在顯得很濕潤。因爲燕子需要銜泥來修補舊巢，「愛貼地爭飛，競誇輕俊。」燕子築巢銜泥的時候，一下子飛高，一下子飛低，牠飛低的時候是掠地而飛，貼著地面就飛過去了；「競誇輕俊」，燕子飛的時候忽高忽低，姿態是這樣飄然、這樣輕快。「紅樓歸晚，看足柳昏花暝。」燕子飛出去銜泥，後來飛回牠築巢的「紅樓」，飛回「雕梁藻井」；「歸晚」是說燕子飛出去一整天，傍晚的時候回到「紅樓」；那麼，牠這一天都出去幹嘛了呢？牠飛出去銜泥，牠一下子「飄然快拂花梢」，一下子「翠尾分開紅影」，所以是「看足柳昏花暝」，牠在外面飛的時候，看到煙雨迷濛中的柳樹，看到煙雨迷濛中的百花。「應自棲香正穩」，周邦彥的詞說：「落花都上燕巢泥」（〈浣溪沙〉），燕子的巢是香巢，用帶著落花的泥土做成的巢，當然是香巢；「棲香」是說燕子安穩的棲落在牠們的香巢中。「便忘了、天涯芳信。」燕子回來的時候有沒有帶著遠人的音信呢？牠們忘記把遠人的音信帶回來給等待的人。「愁損翠黛雙蛾」，有一名女子在等待她遠方愛人的消息，燕子飛回來了，但是並沒有把她懷念的人的消息帶來，所以是「愁損翠黛雙蛾」——現在寫到人了，「蛾」是蛾眉，這名女子描著翠黛顏色的蛾眉；「愁損」，她每天都在憂愁。「日日畫欄獨憑」，每天懷人的女子，一個人獨自靠在美麗的欄杆邊等待著遠人的消息。這也是寫得非常美的一首詞。

下面我們再來看史達祖晚年所作的一首詞：〈滿江紅．書懷〉，他不再是寫外在的事物，而是寫自己的情懷。這首詞大家很少選，我先把它讀一遍：

> 好領青衫，全不向、詩書中得。還也費、區區造物，許多心力。未暇買田清潁尾，尚須索米長安陌。有當時、黃卷滿前頭，多慚德。　　思往事，嗟兒劇。憐牛後，懷雞肋。奈棱棱虎豹，九重關隔。三徑就荒秋自好，一錢不值貧相逼。對黃花、常待不吟詩，詩成癖。

「好領青衫」，「青衫」是地位卑微的官吏所穿的衣服，白居易的詩說「江州司馬青衫濕」（〈琵琶行〉），低級官吏穿的是「青衫」，高級官吏穿的是「紫袍」。「全不向、詩書中得。」史達祖也做了官，但他不是正式的科舉考試出身，不是以學問、經籍得到的。「還也費、區區造物，許多心力。」他說我這個人雖然沒有了不起的學問文章、道德事業，可是我這樣的人也費了造物的不少心力；「造物」當然是上天，上天造就出史達祖能夠寫出「做冷欺花，將煙困柳」如此美麗的詞句，平常人是寫不出來的，他這樣的才氣也是上天賦予的，當然也費了上天很多心力。「未暇買田清潁尾，尚須索米長安陌。」他還沒有來得及置幾畝田地，在穎水的邊上，那是清閒優雅的隱居之地，還要留在首都討碗飯吃。「有當時、黃卷滿前頭，多慚德。」《夢溪筆談》

（卷一）記載：

> 館閣新書淨本有誤書處，以雌黃涂之。

在中國古代印刷術還不是很流行的時候，大家都是靠抄書，抄書的時候如果抄錯了字怎麼辦呢？「以雌黃涂之」。「雌黃」是一種礦物，黃顏色的，古人畫畫時也會用到雌黃，把雌黃研磨碎了，就可以把抄寫錯誤的字改正過來。《夢溪筆談》還記載：

> 唯雌黃一漫則滅，仍久而不脫。（同上）

用雌黃塗改的地方很久都不脫落。這是爲什麼呢？因爲當時用的紙就是黃顏色的。我記得我小的時候，父親教我認字，把紙裁成一片一片的小方塊，那紙就是黃顏色的，北方人管它叫做「黃表紙」。根據《夢溪筆談》我們知道，宋代的時候，國家的藏書、正式的檔案很多都是用黃色的紙張抄寫的，如果抄寫錯了，就用雌黃來塗改，由於雌黃的顏色和紙張的顏色差不多，塗改以後看不出來，而且雌黃會沾在上面不容易脫落。有個成語叫做「信口雌黃」，就是很隨意的用口頭上說的話，把原來的字句都塗改掉；「雌黃」是塗改的意思。我們剛才講過，史達祖曾經做過韓侂冑的「省吏」，幫他處理過公文，所以是「有當時、黃卷滿前頭，多慚德。」真的是很慚愧。

「思往事，嗟兒劇。」現在回想當年，簡直跟小孩子的鬧劇差不多，我怎麼能夠去批改這些黃卷呢？真是如同一場兒劇。「憐牛後，懷雞肋。」古人說「寧爲雞口，不爲牛後」（《戰國策・韓策一》），寧願在小的地方當一位領導，也不願意在大的地方做一名下屬。史達祖當然是「牛後」了，他只是在韓侂胄手下一個小小的「省吏」，可是他又捨不得辭官，雞肋雞肋，食之無味，棄之可惜（《三國志·魏志·武帝紀》裴松之注引《九州春秋》），他也找不到其他的官好做。「奈棱棱虎豹，九重關閣。」「棱棱」是有威嚴的樣子；「虎豹」是指朝廷上阻難的官吏。李商隱的詩說：「上帝深宮閉九閽」（〈哭劉蕡〉），君門九重，每重宮門都有虎豹看守。宮門之內是皇帝的所在，處處都有人看守的，像史達祖這樣級別的官吏，根本就沒有一個升級的機會。「三徑就荒秋自好，一錢不值貧相逼。」他被貶官回來了，秋天的景色很美麗，而他卻一錢不值，沒有辦法把貧窮趕走。「對黃花、常待不吟詩，詩成癖。」秋天是黃花盛開的時候，史達祖說他再也不作詩了，因為作詩沒有人欣賞，也不能夠得個一官半職，可他還是作了，因為「詩成癖」。

像這樣的詞，為什麼大家都不選呢？什麼樣的詞叫做好詞？什麼樣的詞叫做壞詞呢？詩詞的好壞真是有多種的分別。像東坡「有情風萬里卷潮來，無情送潮歸」（〈八聲甘州〉）、稼軒「舉頭西北浮雲，倚天萬里須長劍」（〈水龍吟〉）這樣的詞是何等的氣魄！當然稼軒也寫過一些通俗的遊戲之詞，像〈卜算子·齒落〉：

> 剛者不堅牢，柔底難摧挫。不信張開口角看，舌在牙先墮。　　已闕兩邊廂，又豁中間箇。說與兒曹莫笑翁，狗竇從君過。

這是開玩笑的小詞，可稼軒都是精力飽滿，即使是在詼諧的、玩笑的作品之中，都蘊含著很多的感慨。我還要說：感慨有深淺，也有厚薄，詩人之爲大詩人，之爲小詩人，品格之爲高，之爲低，在於他所關懷的胸襟的大小。如果只寫自己小小的得失，爲此而憂喜悲歡，這麼狹窄的小我，格調自然不會高。如果有眼光、有理想，如果關懷的面大，格調自然就會高很多。有人也許會問：是不是詩詞裏面都要寫國家大事，這樣的關懷面就大呢？其實不一定如此的。關懷面的大小並不在於寫的是什麼，而在於一個人的本質是什麼。陶淵明的詩裏面也很少寫國家大事，他有一首詩：

> 山滌餘靄，宇曖微霄。有風自南，翼彼新苗。……。（〈時運〉）

詩裏面沒有寫國家，也沒有寫盛衰，他只說春天的時候下過一場雨，山上的煙霧都散開了，天上的天宇還有清清淡淡的白雲，一陣風吹過來，看見莊稼地裏的一片秧苗在擺動。寫的真是好！這是天地之間與萬物同哀樂的一種境界。不在於是否冠冕堂皇的說那些憂國憂民的句子，一個人品格的高低、胸襟的大小，一開口就能表現出來。所以我認爲史達祖是個不錯的詞人，也能夠寫出「做冷欺花、將煙困柳」這樣美麗的句子，這是他的才能。但是我以爲一個作者僅僅是在字句上雕章琢句，爭強鬥勝，哪怕再好，也只能是第二流的好，史達祖就是這樣第二流的詞人。當然在早期的詞裏面就是遊戲筆墨，沒有人看重詞這種文體，對它沒有這種期待。西方的文論中有一種說法叫做「期待的視野」（expected horizon），是說在閱讀作品之前，事先會有一個衡量的尺度。而早期的詞，無論是作者還是讀者，都沒有這種「期待的視野」，那個時候大家都認爲詞就是給歌妓酒女去演唱的歌詞，詞的好壞是在雕章琢句的字句之間。對於詞有更高的「期待的視野」是後來的事情；到底是什麼時候開始有了這種「期待的視野」的呢？《苕溪漁隱叢話》裏面收錄了李清照的《詞論》，我們看到連李清照本身所爭強鬥勝的是什麼呢？是用字造句。「尋尋覓覓，冷冷清清，淒淒慘慘戚戚」（〈聲聲慢〉），連用十四個疊字，在字句上爭強鬥勝。她批評柳永「詞語塵下」；批評秦少游：

> 而少故實，譬如貧家美女，雖極妍麗豐逸，而終乏富貴態。（《苕溪漁隱叢話》後集，卷三十三〈晁無咎〉條下）

批評歐陽修、蘇東坡：

> 學際天人，作為小歌詞，直如酌蠡水于大海，然皆句讀不葺之詩爾，又往往不協音律者，……。（同上）

這些都是從字句和音律方面著眼，沒有對於內容高深廣遠的本質上的「期待視野」。如果沒有這樣的「期待視野」，像史達祖、張炎這樣的作者，在字句上妥貼清麗，就被認爲是好的作品。當然我現在說史達祖是第二流的詞人，是因爲我閱讀了很多其他的「期待視野」，混合進來形成的判斷。所以不同時代批評的標準是不一樣的。

史達祖曾經出使到金，到過北方很多地方，詞裏面有很多這樣的內容。他有一首詞，牌調是〈龍吟曲〉，前面有一段小序：

陪節欲行，留別社友。

南宋的時候，江南出現了很多詞社，這在當時非常盛行，很多宋人的筆記上面都有記載，很多詞人聚在一起結社填詞。大家可以想一想，真正使我們內心產生感動的，一定是個人的事件，你有你的感動，我有我的感動，一定是各自、個人的事件；一大群人聚在一起，有個詞社的組織，每個人都來填詞，你寫不了你自己真正的感受，我也寫不了我個人真正的感受。要找一個共同的題目，每個人都可以寫，在這種情形之下，必然在字句上爭勝。這是當時南宋詞壇的一種風氣。越是個人化的東西，越是不能在大庭廣眾之下拿來結社填詞，所以，當時所謂的好詞，都是在字句上雕章琢句、詠物貼切的作品。史達祖參加了詞社的組織，也有很多社友，像「詠春雨」、「詠燕子」這樣的詞，可能就是在詞社中和其他詞人同題賦詠的。現在史達祖要陪節北行了，這是其他社友沒有的個別事件。我先把這首詞念一遍：

道人越布單衣，興高愛學蘇門嘯。有時也伴，四佳公子，五陵年少。歌裏眠香，酒酣喝月，壯懷無撓。楚江南，每為神州未復，闌干靜，慵登眺。今日征夫在道，敢辭勞，風沙短帽。休吟稷穗，休尋喬木，獨憐遺老。同社詩囊，小窗針線，斷腸秋早。看歸來，幾許吳霜染鬢，驗愁多少。

史達祖畢竟不是正式的科考出身，他不過是被韓侂胄欣賞，讓他去做一個文書的工作。「道人越布單衣，興高愛學蘇門嘯。」「蘇門嘯」是魏晉時期的典故，相傳蘇門山上有位高人叫孫登，善嘯，阮籍曾經去拜訪他（《晉書》卷四十九〈阮籍傳〉）；史達祖在這裏把自己比喻爲學道的「道人」，願意效仿阮籍那樣的高人隱士。「四佳公子」是指戰國時期的四公子（《史記》），史達祖說他有時候也會陪伴「四佳公子」，還會陪伴「五陵年少」（白居易〈琵琶行〉），「五陵年少」在這裏是指首都那些貴族。他自己雖然出身很卑微，但是也有高雅的情趣，還跟達官貴人有來往。「歌裏眠香」是寫聽歌看舞的生活，在暖香叢中偎紅倚翠，過著浪漫的生活。「酒酣喝月」，喝酒喝得高興，就把月亮都喝下去；指月亮照在酒杯裏，喝了一杯酒，就把月亮也喝下去了，這是出於李賀（〈秦王飲酒〉）、楊萬里（〈重九後二日同徐克章登萬花川穀月下傳觴〉）的詩。「壯懷無撓」，是說自己的胸襟非常的豪壯，沒有曲折，沒有被壓抑。「楚江南，每爲神州未復」，他說我們現在身處江南，北方的失地還沒有收復，所以「闌干靜，慵登眺」，在闌干旁安安靜靜地站立，懶得登高遠眺，因爲登高遠眺所看到的北方，是我們失去的地方。

「今日征夫在道，敢辭勞，風沙短帽。」我現在要走了，不敢推辭勞苦，我要到風沙瀰漫的北方去，帶著一頂短帽。「休吟稷穗，休尋喬木，獨憐遺老。」我去到北方，我不會吟唱「稷穗」的詩，「彼黍離離，彼稷之苗」、「彼黍離離，彼稷之穗」（《詩經·黍離》），「稷穗」的詩是亡國的詩，我到北方以後不會吟唱這樣的詩；「喬木」是高大的樹木，代表故國，我也不是去探尋故國，我所關心的是淪陷區的人民。「同社詩囊，小窗針線，斷腸秋早。」大家都是社友，我走了以後，你們的詩囊裏面會有更多新的作品，我的妻子在家裏縫衣服的時候也會懷念我，秋天來的時候會有斷腸的懷念。「看歸來，幾許吳霜染鬢，驗愁多少。」等我回來的時候，你們就可以看到有多少白霜染在我的髮鬢上，用頭上白髮的多少，來驗證我這次北行的愁苦有多少。

有人就說史達祖的詞裏面有寄託，因爲他在詞中也說「獨憐遺老」，所以他對於淪陷區的人民還是關心的，他也有故國之思。關於故國之思，我想應該是人同此心的；尤其他們都是北方人，淪落在南方。雖然史達祖沒有出生在北方，那時已經是南宋後期，但是他的祖先一定是北方人；就算是南方人，現在北方淪陷了，他作爲一個國家的國民，都不免有山河破碎的故國之思。但我以爲他有寄託的可能性是不多的，如果他果然是有寄託，像剛才這首詞，如果他本來是有一種關心家國的感情，那麼這種感情應該表現在詞裏面，可是他的詞裏面沒有表現出來。

我們再來看一首史達祖出使到北方寫的詞，一般的選本也都不選他這樣的詞。如果他果然是有家國的感情，在這種環境之下，他應該寫出來很好的詞，可是他的詞裏面沒有，所以選本上都沒有選他這一類的詞。這首詞是很短的一首小令〈鷓鴣天．衛縣道中有懷其人〉：

> 雁足無書古塞幽。一程煙草一程愁。帽檐塵重風吹野，帳角香銷月滿樓。　　情思亂，夢魂浮。緗裙多憶敝貂裘。官河水靜闌干暖，徙倚斜陽怨晚秋。

我們前面在講史達祖生平的時候，說他曾經到過河南、河北一帶，那時候北方已經淪陷在金人手裏了，他現在是代表南宋出使到北方去。從題目上可以看到，他是在衛縣道中，整首詞中寫的都是北方荒涼的風光，當時那些地方是淪陷區，所以他是真的出使到金的地方去了。我並不是說他這首詞不好，他這首詞本身可能是很好的，我只是要用這首詞證明，史達祖的詞裏面到底有沒有很深的寄託。所謂寄託者，是指家國忠愛的寄託，中國一般的傳統，只要是說有寄託，一般指的是家國忠愛的寄託。前面我講過，前人評價史達祖的〈綺羅香·詠春雨〉，認爲他寫春雨是譏諷小人，「仍浸淫漸漬，聯綿不已，小人情態如是」（黃蓼園《蓼園詞選》）；「最妨他、佳約風流，鈿車不到杜陵路。」是小人對君子的妨害，君子很多好的理想都不能成就了；「門掩梨花，剪燈深夜語。」是代表君子的操守。有批評家會有這樣的解釋。而我的意思是，我們念史達祖〈綺羅香〉這首詞，可以有這種聯想，他確實把那些典故安排得很好，可是他有沒有這種寄託呢？我以爲就算是作者本身不見得有這種寄託，他是因文生情，安排得很好，恰好表現出這種感情，他很會說，說得很好，可是他本身沒有一種真正他自己感情的衝動的力量在裏面。我說他沒有忠愛寄託，是因爲如果真是一個關心家國、有忠愛感情的人，在出使到金的時候，絕不會寫出這樣不關國家痛癢的詞來。像辛棄疾有一首詞說：

> 箇裏柔溫，容我老其間。卻笑將軍三羽箭，何日去，定天山。（〈江城子〉）

他前面是寫一個很美麗的女孩子，「箇」就是這個，在這樣的生活裏面，這樣的溫柔，跟這個美麗的女孩子在一起，在這樣溫柔的生活和感情裏面。「容我老其間」

，允許我終老的這樣的生活，我可以只是享受這種兒女的感情，這不是也很好嗎？也很溫柔，也很快樂。可是他接下來就說，我不能忘記的是「卻笑將軍三羽箭」，「三羽箭」是典故，傳說唐朝的時候薛仁貴曾經跟敵人打戰，他「三箭定天山」（《舊唐書》卷八十三〈薛仁貴列傳〉），薛仁貴這位大將跟敵人做戰，只射了三支箭就把敵人都打敗了。辛棄疾說，我也有像當年薛仁貴這樣，「三羽箭」就可以「定天山」的能力，我也可以終老在溫柔鄉裏面享受兒女柔情，可是不甘心的是，我笑我自己，平生有三羽箭定天山的本領，什麼時候才能把我的這個本領表現出來呢？「何日去，定天山」。稼軒也寫兒女柔情，他前面寫女孩子很美麗，可是在寫兒女柔情之中，如果他本身有家國忠愛的感情，到最後還是會流露出來。而史達祖的這首〈鷓鴣天〉，在國家這樣卑屈的、羞辱的使命裏面，替宋朝做使者，要到金朝去給人家稱臣、獻納貢物，這是多麼屈辱的使命！南宋另外一個詩人楊萬里也曾經做過金國賀正旦使的接伴使，當時金跟宋兩國表面上講和了，金國每年會在正月初一的時候派使節到南宋來祝賀新年，楊萬里曾經奉命去迎接金國的使節，他寫下了著名的〈初入淮河四絕句〉：

船離洪澤岸頭沙，人到淮河意不佳。何必桑乾方是遠，中流以北即天涯。（其一）

中原父老莫空談，逢著王人訴不堪。卻是歸鴻不能語，一年一度到江南。（其四）

他有很多的感慨在詩裏面。如果真是一個有國家民族感情的人，他做了這樣的使節，他是不會沒有這種感動的。再看史達祖這首詞前的小序寫到：

衛縣道中有懷其人。

懷念什麼人呢？從整首詞看，我們知道他是懷念他所愛的女子。這首詞的本身來說還是寫得不錯的，因爲這首詞史達祖不是因文生情。他寫春雨是先找一個好的題目，用典故跟古人的詩詞來安排出一首詞；這首詞他是先有真實感情，然後才寫的詞，不是找一個題目來因文生情造作的。「雁足無書古塞幽」，這裏用了一個典故。〈蘇武傳〉上說，漢朝派使者想要把蘇武接回去，匈奴人說你們怎麼知道蘇武在這裏，漢朝使者就說我們的皇帝在上林苑打獵的時候，射下一隻大雁，大雁的腳上綁著一封書信，是蘇武的書信（《漢書》卷五十四〈蘇建傳〉）。從北方的胡地給南方自己國家的傳書就是「雁足傳書」。史達祖說我也到了塞外的胡地，可是沒有雁足給我傳書，所以是「雁足無書古塞幽」，他是走到西北邊塞的地方去了，「一程煙草一程愁」，這兩句寫得很好，是他真實的感情。因爲北方很荒涼，風煙瀰漫，淡煙衰草，他說我走過一程又一程路，每一段都是這樣荒涼的路，每一段路都會增加我這麼多旅客的憂愁。「帽檐塵重風吹野，帳角香銷月滿樓。」我走在塞外，帽檐上都是塵土，狂風吹在曠野，吹起來很多風沙。他懷念當年跟女孩子在一起的時候，床帳之內有女孩子的熏香，現在是「香銷」，當明月照在樓中的時候，那個女孩子應該在想念我。

「情思亂，夢魂浮，緗裙多憶敝貂裘。」前面三句是寫他自己，從「帳角香銷月滿樓」開始，是遙想對方女子對他的懷念，女孩子睡覺的時候可能點上一支香，等到後半夜，香已經點了很久，差不多燃燒盡了，明月照在女孩子的高樓之上，女孩子睡在帳中，她夜晚點的香已經燒完，可見是深夜了，明月照在樓上，那名女子應該是「情思亂，夢魂浮」，她在懷念我。「緗裙多憶敝貂裘」，「緗裙」是女子所穿的裙子；「敝貂裘」是作者身處塞北所穿的衣服，塞北是寒冷的，所以他穿的是貂皮做的皮襖，「敝」是一件破舊的皮襖。「官河水靜闌干暖」，南宋都城周圍的河流都是「官河」，他說這名女子所在的地方靠近「官河」，「官河」的水緩緩地流著，現在塞北已經很寒冷了，可是南宋都城杭州附近應該還是比較溫暖的，秋天時還沒有這麼冷。此時此刻這名女子在幹什麼呢？「徙倚斜陽怨晚秋」，「徙倚」是徘徊佇立的意思，他說這名女子一定是徘徊佇立在斜陽之中，斜陽照在闌干上，她在斜陽之中面對著晚秋的季節而滿懷哀怨，因爲她所愛的人不在這裏。

以這首詞本身來說，作者的感情是寫得很真切的，可是拿這個感情來說明他的詞裏面有沒有寄託，我想他恐怕是不可能有的。如果史達祖真是有家國忠愛的感情，在這樣的環境中，他應該寫出富有感慨的詞句來，可是他沒有，他所想的還是他自己個人的兒女之情。我不是說這首詞不好，以個人的兒女之情來說，這首詞寫得很好；可是我們從中看不到他關心家國、忠愛纏綿的感情，他不是會表現這樣感情的一個作者。所以在史達祖的詠物詞裏面，雖然可能會有寄託，可是我並不以爲他真的是有寄託。讀者可以這樣想像，而作者是未必真有這種感情。

我們剛才看了史達祖的幾首詞，他寫得也還不錯，但我以爲他的詞裏面真的少了一種東西，這可能是我個人的一種苛求。孔子說：「吾道一以貫之」（《論語・里仁》），我以爲史達祖的詞裏面沒有一個整體的東西，這樣就使得很多東西支離破碎了。西方的一位文學理論家 Sarah N. Lawall 寫過一本書《意識批評》（*Criticism of Consciousness*），他認爲每個人的意識活動（consciousness）是一直在進行的，瞬息萬變。一般文學家的意識活動是雜亂的，看見天就說天，看見地就說地，看見花就說花，看見草就說草；而真正偉大的文學家的意識活動有一個模式（pattern of consciousness），讀者可以從他們的作品中找到一個萬變不離其宗的 pattern。我以爲像陶淵明、杜甫、辛棄疾這樣的作者，是真正有意識活動模式的人，因爲他們的立身處事，他們整個的人格、修養、志意都是統一的、一致的。我以前寫文章的時候曾經說過：一流的大作家是「物隨心轉」，也就是萬物到內心之後都形成一個他自己的模式；而小家則是「心隨物轉」，看見什麼就說什麼，沒有形成自己的一個模式。古人說「言爲心聲」（揚雄《法言・問神》），中國人也常常講通過閱讀一個人的詩，可以看到他的一生。據說唐代的女詩人薛濤小時候，父親讓她作詩，她父親起了開頭兩句：「庭除一古桐，聳幹入雲中」，薛濤對了兩句：「枝迎南北鳥，葉送往來風」，她父親聽了以後，愀然不樂（章淵《槁簡贅筆》）。本來開頭兩句起得非常高遠，她父親也希望她能夠對出高遠的句子，結果薛濤對出那樣的兩句，所以她父親覺得不大好。如果我們看一個人寫的論文，還很難看出他的本質是什麼，因爲論文都是資料等外在的東西，只要肯下功夫，資料收集得很多，心思細密，條理清晰，就可以寫出不錯的論文。可作詩真的是不一樣，特別是中國傳統的詩歌，中國古典詩歌和西方的詩歌在本質上是有差異的：西方的詩歌重視形象、格律、結構、文字這些形式上的東西，西方文論中關於文學的起源有一種很著名的觀點是「模仿說」，認爲文學是人對外在世界的模仿，在西方文學中最早的出現的是史詩和戲劇，它們都是對外在事物的描述，當人們看到外在事物以後，如何找到最適當的語言、聲音、形象等來把它表達出來；而中國古典詩歌不是如此的，它是「情動於中而形於言」（〈毛詩序〉），中國古典詩歌都是作者內心的一種流露，「詩言志，歌永言」（《尙書・堯典》），詩歌言志和歌詠也是分不開的，古代優秀的詩人大多是「字從音出」、「字從韻出」，詩歌是伴隨聲音出來的，不假思索的脫口而出，不用安排，不用造作，如果吟誦得熟悉了，伴隨著聲音一下子就會跑出來，這是一種本質的自然流露，也是中國古典詩歌最奇妙的一個地方。讀者可以從中國古典詩歌看出一個人的本質，而西方的詩不能夠做到這一點，中國現代的新詩，不管是朦朧詩還是後現代的詩歌，也不能做到這一點，因爲這些詩歌都是理性安排造作的成分多。中國古典詩歌之所以伴隨吟誦，因爲它是一種本然的流露，它的奇妙就在於這裏，越是好的詩人，他的詩歌越是發自內心的，代表他的本質就越多。第一流的作家像屈原、杜甫、陶淵明、辛棄疾等人，他們形成了自己的模式，是因爲他們的詩歌就是他們本質的流露，而不是斟酌字句，花了很多心思去安排造作出來，這是一個最基本的差別。我自己也是創作詩詞的，從很早的時候就開始寫，收錄到我的詩詞稿裏面最早的作品，是我十五歲那年寫的（〈秋蝶〉《迦陵詩詞稿》初集，詩稿）。我當年寫作的時候其實是「心隨物轉」，看見蝴蝶就說蝴蝶，看見竹子就說竹子，看見菊花就說菊花，都是我家院子裏面的那點東西，因爲我小時候家裏管得很嚴，沒有機會到外面去歷練，所以沒有太多的生活經驗，寫的都是家裏的那些東西。那些作品到現在已經都好幾十年了，我一生當中也經歷了很多的苦難，我現在再回過頭來看它們的時候，我就發現我這個人從小的時候開始，就對於那些可以在困苦之中忍耐而承受的東西，不是去鬥爭，也不是去反抗，我是讚美它的，「群芳凋落盡，獨有傲霜枝」（〈詠菊〉《迦陵詩詞稿》初集，詩稿），這是寫菊花。我常常還會有一個理念，當然我也不是像杜甫那樣有「致君堯舜上，再使風俗淳」（〈奉贈韋丞丈二十二韻〉）的志意，可是我也曾經寫過「如來原是幻，何以度蒼生」（〈詠蓮〉《迦陵詩詞稿》初集，詩稿），當然我也渡不了蒼生，這只是我的一種理念。我幾十年以後再看我從前的詩，我就在想，我小時候爲什麼會說這樣的話呢？當然還有其他一些七言律詩，則不一樣，我覺得七言律詩和歌詞有一些相似之處，因爲寫歌詞的時候並不代表作者自己，只是給曲調填寫一首歌詞，如果沒有造作、沒有修飾、沒有裝模作樣的給人家看，反而就會把最基本的本質流露出來；七言律詩講究平仄格律，對仗工整，有時候爲了追求格律，反而不知道自己想說什麼了。我那時候也寫過「塚中熱血千年碧，爐內殘灰一夜紅」、「伐茅蓋頂他年事，生計如斯總未更」（晚秋五首）（羨季師和詩六章用晚秋雜詩五首及搖落一首韻辭意深美自愧無能奉酬無何既入深冬歲暮天寒載途風雪因再爲長句六章仍疊前韻〉，其五、其三，《迦陵詩詞稿》初集，詩稿），後來才發現，我也是有一種堅持、一種忍耐、一種承受，這是當時連我自己都不知道的一種東西，是無形之中的。當然我也不是說我自己就有一個pattern，我也不是像屈原、杜甫那樣有救國救民的理想，我沒有這樣想過，只不過幾十年以後我再回過頭來讀自己的詩詞的時候，我才發現自己是有一些理念的。

所以，說詩詞的好壞是很難一言來下判斷的，我可能是受到我老師的影響，以爲凡是僅僅在字句上爭強鬥勝的，只能算第二流的作者。我們今天在這裏可以把史達祖大致結束了，總而言之，史達祖的寫作技巧非常好，他安排、修飾的能力都很好，可是他大多是先有一個主題，然後圍繞這個主題，從旁邊各種形象、各種動作來想像，他表現得非常好；如果要問他的內在有沒有更深刻的感情，這就真的很難說了。

吳文英（一）

今天我們應該開始講吳文英的詞了。

提到吳文英，我想起二十二年前，我剛剛回來教書，國內刊登出來我的第一篇論文就是有關吳文英的，那篇文章登在南開大學的學報上，題目是〈拆碎七寶樓臺——談夢窗詞之現代觀〉。我是1979年回來的，那時國內講詞，一般是講豪放派的詞，南宋詞除了辛棄疾以外，對其他人的詞是很少講的。實際上，吳文英受冷落不是從那時候起，早在南宋，張炎就曾在其《詞源》中否定過吳文英，說：

> 吳夢窗詞如七寶樓臺，眩人眼目。碎拆下來，不成片段。（卷下）

他說夢窗詞的辭藻很美，好像是「七寶樓臺」，可是每句跟每句都不連貫，整首詞根本就不通；到了清末，王國維也不欣賞吳文英的詞，他說南宋的詞人他只喜歡辛棄疾一人；後來，胡適在《詞選》（第六編）中說：吳文英的詞「幾乎無一首不是靠古典與套語堆砌起來的。」而胡雲翼的《宋詞研究》（下篇）則說：

> 南宋到了吳夢窗，則已經是詞的劫運到了。

此外，薛礪若在《宋詞通論》中又說：

> 瞿庵先生謂其（按：吳文英）「才情超逸」，實在是適得其反。

「瞿庵」是夏承燾先生的號，夏先生是很推崇夢窗詞的。

其實，這個問題我以前也曾經說過，因爲人們欣賞的角度、標準是不同的。過去一般的讀者欣賞詞，都是從欣賞詩的那個傳統承繼下來的，都注重直接的感發，可是南宋的詞人受了周邦彥的影響，大多是用「思力」安排來寫詞，所以用原來那種欣賞途徑就找不到南宋詞的好處了。而吳文英的詞之所以被人所譏評，一個是因爲他的語言晦澀——白石所用的語言不是很晦澀，他只是用「思力」安排，讓人一下子看不出來罷了，比如：

> 苔枝綴玉。有翠禽小小，枝上同宿。（〈疏影〉）

這些字句沒有什麼難以理解的地方，也許每一句你都懂，可是連在一起你就不懂了。那麼吳文英呢？他是從語言文字上就讓你看不懂。

我在國內發表的第一篇寫吳文英的文章是在1979年，但是事實上我講夢窗詞，則是從六〇年代中期開始的。前幾天有人訪談時，我曾經提起自己治學的幾個階段：最初，我也是從直接的感發來欣賞詩詞的；可是六〇年代後期，我特別寫了一篇〈拆碎七寶樓臺——談夢窗詞之現代觀〉，爲什麼呢？因爲那時臺灣詩壇上掀起了一股現代詩的潮流，於是引起了現代派詩人與傳統詩人的一些爭議。傳統詩人認爲：所謂的現代詩句法也不通、結構也不通，其實根本就是那些寫作的人不通，是他們故意製造不通的詩，讓大家覺得高深莫測。就如同與現代詩同時流行的西方現代派繪畫一樣：過去的畫，無論是畫人物還是畫靜物，這都是具象的；而現代派的畫呢？東一塊顏色、西一塊顏色，它根本不成一個形象，可它就這樣流行起來了。所以，那時我曾寫過一篇文章〈拆碎七寶樓臺——談夢窗詞之現代觀〉，就是說：表面上看起來夢窗詞好像是不通，實際上它有它的特色。什麼特色？一個是「時空的錯綜」；另一個是「感性的修辭」。

一般人寫作都是按時空順序寫的，「行行重行行，與君生別離。相去萬餘里，各在天一涯。」（〈古詩十九首〉其一）它是指時空順序的；李白說：

> 妾髮初覆額，折花門前劇。郎騎竹馬來，繞床弄青梅。（〈長干行二首〉其一）

這樣一直寫下去，從小寫到大，也是按順序寫的，可是吳文英就不同了，舉他的一首詞爲例：

霜葉飛　　黃鐘商

重九

> 斷煙離緒。關心事，斜陽紅隱霜樹。半壺秋水薦黃花，香噀西風雨。縱玉勒、輕飛迅羽。淒涼

誰吊荒臺古。記醉蹋南屏，彩扇咽寒蟬，倦夢不知蠻素。　　聊對舊節傳杯，塵箋蠹管，斷闋經歲慵賦。小蟾斜影轉東籬，夜冷殘蛩語。早白髮、緣愁萬縷。驚飆從卷烏紗去。漫細將、茱萸看，但約明年，翠微高處。

我們看這首詞上片的最後兩句：「彩扇咽寒蟬倦夢不知蠻素」，在這裏，我沒有加標點，因爲這首詞的標點有問題，有什麼問題？我認爲它不該是「三、四、四」的句法，而應該是「五、六」的句法，即「彩扇咽寒蟬，倦夢不知蠻素。」這一點我要特別說明，就是詞裏邊長句的斷句問題。大家知道，詞中有「句」有「讀」，「句」是一句的結尾；「讀」是句子中間的停頓，究竟停在哪裏？每一個詞牌都是很講究的。當然，我說這句應該如何如何停頓，我不是隨便講的。晚清有一位很有名的詞人叫朱祖謀，他是精研夢窗詞的一位詞學家，曾經用了十年以上的時間，四次對夢窗詞進行詳細的校點。朱祖謀也寫過一首〈霜葉飛〉，寫於什麼時候呢？是光緒二十八年（1902年），而光緒二十六年（1900年）發生了庚子國變，所以朱祖謀那首〈霜葉飛〉也是在滿清走下坡路的危亡的時代寫的。那時，朱祖謀自「禮部侍郎」出爲廣東「提學使」，他本來在朝廷中做官，後來被外放出去了，他與朋友告別，寫了一首〈霜葉飛〉，在這首詞上片的最後幾句，他說：

怕更倚危樓，海氣近黃昏，換盡酒邊情愫。

這是「五、六」的句法，你不能說：「海氣近、黃昏換盡，酒邊情愫。」因爲現在不是講清詞，所以對於朱祖謀這首詞，我也不想多說，我只是告訴大家，吳文英那首〈霜葉飛〉上片的最後那句，也應該是「五、六」的句法。

剛才我說，「彩扇咽寒蟬，倦夢不知蠻素」一句，不是按一般的順序寫的，是一種「時空的錯綜」，至於爲什麼？我們還須先了解一下夢窗詞的主要內容。我們講白石詞，說他的主要內容是寫自己合肥的情遇；也有一部份像〈揚州慢〉之類的詞，是對北宋淪亡的感慨。夢窗詞裏邊的大部份也是寫愛情的，這是他們與辛棄疾的不同之處，辛棄疾所關懷的多是國家的大事。像姜白石、吳文英這樣的詞人，他們沒有過什麼仕宦的生涯，都是在達官貴人的家裏做門客，這樣的身分、地位，當然與辛棄疾不同；也就是說，他們平生不曾參與國家的大事，所以也就沒有像辛棄疾那樣的理想和志意了。

我們講白石詞的時候，曾說〈疏影〉一詞可能有感慨「二帝蒙塵」（鄭文焯校《白石道人歌曲》）的意思，但夏承燾先生認爲白石寫這首〈疏影〉時，距北宋淪亡已有六、七十年之久，他不可能在感慨國事了。所以白石詞中感慨國事的作品是比較少的。吳文英雖然平生也沒有做過什麼高官，但是比較來說，他真的有一種對於國事的感慨。當然，他的感慨不是因爲北宋的淪亡，而是出自對於南宋危亡的憂慮。陸秀夫背負帝昺投海、南宋滅亡是1279年，姜白石的生卒年大約是從1155年到1221年，距南宋亡國還有幾十年之久；而吳文英的時代大約是1200年到1260年，在他去世的時候，距南宋亡國不過只有十幾年了，他親眼看到了南宋一步步走向危亡的那段經歷。大家看那張詞人的年表，姜白石和吳文英的生卒年後邊，各打了一個問號。因爲他們兩個人沒有什麼仕宦的經歷，所以正史上也就沒有他們的傳記了。我現在說他生於多少年、死於多少年，根據的是夏承燾先生的考證。夏先生寫了《唐宋詞人年譜》，通過對這些人物的作品進行考證，約略推斷出他們的生卒年，但並不是很確定的。

剛才我說吳文英雖然只是達官貴人的一位幕僚，但他確確實實有一種對於國家危亡的感慨，而且這種感慨相當強烈，他的詞集中，這一類的詞有不少寫得很成功。另外，他也寫了很多愛情詞，據考證，他有一段愛情本事發生在蘇州，另一段發生在杭州，前面提到的那首〈霜葉飛〉就是他懷念杭州姬妾的作品。我們看他在後邊寫了「黃鐘商、重九」幾個字：「黃鐘商」是音調的名字；「重九」是這首詞的題目。他跟那個女子曾經有過一段美好的遇合，後來兩個人就分離了。重陽節的時候，他追懷往事，寫了這首詞。我現在不打算講整首詞，因爲說到了吳文英善於運用「時空錯綜」的手法，所以我才特別要舉這首詞的其中兩句做爲例證。那就是：「彩扇咽寒蟬，倦夢不知蠻素」二句。他說，記得當年酒醉時，我與那個女子登上「南屏山」，她手裏拿著一把「彩扇」。我們常說：「舞裙歌扇」，現在的歌星演唱時手裏拿著麥克風轉來轉去的；古代沒有麥克風，歌女唱歌時，就拿著一把扇子遮來遮去的。杭州的那名女子也曾拿著一把「彩扇」，但是她已經不在這裏了，現在我所見到、所聽到的是什麼？是九月秋風中「寒蟬」的嗚咽。往事如同一場「倦夢」，而我所愛的那名女子呢？「倦夢不知蠻素。」「蠻素」用的是白居易的典故，白居易曾有「樊素」和「小蠻」兩名姬妾，他作詩說：

櫻桃樊素口，楊柳小蠻腰。（〈楊柳枝詞〉）

所以「蠻素」指的就是姬妾。在這句中，他由眼前「寒蟬」的嗚咽想到當年的「彩扇」，這是「時空的錯綜」。

除去「時空的錯綜」這一特點外，夢窗詞的另一個特點是「感性的修辭」。他有一首〈高陽臺．豐樂樓〉的詞，寫傷春的感情，其中有一句說：

飛紅若到西湖底，攪翠瀾、總是愁魚。

他說：春天消逝了，現在所有的花都紛紛地飄落了，如果落花沉到「西湖」的水底，不但我們人會感到悲哀，就是那碧綠的波瀾之中的游魚，也會因此生愁的。平時我們一提到魚，總想起它在水中自由自在地游來游去的樣子，魚怎麼會發愁呢？而他竟說是「愁魚」，這完全是人主觀上的一種感受。再如另一首〈夜遊宮〉中，他寫到：

窗外捎谿雨響。映窗裏、嚼花燈冷。

「窗外」是雨飄灑在溪水上的聲音，與之映襯的，是窗內之人面對著一盞寒冷的孤燈。「孤燈」就是「孤燈」，可吳文英就很妙了，他說：「嚼花燈冷」，你看到哪盞燈會「嚼花燈冷」？所謂「嚼」，只是他主觀上的一種感受。因爲古人點的是油燈，油燈上有燈捻，燈捻慢慢地燃燒，結成燈花，燈花上光焰閃爍，那盞燈就好像一個人的嘴，把燈花「嚼」來「嚼」去的樣子。像這些都是「感性的修辭」，而胡適等人就說，這根本不通，你們看到哪盞燈有牙齒，會「嚼」燈花呢？所以過去有很多人把吳文英貶得很低下，說他晦澀堆砌，到了「文革」的時候，一些古典文學工作者因爲吳文英的思想比較消極，也沒有在作品中強烈地表現國家民族的思想，於是有些人就視之爲「詞匠」（胡適《詞選》），都不講他的詞。

後來我從海外回來，在南開學報上發表了那篇〈拆碎七寶樓臺——談夢窗詞之現代觀〉，大家覺得很新鮮。那時我們南開還沒有「專家樓」，我是在外邊一間旅館中住的，我清清楚楚地記得，有一天，一位叫寇夢碧的先生來敲門找我，一見面他就說：你那篇文章寫得太好了，這麼多年來吳文英一直被壓制著，沒有人講他，大家都在罵他。而且他還告訴我，他之所以叫「夢碧」，就是因爲平生最欣賞的兩個詞人，一位是吳文英，號夢窗；另一位是王沂孫，號碧山，二人各取一字，所以叫「夢碧」。寇先生現在已經去世了，他的詞寫得非常好。

我說過，我開始的時候並不是很欣賞吳文英的詞。考上初中的那一年，母親給我買了一套《詞學小叢書》，裏邊有王國維的《人間詞話》。王國維說，南宋詞人除了辛棄疾以外，其他人都是「隔」，只有寫得生動真切才是好的境界，才是「不隔」。當時我就受了王國維的影響，認爲夢窗詞也是「隔」，後來，我接觸到一些臺灣的現代詩和西方的荒謬劇，讀了艾略特的《荒原》等作品，於是我開始嘗試換一個角度來欣賞夢窗詞。比如訪友，去張家有張家的一條路，去李家有李家的一條路，你要往張家去，卻要走通往李家的路，那你當然永遠走不到。另外，我還引用了西方「接受美學」的觀點。Hans Robert Jauss 寫過一本書，名爲「Toward an Aesthetic of Reception」，他認爲，我們閱讀、欣賞一部作品，每人有每人的Horizons of reading，也就是一個「閱讀的水平」、「閱讀的視野」；此外，他還提到了 The Change of Horizons of reading，就是說閱讀的「視野」並不是一成不變的，小時候你的「視野」是一個樣子，長大之後又會是另外一個樣子，每個人隨著年齡的增長、生活體驗的豐富、閱讀書籍的增多，「視野」也會不斷開闊，所以我們的閱讀「視野」都是在逐漸改變的。與此同時，他提出了閱讀的三個層次：第一個是 aestheticaly perceptual reading，即「美感直覺的閱讀」，比如你念一首詞：「春花秋月何時了」（李煜〈虞美人〉），它聲音很好聽，形象很優美，你馬上就喜歡了，這就是一種「直覺美感」的作用；第二個層次是 retrospectively interpretive reading，即「反省、詮釋的閱讀」，你對於它的美，僅僅停留在「直覺」欣賞的層次還不夠，你要有自己的「反思」，要給它一個「解釋」。當然，這兩種閱讀都是說你自己要如何如何，而第三種就不同了，閱讀的第三個層次是 historical reading，即「歷史的閱讀」，就是說，從某一篇作品產生以來，歷代的讀者是怎樣接受、怎樣詮釋的，你應該有一個參考，但參考不是盲從，你可以接受他們的觀點，也可以不接受他們的觀點。Hans Robert Jauss 的這些理論，其實受到了另外一位德國接受美學家 Hans Georg Gadamer 的影響。Gadamer 提出過 hermeneutic situation，即「詮釋的環境」、「境遇」、「場合」，你是在什麼樣的「場合」中「詮釋」的。Gadamer 寫過一本書：「*Truth and Method*」，即《真理與方法》，在這本書中，他講詮釋應該注意哪些方面，而且提出了 fusing of horizons，這些理論對 Hans 產生了一定的影響。我的研究生本來這學期開始就跟我讀過一些西方文學理論的書，他們也學了這些名詞，什麼 hermeneutics，什麼fusing of horizons 之類的，可是你怎麼樣才能做到學以致用，把這些理論用到你的批評和欣賞中來？這是一個更關鍵的問題。

我說過，我對吳文英的詞並不是一開始就喜歡的，是我的「閱讀視野」拓展以後，受了西方一些文學理論的啓發，逐漸找到了欣賞夢窗詞的門徑。過去很多人貶低吳文英，因爲這些人不能真正懂得他。孔子曾說：

> 可與言而不與之言，失人；不可與言而與之言，失言。知者不失人亦不失言。（《論語·衛靈公》）

意思是說：這個人本來是一名可以跟你談話的人，結果你錯過了這樣的機會，沒有跟他談話，這是「失人」；但若是你不該跟某人談話，結果跟他談了，這是「失言」，而真正有智慧的人是既不會「失人」、也不會「失言」的。閱讀作品也是一樣，如果作品內涵豐富，你卻讀不出來東西，這是你對不起作者；而如果作品中本來就沒有什麼東西，是他作者對不起你。而吳文英的詞果然有非常好的東西，只是因爲那些人沒有理解他，所以就貶低他，這是一點；另外還有一點，就是很多人認爲吳文英的品格不好，所以才敢於貶低他。像文天祥的〈正氣歌〉：

> 天地有正氣，雜然賦流形。下則為河嶽，上則為日星。

不管它在美學、詩學上好不好，人家文天祥一身浩然正氣，你不敢說它不好。可是吳文英呢？大家認為他在品格方面有缺點，就可以肆無忌憚地貶低他了，這是我要說的另一個原因。

吳文英的品格究竟怎麼樣？他有什麼缺點？在正式講他的詞之前，我們先要弄清一些有爭議的問題。陶淵明說：

> 人生歸有道，衣食固其端。（〈庚戌歲九月中於西田穫早稻〉）

不錯，每個人都應該有理想，但是你如果不穿衣吃飯，你連生命都沒有了，哪還談什麼理想呢？「孰是都不管，而以求自安。」你怎麼能夠對於衣食都不謀求？可是你用什麼辦法來謀求？社會上有很多男子，不肯用自己的辛勞得到所求的東西，於是貪贓枉法，蠅營狗苟，無所不為；很多女子想不勞而獲，就出賣人格、出賣自己的身體。人家陶淵明有骨氣，他去種田了，他不像王維：我是田園詩人，我就坐在旁邊，看人家在田中勞動，而覺得那田園生活真是悠閒。人家「鋤禾日當午，汗滴禾下土」（李紳〈古風（一作憫農）二首〉其二），你有什麼資格站在旁邊，說人家是田園樂？陶淵明自己親自去下田耕種了，他「晨興理荒穢，帶月荷鋤歸」（〈歸園田居五首〉其三），他說，這樣雖然「四體誠乃疲」，但「庶無異患干」（〈庚戌歲九月中於西田穫早稻〉），我是付出了自己的勞動，而且很疲勞很辛苦，但這樣庶幾沒有其他麻煩找到我頭上來。如果你去做官，你說：「我不貪污」，可你周圍上上下下、左左右右的人都貪污，你連腳步都站不住，你怎麼樣呢？陶淵明是說走就走了，可是有幾個人有陶淵明的骨氣？肯付出陶淵明的代價？所以南宋有一批江湖的游士，他們沒有仕宦，也不肯親自去種田，就做了豪門貴族家裏的門客，像姜白石曾依靠蕭德藻、范成大、張鎡張鑑兄弟；吳文英呢？他也依靠了達官貴人，最重要的有兩個：一位是吳潛，另一位是嗣榮王。

吳潛，「字毅夫」（《宋史》卷四百一十八〈吳潛傳〉），號履齋，出身世家，嘉定十年（1217年）以榜首登第，關心國事，屢上奏議，主張「以和爲形」。在當時北方強大的敵人的壓迫之下，他也知道南宋朝廷不足以抵抗，但是他不甘心像賈似道那樣，向人家納幣求和，而是「以和爲形」，只希望能夠表面上求得和平，「守」住既有的國勢；此外，他還主張節用愛民。開慶元年（1259年），元軍渡江攻鄂，時吳潛任右丞相兼樞密使，曾上書論「治亂之原」，歷指丁大全、沈炎諸人之誤國；丁大權、沈炎等人都是賈似道的同黨，吳潛曾上書彈劾過他們。而且，當理宗要立他的一位同母的弟弟嗣榮王的兒子忠王孟啓做太子的時候，吳潛曾經密奏皇帝，他說：「臣無彌遠之材，忠王無陛下之福。」當年，你理宗是被史彌遠等人擁立登基的；現在我沒有史彌遠那樣擁立太子的才幹，而忠王孟啓也沒有你那樣可以被擁立做皇帝的福氣。理宗聽了很不高興，就恚怒了。後來，吳潛被賈似道所嫉恨，賈似道就叫侍御史沈炎彈劾了吳潛，把他貶到循州（今廣州惠州市以東）。循州在很遙遠的地方，到了那裏以後不久，賈似道就派人把吳潛毒死了。

那麼賈似道是什麼人呢？他「少落魄，爲游博，不事操行。」（《宋史》卷四百七十四〈賈似道傳〉）他不是讀書人，而是一名「游博」無賴的浮浪子弟，沒有什麼操行，只是因爲他的姊姊被選入宮，得到理宗的寵愛，於是他靠這種裙帶關係得以夤緣入朝，做官做到了宰相。後來度宗即位，還賜給他西湖「葛嶺」的一所宅第，晚年好丘壑，權傾天下。賈似道曾經「督師」鄂州（今湖北鄂州市），他曾經在湖北鄂州帶兵，那時元朝的軍隊攻打鄂州，情況非常緊急。似道密遣使向元人求和，求和以後，向皇帝謊報說他打了勝仗，已經把敵人肅清了。接著，他「以少傅右丞相召入朝」。起初，當賈似道在湖北漢陽的時候，吳潛正在黃州（今湖北黃州市）。黃州屬於軍事要衝之地，賈似道覺得吳潛當時任樞密使，有軍權，日後恐怕會妨害自己，所以對吳潛非常怨恨，就派人彈劾他，貶至循州，而使人毒斃之。這是賈似道與吳潛之間的一段恩怨。

知道了吳潛與賈似道是什麼樣的人，我們再看吳文英與這兩個人有什麼關係。在南宋時，填詞結社的風氣非常盛行，達官貴人們都要養一些門客。我們以前講姜白石，說范成大叫他寫詞，他就寫了〈暗香〉和〈疏影〉；到了張鎡那裏，他又寫了〈鶯聲繞紅樓〉。賈似道也是，每年他過生日的時候，全國各地都有人獻上詩詞來爲他歌功頌德。吳文英在這些文學社團中有才名、有詞名，人家都寫詞給賈似道，你寫不寫呢？我們說：人如果沒有才學，你認爲這不好；有了才學當然好，但是多少有才學的人反爲才學所累！所以，吳文英平生的一個最值得惋惜的地方，就是在他的詞集中留下了四首送給賈似道的詞。雖然有些人替吳文英辯護，比如夏承燾先生，儘管吳文英寫了四首給賈似道的詞，但這幾首詞沒有一點阿諛拍馬的詞語，都是些普通的應酬之作，因此這都是他在不得已的情形下寫的，而吳文英本人畢竟還是有品格的。假如你把《全宋詞》找出來，看一看別人送給賈似道的詞，那些人寫得真是卑躬屈節！可是我們說：無論如何，吳文英畢竟也寫了給賈似道的詞。古人說：「守身如執玉，積德勝遺金」，你守身如同拿著一塊美玉，你不能讓它染上衣點污穢。可是有幾人真正做到了「守身如玉」？又有幾人的人格真正是百分之百的完整？人性都免不了軟弱。像正始時代的阮籍，大家都讀過他的〈詠懷〉詩，可是司馬氏簒位時，那篇勸進的表文是誰寫的？就是阮籍！當然他也不是心甘情願寫的。司馬昭替他的兒子求阮籍的女兒爲婚的時候，阮籍故意喝得大醉，而且一醉六十天不醒。你要知道，司馬炎就是後來晉朝的第一位皇帝，可見阮籍不是趨炎附勢的人，但是到頭來他還是寫了那篇文章，因爲他若堅持拒絕，肯定會招來殺身之禍，與他同時的嵇康不就被司馬氏殺害了嗎？在那篇表文的結尾部份，他略帶諷刺地說：你司馬炎有這樣高的功業，將來若能夠「登箕山而揖許由」（〈爲鄭沖勸晉王牋〉），你到「箕山」之上學那些高隱之士，像「許由」一樣不肯做天子，如果這樣，你不是就很偉大了嗎？

這就是文人的悲劇：一個是恐懼生命被迫害；一個是有文才而不甘寂寞，吳文英正是這樣的一位人物，這也是他之所以被大家肆意譏諷的另一個原因。

吳文英（二）

今天我們正式講吳文英的詞，在講之前，我還想再提一個與吳文英有關係的問題。有人說，吳文英本來不姓吳而姓翁，後來可能是過繼給一家姓吳的；這種說法，最早見於楊鐵夫的《吳夢窗事跡考》，他的根據是什麼呢？因爲吳文英的詞集中有一首〈探春慢〉的詞，後面寫著「憶兄翁石龜」。翁石龜是誰？他本名叫翁逢龍，字際可，號石龜。南宋另外一個詞人周密在《浩然齋雅談》中說：

> 翁元龍時可，號處靜，與吳君特為親伯仲，作詞各有所長。

你看吳文英自己的詞中說他的哥哥是「翁石龜」；《浩然齋雅談》又說「翁元龍」是他的親兄弟，而吳文英字「君特」，號夢窗，又號覺翁。有些人就根據這些資料說他本來是姓翁的。但是也有人不相信，提出了一些反證：近人何林天寫了

〈吳文英考辨〉，其中說：

> 吳文英〈解語花〉詞序云：「立春風雨，併餞翁處靜江上之役。」

他覺得，如果翁處靜是吳文英的兄弟，他就應該說「餞兄處靜」或「餞弟處靜」，但他沒有這樣說，可見「翁處靜」不是他的兄弟；再有，就是我們剛才提到的〈探春慢〉這首詞，它的另一個題目是「龜翁下世」，他稱翁石龜爲「龜翁」，並沒有稱他「哥哥」，這也證明了他們不是親兄弟。當然，這與他詞的好壞沒有什麼關係，我只是告訴大家，以後如果聽人提起來，要知道有這麼一種說法就可以了。

好，現在我們就來看吳文英的一首詞：

齊天樂　　黃鐘宮，俗名正宮

與馮深居登禹陵

> 三千年事殘鴉外，無言倦憑秋樹。逝水移川，高陵變谷，那識當時神禹。幽雲怪雨。翠蓱濕空梁，夜深飛去。雁起青天，數行書似舊藏處。　寂寥西窗坐久，故人慳會遇，同剪燈語。積蘚殘碑，零圭斷壁，重拂人間塵土。霜紅罷舞。漫山色青青，霧朝煙暮。岸鎖春船，畫旗喧賽鼓。

白石、夢窗都是懂得音樂的，所以他們在前面都註上了宮調的名稱，這首詞是「黃鐘宮」，就是俗名所說的「正宮」。它的題目是「與馮深居登禹陵」。馮深居是何許人？孟子說：

頌其詩，讀其書，不知其人可乎？是以論其世也。（《孟子‧萬章下》）

就是說：你要真正了解一篇作品，首先要知道作者是一個怎樣的人，知道他的感情、他的身分、他所交往的人是怎麼樣的。馮深居，名去非，號深居，是淳祐年間的進士，曾經「幹辦淮東轉運司」，「寶祐四年，召爲宗學諭。」（《宋史‧馮去非傳》）他本是國家「宗學」的一個教師。吳文英還寫過一首〈燭影搖紅〉的詞，題目是「餞馮深居翌日其初度」，「初度」是指一個人的生日，第二天是馮去非的生日，而且他要離開那裏了，於是吳文英爲他餞行，寫了一首詞。詞中說：

暗淒涼、東風舊事。……秋星入夢隔明朝，十載吳宮會。

因爲蘇州曾經是吳國的國都，有吳宮的宮殿，所以他稱蘇州爲「吳宮」。他說：我們在蘇州這裏相聚了大約已有十年的時間，而明天你要遠行，臨別之際，讓人回憶起多少過去的事情。可見，吳文英與馮去非是相識已久的老朋友，那麼馮去非又是怎樣一個人呢？據記載，寶祐四年（1256年）的時候，皇帝想任命與賈似道一黨的丁大全「爲左諫議大夫，三學諸生叩閽言不可。」（《宋史‧馮去非傳》）三學的所有學生聚在朝廷的宮門外，向政府請願，不同意讓丁大全這樣的奸佞小人做「諫議大夫」，皇帝當然「下詔禁戒」，下令鎮壓了，並「詔立石三學」。我們不是說馮去非是當時國立「宗學」的教師嗎？所以就讓他在碑上簽名，但他「獨不肯書名碑之下方」，絕不肯這樣做，「未幾，大全簽書樞密院事、參知政事，蔡抗去國，去非亦以言罷。」不久以後，丁大全不但做了「諫議大夫」，而且任職於「樞密院」。馮去非不肯與這些人同流合污，還常常上奏章反對這些人，結果被罷官了。丁大全是一個什麼樣的人，何以被這樣反對？據記載，他於理宗之世，「夤緣以取寵位，諂事內侍，貪縱淫惡」之行，見於《宋史》。

我說過，一般人之所以敢詆毀吳文英、壓低夢窗詞，原因之一就是他曾有四首給賈似道的詞。可是，如果你把他的全集拿來看看，就會發現，他也有四首送給吳潛的詞。吳潛與賈似道，一個比較正義，一個奸邪誤國，二人勢不兩立。關於這些內容，我們已經介紹過了。如果你再仔細看，還會發現，吳文英給賈似道寫的只是敷衍應酬之作，給吳潛寫的，則有比較真誠的感情在其中；而現在這首〈齊天樂〉是寫給馮去非的，也寫得非常好。我常常說：「人非聖賢，孰能無過」？人性都有軟弱的一面。前天有一位同學跟我談到康德的「實踐理性批判」時說：道德是先天本有的，而道德的一個最基本的衡量標準，就是當道德的標準與私人的利害發生衝突的時候，你是否能捨棄後者。中國古人說：「殺身以成仁」（《論語·衛靈公》）、「捨生而取義」（《孟子·告子上》），你自己可以這樣要求自己，然而你怎麼能這樣去要求每一個人？人，也許因爲軟弱犯了一些錯誤，但是他心中有沒有一點亮光呢？所以我提出「心焰」，也就是內心的一點光明，你要看他心中那一點亮光是趨向什麼的。吳文英不用別人替他辯護，你從他的詞裏邊就能夠看到那心頭的一點亮光，這首〈齊天樂〉就可以做爲一個例證。

我們看它的題目「與馮深居登禹陵」，他與馮去非一同登上夏禹王的陵墓。我從前去過紹興，也登了「禹陵」，參觀了「禹王廟」，所以現在看這首詞覺得很親切。在中國歷代的聖君賢王之中，堯舜豈不偉大？可是堯舜距離我們太遙遠了，他們留下了什麼呢？而我們都知道，夏禹王治平了洪水。辛棄疾有一首〈生查子〉說得好：

> 悠悠萬世功，矻矻當年苦。魚自入深淵，人自居平土。　　紅日又西沉，白浪長東去。不是望金山，我自思量禹。

他說：夏禹王留下了如此偉大悠久的千秋功業，可他當年「三過家門而不入」（《孟子·滕文公上》），是那麼辛苦。因爲他治平了洪水，人得平土而居，我們才有了這一片陸地可以耕種、可以生活。記得我在四川大學的時候，有一次到「都江偃」去看李冰父子留下來的兩千多年前的水利工程，那真是「太上有立德，其次有立功」！李冰父子生活的時代，距現在已有兩千多年了；而夏禹王距辛棄疾、吳文英的時代，也已經是三、四千年之前的往事了。他說：我今天登上長江的「北固樓」上面，向西看是「紅日又西沉」，向東看是「白浪長東去」，我不是站在高樓上看長江東面的「金山」和「焦山」，而是「我自思量禹」，他使人們可以安定地生活，留下了這樣的豐功偉業。但是現在，這樣的人物在哪裏呢？辛棄疾畢竟是辛棄疾！你看他的理想和志意所關懷的是什麼？這麼短的一首小詞，表現了多麼豐富的內容。

再看吳文英。剛才我說：不要管別人說他什麼，是他自己的作品留給了我們什麼，看他的內心究竟有沒有那一點光明。「三千年事殘鴉外，無言倦憑秋樹。」就這一句話，那理想、氣概真的是高遠。夏禹王距離吳文英的時代已有「三千年」以上之久了，那「三千年」到哪裏去了？你怎麼能夠追回「三千年」前的往事？「三千年事」已經在「殘鴉」之外了，「殘鴉」從天上飛走了，飛到天邊你看不見的地方。杜牧說：

長空澹澹孤鳥沒，萬古銷沉向此中。（〈登樂游原〉）

你看那「澹澹」的「長空」，有一隻飛鳥消逝在天外。吳文英說：「三千年事殘鴉外」，那「殘鴉」消逝在那麼遙遠的天邊，而「三千年」的往事更「銷沉」在「殘鴉」的影外。而今，我站在夏禹王的高陵之上，看遠方的天空，也有「萬古銷沉向此中」的感慨。生在這樣一個危亡的時候，事有可爲還可以有所爲；若無有可爲，你還有什麼話好說？只是「無言倦憑秋樹」而已。倚在木葉飄零的「秋樹」之下，感到的只是一種「倦」意。在這句中，「倦」有兩個意思：一個是說登「禹陵」要爬到很高的地方，身體會「倦」；與此同時，也是內心的「倦」——爲國家或者爲天下，我們還有什麼可做的？「逝水移川，高陵變谷，那識當時神禹。」「逝水移川，高陵變谷」出自《詩經》，《詩經・小雅・十月之交》中說到人世之間的變更，有兩句是：

高岸為谷，深谷為陵。

你看那高高的岸，最終陷落下去變成了深谷；而原來的深谷在地殼的變動之中湧起來，逐漸便成了山陵。「紅日又西沉，白浪長東去。」黃河改過多少次的河道了？夏禹王當年治平洪水時所開的故道，如今在哪裏呢？「幽雲怪雨。翠蓱濕空梁，夜深飛去。」這句也是別人說他不通的地方，「翠蓱濕空梁」是什麼意思呢？這個「蓱」連認識都不認識，怎麼這樣奇怪？其實，這還不是吳文英的問題，是那些人的閱讀水平的問題，是他們不真懂吳文英的詞。「翠蓱濕空梁」中間有一個故事。大家要知道，你寫論文時有一些書是很重要的參考材料，那就是地理的方志。我在六十年代寫論吳文英的那篇文章的時候，查了很多資料，其中就包括不少的地理方志。《大明一統志・紹興府志》上說：

> 禹廟在會稽山禹陵側。……梅梁，在禹廟。梁時修廟，忽風雨飄一梁至，乃梅梁也。

夏禹王有陵墓，也有一個祭祀他的禹廟。禹廟在會稽山上禹陵的旁邊，他不是說「翠蓱濕空梁」嗎？「梁」當然是指禹廟的屋樑。禹廟中的樑叫「梅梁」，據說在南朝梁時修整禹王廟，忽然間風雨大作，飄來一根樑木，這就是「梅梁」。當然，「梅梁」並不是梅花樹所做的「梁」，梅樹那麼脆弱的枝幹，怎麼能做屋樑呢？《爾雅・釋木》上說：

> 梅，柟。

郝懿行的《爾雅義疏》上說：

> 《詩正義》引孫炎曰：『荊州曰梅，揚州曰柟。』故知梅、柟乃大木，非酸果之梅。

所以，「梅」就是「柟」，只不過荊州和揚州對這種樹有不同的稱法，這種樹長得粗大，並不是結梅子的梅樹。另外，桂馥在《爾雅義証》中又說：

> 枏，或作楠。

楠木是很粗大的樹木，而禹廟的屋樑就是楠木做的。「枏」字通「楠」，所以也應該讀成「ㄋㄢˊ」。據《四明圖經》上說：

> 鄞縣大梅山頂有梅木，伐為會稽禹廟之梁。張僧繇畫龍於其上，夜深風雨，飛入鏡湖與龍鬥。後人見梁上水淋漓，始駭異之。

張僧繇是南朝梁時的人，修禹廟的時候他在屋樑上畫了一條龍，半夜偶然間有狂風暴雨，屋樑上的那條龍就破壁飛去，飛到紹興附近的「鏡湖」，跟湖中的真龍爭鬥，所以後來有人看到禹廟的樑上有淋漓的水。樑高高在上，怎麼會有水呢？大家都很驚駭，覺得太奇怪了。總之，有那麼一段神話傳說。好，現在我們再來看吳文英的詞，他說：「幽雲怪雨。翠蓱濕空梁，夜深飛去。」因爲圍繞著禹廟有這麼多神怪奇異的故事，《四明圖經》上不是說「夜深風雨」嗎？你可以想像那幽暗的烏雲，狂風捲著神怪的雨，一條龍破壁飛去的樣子。而「翠蓱濕空梁」，他爲什麼要用這個「蓱」字呢？我們還是再看一看《嘉泰會稽志》卷六〈禹廟〉中的記載：

> 禹廟在縣東南一十二里，……梁時修廟，唯欠一梁，俄風雨大至，湖中得一木，取以為梁，即梅

> 梁也。夜或大雷雨，梁輒失去，比復歸，水草被其上，人以為神，縻以大鐵繩，然猶時一失之。

這段記載與《四明圖經》中的記載不完全相同，《四明圖經》中說的是張僧繇畫的龍飛去了，而嘉泰《會稽志》說的是「梁輒失去」：整個屋樑都飛走了，等到牠再回來，上面掛著很多水草。人家覺得那根樑太神奇了，就用大鐵繩把它捆綁起來，可是它偶爾還是會飛走的。這些都是神話傳說，但是不同地志的記載也有所不同，所以你在考察的時候要注意是哪個朝代的版本。因爲歷代都修了《會稽志》，可有關廟樑化龍飛走的這段記載，只有南宋嘉泰年間修的《會稽志》才有。後來讀夢窗詞的人沒有注意到這一點，就不理解這句的意思了。所以你要注解一首詞，你說：「我想，該是如何如何的……。」你不能只是想，要有一個根據在那裏。當年，我費了好大周折才找到這些方志，爲的就是使我的解說有一個確確實實的根據。我們說「蓱」字通「萍」，就是水上的浮萍。《楚辭・天問》也提到許多神怪的故事，其中有一句說：

> 蓱號起雨。

王逸注曰：

> 蓱翳，雨師名也。

他說：「蓱翳」是天上掌管下雨的那個「雨師」的名字，所以「蓱號」就「起雨」。我們常常說某人可以呼風喚雨，「雨師」「蓱翳」的呼號就能喚來狂風暴雨。知道了這些，吳文英的這句詞不就可以理解了嗎？「翠蓱」就是綠色的浮萍，因為禹廟中的那根樑飛到湖裏跟龍鬥，回來的時候掛了很多水草浮萍之類的東西。吳文英就是「四明」本地的人，這些鄉間的傳說他自然是相當熟悉的，而「蓱」字之所以沒有寫成「萍」，一是因為「蓱」字可以讓人想到「雨師」「蓱翳」，這樣就更增加了「幽雲怪雨」的那種神怪的感覺；這還不說，你登上「禹陵」，禹廟就在旁邊，你自覺不自覺地就會想到那些有關禹廟的神話傳說，而且以夏禹王的豐功偉績，死後有靈，他豈不應該有這樣神異的事情發生嗎？上邊幾句當然是吳文英登「禹陵」時的想像，而現在他從想像回到現實，向天上一望，是「雁起青天，數行書似舊藏處。」我今年秋天回到南開時，寫了一首〈浣溪沙〉，上片說：

> 又到長空過雁時。雲天字字寫相思。荷花凋盡我來遲。（《迦陵詩詞稿》二集，詞稿）

我說，又到北雁南飛的時候了，都說雁能做字，它們有時排成「人」字，有時排成「一」字。我與荷花偏偏有緣，特別喜歡這種花，可是每年我總是秋天來，那時荷花都已經凋零了。他說：「雁起青天，數行書似舊藏處。」鴻雁在天上飛時排成了幾行字，這幾行「字」飛在「禹陵」的天空之上，就好像是禹王當年藏書的地方。禹王怎麼又藏書了？還是在《大明一統志》的《紹興府志》中說：有一座山叫「石匱山」，「匱」就是箱子、盒子之類的東西。在哪裏？就在紹興府城東南十五里有一座像箱子一樣的山，相傳夏禹治平了洪水以後，就把他的一些書藏在山裏邊了。此外，《大清一統志・紹興府志》還引用了《十道志》中的記載說：

> 石匱山，一名宛委，一名玉笥，一明天柱。昔禹得金簡玉字於此。

他說夏禹王當年曾經在這裏得到一個鑲著玉字的金書箱；再有，《大清一統志》又引了《遁甲開山圖》中的話，說是禹治水時來到會稽，宛委山的山神「奏玉匱書十二卷」，就把十二卷書盛在玉匣中，送給了他。禹把匣子打開，看到裏邊有「赤珪如玉，碧珪如月。」「珪」是一種玉，玉有不同的形狀，圓的是「璧」，尖的是「珪」，禹看到匣中有紅色的、像太陽一樣的玉珪和綠色的、像月亮一樣的玉珪。總之，禹廟附近有一座「石匱山」，或者說：夏禹王在那裏得到了書；或者說：他在那裏藏過書。吳文英說：當年夏禹所藏的書，我們已經看不見了，但是天上的鴻雁好像把那些字寫下來了。到這一句，吳文英一直在寫他登上「禹陵」所見的眼前的景象，以及他由眼前所見產生的一些神怪的聯想。他感情豐富，感受敏銳，富於幻想，把神話傳說、歷史遺跡與他詩人的想像都糅合在一起了。

「寂寥西窗坐久，故人慳會遇，同剪燈語。」「寂寥西窗坐久」一句，有的版本是「寂寥西窗久坐」，我認爲「久坐」不太好。他說：「西窗」，後邊又說：「故人慳會遇，同剪燈語。」這裏用的是李商隱的詩，李商隱的〈夜雨寄北〉中有兩句：

> 何當共剪西窗燭，卻話巴山夜雨時。

雖然是好朋友，但平時不常常見面，今天偶然相遇，偶然登上了「禹陵」，觸發了千古興亡的悲慨，所以回來以後，兩個人有很多話要說，於是在「西窗」之下「剪燈」共語。「剪燈」說些什麼呢？他就想到白天所見之物：「積蘚殘碑，零圭斷璧，重拂人間塵土。」他看到禹墓的碑石。禹墓有什麼碑石？在這裏，他又用了「四明」當地的故事。楊鐵夫在其《夢窗詞箋釋》裏邊引用了《金石萃編》中的話，說禹死後葬在會稽，「取石為窆石」，「窆石」就是下葬石的一塊石頭，據說就是當年的那塊「窆石」。《大明一統志·紹興府志》上說：

窆石，在禹陵。……上有古隸，不可讀，今以亭覆之。

他說：「窆石」上邊寫的是古代的隸書，而現在呢？孟浩然有一首〈與諸子登峴山〉

人事有代謝，往來成古今。江山留勝跡，我輩復登臨。水落魚梁淺，天寒夢澤深。羊公碑尚在，讀罷淚沾襟。

碑還在那裏，但上面長滿了青苔，這是「積蘚殘碑」，接著是「零圭斷璧」，哪裏還有斷裂的玉石的碎塊？《大明一統志》中又說：

宋紹興間，廟前一夕忽光焰閃爍，即其處劚之，得古珪璧佩環，藏於廟。

他說在南宋「紹興」年間，有一天晚上，禹廟前光芒「閃爍」——我們講辛棄疾的詞，不是說寶劍之氣可以「上徹於天」（《晉書》卷三十六〈張華傳〉）嗎？當地下埋藏著珍寶的時候，就會發光，所以當地人就把那裏的地面刨開了，得到了一些古代的圭璧，然後把這些圭璧藏在了禹廟之中。記得我去的時候，那些圭璧已經沒有了，當年吳文英登「禹陵」時，離紹興年間還不是很久，想必禹廟中還有一些「零圭斷璧」吧！他說：這些古物是幾千年前存留下來的，我把上面的塵土用手輕輕拂去，才能看到它本來的面目。你看他的承接、他的組織、他的結構：「寂寥西窗坐久，故人慳會遇，同剪燈語。」這還是窗下、還是燈前，而「積蘚殘碑，零圭斷璧，重拂人間塵土。」則又回到白天的廟中所見了。當然，他不只是說用手拂去「塵土」，重認「斷壁」上的字句，如果把這一句與「西窗共語」結合起來看，它就有了更豐富的意義：因爲就在他們的談話之中，多少往事、多少陳跡、多少人生的起伏被重新提起，這何嘗不是「重拂人間塵土」呢？前幾天有人來訪談，讓我從小時候的事情說起，我現在已經七十多歲了，回想多少年前已經塵封的往事，那也是「重拂人間塵土」。所以，「積蘚殘碑，零圭斷璧，重拂人間塵土。」他把白天對禹王的懷念，以及與朋友之間聚散離合的悲哀，都結合在其中了。除此之外，吳文英詞的另外一個好處就是：他能夠跳出去。他忽然說：「霜紅罷舞。」他登「禹陵」的季節是秋天，樹上有經霜而變得紅黃的秋葉，秋葉隨風飄落，怎麼樣飄落？馮正中詞曰：

> 梅落繁枝千萬片。猶自多情、學雪隨風轉。
> （〈鵲踏枝〉）

就是說我雖然注定要落，但我仍然有未斷的餘情，所以在飄落的瞬間，還要在空中舞出一個姿態來。杜甫說：

> 老去才難盡，秋來興甚長。（〈寄彭州高三十五使君適、虢州岑二十七長史參三十韻〉）

他有一份不能盡的感情。「霜紅罷舞」，他的用字、修辭真是細緻綿密，他不說「霜紅落後」，而是「罷舞」，那經霜的紅葉是凋零的、衰老的、將要枯落的，但它還是紅色的，而且還要以舞的姿態落下來。等到有一天那紅葉都落盡了，「漫山色青青，霧朝煙暮。」對於樹而言，春天葉子生長了，秋天葉子黃落了，這都是會改變的，但山是不變的，它徒然留下來那「青青」的「山色」，而「山色」怎麼樣？「山色」經歷了無數的「霧朝煙暮」，早晨霧靄溟濛，太陽出來就消散了；傍晚日落西斜的時候，暝煙又飄了起來。宇宙中的事物，有短暫無常的一面，「霜紅罷舞」是變，「逝水移川，高陵變谷」也是變；可是相對之中似乎也有不變的一面，「漫山色青青」，那「青青」的「山色」不變，但不變之中，它也經歷了「霧朝煙暮」，經歷了一個又一個煙霧暝濛的清晨和黃昏。最後兩句就更妙了：「岸鎖春船，畫旗喧賽鼓。」他不是寫秋天嗎？前面他說：「倦憑秋樹」，又說：「霜紅罷舞」，怎麼忽然間跳到「岸鎖春船」去了？所以有人認爲這句錯了，應該是「岸鎖游船」。其實，不是吳文英寫錯了，而是後人改錯了，而這兩句正是夢窗的神來之筆。那麼，「岸鎖春船」是從哪裏來的？是「霜紅罷舞」之後，隨著「霧朝煙暮」的轉移，日復一日、月復一月，第二年的春天就來了，春天來了怎麼樣？春天與「禹陵」有何相干？原來嘉泰《會稽志》卷十三〈節序〉條上說：

> 三月五日，俗傳禹生之日，禹廟游人最盛。無貧富貴賤傾城俱出，士民皆乘畫舫，丹堊鮮明，……小民尤相矜尚，……。

每年三月初五的時候，「俗傳」是夏禹王的生日，因此「禹廟」這裏的遊人最多，而且無論「貧富貴賤」，全城的人都參加這個廟會。那時候，每個村子都要出一組船隊去參加祭神的賽會，「士民」們坐著「畫舫」，上面塗著鮮明的顏色，場面非常熱鬧。所以在每一年的秋天，有「霜紅罷舞」的凋零，有「三千年事殘鴉外」的遠古的消逝，可是明年的春天，在河的兩岸，有多少遊春的船隻，那些船上有各種花樣的旗幟！「畫旗喧賽鼓」的「喧」字用得很妙：「喧」是喧譁，是聲音；「畫旗」有顏色，卻沒有聲音；「賽鼓」之間用了個「喧」字將二者結合起來，使「賽鼓」帶上了「畫旗」的招展，「畫旗」帶上有「賽鼓」的喧譁，這也是吳文英的「感性的修辭」。

所以吳文英的詞跟姜白石的詞不一樣：白石是用思致的安排來旁敲側擊地寫；而夢窗是「騰天潛淵」（周濟〈宋四家詞選目錄序論〉），這是前人對他的讚美，說他一下子可以飛到九天之上，一下子又可以沉到淵谷之中——他有飛揚的一面，也有深入的一面。

好，現在時間到了，下一次我們再來看吳文英的另外幾首詞。

吳文英（三）

現在我們繼續講吳文英的詞。上次我們已經講完了他的一首〈齊天樂〉，在快要結束的時候，我寫了「騰天潛淵」四個字：他有時候寫得飛揚高遠，有時候又寫得婉曲幽深。這幾個字並不是我提出來的，是前人（周濟〈宋四家詞選目錄序論〉）對夢窗詞的評價。我說過：在中國詞學的歷史上，有幾位毀譽懸殊的作家，毀謗他的人把他批評得很厲害，但欣賞他的人把他抬得很高。像近現代的胡適、胡雲翼、薛礪若都貶低吳文英的詞，胡適說那是：

古典與套語堆砌起來的。（《詞選》第六編）

可是讚美他地人，像周濟在〈宋四家詞選目錄序論〉中說：

夢窗詞立意高，取徑遠，皆非餘子所及。

夢窗詞確實有非常高遠的地方，還不只是他寫外在景物的形象寫得高遠，說什麼「三千年事殘鴉外」，是他內在的意境也是高遠的。

我們以前曾講過一些作者，當然一般說起來，只要是有國家民族思想的人，都有關懷國家的盛衰興亡這樣一種普遍的感情，但是所生的時代不同、個人的性情不同，他們關懷的深淺、大小也不同。我們已經講過了南宋的一些作者，像辛棄疾、張元幹、張孝祥這些詞人，他們之中有些人，生在從北宋到南宋的轉折時期；有些人身經了靖康的國變：比如辛棄疾，他生在淪陷的山東，曾嚐受過在敵人的鐵蹄之下那種生活的滋味，他們寫的詞，當然是激昂慷慨的。我們也講了姜白石的詞，我說白石詞主要的內容有兩個方面：一個是他的「合肥情遇」；另外，他也未嘗不寫一些家國的悲慨，可是他主要感慨的是什麼？「十里揚州，三生杜牧」（〈琵琶仙〉），他說：「縱豆蔻詞工，青樓夢好，難賦深情。」（〈揚州慢〉）所以他感慨的重點放在了「繁華難再」之上，他所懷念的是杜牧之當年的生活。大家讀過鮑照的〈蕪城賦〉，歷代揚州這裏發生過多少次戰爭？但白石詞主要的感慨不在這一方面。我也說過：清朝初年的女詞人徐燦，同樣是經過揚州，她說：「傷心誤到蕪城路。攜血淚、無揮處。」（〈青玉案〉）因爲徐燦生當明清易代的時候，史可法曾堅守揚州，但後來城破，經過了十日的屠城，她是生在這段慘禍發生之時代的一個人。可見，不同的詩人所關懷的深淺、大小也有很大的差異。

到了吳文英，他主要的內容也有兩方面：一方面也是愛情。一般說來，愛情總是最能牽動人心的一份感情，「問世間、情爲何物，直教生死相許。」（元好問〈摸魚兒・雁丘詞〉）大家都知道這是金庸小說裏邊說過的一句話，其實這是元遺山的一句詞。吳文英的詞裏邊，寫得非常深摯動人的一般也是他那些愛情詞，但是除此之外，因爲吳文英生在南宋危亡的時代，他親眼看到自己的國家一步步走向衰亡，所以這方面的感慨也是相當深的。像我們上次所講的那首〈齊天樂〉，他說：

> 三千年事殘鴉外，無言倦憑秋樹。逝水移川，高陵變谷，那識當時神禹。

就算是夏禹王那樣的功績，像稼軒詞所說的：

> 魚自入深淵，人自居平土。（〈生查子〉）

他使我們人類可以「平土而居之」（《孟子・滕文公下》），這是何等的功業！可是，現在幾千年過去了，「逝水移川，高陵變谷」，當初夏禹王的時代，他只知道人類最大的災難是洪水，覺得我如果把洪水治平了，人間就應該沒有災難了，然而誰又能想到，多少年以後，人類有了比洪水更可怕的種種災難呢？在藝術手法方面，夢窗詞一個顯著的特點就是：他不是平鋪直敘地來寫，而是常常有一些非常神奇幽怪的想像。所謂：「翠蓱濕空梁，夜深飛去。雁起青天，數行書似舊藏處。」那真是跌宕抑揚、奇幻高渺！這首詞前半首寫登「禹陵」的所見與所感，下半首寫他與友人馮去非歸來「剪燈」夜話的情景，他說：「寂寥西窗久坐，故人慳會遇，同剪燈語。」然後忽然間空中轉身，忽然間就從「西窗坐久」的故人「剪燈」共語，跳到「積蘚殘碑，零圭斷璧，重拂人間塵土」了。這還不說，他的另一個好處是：最後能夠跳出去。在那首詞的結尾，他忽然從秋日的「霜紅罷舞」一下子跳到了春天的「岸鎖春船」，在節序的推移之中，隱含了無限的盛衰更迭之感。所以，周濟在他的〈宋四家詞選目錄序論〉中說：「夢窗詞立意高，取徑遠，皆非餘子所及。」還不只是景象的高遠，是他的立意、取徑都是非常高遠的，你看他的構思、他的結構，絕不是一般人能夠趕上的。

當然，詞學批評家的眼光、見識也有高低的不同。周濟在清代的詞學家中，是一位非常有眼光的人，「常州詞派」的詞學理論在張惠言以後，就是因爲有了周濟才得以推廣的。他還說：

> 夢窗奇思壯采，騰天潛淵，返南宋之清泚，為北宋之穠摯。（〈宋四家詞選目錄序論〉）

你看他的「幽雲怪雨」啦、「霜紅罷舞」啦、「夜深飛去」啦，這都是「奇思壯采」！他飛起來有這麼高遠的境界、這樣飛騰的跳接，我們說他「空際轉身」（周濟《介存齋論詞雜著》），你看不見他的腳步，他一轉就轉過去了，那真是「騰天潛淵」！那麼何謂「返南宋之清泚，爲北宋之穠摯」呢？這個「南宋之清泚」不包括稼軒，稼軒是一位有血性、有熱情、有理想、有抱負的人。「清泚」像誰？「清泚」即是我們所說的「清空騷雅」，也就是姜白石那一類的詞。白石那一類的作者，寫得非常「清空」，他不觸及本體。你看他的詞，除去一些小令寫得還比較直接以外，其他的詞都是從旁敲側擊來寫，他「不著一字」，不從正面去寫，而是用思致來安排，這就是「清泚」。所以有人不喜歡白石的詞，因爲他不能給人以直接的感動。夢窗也是南宋的詞人，他也一樣用「賦筆」來寫詞，也一樣有他的安排、有他的結構，可是他在安排、鋪陳之中，既穠麗又沉摯，用周濟的話來說，就是：「返南宋之清泚，爲北宋之穠摯。」

我們上次講了他的〈齊天樂〉，今天再看他的第二首詞：〈八聲甘州·靈巖陪庾幕諸公游〉。

所謂「庾幕諸公」，就是當時管糧食的官吏。根據夏承燾先生的〈吳夢窗繫年〉（《唐宋詞人年譜》），吳文英曾經於理宗紹定五年（1232年）左右，在蘇州做過「倉臺幕僚」這樣一個官職，因此有這一類的詞留了下來。他還有一首〈木蘭花慢〉，也是他陪著「庾幕諸公」同遊「虎丘」時寫的一首詞，他說：

> 紫騮嘶凍草，曉雲鎖、岫眉顰。正蕙雪初消，松腰玉瘦，憔悴真真。輕藤漸穿險磴，步荒苔、猶認瘞花痕。千古興亡舊恨，半丘殘日孤雲。　開尊。重吊吳魂。嵐翠冷、洗微醺。問幾曾夜宿，月明起看，劍水星紋。登臨總成去客，更軟紅、先有探芳人。回首滄波故苑，落梅煙雨黃昏。

因爲蘇州是當年吳宮的舊址，他說：「千古興亡舊恨」，現在只剩下「半邱殘日孤雲」了。吳國很早就在歷史上滅亡了，我們今天在吳國的舊地登臨，就「開尊」飲酒，「重吊吳魂」。而「登臨總成去客」，孟浩然說：

> 江山留勝跡，我輩復登臨。（〈與諸子登峴山〉）

吳國敗亡，空留下「江山」的「勝跡」，千百年後的今天，我們來到故國的山河遊覽，也終將成爲「去客」，我們又何嘗能夠久長呢？可是活在世上「軟紅」塵裏的人，每年春天還是要到這裏來遊春的。我們今天來到「虎丘」之上，豈不也是「軟紅」塵中的一個「去客」？可見，吳文英對於盛衰興亡真的是有一種特別深的感慨，我說過，這與他所生的時代有關。

那麼，「靈巖山」在哪裏呢？根據《吳郡志・山》的記載：

> 「靈巖山」，即古「石鼓山」，又名「石硯山」，……《吳越春秋》、《吳地記》等書云，闔閭城西有山，號「硯石山」，高三百六十丈，去人煙三里，在吳縣西三十里。上有「館娃宮」、「琴臺」、「響屧廊」。

我1977年回中國旅遊的時候，曾到過蘇州，我坐在車上透過車窗遠遠看到一座山，導遊說，那就是「靈巖山」，可惜當時沒有時間把車開過去，我也只能是遠遠地看一看了。「靈巖山」很高，上面有「館娃宮」、「琴臺」、「響屧廊」等建築。大家都知道《吳越春秋》中的故事，當年吳國把越國滅了，越王勾踐想要復國，於是臥薪嘗膽，並把美女西施送給了吳王夫差。夫差忽略了越王內心所積存的報仇雪恥的志意，整日耽溺於歌舞享樂之中，後來時機成熟，勾踐果然把吳國消滅了。「館娃宮」相傳就是當年西施住過的宮殿，因爲江南人稱女孩子爲「娃」，所以叫「館娃宮」；「琴臺」是彈琴的地方；「響屧廊」是一個長長的走廊，它的木製地板下面是空的，當年夫差讓西施穿著「屧」在廊上一走，就發出響亮的回聲。

好，我們已經大概了解了「靈巖山」，下面就來看這首詞：

> 渺空煙四遠是何年，青天墜長星。幻蒼崖雲樹，名娃金屋，殘霸宮城。箭徑酸風射眼，膩水染花腥。時靸雙鴛響，廊葉秋聲。　宮裏吳王沉醉，倩五湖倦客，獨釣醒醒。問蒼波無語，華髮奈山青。水涵空、闌干高處，送亂鴉斜日落漁汀。連呼酒，上琴臺去，秋與雲平。

「渺空煙四遠是何年，青天墜長星。」他開頭一句意象就如此高遠！有人認爲，一個詞人喜歡用什麼樣的字眼，就可以想像到這個人的氣質和品格。比如南宋的史達祖喜歡用「偷」字，他的品格就可想而知了（參周濟《介存齋論詞雜著》）。那麼吳文英呢？他寫的當然不是那種很狹小的景物。我們上次也曾經說過：以他的交遊來說，吳文英既有給賈似道的詞，也有給吳潛的詞，可是吳潛是被賈似道害死的，所以有人覺得吳文英在品格上有了污點。我也曾說過：人生在世，每個人都有他軟弱的一面，孔子說：「躬自厚而薄責於人」（《論語·衛靈公》），這裏的「厚」不是說你個人享受得越多越好，所謂「厚」和「薄」，它的重點在一個「責」字。也就是說：人對於自己應該嚴格要求，求全責備；對於別人則要諒解寬容。很多人抓住別人的一點小毛病不放，總說別人如何如何不好，看得到別人的小刺，看不到自己眼中的梁木。什麼能夠使人軟弱？一個是生死的考驗。人都是樂生而畏死的，在生死的考驗面前，你有時不得不敷衍一下；再有就是文人往往不甘寂寞，逞才好名，有才華而不能夠善自韜晦，這樣不免就留下了污點。像吳文英這樣的作者，他雖然不是一個完人，但我們也應該設身處地替他來想一想。上次我也提出了「心焰」二字，就是說你的心是怎麼樣的，那一點光明有沒有消逝？有時候你不見得能達到那個標準，但是你心的向背如何？它有沒有向著那個方向？從吳文英的詞裏，我們可以看到他不是一個在心靈上卑微低下的人，這首〈八聲甘州〉就是一首很好的詞。它還不只是高遠而已，是那種籠罩古今宇宙的想像，可以把讀者引到一個很高遠的境界。

昨天我收到南開大學的蘇誼教授送來的一篇文章。他不是學文學的，也不懂詩詞。他研究天文學，曾經在南京的「紫金山天文臺」工作過很久，現在到我們學校，每年開一門「天文學概論」的課程。全校都可以選修，但入選的人並不多。有些同學被選上了，其中也包括我們中文系的同學。他們每年在學期結束的時候，都要寫一篇學習報告。有的學生說：自從選修了天文學之後，我的人生完全改觀了。怎麼樣改觀？就是認識到了宇宙的博大、宇宙的美妙，那真是一種無可言說的境界！太史公司馬遷在他的〈報任少卿書〉中說：

> 亦欲以究天人之際，通古今之變，成一家之言。

人生，有的時候真是眼光短淺、心胸狹窄，王羲之的〈蘭亭集序〉中說：

> 仰觀宇宙之大，俯察品類之盛。

你曾經「仰觀宇宙之大」了嗎？我很多次對同學們說，如果想提升你的眼光、你的作品，一個是你對人世要有博大的關懷，杜甫的詩之所以偉大，就是因爲他的關懷是博大的；除了對人世的關懷以外，另一個就是對大自然、宇宙的關懷，這種關懷真的可以提高人的境界。所以，你不僅要「通古今之變」，還要「究天人之際」，這樣你的眼光才能開闊起來。

我剛才說吳文英這首詞寫得開闊高遠，究竟如何？先看起句：「渺空煙四遠是何年，青天墜長星。」「靈巖山」從何而來？它遠離人寰，登上山頂四望空闊，是一片煙靄迷濛的荒野。宇宙之中何年有此山？它是宇宙開闢之時，天上的一顆「長星」落到這裏來的嗎？下面就更妙了：「幻蒼崖雲樹，名娃金屋，殘霸宮城。」宇宙從哪裏而來？盛衰又是從哪裏而來？他說在無名的原始時代，是「青天」上的「長星」落到此地，成爲一座山；而有了山以後，就在山上「幻」化出了蒼翠的山崖、白雲繚繞的樹木和變幻莫測的人事。在這幾句中，他以「幻」做爲領字，貫串了下邊一排三個四字句：「蒼崖雲樹」、「名娃金屋」、「殘霸宮城」，不僅幻化出自然，也幻化出人事：所以有了西施那樣出名的美麗女子，有了「金屋」藏嬌的「館娃宮」這樣的建築。那是什麼時候？是吳王夫差稱霸的時候。如果從歷史上講起來，在春秋戰國時期的霸主中，夫差做霸主的時候已經是春秋末期了，而且他稱霸的時間也非常短暫，轉眼間越王勾踐不就滅吳復國了嗎？他在「霸」字前面加上了一個「殘」字，這個結合得真是妙！所謂「殘霸」者，是被人消滅、不能長久的霸主，而這裏曾經是他的「宮城」。在這幾句中，

「渺空煙四遠是何年，青天墜長星」寫的是「靈巖山」；「幻蒼崖雲樹，名娃金屋，殘霸宮城」寫的是整個歷史的盛衰興亡，他有這麼高遠的一個開始，後面就仔細寫了。現在千百年之後，當吳文英陪著「庾幕諸公」來遊覽「靈巖山」的時候，如何？「箭徑酸風射眼，膩水染花腥。」「箭徑」的「徑」是小路的意思，「館娃宮」下有一條小路，一名「箭徑」，又名「采香徑」。根據《吳郡志・古跡》的記載：

> 采香徑，在香山之旁小溪也。吳王種香於香山，使美人泛舟於溪以采香。

吳王在「香山」種了很多芬芳的花草，然後讓宮裏的美人們去採花，中間經過一條溪水。如果從「靈巖山」上向下望的話，那條溪水直得像拉開弦的箭一樣，所以「箭徑」的「徑」也可以寫成「涇」字，代表溪水之意。另外，《吳郡志・古跡》還說：

> 香水溪，在吳故宮中，俗云西施浴處，……吳王宮人濯妝於此。

吳王宮裏的宮女們都是在這條溪水中梳洗的。我們說登上「靈巖山」可以看到「箭徑」，但是不只是說他看到了「箭徑」，而且是「箭徑酸風射眼」，在這裏，他用的又是「感性的修辭」了。

本來，我寫過兩篇論吳文英的文章：一篇是六○年代寫的〈拆碎七寶樓臺——談夢窗詞之現代觀〉；另一篇是八○年代以後寫的〈論吳文英詞〉。這兩篇文章的內容不同：前者注重夢窗詞寫作的結構、修辭的美感特色；後者則不僅談到吳文英個人、夢窗詞的結構、修辭的美感特質，更談到了他在中國詞學發展史上的地位和影響。我們現在講夢窗詞已經拖了很長時間，但還是不能講到他的方方面面，大家課後可以看一看那兩篇文章，前一篇收在《迦陵論詞叢稿》中，後一篇收在《靈谿詞說》中。在那兩篇文章中，我就曾提到了吳文英的「感性的修辭」。關於這種特色，我也曾經給大家舉過一些例子，比如：

窗外捎谿雨響。映窗裏、嚼花燈冷。（〈夜遊宮〉）

燈花被燒得只剩一點點，殘焰在燈盞的邊沿上閃爍跳動，正如一個人的嘴巴在「嚼」，這真是出人意外又入人意中！他的感覺非常敏銳，而且他掌握得非常正確。在這首〈八聲甘州〉裏邊，他也用了「感性的修辭」，但是沒有他的「嚼花燈冷」那樣新鮮。他說：

箭徑酸風射眼。

風只有冷暖強弱之分，哪裏會有酸不酸的滋味？其實，這裏用的是西方所說的「通感」的手法，他是用味覺來形容其他感覺的。但是，這不是吳文英自己的創造，李賀在〈金銅仙人辭漢歌〉中就曾說過：「東關酸風射眸子」，當初漢武帝為了求長生，做了手托「承露盤」的「金銅仙人」，承接天上的露水來和藥服食。後來漢朝滅亡，魏國人把「金銅仙人」移走，它們在經過城門時，竟然流下了眼淚。李賀說的「酸風」，是指風吹到人眼上，讓人流淚的那種感覺，好像酸酸的。可見，「酸風」不是吳文英的獨創，而「嚼花燈冷」確確實實是吳文英自己的想像、自己的獨創。李賀還說過：

> 畫欄桂樹懸秋香，三十六宮土花碧。（〈金銅仙人辭漢歌〉）

「秋香」即桂花；「土花」即苔蘚，但他都沒有直說，所以「感性的修辭」是很早就有的，只不過吳文英的感性更敏銳、想像更豐富，寫出來也就更真切了。

我們往下再看：「膩水染花腥。」水怎麼會是「膩水」呢？我們都說花有花香，他怎麼說是「花腥」呢？這些地方同樣是「感性的修辭」，然而他也是有來歷的：「膩水」出自杜牧的〈阿房宮賦〉，杜牧說：

> 綠雲擾擾，梳曉鬟也；渭流漲膩，棄脂水也。

當年「阿房宮」中美女如雲，那些后妃宮嬪洗臉的時候，把臉上的脂粉洗到水中，然後倒入渭水，使渭水都漲起了一層油膩。在這裏你要注意，吳文英獨創的「感性的修辭」很好，而他用別人的「感性的修辭」一樣用得很好。因爲李賀感慨的是漢的敗亡，杜牧感慨的是秦的敗亡，其中都包含了盛衰興亡的悲慨，這是他另外一個妙的地方。他說：「膩水染花腥」，當年的「香水溪」，西施可以在那裏沐浴，宮女們可以在那裏梳洗，梳妝的脂粉使溪水變成了「膩水」。「膩水」「染」在水邊的花草上，這樣豈不應該有芬芳？怎麼就「腥」了？陸游詩曰：「雷塘風吹草木腥」（〈題十八學士圖〉），他暗示的也是戰亂興亡，所以，吳文英在「感性的修辭」之外，其背後往往有更深厚的意義。然後呢？「時靸雙鴛響，廊葉秋聲。」「靸」是說拖著鞋子急而快地走；「雙鴛」，因爲鴛鴦都是一對一對不分開的，而鞋也是一雙一雙的，所以「雙鴛」代表的是女子的鞋。不只在這首詞中，吳文英還有一首〈風入松〉，也提到了「雙鴛」，他說：

> 聽風聽雨過清明。愁草瘞花銘。樓前綠暗分攜路，一絲柳、一寸柔情。料峭春寒中酒，交加曉夢啼鶯。　　西園日日掃林亭。依舊賞新晴。黃蜂頻撲鞦韆索，有當時、纖手香凝。惆悵雙鴛不到，幽階一夜苔生。

前面說，根據夏承燾先生的考證，吳文英有兩個姬妾：一個在蘇州，後來離開他了；另一個在杭州，後來死去了。我們看這首詞，他說：風風雨雨送走了美好的春天，也送走了那名可愛的女子。我在孤獨寂寞中度過了「清明」時節，草色連天，歐陽修詞有句云：

> 千里萬里，二月三月，行色苦愁人。（〈少年遊〉）

而在吳文英詞中，那含愁的草埋葬的是葬花的碑銘。在這座「樓前」的小路上，我和我所愛的人分別了；現在，「樓前」又已柳樹陰濃，低垂的柳絲飄拂，每一根柳絲的舞動，都呼喚起我對往事的懷戀。「春寒」「料峭」中，我喝得微醺半醉，外邊的鶯啼驚醒了我的「曉夢」。金昌緒詩曰：

打起黃鶯兒，莫教枝上啼。啼時驚妾夢，不得到遼西。（〈春怨〉）

醒了以後如何？「西園日日掃林亭。依舊賞新晴。」無論如何，日子總要過下去。「西園中」中當年跟我一起賞花的人雖然不在了，我仍然要把那「林亭」打掃得乾乾淨淨、整整齊齊，我「依舊」要到「林亭」之中欣賞春日美好的晴天。「西園」裏有一個「鞦韆」架，當年那個女子曾在這裏盪「鞦韆」；現在來到「鞦韆」架旁，只看到蜜蜂在「鞦韆」的繩索中飛來飛去。爲什麼？因爲那上面有她手上殘留下來的脂粉的香澤，然而她再也沒有回來。在幽靜的臺階上，一夜之間長滿了青苔。李白說：

門前遲行跡，一一生綠苔。……八月蝴蝶黃，雙飛西園草。（〈長干行〉）

我現在穿插講了這首〈風入松〉，只是要證明「雙鴛」是吳文英常常用的，它所代表的就是女子的繡鞋。我們接著看，他說：「時靸雙鴛響，廊葉秋聲。」這個地方叫「響屧廊」，它的地板是用堅實的楩木和梓木鋪成的，當年西施從上邊走過，就發出一種美妙的聲音來。今天我們遊覽「靈巖山」，來到「館娃宮」，好像時時聽到地板上的響聲，但是有西施在那裏走過嗎？當然早已沒有了。是什麼在響？是秋天的落葉在走廊上迴旋的聲音。我在大學讀書時，也寫過兩句詩：

花飛無奈水西東，廊靜時聞葉轉風。（〈晚秋雜詩五首〉其五，《迦陵詩詞稿》初集，詩稿）

秋天花都落了。對於落花，你不但不能夠保留它，也不能擔保它的歸宿。在寂靜的空廊上，你只是聽到葉子被風吹得旋轉的聲音。

上闋都是寫他登「靈巖山」時的想像，你看他的想像多麼豐富，感慨何其深遠！下闋就更深一層來寫他的感慨了：「宮裏吳王沉醉，倩五湖倦客，獨釣醒醒。」「醒」是韻字，應讀平聲「ㄒㄧㄥ」；「五湖倦客」指的是范蠡。我們知道，范蠡輔佐越王勾踐復國以後，他不肯入都城做官，而是泛舟「五湖」歸隱了。他曾經給文種寫過一封信，說是從相貌上看，勾踐這個人可以共患難，但不可以共安樂。我可以輔佐他讓他成功，但是不可以繼續在朝中爲官。因爲擔心勾踐會猜忌功臣，所以范蠡就走了（《史記》卷四十一〈越王勾踐世家〉）。有些人看慣了人間的盛衰興亡，疲倦於人與人之間鉤心鬥角的爭鬥，於是離開了政海波瀾，去水邊做一名垂釣的漁翁。范蠡對於越王有清醒的認識，他去「五湖」「獨釣」了；而「吳王」完全不了解越王臥薪嘗膽、雪恥復仇的心意，整日在宮中「沉醉」於歌舞享樂之中。在這一句裏，吳文英表面上說的是當年的吳王，事實上，他所慨嘆的則是當時南宋的君主，他們整日沉溺於享樂之中，任用奸佞誤國的賈似道。賈似道在前方納重幣向敵人求和，然後向朝廷謊稱已經消滅了敵人，而國君居然一點也不知道。吳文英雖然認識到國家的危亡，但是無能爲力。這兩句寫得比較落實，卻寫出了作者真正的悲慨——既悲慨朝廷的昏昧無知，又悲慨於個人回天乏力。「問蒼波無語，華髮奈山青。」人在無可奈何的時候常常要呼天而問，屈原不是寫過〈天問〉嗎？秦少游說：

郴江幸自繞郴山，為誰流下瀟湘去。（〈踏莎行〉）

李商隱也說：

人間從到海，天上莫為河。（〈西溪〉）

有一位美國MIT的物理學教授黃克蓀先生，曾翻譯了波斯詩人的一本詩集，我們中國稱之爲《魯拜集》。《魯拜集》中有這麼四句詩：

搔首茫茫欲問天，天垂日月寂無言。海濤悲湧深藍色，不答凡夫問太玄。

爲什麼天上人間留下了這多無可挽回的事情？上天能給我們一個回答嗎？沒有，「天何言哉」（《論語・陽貨》）！你抬頭望天，天上有日月運行；你低頭問海，海上有波濤洶湧：天和海都不能給我們這些平常人一個回答，不能告訴我們宇宙人生真正的意義和價值何在。「問蒼波無語」，柳永說：

唯有長江水，無語東流。（〈八聲甘州〉）

「東流」的水當然不會跟你說一句話了。好，一切解答都沒有了，在你對宇宙人生的重重困惑之中，時間過去了，你現在滿頭白髮，面對著什麼？對著一片青山。一片青山如何？〈齊天樂〉說的：

漫山色青青，霧朝煙暮。

無常的人生，「朝如青絲暮成雪」（〈李白〈將進酒〉）的白髮，你對著那亙古不變的青山，你無可奈何。青山豈不美？但是青山不能給你任何的解答和安慰；李商隱詩曰：

> 五更疏欲斷，一樹碧無情。（〈蟬〉）

那一樹的碧葉豈不美麗？但是它與將死的蟬又有何相干！所以我是「華髮奈山青。」我親眼看著南宋的朝廷一步一步走向危亡，我吳文英無可奈何。「水涵空、闌干高處，送亂鴉斜日落漁汀。」孟浩然說：

> 八月湖水平，涵虛混太清。（〈望洞庭湖贈張丞相〉）

地上的水涵容著整個的天空，水中有天光倒映，你登上「闌干」的「高處」向遠方一望，一片「亂鴉」消逝在天邊。杜牧說：

> 長空澹澹孤鳥沒，萬古銷沉向此中。（〈登樂遊原〉）

盛衰的消亡正如飛鳥的消逝，何況已是日暮黃昏了。辛棄疾說：

> 問何人又卸，片帆沙岸，繫斜陽纜。（〈水龍吟·過南劍雙溪樓〉）

我說過，中國詩中的「斜陽」常有一種對於衰亡的悲慨。「亂鴉斜日」在打魚的河洲之外，「亂鴉」也消失了，斜陽也沉沒了，它們都已無可挽回；而南宋的危亡終於也是無可挽救了。既然無可挽救，那麼怎樣來安慰自己呢？「連呼酒，上琴臺去，秋與雲平。」我們只好藉酒澆愁，「連呼」「酒來」，然後到高高的「琴臺」上去，向下邊一望，天地之間是一片蕭索的秋氣。杜甫說：

> 玉露凋傷楓樹林，巫山巫峽氣蕭森。江間波浪兼天湧，塞上風雲接地陰。……。（〈秋興八首〉其一）

那片秋氣一直綿延到天邊。

我們可以看到，吳文英的詞裏邊確實有一種憂危念亂的感慨，這種感慨非常深沉，而意境寫得非常高遠，像我們講過的〈齊天樂〉，還有這首〈八聲甘州〉，都是他感慨盛衰的很好的作品。

感慨盛衰的詞如此，那吳文英感情的詞又怎麼樣呢？前面我們已經大略地看了他的〈霜葉飛〉和〈風入松〉，那都是他懷念蘇、杭姬妾的詞，而更有名的一首，則是他的〈鶯啼序〉。

〈鶯啼序〉一共二百四十字，是五代、兩宋詞中最長的牌調。爲什麼說要截止到南宋呢？因爲清朝有些人編造出一些更長的調子來，但是在吳文英生活的時代，〈鶯啼序〉一直是很長的調子。長調因爲篇幅長，你要鋪陳起來就很容易重複，讓人覺得繁複，可吳文英這首〈鶯啼序〉寫得很好。因爲時間關係，我們只能略讀：

> 殘寒正欺病酒，掩沉香繡戶。燕來晚、飛入西城，似說春事遲暮。畫船載、清明過卻，晴煙冉冉

吳宮樹。念羈情遊蕩，隨風化為輕絮。　　十載西湖，傍柳繫馬，趁嬌塵軟霧。溯紅漸、招入仙溪，錦兒偷寄幽素。倚銀屏、春寬夢窄，斷紅濕、歌紈金縷。暝堤空，輕把斜陽，總還鷗鷺。　　幽蘭漸老，杜若還生，水鄉尚寄旅。別後訪、六橋無信，事往花委，瘞玉埋香，幾番風雨。長波妒盼，遙山羞黛，漁燈分影春江宿，記當時、短楫桃根渡。青樓彷彿，臨分敗壁題詩，淚墨慘淡塵土。　　危亭望極，草色天涯，嘆鬢侵半苧，暗點檢、離痕歡唾，尚染鮫綃，嚲鳳迷歸，破鸞慵舞。殷勤待寫，書中長恨，藍霞遼海沉過雁，漫相思、彈入哀箏柱。傷心千里江南，怨曲重招，斷魂在否。

這是一首寫感情的詞，究竟是對哪一名女子的感情？後人有很多爭論。你看他第一段說：「晴煙冉冉吳宮樹」，蘇州是吳國的故國，那當然是懷念蘇州的姬妾了；可是第二段：「十載西湖，傍柳繫馬」，「西湖」不是在杭州嗎？第三段說：「事往花委，瘞玉埋香」，寫的是死別，是杭州的姬妾後來死去了，而且不但「西湖」是杭州的，「六橋」也是呀！接下來，「臨分敗壁題詩」，這裏寫的又是生離。所以我們不能斷定他寫的是哪一名姬妾。有人說是兩個人，有人說根本就是一個人，他們先是生離，後是死別，但究竟如何，一直沒有定論，我們只能說有這麼回事。以前我們講姜白石，說他寫愛情的詞，除了那首小令還比較切實以外，其他的詞都是凌空去寫，旁敲側擊，一筆都不落到實處；可是吳文英寫感情就比較落實了。

第一段是個總起，寫他現在的生活和心情。「殘寒正欺病酒，掩沉香繡戶。」這是春天的季節，還有料峭的餘寒。人生就是如此，不是生離就是死別，有什麼能夠久長？什麼才是你人生中真正可以掌握的？什麼才有價值有意義可以永遠跟隨著你？什麼都不是。有人說是感情，可是感情一定會改變的，必然會改變的。有時候還不是說你變了，也不是說他變了，是本來人生就是一定會改變的。天下哪有不散的筵席？吳文英說：在寂寞中，我關上那「沉香」木的「繡戶」。春天的燕子又飛回來了，到處是遊春的「畫船」。「畫船」載著歌舞載著遊春的歡樂消失了，現在只剩下了什麼？只剩下「吳宮」的那些到春天越來越茂密的樹木，繚繞在晴空的煙靄之中。於是，我就想到我自己羈旅他鄉。像姜白石、吳文英都是寄身在別人的幕府的，這種傷漂泊的感情就是「羈情」。他說：我的「羈情」就跟在空中飄飛的柳絮一樣。我們前幾天還念了張先的幾首詞，有一首說：

> 中庭月色正清明，無數楊花過無影。（〈木蘭花·乙卯吳興寒食〉）

你看他多麼造作，說柳絮飛過去沒有影子；人家張炎也寫過飛絮，他怎麼說的？「楊花點點是春心，替風前、萬花吹淚。」（〈西子妝慢〉）你看多麼深摯！在這首〈鶯啼序〉中吳文英則說：「念羈情遊蕩，隨風化爲輕絮。」

以上是寫現在的心情，然後就回憶了。第二段：「十載西湖，傍柳繫馬」，追想過去，我曾經在「西湖」畔的柳樹下繫上馬。白居易說：

> 妾弄青梅倚短牆，君騎白馬傍垂楊。牆頭馬上遙相顧，一見知君即斷腸。（〈新樂府·井底引銀缾〉）

他寫的是男女的遇合：男子「騎白馬」而「傍垂楊」，女子「弄青梅」而「倚短牆」，「牆頭馬上」遠遠地一見，就目成心許了，那也是「傍柳繫馬」。「趁嬌塵軟霧」，當我騎馬走過的時候，路上都是輕塵薄霧。塵土還有「嬌塵」？所謂「嬌塵」，是那軟紅的、多情的塵土，此時煙靄迷濛。陶淵明說：我沿著「桃花林」向前走，逐漸就「豁然開朗」、別有天地了（陶淵明〈桃花源記〉）；吳文英也說：「溯紅漸、招入仙溪」，我隨著那流水落花往前走，就來到一處美好的所在。劉晨、阮肇隨著桃花流水進入「天臺山」，不就遇到了很多仙人嗎（劉義慶《幽明錄》）？那麼吳文英跟這名女子怎樣認識的？「錦兒偷寄幽素。」古代談戀愛往往要找一個丫嬛傳書嘛，然後兩個人就認識了。「倚銀屏、春寬夢窄」，這句也很妙，「春」跟「夢」對比，一個「寬」，一個「窄」，茫茫的春情，無邊的春色，而我們的夢卻這樣短暫。「斷紅濕、歌紈金縷。」「歌紈」是唱歌時拿的紈扇；「金縷」是跳舞時穿的舞衣。這個人離去了，「暝堤空，輕把斜陽，總還鷗鷺。」黃昏時在「西湖」的堤上一望，「往事已成空。還如一夢中。」（李煜〈菩薩蠻〉）那麼把「斜陽」歸向誰呀？人都離去了，黃昏的堤岸一片空曠，只剩下水邊的白鷗和鷺鷥。

第三段：「幽蘭漸老，杜若還生，水鄉尚寄旅。」多少次蘭花謝了，「杜若」香草也老了，就在「幽蘭」、

「杜若」的幾次衰老、幾次重生的時候，我還在蘇、杭之間漂泊，還是一名羈旅的客人。「別後」我再回來，到杭州的「六橋」尋找當年我們的舊遊之地，但是「事往花委」，花便是人，人便是花，都凋謝了。「瘞玉埋香，幾番風雨。」「玉」和「香」都代表了那名美麗的女子，經過了「幾番風雨」，她已被埋葬在泥土之中。既然她死去了，再寫就是回憶了，「長波妒盼，遙山羞黛」，當時，杭州「西湖」那麼明亮的湖水，都會忌妒她明亮的雙眸；青色的遠山見到她的黛眉，都會覺得羞慚——她的明眸比波光還要瀲灩；她的黛眉比遠山還要縹緲。「漁燈分影春江宿」，我就是跟這樣一名女子一同划著船，在「春江」上遊過。「記當時、短楫桃根渡。」記得當時我們來到一個渡口；「桃根」用的是王獻之的典故：「桃葉」、「桃根」是王獻之的兩名姬妾的名字（釋智匠《古今樂錄》）。「青樓彷彿，臨分敗壁題詩」，再回到當年的「青樓」之中，我看到的是什麼？我們分別時曾在牆上，題詩，現在是「淚墨慘淡塵土」，陸游詩曰：

> 玉骨久成泉下土，墨痕猶鎖壁間塵。（〈十二月二日夜夢遊沈園〉）

那些詩句已被塵封在蛛網之中了。

「危亭望極，草色天涯」，如今我回來，已經是「瘞玉埋香，幾番風雨。」登上「危亭」遠望，只見芳草連天，秦少游的詞：

> 倚危亭。恨如芳草，萋萋剗盡還生。（〈八六

子〉）

「嘆鬢侵半苧」，我的頭髮一半已變成了白色。「暗點檢、離痕歡唾，尚染鮫綃」，檢點一下當年這段遇合留下了什麼？「離痕」是離別時的淚痕；「歡唾」呢？李後主說：

爛嚼紅茸，笑向檀郎唾。（〈一斛珠〉）

也許，當年留下的巾帕上，還染有當時離別的淚痕和歡樂的唾痕，但現在是「嚲鳳迷歸，破鸞慵舞。」「鳳」是鳳釵，那鳳釵曾經斜插在她嚲垂的髮髻之上，此時它已「迷歸」——回不來了；「鸞」是鸞鏡，都說鸞鏡後面的鳥可以舞，而今只剩下一面破碎的鸞鏡，鏡後的鸞鳥也再不肯舞動了。「殷勤待寫，書中長恨」，我用多麼「殷勤」的心意想寫下心中的「長恨」，如果鴻雁能夠傳書，我想寫一封信，托鴻雁傳給遠方的人，但「藍霞遼海沉過雁」，「霞」怎麼會是「藍」的？這是吳文英的修辭之妙，你如果看晚霞，在暮色滄茫之中，那紅色逐漸逐漸就變成暗紫色暗藍色了，那就是「藍霞」；「遼海」是渺茫的煙海，「漫相思、彈入哀箏柱」，雁消逝在「藍霞」「遼海」之中，我也只有把一片相思彈到悲哀的絃柱中了。「傷心千里江南，怨曲重招，斷魂在否。」這句用的是《楚辭》的〈招魂〉：

目極千里兮，傷春心。魂兮歸來，哀江南。

人不在了，魂卻應該在呀，於是我彈奏一支「怨曲」爲她招魂，卻又不知她的「斷魂」還在不在，能不能聽到。

現在時間已經到了，我只是說，吳文英既有寫愛情的詞，也有寫感慨興亡的詞，不管哪一種，他都能寫得深摯高遠。戈載在《宋七家詞選》中讚美他說：

> 夢窗詞，以綿麗為尚，運意深遠，用筆幽邃，煉字煉句，迥不猶人。貌觀之雕繢滿眼，而實有靈氣行乎其間。細心吟繹，覺味美於方回，引人入勝。既不病其晦澀，亦不見其堆垛，……。猶之玉溪生之詩，藻彩組織，而神韻流轉，旨趣永長，未可妄譏其「獺祭」也。

陳廷焯在《白雨齋詞話》（卷二）中也說：

> 夢窗才情超逸，……在超逸之中，見沉鬱之意。……。合觀通篇，固多警策，即分摘數語，亦自入妙，何嘗「不成片段」耶？

如果不看那些詞，這還只是空泛的評論，而現在我們講了他的幾首詞，就可以印證：吳文英的詞還是有他們所說的這些長處的。

吳文英（四）

我們上次匆匆忙忙地把吳文英那首最長的〈鶯啼序〉講完，本來今天應該開始講王沂孫的《碧山詞》了，可是對於吳文英還有一點需要補充的，就是他有幾首令詞，其中有一首是〈唐多令〉，你如果看當代一些選本，從胡適的《詞選》到胡雲翼的《宋詞選》，很多人都很欣賞那首詞。究竟怎麼樣呢？我先把它讀一下：

唐多令

何處合成愁。離人心上秋。縱芭蕉、不雨也颼颼。都道晚涼天氣好，有明月、怕登樓。　年事夢中休。花空煙水流。燕辭歸、客尚淹留。垂柳不縈裙帶住，漫長是、繫行舟。

有人說我念詞有什麼調子，其實真沒有什麼調子；有人說是不是與戲曲的調子有關，一點也沒有，因爲我不懂戲，也不懂戲曲的念白。只因詞是有音樂性的一種美文，所以你一定要把它聲音上那種抑揚頓挫的美感讀出來；而且你讀的時候，除了客觀的聲音上的美感以外，你還應該把你自己對於這首詞的體會和感受，結合進去。一般說起來，在聲音裏邊，我們普通話沒有入聲字，這是一個最應該注意的地方。很多入聲字現在已歸入平聲，這樣念起來就不好聽了。比如說這一首〈唐多令〉，第一個「何」字是平聲，讀「ㄏㄜˊ」；第二「合」字我們也念「ㄏㄜˊ」，但是這個字是入聲字，我不會讀入聲的字，因此我盡量把它讀成短促的去聲。因爲這首詞寫得比較直白，音節也比較流暢，所以很多人容易欣賞它。但是，陳廷焯的《白雨齋詞話》卷二中卻說：

> 〈唐多令〉一篇，幾於油腔滑調，在夢窗集中，最屬下乘。

也許跟別人比來它還不錯，但是在吳文英的詞裏邊，這是他最低下的作品，因爲他寫得很淺俗，寫得油滑。一般說起來，中國人講究書品、畫品，書法和繪畫都要求「寧拙勿巧，寧醜勿媚」（傅山〈作字示兒孫〉），如果你的作品油滑淺俗，有一種媚態，其品格自然低下。這首詞沒有媚態，但是寫得淺俗，不算是吳文英好的作品。不過有一點值得注意的，這首詞裏邊有一句：

> 縱芭蕉、不雨也颼颼。

按照〈唐多令〉的牌調，前三句應該是「五、五、七」的句法，即「何處合成愁。離人心上秋。縱芭蕉、不雨也颼颼。」所以這個「也」字，在這首詞裏邊可以說是一個襯字。一般詞裏邊不加襯字，按照某個牌調，幾個字一句，就是幾個字一句，加襯字是曲裏邊常常用的。就是有時候，在曲子拍板有空的地方，可以塡上一些實字或虛字。像關漢卿那支【南呂一枝花】〈不伏老〉，他說：

> 我是個蒸不爛、煮不熟、捶不扁、炒不爆響當當一粒銅豌豆。

其實就是五個字：「一粒銅豌豆」，但他在前面加了很多字。我們說曲子可以「增襯」，那麼什麼叫「增字」？什麼叫「襯字」？「增」和「襯」有何不同之處呢？所謂「增字」，就是說你所增的是實字；而「襯字」增的是虛字，比如說：「縱芭蕉、不雨也颼颼」的這個「也」字，他只是一個表示口氣、口吻的虛字，所以是一個「襯字」。再有，我們以前所讀過的詞裏邊，沒有這種「增襯」的現象，詞中加「襯字」是吳文英這首詞開始出現的，因此，雖然陳廷焯的《白雨齋詞話》認爲這首〈唐多令〉是夢窗詞之最下者，但是這種現象已經有了由詞向曲過渡的一種趨向，所以還是値得注意的。

今天我要講的另一首小令：〈玉樓春·和吳見山韻〉。這個「和」字念「ㄏㄜˋ」，我們常常說「唱和」，就是別人寫了一篇作品，我們來應酬他。「和詞」有很多不同的類型：有的「和詞」只要牌調相同就可以了，比如你寫〈玉樓春〉，我也寫〈玉樓春〉，這是第一類；第二類是韻目相同，你用「東冬」的韻，我也用「東冬」的韻。詩的韻比較嚴格，「一東」和「二冬」是分開來用的，但是在詞裏邊，「東」和「冬」是合起來用的，所以原作與和作都用「東冬」的韻，即屬於同一韻目；第三類更嚴格，不只是牌調相同、韻目相同，而且韻字也要相同，像蘇東坡的〈水龍吟·

次韻章質夫楊花詞〉，他說：

似花還似非花，也無人惜從教墜。

押的是個「墜」字，那麼章質夫的原韻呢？

燕忙鶯懶花殘，正隄上柳花飛墜。

也是押「墜」字。如果我們繼續看下去，和作的每一個韻字，都與原作的韻字相同，這種「和詩」稱爲「步韻」，就是你一步一步都跟著他的韻字來安排，這是最嚴格的一種和法。吳文英這首〈玉樓春〉，和的是吳見山的詞，吳見山的原作是什麼？我們已無從知道了。

民國初年有一個專門研究吳文英的人叫楊鐵夫，楊鐵夫是朱祖謀（彊村）的學生，而朱祖謀是對於夢窗詞的研究，用力最勤的一位詞學家，我們說他曾花了很多年的精力四校夢窗詞。楊鐵夫也致力於夢窗詞的研究，下了很多的工夫，他寫了一本《夢窗詞全集箋釋》，前面有他初稿、二稿、三稿的三篇序言。在序言中他說：很早以前他就學習填詞，把填出來的那些作品給朋友看，朋友說：

詞也，詞也！（〈選本第一版原序〉）

你寫的真的是詞、真的是詞呀！拜朱祖謀爲師後，他把他的詞拿給朱先生看，朱祖謀一句話也都沒有讚美他，只是說：「你好好地去讀吳文英的詞吧！」他找來吳文英的詞一讀，如同走入了迷宮一般，根本就讀不懂；很久以後，好像懂了一點點了，又去見老師，朱先生說：不成，回去再讀！這樣反覆了好幾次，當他再去見朱祖謀時，朱祖謀說：你現在好像懂了一點點了。然後才給他講夢窗詞的章法結構——你看從前那些聰明的老師，「世尊拈花，迦葉微笑」（《大梵天王問法決疑經》），哪像我現在這樣，說那麼多廢話！同時你還可以見到，他們師徒二人對於吳文英的詞，確實下了很大的工夫。我現在要說：用力這麼勤的朱祖謀、楊鐵夫師徒，都沒有考證出來吳見山是何許人，我們當然也查不到他了，我們不知道吳文英這首〈玉樓春〉屬於前面我們說過的哪種類型的「和詞」。當然「和詞」也有很多種情況：你說你的話，我跟著說你說的話，你是什麼什麼樣的感情、什麼樣的題目，我也寫跟你完全一樣的感情、題目，這是一種和法；還有就是我只用你的牌調，你說你的話，我說我的話，這又是一種和法。王國維說：詩、詞的作者要不爲應酬之作，這是起碼的詩格、詞格，你如果整天跟人唱和應酬，那就把詩、詞做成了「羔雁之具」（《人間詞話》）。所謂「羔雁之具」，就是古人送禮，送一隻雁、一隻羊羔之類的東西，詩、詞總不能當作應酬的禮物。可是你翻開陶淵明的詩集，他也有很多贈給別人的詩，像什麼〈和郭主簿二首〉啦、〈贈羊長史〉啦，有很多這樣的贈詩。不過，陶淵明的贈答之詩寫得非常妙：我說我自己的話，沒有一句是應酬對方的話。那麼吳文英這首詞呢？因爲我們不知道吳見山這個人的原作如何，所以無從比對，但是吳文英這首詞寫得的確很好。當年蘇東坡和章質夫的那首詠楊花的詞（〈水龍吟・次韻章質夫楊花詞〉），大家都說和作勝過了原作，我相信吳文英這首〈玉樓春〉，也是勝過了吳見山的原作的：如果吳見山有很好的作品，怎麼一首都沒有傳下來呢？

我剛才說，吳文英的那首〈唐多令〉，雖然陳廷焯認爲它在品格上不是很高，但它有一個特色，就是用了「襯字」，這是以前沒有過的現象；這一首〈玉樓春〉也有它的特色。〈唐多令〉和〈玉樓春〉都屬於小令，劉永濟在其《微睇室說詞・吳文英夢窗詞》中評吳文英的〈風入松〉一詞時，曾有綜論其令詞的評語，他說：小令雖然很短，但是惟其短小，所以更應該是作者平生積存在心裏，積澱了很久的一種感情和感覺。偶然機緣湊泊，外界的某一景象或某一情事，甚至於某一個韻字、某一篇作品，都能觸動他寫出作品來。我們以前講朱彝尊那首「思往事，渡江干」的〈桂殿秋〉，那是非常短小的一首小詞，何以好？就在於他把整個內心蘊藏已久的某種感情表達出來了。小令短小，故可以即興寫出來。我今年秋天回來以後，發現我們「馬蹄湖」的荷花凋落了，心裏就有一種感情，可是那時我很忙，要到薊縣去參加講習班，所以當時沒有寫什麼。後來有一天，在從「專家樓」往研究所去的路上，我偶然看到天上的鴻雁飛過，於是順口占了一首詞：

浣溪沙

為南開馬蹄湖荷花作

又到長空過雁時。雲天字字寫相思。荷花凋盡我來遲。　　蓮實有心應不死，人生易老夢偏痴。千春猶待發華滋。

王國維有一首詞的下片說：

郎似梅花儂似葉，揭來手撫空枝。可憐開謝不同時。漫言花落早，只是葉生遲。（〈臨江仙〉）

他感慨的是人的機遇。我很喜歡荷花，可是每年從國外回來，都是荷花凋落的時候。人生的機緣就是如此，所以我說：「荷花凋盡我來遲。」你看我快八十歲的人了，站在這裏一直講，本來星期四可以結束了，但我還是不想結束，爲什麼？就是我對於詩詞的這一份感情。我認爲宇宙之間有這麼好的東西，不把它講出來任它失落，真的是非常可惜。而且我還注意到，沈祖棻先生的詞寫得非常好，她的《宋詞欣賞》雖然很薄，卻有很多精到的見解，可是你打開一看就發現，她把姜夔的詞選了二十幾首，把張炎的詞也選了二十幾首，吳文英的詞卻一首都沒有選，但吳文英確實有很多好詞。因此，雖然上次就應該把吳文英結束了，可現在我還要講。

有一次我在研究生的班上談到我這首〈浣溪沙〉，有一位同學的詩詞修養很不錯，他說我這首詞後邊的幾句好，前面這兩句還算是很平常的。的確，「又到長空過雁時。雲天字字寫相思。」這兩句寫得比較平常，好像是一般的詩詞都常常說的，到「荷花凋盡我來遲」才把眼前當下真切的感受擺出來。可是你要知道，某種感情不能很突然地跑出來，它要有一個引子把它帶出來；在這首詞中，我沒有特意去安排這個引子，是某種感情早就存在於我的心中，然後在散步的時候，偶然見到了「長空過雁」，所以自然而然地引發了這種感情，是由前兩句引出的第三句。

我們再看下半首：「蓮實有心應不死，人生易老夢偏痴。千春猶待發華滋。」如果說蓮子就是「蓮實」，它有一粒種子就不會死。我為什麼突然這樣說？天下的因緣不知道在哪裏。很多年前，有一次報紙上登了一則消息，說某地方挖掘古墓時，挖出了一粒千年的蓮子來，挖出來之後，有人把它培養種植，後來居然長葉開花了。我說：「蓮實有心應不死」，可我畢竟已是近八十歲的人了，人生苦短，但我對於詩詞的感情不變，我真是不忍心看著這麼美好的詩詞藝術，從我們這個時代凋零消逝掉。有人說：你這麼大年歲還在講課，南開給你很多報酬吧！其實，南開沒有給過我任何特殊報酬，連我來往二十多年的飛機票，都是我自己支付的，因此我不是為了某種物質利益，我是為了詩詞本身，所以是「人生易老夢偏痴。」最後一句：「千春猶待發華滋」，儘管千年之後的景象我不能看見了，但是，你如果撒下了種子，也許它埋藏在地下有千年之久，說不定哪一天就會被挖掘出來，照樣發芽長葉開花了。司馬遷在〈報任少卿書〉中說他：

> 亦欲以究天人之際，通古今之變，成一家之言。……藏諸名山，傳之其人，……。

難道我們中華民族的文化傳統將來真的會斷絕？如果不斷絕，將來畢竟有人能夠發現和體會我們這個傳統詩詞的好處。「千春猶待發華滋」，〈古詩十九首〉中說的：

> 庭中有奇樹，綠葉發華滋。

有這麼美好的東西留在那裏，總會有人認識，也總會有人欣賞的。所以對於吳文英的詞我還是欲罷不能，還要講。下面，我把那首〈玉樓春‧和吳見山韻〉給大家讀一遍：

> 闌干獨倚天涯客。心影暗彫風葉寂。千山秋入雨中青，一雁暮隨雲去急。　霜花強弄春顏色。相吊年光澆大白。海煙沉處倒殘霞，一杼鮫綃和淚織。

「闌干獨倚天涯客」，起句還沒有什麼特色。像我那首〈浣溪沙〉的前兩句一樣，它只是一個引起，不算太好，而下一句：「心影暗彫風葉寂」就寫得很好了。我認為吳文英的開創不但表現在「時空的錯綜」和「感性的修辭」這兩方面，而且，在遙遠的南宋時代，他的詞就能表現出非常現代化的趨勢。我們所說的現代化，比如現代詩和朦朧詩，都是說它有一種超越現實的感發和寫作的方式。如果把吳文英和姜白石做一個比較，一般大家都說白石「清空」、夢窗「質實」（張炎《詞源》卷下「清空」），因為姜白石從不落實地去寫，像那首〈摸魚兒〉（釵燕籠雲晚不忺），是他在辛亥年（1191年）秋天寫的，那年春天，他與那名合肥女子最後一次相會，他還寫了「擬將裙帶繫郎船」，等到秋天他再到合肥，那名女子已經嫁人了，於是他寫了這首〈摸魚兒〉：「織錦人歸，乘槎客去，此意有誰領。」一切都消逝了。可他不直說，而是說織女已經離開了，「乘槎客」也走了，我跟她的相遇，就如同張華的《博物志》中所說的，海上有客乘槎到天河邊上，與織女相逢一面，然後就分別了，現在，我們這一份情意有誰能夠體會呢？你看，他都是客觀的典故來寫的，並沒有鑽進去把內心的感發寫出來，當然他寫得也很好，但是他採取的是一種旁觀者的敘述口吻。而吳文英呢？他是鑽進去說的。你看他寫感情的那首〈鶯啼序〉，真是繁複綿麗、真切細緻！還有就是現在這首〈玉樓春〉，第二句他說：「心影暗彫風葉寂」，你看到過自己心裏有多少影子嗎？你心裏曾有多少感情多少願望多少圖景多少影像？當年華老大、事往人非之後，一切都凋零了，就像秋天的樹葉一樣，都飄盡了。我那天還提到了自己的兩句詩：

> 花飛無奈水西東，廊靜時聞葉轉風。（〈晚秋雜詩五首〉其五，《迦陵詩詞稿》初集，詩稿）

那葉子不是還在空廊中飄轉？你不是還能聽見嘩啦嘩啦的響聲嗎？我們也學了吳文英的〈八聲甘州〉，他說：「時靸雙鴛響，廊葉秋聲。」葉子雖然落了，可畢竟還有葉子在落、還有葉子在響，如果有一天，連葉子都沒有了，響聲都沉寂了，你還剩下什麼呢？在這一句中，他把內心抽象的情思具象化，跟外界的景物結合起來了；而且，他結合得非常好，「心影暗彫風葉寂」，真的一切往事都消逝了。下一句，他從自己的感情跳到了大自然的景物：「千山秋入雨中青」，你看遠方那綿延重疊的青山，在秋天的微雨之中，青青一片的山色。我們上次講他的〈齊天樂〉，有一句說：「漫山色青青，霧朝煙暮。」宇宙間有不變的一面，「千山秋入雨中青」正是在永恆的對比之下，才更顯出人生的短暫，所以他接著說：「一雁暮隨雲去急。」黃昏的時候，一隻鴻雁隨著天邊的雲一齊飛走了、消逝了。你要注意，不只是雁消逝了，雲也消逝了。陶淵明說：

> 萬族各有托，孤雲獨無依。曖曖空中滅，何時

見餘暉。（〈詠貧士七首〉其一）

天上的那一朵「孤雲」，上不著天、下不著地，沒有一個依託，就這樣「曖曖」溟濛地變化，最後消散了。「千山秋入雨中青，一雁暮隨雲去急。」不變者如此，消逝者如此，孤雁與流雲的消逝就在與雨中青山的對比之中，在這種無常的悲慨之中。

「霜花強弄春顏色」，「強」字有兩個讀音：「堅『強』」念「ㄑㄧㄤˊ」，「勉『強』」一定要念「ㄑㄧㄤˇ」，在這裏念「ㄑㄧㄤˇ」。他說：經霜的花朵轉眼就要零落了。那次我們引馮延巳的詞，說：

梅落繁枝千萬片。猶自多情、學雪隨風轉。」（〈鵲踏枝〉）

天下豈有不落的梅花？是花一定要落，你一片都留不住。可是儘管它落了，「猶自多情、學雪隨風轉。」這就是有情的人生、有志的人生、有理想的人生！它只要有一絲的生命還存在，就要「強弄」——盡自己最大的力量來表現出它美麗的顏色。「相吊年光澆大白」，「吊」是慰問、安慰、同情的意思；「大白」是一種酒。吳見山應該是吳文英的一位很不錯的朋友，翻開吳文英的詞集，裏邊有好多是跟吳見山互相往來唱和的作品。他說：每個人都有多少往事，每個人的年華都不能留住，在這消逝的、無常的悲慨之中，我們只有相對飲酒、互相安慰了。曹孟德說：

對酒當歌，人生幾何。譬如朝露，去日苦多。（〈短歌行〉）

在這樣的時候，你最好「對酒當歌」。最後兩句他再跳出去寫：「海煙沉處倒殘霞，一杼鮫綃和淚織。」吳文英常常在他寫感情寫得非常深摯、非常悲哀的時候跳出去：你看那首〈齊天樂〉，開始他說：「三千年事殘鴉外，無言倦憑秋樹。」當他把感情寫得很濃摯時，他忽然說：「岸鎖春船，畫旗喧賽鼓。」〈八聲甘州〉也是，最後他說：「連呼酒，上琴臺去，秋與雲平。」在他寫得非常沉痛的時候，他一下子跳出去了。「海煙沉處倒殘霞，一杼鮫綃和淚織。」「倒」字也有兩個讀音：我們說「『倒』下去了」，念「ㄉㄠˇ」，「把水『倒』在地上」，念「ㄉㄠˋ」，在這裏要念「ㄉㄠˋ」。現在的廣播電視中，常常有人念錯音；還不只如此，我叫安易替我打印這些資料，打完後我說某個字不對，而她是按照《全宋詞》打出來的，《全宋詞》上這個字本來就錯了，看起來盡信書真是不如無書。我常常對學生說：你去找一找那些古老的線裝書，看看到底是什麼。因爲現在印的書往往有錯字，我們一定要分辨清楚。「海煙沉處倒殘霞」，你可以想像，海上是一片煙靄，天上是一片「殘霞」，在海煙越來越深的地方，「殘霞」好像要沉到海水中去了。我在臺灣曾寫過〈郊遊野柳偶成四絕〉（其四），其中有兩句說：

> 自向空灘覓珠貝，一天海色近黃昏。（《迦陵詩詞稿》）

我是見過這樣的景色的。吳文英那首〈鶯啼序〉也說：「藍霞遼海沉過雁」，雁也消逝了，消逝在那海天無際的地方。這句真的很難講，人家說不可說的才是最好的，你看吳文英的想像和感受！有的人只是感受好，吳文英當然是感受好了，可是他還有想像，他的想像可以稱得上是「奇思壯采」（周濟〈宋四家詞選目錄序論〉），人家想不到的、不常用的、不這樣寫的，他都可以把它寫出來。這還不說，那溟濛的「海煙」是逐漸地消沉了，而「殘霞」也是逐漸地消逝了殘餘的光影，就在它消逝之前，你看它的顏色多麼豔麗！多麼豐富！人生是無常的，但無常之中有很多你難以挽留住的美好的情事，這樣的景象怎麼樣？「一杼鮫綃和淚織」，「杼」是織布機，我這裏有織布機，我要織出什麼來？我這一「杼」織出來的是「鮫綃」。「鮫綃」是中國古代的神話傳說，說「南海」上有「鮫人」，他可以織出一種最薄的絲織品，但是你很難說那就是絲了，因爲鮫人所織的，不一定是桑蠶絲，傳說中的鮫人是泣淚成珠，他流下來的每一滴眼淚，都會變成一顆顆晶瑩的珍珠（張華《博物志》卷二〈異人〉）。「淚」是何等的悲哀；「珠」是何等的珍美，所以他一「杼」織出來的是如此悲哀、如此美麗的「鮫綃」，是與他的淚一同織出來的人生。你是不是用你的心血、用你的悲哀織出來一個美麗的東西呢？也許吳文英留給我們的這三百多首詞，都是他的「一杼鮫綃和淚織」。我以爲，吳文英實在是一位非常值得注意的作者。只是我們的時間有限，課堂上只講這些作品就要結束了。至於其他的內容，大家可以參考我那兩篇論吳文英的文章。那兩篇文章的側重點，我已經給大家介紹過了。

總之，吳文英是一位值得研究的作者。我在加拿大教書時有一位學生，現在在麥吉爾大學任教，叫 Grace Fong，她的中文名字叫方秀潔。Grace Fong 本來在多倫多念的碩士，後來到溫哥華跟我念博士，她的博士論文就是論吳文英的詞。她曾對我說：葉先生，一聽您講吳文英，我就想，一定要寫這個作者。我覺得她之所以喜歡吳文英，是因爲她的個性與吳文英有相近似之處，所以她對夢窗詞的感受也更深刻一些。而且，加拿大是講英語和法語的，那些學生的論文不是用英文寫，就是用法文寫，絕對不可以用中文寫。我所有的學生都是研究古典詩詞的，在論文中，他們要把中國的詩詞翻譯成英文，翻譯得最好的，也是我這位學生。其實，方秀潔從多倫多轉過來的時間比較晚，她的根柢並不比其他學生深，但她的感受很敏銳。吳文英的詞不好譯，而她翻譯得非常好，我現在只是順便講到這些話。

好，這一次吳文英就結束了，我們下節課再來看王沂孫的詞。

王沂孫（一）

今天我們來看王沂孫。據查爲仁、厲鶚《絕妙好詞箋》上記載：

> 沂孫，字聖與，號碧山，又號中仙，會稽人。有《碧山樂府》二卷，又名《花外集》。

同姜白石、吳文英一樣，王沂孫在正史上也沒有記載。中國歷史上有傳記的人，其傳記常常只是記載這些人的生平，說他什麼時候考中了進士、什麼時候做過什麼官、哪一年又換了什麼官等等，總之都是這一套。所以，沒有科第功名的人，在正史上也就沒有傳了。

王沂孫的姓名也不見於史傳，而且比較起來，他的生平經歷比姜白石、吳文英更難以考證。因爲姜白石雖然沒有做過什麼官，但是他所依傍的人，不管是蕭德藻、范成大，還是張鎡、張鑑兄弟，都是當時的權貴名流；吳文英做過一段蘇州倉臺的幕僚，有一段短暫的仕宦經歷，但是這點經歷不足以進入正史，不過，他贈詞的人，像賈似道、吳潛等人，都是當時的將相一級的權貴。所以你考證姜白石和吳文英的生平，還可以找到一些依據。而王沂孫身世淪微，與達官貴人又沒有什麼交往，因此我們所知道的，也只是《絕妙好詞箋》上那一點記載了。

另外，還有一段記載，說王沂孫在元世祖至元中，曾擔任過「慶元路」的「學正」。「學正」就是地方學校的學官，像周邦彥，不是曾經從「太學生」一下子被擢爲「太學正」嗎？他那是在「太學」中做學官。周邦彥做「太學正」是有確切記載的，而王沂孫究竟有沒有做過「慶元路」的「學正」？歷來就有許多爭議。有些人喜歡王沂孫的詞，推崇王沂孫這個人，於是想提高他的品格，而在中國人的傳統中，總認爲你如果是宋朝人，宋朝滅亡了，你做了元朝的官，你就成了變節的貳臣，你的品格上就有了污點，所以有些人就爲王沂孫辯護，說他並沒有仕元。

當然，關於王沂孫仕元這件事情，只說是見於《延祐四明志》，但《延祐四明志》裏真的有這樣的記載嗎？大家都沒有見過。我當年寫吳文英、王沂孫這些人的時候，因爲正史上沒有他們的傳記，所以很多材料要從地方的方志中去尋找。比如寫吳文英時，我就是在哈佛大學的「燕京圖書館」裏，找到了嘉泰年間的《會稽志》的；可是寫王沂孫時，找《延祐四明志》卻頗費了一番周折：我先是在臺灣的圖書館裏查找，結果沒有找到；我又去了哈佛的「燕京圖書館」，還是沒有找到；直到有一次從中國回加拿大的時候，經過日本，我到東京的「帝國圖書館」裏，居然找到了這本《延祐四明志》。果然，其中記載著說：王沂孫確實做過元朝地方的學官（卷二〈職官考上〉）。

「延祐」是元仁宗的年號，是元朝編的地方志上，才有關於王沂孫做過「學正」的記載，你找以前的那些方志，當然找不到了。現在就要牽涉到一個問題了，就是：王沂孫以南宋遺民的身分而做了元朝的學官，這算不算變節？算不算貳臣？

關於這個問題，我也找了一些材料。我常常說：讀詩詞，最重要的是對其中的生命感情，有一種敏銳的感受力。如果你只是自己讀詩，那麼你有「興發感動」就好了；可是你如果要研究，要寫論文，光靠直覺的感受還不夠，你一定要有理性、有材料、有思辨。比如對於王沂孫仕元這件事情，你先是要找材料，證明他確實做過「慶元路」的「學正」，然後再衡量一下，他這樣做對於他的品格有什麼影響？我們究竟應該用什麼尺寸來衡量他的品格？

關於這個問題，我也找了一些材料來證明。清代全祖望的〈宋王尚書畫像記〉裏邊有這麼一段話：

> 山長，非命官，無所屈也。箕子且應武王之訪，而況山長乎。」（《鮚埼亭集》卷十九）

他說：「山長」只是學官，而學官不能算朝廷命官，所以這樣做不算是品節受到屈辱，像商朝的「箕子」，在商朝滅亡以後，他還應了「武王」對他的訪問，何況只是做一個「山長」呢？孫克寬先生本來是臺灣東海大學的一位教授，也是教古典詩詞的，他寫過一篇名爲〈元初南宋遺民初述〉的文章，發表在《東海學報》的第十五期，是臺灣1974年出版的。我認識孫克寬先生，他曾經把他自己的論文拿給我看，在那篇文章中他說：「學官不列爲變節之例」，又說：「鄉學或書院教授不在此限」。也就是說：「鄉學」或「書院」的學官不能算做變節。

戴表元的〈送屠存博之婺州教序〉中說：

> 古之君子可以仕乎？曰可以仕而可以不仕者也；今之君子不可以仕乎？曰不可以仕而不可以不仕者也。（《剡源戴先生文集》卷十三）

他說：古代的那些士大夫，當他的國家滅亡以後，他可以出仕，同時，他也可以不出仕；可是今之君子——南宋滅亡以後到元朝去的那些人，也許不應該出來做官，可是有時候，他們又不能不出來做官。戴表元接著說：

> 以為不仕而為民，則其身將不免於累也。（同上）

你如果不出來做官，做一名普通的老百姓，這也許要招致一生之罪累。爲什麼吳梅村把出仕清朝這件事，看做自己一生最大的恥辱？臨死之前他囑咐家人說：我死後不要給我立墓碑，只需立一塊圓石，上面刻上「詩人吳梅村之墓」就可以了。既然如此，當初他爲什麼還要出來做官呢？因爲他是一位名人。在明朝時他考進士高第得中，明思宗對他非常欣賞，這使他成爲名重一時的才子。對於這樣有名望的人，清朝是一定要逼他出來的。吳梅村說：他本來不想出仕清朝，可後來他父母哭泣著勸他，爲了保全家人，他不得已就出來了，但是沒有兩年他又退出了官場。這就是戴表元所說的：「不可以仕而不可以不仕者」。

我曾經說過：人都是軟弱的。一種軟弱是由於求生懼死的本能；再一種是求名騁才的本能。像吳文英留下的送給賈似道的那幾首詞，他本來可以不寫，可他一方面害怕不寫對他不利；另一方面他也是求名的人。有這兩種軟弱，就會在品格上留下污點。我上次也曾引過孔子的話：「躬自厚而薄責於人」（《論語·衛靈公》），你對自己可以求全責備，如果你能夠撇棄本身的利害而選擇正義和道德，那麼這種選擇是正確的、莊嚴的，我們可以這樣來要求自己，但是對別人應該寬容以待。我剛才引用的戴表元的這幾句話，是他送屠存博去婺州（今浙江金華市）任教授時寫的一篇序文。屠存博名叫屠約，書上說他「當路數授之以官，皆翺翔而不就。」「當路」就是當權者；「數」是屢次；「翺翔」就是擺出高姿態。元朝的朝廷屢次請屠約去做官，他都不肯接受，而最後畢竟不得已，做了婺州教授；而且，戴表元爲什麼要說：「今之君子不可以仕乎」呢？因爲他也是南宋的遺民，在六十多歲時做了信州教授（《元史·戴表元傳》），所以他能夠體會這種「不可以仕而不可以不仕者」的苦衷。

以上我引了全祖望、孫克寬、戴表元等人的文章，他們都談到當朝代變革的時候，你是不是可以出仕新朝的問題。

不只他們討論到這個問題，周祖謨也寫過一篇文章：〈宋亡後仕元之儒學教授〉，這篇文章發表在1946年北平輔仁大學的《輔仁學誌》第十四期上。周先生是我的老師，我上過他的課，也看到了他的這篇文章。當然這只是巧合，因爲那時我並沒有想到，幾十年後我要用他的文章來寫碧山詞的評賞，我只是知道有這麼一篇文章，到時候就用到了。所以你平常讀書的時候，雖然當時不見得用得到它，但你的腦子裏要有一個印象，知道大概怎麼樣，將來一旦用到它，就知道到哪裏去找了。再有，我原來在加拿大UBC大學教書時，有位亞洲系的學生叫謝惠賢，她在我們亞洲系念了碩士以後，又到澳洲大學去念博士，她的博士論文的題目就是《宋元易代之際的忠義人士及其活動》（「Loyalist Personality and Activities in the Sung to Yuan Transition」）像這些都是我的機緣湊泊：孫克寬是我的朋友、周祖謨是我的老師、謝惠賢是我的學生，而他們所討論的都是從南宋入元之遺民的出處問題。

其實，王國維早就寫過一篇〈耶律文正公年譜餘記〉的文章，不過，他討論的是從金到元的遺民出處問題。王國維說：元遺山是以金源遺臣的身分上書耶律中書——耶律中書即耶律楚材，因爲他曾經做過元朝的中書——，元遺山就向他推荐了當時的名士數十人，「昔人以爲詬病」，一般人都認爲以元遺山這樣的身分，他怎麼能夠推舉他的那些朋友去做「貳臣」呢？元遺山當然是位有名的詩人了，他自己沒有仕元，但是他推荐別人去了，爲此很多人不理解他，認爲這是元遺山品格上的污點。可是，王國維很通達，他說：我看過元遺山給耶律楚材的那封信，信中說：

> 誠以閣下之力，使脫指使之辱，息奔走之役，聚養之，分處之，學館之奉不必盡具，饘粥足以餬口，布絮足以蔽體，無甚大費。」《遺山先生文集》卷三十九）

你難道忍心看著那些人餓死在家裏嗎？再者說來，元遺山只是推荐他們去做學官嘛！王國維認爲，這正是元遺山的「仁人之用心」。可見，無論什麼時候，我們都不能人云亦云，尤其是批評一個人時，你一定要「論其世」（《孟子·萬章下》），先要了解他所生活的時代。舉了這多例子，我只是要說明，王沂孫確實做過「慶元路」的「學正」，而對於這件事情，我們要「知人論世」，要比較通達的理解。

到現在爲止，我們已經講過南宋的好幾位詞人的作品了。其中，姜白石所感慨的還只是幾十年前的「靖康之亂」，北宋大好河山的淪陷；吳文英所慨嘆的就已經是眼前南宋國家的日趨衰亡了；等到王沂孫，他身經南宋亡國的悲慘經歷，所以更加悲哀，不但如此，他還親眼看到了一件令人觸目驚心的事情，什麼事情呢？

夏承燾先生真是我們當代的一位詞學大師，你看我常常提到他。他不僅做了姜白石、吳夢窗等人的繫年，還做了南宋其他一些詞人的年譜。在他的〈周草窗年譜·附《樂府補題》考〉（《唐宋詞人年譜》）中，記載了這樣一件事情：

> 元代初年有胡僧楊璉真伽管江南浮屠，發會稽南宋諸帝后陵，棄骨草間。義士唐玨聞而悲憤，遂集里中少年收諸帝后遺骸共瘞之，且移宋故宮冬青樹植其上。

宋朝滅亡以後，有一名「胡僧」——中國古人常常稱少數民族爲「胡」，少數民族的僧人就是「胡僧」了——，他說有一名叫「楊璉真伽」的「胡僧」，盜發了南宋皇帝與后妃們的陵墓。北宋的首都是汴京，北宋皇帝的陵墓也在開封附近，我去開封旅遊時曾經到過那裏；南宋的首都在杭州，南宋皇帝的陵墓在浙江紹興附近。「胡僧楊璉真伽」是江南所有寺廟的總管，他盜發了「南宋諸帝后」的陵墓，拿走了其中的珠寶，而皇帝與后妃的屍骨就被拋棄在陵地的草野之間了。做爲南宋的臣民，你怎麼忍心看到這種景象？所以，當時有一位名叫唐珏的義士，「聞而悲憤」，於是招集了這個地區的一些年輕人，「收諸帝后遺骸共瘞之」，就把那些骸骨收集在一起埋葬起來了。不但如此，他們又從宋朝的故宮搬來一些冬青樹，種在陵墓之上。冬青樹就是冬天也常青不凋的樹木，你看墓地裏常常種植松樹之類的樹木，正是取其「常青」之意。你要知道，這已經是元朝時的事情了，而他們這樣做，確實冒了很大的危險，所以這件事情感動了當時的一些文人詞客們，於是王沂孫、周密、唐珏、陳恕可等十四人匯集在一起，用〈天香〉、〈水龍吟〉、〈摸魚兒〉、〈齊天樂〉、〈桂枝香〉五調，分詠「龍涎香」、「白蓮」、「蓴」、「蟬」、「蟹」五物，來紀念這件事情，最後集成一卷詞，叫做《樂府補題》。詞，本來是能夠歌唱的，漢朝時就成立了專門的音樂機構──「樂府」；現在，王沂孫他們所寫的，是以前的樂府裏邊沒有寫過的題目和內容，因此叫《樂府補題》。這本書在元朝初年就編出來了，但因爲是懷念故國的作品，當時不能公開發表，於是被藏了起來，沒有得到流傳，也沒有被世人所知。

一直等到清朝初年，朱彝尊最早發現了這本詞集。明朝滅亡以後，朱彝尊不肯出仕清朝，他家裏很窮，十幾歲就成了人家的贅婿。招贅到人家以後，也無以爲生，他就流轉於各地，做私塾的教師。他的才份很高，記憶力也很強，喜歡讀書，尤其對於南宋詞的興趣更深。他有一位名叫曹溶的同鄉，曾經做過很高的軍政長官。後來，朱彝尊離開私塾，投到曹溶的幕下做了他的幕僚。曹溶也是一名詞人，特別喜歡南宋詞，這樣，朱彝尊就有機會到各地去蒐集南宋的詞，最後編成《詞綜》一書。所以人們常常說「首尾二朱」——朱彝尊和朱祖謀——對於清代的詞學做出了很大的貢獻。在蒐集這些詞的時候，朱彝尊在江南的一位私人藏書家裏發現了《樂府補題》，恰好那一年，也就是清康熙十六年（1677年），康熙皇帝頒佈天下，特別開設了一個「博學鴻詞」的特科。因爲明朝的遺民不肯參加正常的科舉考試，康熙皇帝就派人勸他們出來，應這次特殊的考試，以示自己招賢納士的誠心。果然，多少明朝的遺民，那些十幾年都不肯出來的才智之士，像朱彝尊、陳維崧等人，這一次紛紛出來應考了。當時有人寫了一首很不忠厚的詩來諷刺這些人，說他們是：「一隊夷齊下首陽」，伯夷、叔齊不食周粟，餓死首陽山上（《史記·伯夷列傳》）；這一隊「夷齊」當年不肯做貳臣，現在都出來參加新朝的科考了！那時，朱彝尊剛剛在南方找到《樂府補題》的詞集，這次應試，他就把《樂府補題》帶到了京師。在當時說起來，這是一件非常值得重視的事情，所以一時傾動朝野。你要知道，那時候都多少文人詞客都在京師應考，這些人都是明朝的遺民。但是我要說：《樂府補題》被埋沒這麼久，現在出來真是出非其時！如果早一些年，在明朝剛剛滅亡的時候出現，那麼這些經過國破家亡的遺民，要寫出多少血淚之作來！可是現在出現，正値「一隊夷齊下首陽」——大家已經承認了新朝，才來這裏參加考試的，天下的事情真是有幸有不幸。

然而這本詞集畢竟出現了，而且馬上得到刊刻，一時間，文人詞客競相作起詠物詞來了。因爲《樂府補題》中所收集的都是詠物詞，他們是用五個不同的詞調來詠五種不同之物的。那什麼是詠物詞呢？我們說：詠物詞屬於「賦化之詞」，它是用寫賦的筆法來寫的。在清朝乾隆年間，有人編了一本書，叫《佩文齋詠物詩選》，編者把詠物的作品抬得很高，說是從「蟲魚草木之微」，可以發揮「天地萬物之理」；他們把詠物詩的歷史推到很久以前，說「詩之詠物，自《三百篇》而已然矣。」究竟是不是這樣呢？我們說《詩經》中確實提到不少草木鳥獸的物：「關關雎鳩」（〈周南・關雎〉）說的是鳥；「碩鼠碩鼠」（〈魏風・碩鼠〉）說的是大老鼠；「桃之夭夭」（〈周南・桃夭〉）說的植物，連孔子都說：讀《詩》可以「多識於鳥獸草木之名。」（《論語・陽貨》）但是，我們不能因此得出結論，說詠物詩是從《詩經》開始的，因為《詩經》中所說的草木鳥獸只是一個起興，它是借草木鳥獸來引起一種感發，引出人的感情，而它真正要詠的並不是草木鳥獸。所以，《佩文齋詠物詩選》中的這種說法是不恰當的，正如後來的張惠言，說某某作者的作品有〈離騷〉的意思（張惠言《詞選》）一樣，這都是牽強附會！把詠物詞推源到《詩經》，推得太早了。

既然詠物詞是一種「賦化之詞」，那麼它有哪些性質呢？《文心雕龍・詮賦》上說：

賦者，鋪也。鋪采摛文，體物寫志也。

你一定要注意到賦的「體物寫志」與詩的「感物言志」是不同的：「感物言志」是直接的感發，就是從詩的比興，從外物引起你內心的情意；可是賦的「體物寫志」是要透過對物的體察、觀察、描摹來表現你自己的志。

《文心雕龍・詮賦》上還說：

> 賦也者，受命於詩人，拓宇於《楚辭》也。於是荀況〈禮〉、〈智〉，宋玉〈風〉、〈釣〉，爰錫名號，與《詩》畫境。

爲什麼說賦「受命於詩人」呢？因爲《詩》的六義中有「賦」、「比」、「興」三種表現手法；其中，直言其事就叫「賦」。也就是說，你不必假助於外物，你直接去寫就可以帶著感發。像《詩經・鄭風・將仲子》那首詩，沒有外物沒有草木也沒有鳥獸，它直接就寫這件事情了，這是《詩經》中「賦」的手法，所以說：賦「受命於詩人」；「拓宇於《楚辭》」就是說，《楚辭》的出現使「賦」這種敘述方式得以拓展，逐漸產生了長篇的賦作。這個時候，賦已經已經成爲一種文體，而不再只是「六義」中的一種表現手法了，於是後來出現了荀況的〈禮賦〉、〈智賦〉，宋玉〈風賦〉、〈釣賦〉，這類作品雖然沿習了「六義」中的「賦」的名字，但這種賦與「六義」中的「賦」已經完全不一樣了。

以上提到了荀況和宋玉，其實，《文心雕龍・詮賦》中還評價了這兩個人不同的風格，劉勰說：「荀結隱語」，「宋發巧談」。以荀子的〈蠶賦〉爲例，他說蠶如何吐絲、人如何把絲織成絲帛、如何嘉惠萬物等等。可見，荀況的賦表面上雖然寫的是一個物，但是物外有一種對於人生哲理的喻托，這就是所謂的「荀結隱語」。那麼宋玉呢？宋賦的特色是「巧談」。你看他的〈風賦〉，說什麼「大王」的

「雄風」，然後把「雄風」描寫一番；又說「庶人」的「雌風」，再把「雌風」描寫一下，他用了很多的語言進行描繪，這就是所謂的「宋發巧談」。

《文心雕龍．詮賦》中又說：

> 擬諸形容，則言務纖密；象其物宜，則理貴側附。

描寫某物時，你的言語一定要纖細周密；你想用某物來表達你的某種思想，所以還要有比附的意思。總之，賦主要有兩種寫作方式：第一是用比興喻托的「隱語」；第二是用刻畫描繪的「巧談」。

中國真正的詠物之作是建安時代開始流行的，其中，最具代表性的作者就是曹植。曹植寫過一首〈吁嗟篇〉：

> 吁嗟此轉蓬，居世何獨然。長去本根逝，宿夜無休閑。

他還寫了〈野田黃雀行〉：

> 高樹多悲風，海水揚其波。利劍不在掌，結友何須多。不見籬間雀，見鷂自投羅。羅家得雀喜，少年見雀悲。拔劍捎羅網，黃雀得飛飛。飛飛摩蒼天，來下謝少年。

他說的都是什麼？「吁嗟此轉蓬」寫的是秋天的斷梗飄蓬，這屬於物，但是曹植真正的意思則是：寫他自己如斷梗飄蓬一般的身世。大家知道，曹丕做了皇帝以後，就逼他的弟弟們紛紛離開朝廷，到外地去了。曹植曾經上過〈求自試表〉，想要回來爲國家出力，但一直沒有得到允許，〈吁嗟篇〉所慨嘆的正是他漂泊異鄉的痛苦。而〈野田黃雀行〉呢？他說：我的好朋友被別人陷害，我卻沒有權力在手，不能幫助他們。朋友陷入羅網之中，你救他們才對，若不能救，交你這樣的朋友還有什麼用！可見，曹植的這兩首詠物詩都是另有托意的。

詠物詩如此，詠物詞也是這樣。詠物詞之所以盛行，主要有兩方面的原因：一是因爲在特定的環境中，某種感情不能明言，否則就會受到迫害，所以你要借助於外物來寫那些不能直接寫的情志；此外，在古代，文士們聚會的時候，經常找一個題目，大家來作詩，這種由文士們組織的共同寫作的集會，是詠物詞得以盛行的第二個原因。

我們知道，王沂孫寫了很多詠物詞。一方面，他感慨南宋的敗亡，可是在新朝的統治下，這種故國之思不能明言，只能借詠物來曲折隱晦地抒發；另一方面，王沂孫所生活的時代，也有詞人結社的風氣，他們經常組織在一起，找一個共同的題目來塡詞。《樂府補題》就是這樣的詠物之作所編成的集子，而王沂孫寫得最好的作品，就是他的詠物之作。

到現在爲止，我還只是簡單地介紹王沂孫這個作者，以及與詠物詞有關的一些問題，下一次我們再看王沂孫的詠物詞。

王沂孫（二）

今天我們本來要講王沂孫的詞了，可是在講之前，我們還要弄清楚幾個問題：一是他的生卒年的問題。因爲王沂孫名不見於史傳，而且他只是與一些詞人有來往，所以我們不能確切地知道他的生卒年；再一個問題，其實我在上一次講課時已經提到了，就是他曾經出仕元朝的問題。我說過，《樂府補題》所慨嘆的，是南宋敗亡，帝后陵墓被發掘、尸骸暴露草間的事情。既然這些詞抒發的都是遺民對故國、故君的懷念之情，那麼對於這些作者是否曾經在新朝做過官，大家當然非常重視了。而王沂孫究竟有沒有出仕過元朝呢？從前，只有厲鶚和查爲仁在《絕妙好詞》的箋注上提到過這件事情，然而很多人不相信。像當代詞學家劉永濟就認爲：王沂孫在他的詞中所表現出來的，完全是遺民的感情，因此他應該是沒有在元朝做過官的（《微睇室說詞・王沂孫花外集》）。劉毓盤也認爲《絕妙好詞》的箋注不可信，他在《詞史》中引用了張炎悼念碧山的一首〈洞仙歌〉，其詞上片曰：

> 野鵑啼月，便角巾還第。輕擲詩瓢付流水。最無端、小院寂歷春空，門自掩，柳髮離離如此。

所以他認爲：碧山「似生平未嘗一仕」。

劉永濟和劉毓盤都認爲：王沂孫在亡國後不肯出仕，一直在家裏閉門閑居。可是，周密有一首寄給王沂孫的〈憶舊游〉，其中有句云：

> 天涯未歸客，望錦羽沉沉，翠水迢迢。嘆菊荒薇老，負故人猿鶴，舊隱難招。

「錦書」就是書信，我們說天上有鴻雁傳書；水中有鯉魚傳書。現在，天上是「錦羽沉沉」，地上是「翠水迢迢」，而那漂泊「天涯」的人，卻遲遲沒有歸來。「嘆菊荒薇老」，自從他走了以後，故國的菊花已經荒老了，薇蕨也已經老去了。在這一句中，他其實隱含了兩個典故：「菊」，陶淵明是位隱士，曾寫過「采菊東籬下」（〈飲酒二十首〉其五）的詩句；「薇」，伯夷、叔齊兄弟曾隱居在首陽山，採薇而食（《史記・伯夷列傳》）。因爲遠行的人遲遲沒有回來，「菊」才會「荒」，「薇」才會「老」。「負故人猿鶴」，所以他辜負了「故人」；什麼「故人」？在這裏，他的「故人」還不是說人中的朋友，而是山中的「猿鶴」。這一句他用的是孔稚珪〈北山移文〉中的典故，〈北山移文〉中有這麼兩句：

> 蕙帳空兮夜鶴怨，山人去兮曉猿驚。

因爲那個人出去做官了，所以山中的「猿鶴」就「怨」

他不回來。可見，王沂孫確曾離開故鄉，到外地做過官。

總之，關於王沂孫是否出仕過元朝，大家有不同的看法。由於歷史上沒有清楚的記載，我們只好根據當時詞人的一些作品進行考證。此外，我說過：查找地方志也是很重要的，我曾經查過「延祐」的《四明志》，上面記載著說：王沂孫的確做過「慶元路」的學官。儘管有了這個證明，還是有人持反對意見，認爲王沂孫不曾出仕元朝。我認爲：無論他出仕與否，我們都要比較通達地去理解。也許他不應該出仕，但是我們對古人不應該過於苛求，像周祖謨先生不就認爲：南宋滅亡以後，在元朝出仕而做了儒學教授的人，並不能算做品節上有污損嗎？

上節課我們還簡單地談到了詠物詞的傳統。本來，《佩文齋詠物詩選》的編者認爲，詠物詩可以推源到《詩經》，因爲《詩經》中有草木鳥獸之名。可是《詩經》的詠物，與我們現在要講的王沂孫的詠物詞是不一樣的。在《詩經》中，那些物只是一個開端的起興，「關關雎鳩，在河之洲。」（〈周南・關雎〉）他要說的卻是「窈窕淑女，君子好逑。」「碩鼠碩鼠，無食我黍。」（〈魏風・碩鼠〉）他要說的卻是「三歲貫汝，莫我肯顧。」是那些像老鼠一樣不勞而獲的剝削者。像這樣的作品都不是正式的詠物之作，真正的詠物是從賦體開始的。早期最有名的兩位用賦來寫作的人，一位是荀況；另一位是宋玉。他們的賦作分別表現出賦這種體式的兩點特色，即：「荀結隱語」、「宋發巧談」，荀卿喜歡在賦中編織一些像謎語一樣的話，無論他外表上寫的是「蠶」還是「雲」，其中總有一個主要的意旨；而宋玉呢？他善於用巧妙的言辭來鋪陳。

我之所以要說這些話，是因爲有很多當代學者不能欣賞南宋詞，像胡適之、胡雲翼等人，就相當貶低南宋這些詞人。胡適在《詞選》中說：王沂孫的詠物詞「至多不過是晦澀的燈謎，沒有文學的價值。」一點也不錯，但是這種文學體式就是要用「謎語」的方式來寫，你要在表面的詠物中有一個隱含的意旨。現在我講了王沂孫的生平，講了詠物詞的發展，大家就知道應該怎麼樣來欣賞這一類詞了。你一定要認識到：這種文學體式就是「體物寫志」（《文心雕龍・詮賦》）的，其美感特質一個是「隱語」、一個是「巧談」，你不能說鋪陳詞藻只是「晦澀的謎語」，因爲它本身的要求就是如此。

另外，我們還講了這類作品產生的環境。建安時代產生了很多詠物詩，像曹植的〈吁嗟篇〉、〈野田黃雀行〉都屬於詠物之作。民國初年的詩學家黃節寫過《曹子建詩注》，他引朱緒曾的話，說曹植的〈吁嗟篇〉是：

> 子建藩國屢遷，求試不用，願入侍左右，終不能得，發憤而作。（朱緒曾《曹植考異》卷六）

他表面上寫的是一叢風中的轉蓬，可其中喻托的都是他自己的境遇。因爲他的哥哥曹丕做了皇帝以後，把他封到外邊，不許他回到自己的朝廷中來，所以他真正的主旨並不是慨嘆風中的轉蓬，而是慨嘆自己「藩國屢遷，求試不用」；曹植還寫過〈野田黃雀行〉，說一隻黃雀被人用網羅捉住了，而我沒有辦法解救牠。黃節引朱乾的話，說這首詩是因爲當時曹丕和曹植各有依附於自己的一群文士，曹丕得志以後，就迫害依附於曹植的那些人，而曹植自己無力去援救，感慨於此，就寫了這首〈野田黃雀行〉。像這類作品，大多是因爲作者在環境壓迫之下不能直言，也沒有辦法直接表現自己內心的悲慨時才寫的，這是一類；此外，建安文士還寫了很多首「鬥鴨」的詩，你如果翻開魏晉南北朝的詩集，就會看到很多人寫過這樣的題目，像這樣的作品，都是爲社交而作的。

明確了詠物之作內在的美感特質和外在的寫作環境，再來看王沂孫的詠物詞，你就會發現，這些作品完全合於詠物詞內、外兩方面的要求。以外在的環境來說，故國滅亡以後，在蒙元的統治之下，他不能明言；再者，南宋的詞人有結社填詞的風氣，所以才有《樂府補題》這一卷詞出現。至於他的寫作手法，一個是「隱語」，一個是「巧談」。可見，王沂孫的詠物詞具備了內在和外在兩方面的條件，因此能夠寫得好。

上節課我們還介紹了《樂府補題》寫作的經過和發現的經過。大家知道，《樂府補題》寫出來以後並沒有流傳，一直到清朝才被朱彝尊發現，這時期清朝入關差不多有二、三十年之久了，康熙爲了召喚那些明朝的遺民出來做官，設了一個「博學鴻詞」的特科，這樣一來，大家都出來考試了，所以有人諷刺說他們是：「一隊夷齊下首陽」，而《樂府補題》在這個時候被發現，真是「生不逢時」。爲什麼這樣說呢？如果這卷詞在順治年間、也就是明朝滅亡時就被發現了，那麼這些遺民一定會寫出自己的「幽約怨悱不能自言之情」（張惠言《詞選・序》），寫出很多好詞來；可是它偏偏出現在這些遺民們放棄了原來的持守、出來應試清朝的時候，這就造成了一種非常尷尬的現象：一方面，原來的遺民們看到《樂府補題》這卷詞，自然非常感動，所以當時在京師馬上就流傳一時，就有人把它刻印了，而且很多人摹倣《樂府補題》寫了不少的詠物詞。但問題是：人家王沂孫那些人寫《樂府補題》，是他們剛剛經歷了亡國之痛的時候，所以寫出來真的是憂愁幽思、悲哀感慨，然而朱彝尊他們這些人發現《樂府補題》，則是他們放棄了原來的遺民身分，出來應試的時候，此時他們那一份遺民的感情依然存在，內心也依然很感動，可自己的身分卻失去了立足點——他不能再寫遺民的感情，因爲他現在已經出仕了。

關於朱彝尊，我們以前舉過他的一首〈桂殿秋〉，那首詞是寫他的一段不被禮教所接受的感情。他還有一卷詞，叫《茶煙閣體物集》，這一卷就完全寫的是詠物詞了。有一次，安易跟我說李晶家裏養了一隻貓，李晶很喜歡那隻貓，要找一找與貓有關的典故，可是到哪裏去找呢？我就向她推荐，說朱彝尊的《茶煙閣體物集》裏邊有好幾首〈雪獅兒〉的詞，裏邊用了很多貓的典故，但是，這只是一種雕琢刻畫，又有什麼意思？總之，《樂府補題》的出現，使清初詞壇上詠物詞的寫作盛行起來，但這時的詠物詞只剩下「巧談」和刻畫了。那麼，到什麼時候才有人真正繼承了《樂府補題》的傳統呢？應該說是晚清的時候。因爲那時不但國家面臨著危亡，而且兩宮之間也有很多的矛盾：光緒主張變法，慈禧反對變法。這種種矛盾，使那些詞人們沒有辦法表達他們對於國家的關懷和感慨，而這時就有一些人寫出很好的詠物詞來；同時，他們更加發現了王沂孫他們這一卷詞的好處。晚清有一位叫端木埰的詞人，他的詞集叫《碧瀣詞》，「瀣」是露之下被者，也就是露水沾溼了草木，然後流下來的樣子；「碧」就是碧山。端木埰自己解釋說：我不敢說我要模仿碧山，我只是在他的沾溉影響之下學著來寫詞的。王鵬運也很推崇王沂孫的詞，前面我們不是提到了朱祖謀嗎？朱祖謀與王鵬運都是晚清的詞人，朱祖謀曾經用一組〈憶江南〉的調子來題寫國朝的詞人，其中有一首是寫王鵬運的，他說：

> 得象每兼花外永，起孱差較茗柯雄。（〈憶江南・雜題我朝諸名家詞集後〉）

他讚美王鵬運的詞，認爲他所描摹的意象可以同時兼有《花外集》的韻味。「永」就是說有那種長遠的韻味，晚清時大家都寫詠物詞，這些詞一般都有寄託：一方面，當然是政治原因——晚清已經一步步走向衰亡了；另一方面，是因爲帝、后兩宮之間的鬥爭、矛盾重重，大家都不敢直言。除此之外，晚清的詠物詞之所以盛行，還有一個緣故，就是很多人受了「茗柯」的影響。「茗柯」是誰？就是張惠言。張惠言是清代常州詞派的一個倡導者，他的文集叫《茗柯集》。他在《詞選・序》中說：

> 傳曰：「意內而言外謂之詞。」……蓋詩之比興，變風之義，騷人之歌，則近之矣。

他認爲：小詞裏邊要有詩、騷的比興寄託的意思。所以，先是有乾嘉時期張惠言關於比興寄託的提倡，再加上後來晚清動盪的政局，這就造成了晚清時產生了很多很好的詠物詞。

我現在說的是詠物詞出現的環境，我也曾講過現代西方文學批評中所提出的「相關語境」之說，就是在你寫作的時候，有一個相關的語言環境，而詠物詞的出現，與「相關語境」的關係是最密切的。王沂孫那個時代出現了《樂府補題》，取得了很好的成就；晚清的這些詞人在詠物詞的寫作上同樣取得了很好的成就。現在既然講到這裏，我就給大家看兩首詞。

一首是文廷式的〈憶舊游〉：

憶舊游

秋雁，庚子八月作

悵霜飛榆塞，月冷楓江，萬里淒清。無限憑高意，便數聲長笛，難寫深情。望極雲羅縹緲，孤影幾回驚。見龍虎臺荒，鳳凰樓迥，還感飄零。

梳翎，自來去，嘆市朝易改，風雨多經。天遠無消息，問誰裁尺帛，寄與青冥。遙想橫汾簫鼓，蘭菊尚芳馨。又日落天寒，平沙列幕邊馬鳴。

這首詞是作者在「庚子」年（1900年）「八月」作的，「庚子」就是八國聯軍入侵中國的那一年。在這首詞中，他表面上詠的是「秋雁」，而實際上完全是在感慨當時的政局。

再有一首是朱祖謀的〈聲聲慢〉：

鳴螿頹堿，吹蝶空枝，飄蓬人意相憐。一片離魂，斜陽搖夢成煙。香溝舊題紅處，拚禁花、憔悴年年。寒信急，又神宮淒奏，分付哀蟬。

終古巢鸞無分，正飛霜金井，拋斷纏綿。起舞回風，才知恩怨無端。天陰洞庭波闊，夜沉沉、流恨湘絃。搖落事，向空山，休問杜鵑。

這首詞表面上詠的是落葉，實際上反映的同樣是庚子國變。所以你就看到，詠物詞的美感特質與作家寫作的環境，有密切關係。而《樂府補題》被發現的初期，之所以沒有使詞壇上有一個很好的成就，就是因爲它的「相關語境」不同了：清初的那些作者已經失去了遺民的身分，同時也失去了憂愁幽思、不能明言的那一種感情，因此一直到清末，才又出現了類似的「相關語境」，於是出現了大量寫得很好的詠物詞。

我現在說的都還是空話，下面就以詞爲證，看一看王沂孫的詠物詞：

天香

龍涎香

孤嶠蟠煙，層濤蛻月，驪宮夜採鉛水。汛遠槎風，夢深薇露，化作斷魂心字。紅瓷候火，還乍識、冰環玉指。一縷縈簾翠影，依稀海天雲氣。幾回殢嬌半醉。剪春燈、夜寒花碎。更好故溪飛雪，小窗深閉。荀令如今頓老，總忘卻、樽前舊風味。謾惜餘熏，空篝素被。

他詠的既然是物，我們就先要對他所詠之物有一個簡單的認識，什麼是「龍涎香」？《嶺南雜記》上說：

龍涎於香品中最貴重，出大食帝國，上有雲氣罩護，下有龍蟠洋中大石，臥而吐涎，飄浮水面，為太陽所爍，凝結而堅，輕若浮石，用以和眾香，焚之，能聚香煙，縷縷不散。

香有很多種，像什麼「沉水香」啦、「茉莉香」啦，而「龍涎香」在這所有的香裏邊是最貴重的。那麼「龍涎香」是怎麼製成的呢？中國的筆記不是很科學的，它往往只是模糊的記載。《嶺南雜記》上說：海中有大石頭，有龍蟠在上面，睡在那裏，睡時口中吐出涎來，漂浮在水面上，被太陽照射，凝固成很輕的「浮石」。你要把這些「浮石」收集起來，配合其它香料一起來製作，才能製成「龍涎香」。當你點燃它的時候，那「香煙」升上來，能凝聚在一起，蟠結在空中，「縷縷不散」。它不像有的香，一升起來就消散了。《嶺南雜記》上還說：

> 鮫人采之，以為至寶，新者色白，……入香焚之，則翠煙浮空，結而不散。

「鮫人」我們已經講過很多次了，「鮫人」採來「龍涎」的「浮石」，製成香，點燃後的煙氣帶著翠綠的顏色，結成一團而不消散。宋朝的陳敬，著有《香譜》一書，有「龍涎香」須與「薔薇水」相合的記載（卷一）。不但《香譜》上有這樣的記載，楊萬里有一首〈謝胡子遠郎中惠蒲太韶墨報以龍涎香〉的詩，有一位名叫「胡子遠」的「郎中」，送給楊萬里一種特殊製作的「蒲太韶」的「墨」，人家送給你東西，你怎麼回報呢？他以「龍涎香」回贈了人家，並作詩說：

> 遂以龍涎心字香，為君興雲繞明窗。

「心字香」指像篆文的心字那種形狀的香，現在我們在夏天點的蚊香，總是一圈圈、一盤盤的，那是最簡單的製法；

「龍涎香」就不一樣了，它可以製成各種形狀，有時正像一個篆文的「心」字。楊萬里說：我送給你「心字」的「龍涎香」，你點燃它，就可以欣賞那像雲彩一樣、蟠繞在窗前的姿態了。像這些材料，都是我偶然得來的。開始時講王沂孫出仕元朝的問題，我引用了周祖譔、孫克寬、謝惠賢乃至於王國維等許多人的看法，這些人，有的是我的老師，有的是我的朋友或學生，有的是因爲我研究過。至於楊萬里的這兩句詩，則是因爲我在UBC時指導學生寫論文，有一位博士生寫的就是論楊萬里的詩，要不然楊萬里的詩有很多很多，我不見得每一首都去看，也不見得恰巧就發現這一首，而我那位博士生是專門研究楊萬里的，所以我一下子就發現：楊萬里還有一首寫「龍涎香」的詩。大家平時最好是多留心，說不定什麼時候，我們就會用到平時偶然所見的材料。

現在，我們對「龍涎香」已經有了一些認識，但認識得還不夠，你看人家怎樣寫的：「孤嶠蟠煙，層濤蛻月，驪宮夜採鉛水。」你要通過比較，才知道這首詞好在哪裏，因爲《樂府補題》是很多人同寫一個題目、同用一個牌調，那麼哪個人寫得好，哪個人寫得不好呢？其實關於王沂孫，我寫過很多篇文章。最早一篇是六〇年代末七〇年代初所寫的〈碧山詞析論——對一位南宋古典詞人的再評價〉（《迦陵論詞叢稿》）；後來，我又寫了〈論詠物詞之發展及王沂孫之詠物詞〉，那是我與川大的繆先生一起著《靈谿詞說》時所寫的；再後來，我們國內編了一套《歷代著名文學家評傳》，王沂孫的那一篇是找我寫的，題目是〈王沂孫其人及其詞〉（《迦陵論詞叢稿》）；除此之外，我在《唐宋詞十七講》中也講到了碧山詞。這些文章雖然都是寫王沂孫的，但側重點不一樣，大家可以拿來參考。

欣賞王沂孫的詠物詞，你要用「思力」去看他是怎麼樣「勾勒」安排的。因爲長調不同於小令：小令注重直接的感發，而長調則注重安排與「勾勒」。我們在講吳文英時，曾提到劉永濟論小令的一段話，劉永濟的《微睇室說詞》主要講的是吳文英的詞，他評論吳文英的〈風入松〉（聽風聽雨過清明）的那一首詞時，對於令詞還有一個綜論。一般人寫詞的評賞，往往在一首詞下邊就評賞這一首詞，可有時他也會在下面寫一段對這類詞的總論。像仇兆鰲的《杜詩詳注》，他對於杜甫的每一首詩都作了注；而且，他有時也會在某一首詩的後邊寫一大段話，專論杜甫的這一類詩。劉永濟也是這樣，他在吳文英的〈風入松〉之後，有一段話專論吳文英：

> 小令如詩中絕句。小令所寫，多系作者豐富生活中的片斷，此片段在其生活中為感受極深切者，或系作者平日聞見所及，蘊藏心中甚久，一旦為一時序、一境地，乃至一花、一鳥所觸發，遂形成語言而表出之。

小令是因爲有某種感情在你心中蘊藏已久，偶然間被一種時序、一種境地所觸發，然後才寫出來的。清代的查慎行詩云：「收拾光芒入小詩。」（劉永濟《唐五代兩宋詞簡析．宋初各家小令．晏幾道》引）像我那首〈浣溪沙．爲南開馬蹄湖荷花作〉，就是我從「專家樓」到研究所的路上，見景生情、偶然而作的。

好，現在，我們還是接下來看王沂孫的〈天香．龍涎香〉這首詞。從《嶺南雜記》中，我們已經大略地知道了採製「龍涎香」的過程。雖然同是寫「龍涎香」，但每個人所寫的風格不同、境界不同。剛才提到了我那幾篇寫王沂孫的文章，在《歷代著名文學家評傳》裏所收集的那一篇中，我曾將王沂孫的詞與周密的詞做過一番比較，比較以後就發現，他們二人用筆的粗細、用意的深淺，真的是不一樣。我們現在沒有時間做這樣的比較，只能簡單地從王沂孫本人來說。「孤嶠蟠煙，層濤蛻月」，周濟說：

> 碧山思筆可謂雙絕。（〈宋四家詞選目錄序論〉）

一點也不錯，他的內容的情意以及思致的用法，兩個都好。什麼是「孤嶠蟠煙」呢？配合「龍涎香」產生的背景，不是說海中有「大石」，有龍蟠在上面嗎？那「孤嶠」就是產生「龍涎」的地方；而且，根據《嶺南雜記》的記載，如果有龍蟠在「大石」之上，就會有雲霧籠罩不散，這就是「孤嶠蟠煙」。其實，龍只出現在神話傳說中。如果根據科學的考證，確實有這麼一種香，但這種香並不是從真的所謂「龍涎」中提取的，而是海中的一種叫抹香鯨的大鯨魚，牠的身體中能分泌某種有香氣的東西。有的動物是能從自己的體內分泌香氣的，像「麝香」不就是從麝這種動物的身體中分泌出來的嗎？抹香鯨也是，據說抹香鯨的背上有一個呼吸的孔道，牠呼吸時你可以看見一道水霧從牠背上噴出來，遠遠的就像是湧出的一片雲氣，於是古人認爲那裏有龍，而王沂孫怎麼說的呢？他說：「孤嶠蟠煙，層濤蛻月」，你看他用的兩個動詞：「蟠」和「蛻」都是「虫」字旁，因爲傳說中既然說這種香氣是「龍涎」所製，「龍」是一種動物，而「虫」是所有動物的泛稱，所以他的想像、他的「思筆」，都是圍繞著「龍」而來的。此外，「孤嶠」就是「孤島」的意思，他之所以沒有說「孤島」，是因爲「島」字比較尋常，而「嶠」字不太常見，就像那次我們講南唐中主的詞，說：「菡萏香銷翠葉殘」（〈攤破浣溪沙〉），他爲什麼不說：「荷花凋零荷葉殘」？因爲「荷花」是尋常的說法，這樣說，就失去了那種古典的距離上的美感。「孤嶠蟠煙」也是這樣：「孤嶠」可以增加一種神奇的想像，比如吳文英那首〈齊天樂・與馮深居登禹陵〉的詞，說什麼：

幽雲怪雨。翠蓱濕空梁，夜深飛去。

這一句也可以引起我們的一種神奇、幽怪的想像。同樣寫「龍涎香」，爲什麼王沂孫這首詞寫得最好？一方面就是因爲他的用詞，從一開始就把我們帶到那種神奇、幽怪的想像中去了。接著，「層濤蛻月」這四個字寫得就更妙了。海上的人去採「龍涎香」要在晚上划著船去。「孤嶠蟠煙」說的是「龍涎香」的產地，「層濤蛻月」說的就是採香時的夜晚了。如果在有月亮的晚上，月亮的影子倒映在水中，水的波浪一動，就好像那月亮一下子下去了，一下子又出來了，這不正像是水的波浪把月亮一下子蓋住、一下子放出，層層吐出來的樣子嗎？你乍一看起來，這幾個字好像用得很生，但仔細一想，那月亮的倒影在層層波濤中就是這麼一層一層地「蛻」出來的，你就不得不嘆服他的想像之豐富與用用字之微妙了。在「孤嶠蟠煙」那麼遙遠的地方，在「層濤蛻月」的夜晚，有人乘船去採「龍涎香」了：「驪宮夜採鉛水。」

「驪宮」也就是龍宮；「夜採」，採香的人是半夜去的；「夜採」什麼？本來是「採香」嘛，可他沒有說「採香」，而是說「採鉛水」，「鉛水」就有了種種的作用了：首先，「龍涎」不是單一清純的水質。我們說過，那「龍涎」分泌出來以後，漂浮到水面上，經過太陽的照射，它可以凝固成像薄冰一樣的浮塊，所以「龍涎」是有雜質在內的；其次，「鉛水」可以給人另外一種聯想。大家讀過李賀的〈金銅仙人辭漢歌〉，其中有一句說：「憶君清淚如鉛水」，在這裏，「鉛水」表示對故國的懷念。這樣，「鉛水」就有兩重的含義了：一個是現實上的「龍涎香」在本質上就不是沒有雜質的純水；二是「鉛水」可以讓你聯想到故國之思。好，現在那人就把「龍涎」從海上採來了。「汛遠槎風」，「汛」就是潮汛，也就是潮水的漲落；此外，這個「汛」還通「訊息」的「訊」。這一句也有兩層意思：一是說「龍涎」被採它的人帶到浮槎之上，隨著潮汛，乘風破浪地遠去了；再者，「龍涎」的故鄉本來遠在海上，現在它被人採走了，遠離了故鄉，從此，它與故鄉的音訊就隔絕了。「龍涎」就這樣被採了回來，採回來以後怎麼樣？「夢深薇露，化作斷魂心字。」剛才我們講了「龍涎香」的製作過程，說是要把它和「薔薇露」混合在一起，「薔薇」指的正是「薔薇露」的香水。具體製作時，你還要把「龍涎」放在「薔薇露」中搗碎，然後才能相互融合——製作「麝香」的時候其實也是這樣的。記得從前我偶然看到過一副對聯，可能是我伯父跟我說的，上聯是：

搗麝成塵，名士則情懷繾綣。

下聯是：

游龍入畫，美人則身影玲瓏。

採來「麝香」以後，你要把它研磨得像塵土一樣碎，就像李商隱的〈燕臺〉詩中所說的：「研丹擘石天不知」，把那最堅固、最珍貴的東西磨碎。不但是芬芳的，而且是經過一番研磨之後的芬芳，所以，它象徵了一種「繾綣」的、百轉千迴的心意。下聯用了〈洛神賦〉的典故，曹植說洛水上的仙子「矯若游龍」，所以是「游龍入畫」——現在，王沂孫說：「夢深薇露」，你想，如果「龍涎香」有感情、有知覺，當你把它和「薔薇露」這麼芬芳的香水放在一起慢慢地磨碾之時，它應該有多少纏綿繾綣、百轉千迴的感情！人，如果死後精魂不散的話，你要化做什麼？古蜀國的望帝死後化爲杜鵑鳥，常常在林中悲啼著「不如歸去！」李商隱說：「望帝春心托杜鵑」（〈錦瑟〉），儘管死了，儘管變化了，可是「春心」不已。而那「龍涎香」經過了搗碎研磨的過程，它又該有多少夢呢？對於從前失落了的「孤嶠蟠煙」的故鄉的夢，對於現在的、與「薇露」混合後搗碎研磨所製造出來的夢，它有這種種的夢，結合在一起，變成了什麼？「化作斷魂心字」，這種香就被做成功了，它被製成了「心字」的形狀。剛才我不是引了楊萬里的詩嗎？說是「遂以龍涎心字香，爲君興雲繞明窗。」（〈謝胡子遠郎中惠蒲太韶墨報以龍涎香〉）在「化作斷魂心字」這句中，「心字香」也有象喻的意思，你說他是不是真的把香做成了這個樣子？不一定，但是古代確實有一種香叫「心字香」，其形狀與篆文的「心」字相似。你想：香，豈不芬芳？心，豈不多情？

李商隱說：

> 颯颯東風細雨來，芙蓉塘外有輕雷。金蟾齧鎖燒香入，玉虎牽絲汲井回。賈氏窺簾韓掾少，宓妃留枕魏王才。春心莫共花爭發，一寸相思一寸灰。（〈無題〉）

當春天百花齊放的時候，你的感情也萌發了，可是你的「春心」不要跟著花一起開，因爲你的相思永遠得不到美滿的結果。「心字香」所以芬芳，「心字香」所以多情，但是芬芳多情怎麼樣？不是照樣被燒掉而寸寸成灰了嗎？所以是「化作斷魂心字。」王沂孫真的是妙！而他之所以妙，就是他所寫的每一個字，都可以給人很多的提示和聯想。在這一句中，他把無情的香居然寫得這麼多情美麗！香，最終要被燒掉，而最初的時候，它是怎麼製出來的呢？「紅瓷候火，還乍識、冰環玉指。」你要把它放在一個瓷罐裏，慢慢地烘烤、焙乾。當然，「龍涎香」不只可以製成「心字」狀，還可以製成其他的形狀。陳敬的《香譜》中說：「龍涎香」可以「造作花子佩香及香環之類」，它還可以製出身上佩戴的「花子佩香」與「香環」等各種形狀，製時要用慢火焙乾，等它慢慢變乾、但還沒有完全乾透的時候，放在一個瓷盒中封藏起來；而且在烘乾的時候，你還要注意「候火」，在旁邊耐心地觀察這個火候。如果你在廚房烤東西，把東西放在火上之後就要去看書了，看得入神時，不知不覺就忘了烤東西這件事情，等聞到焦糊的味道，才想起來，這是你沒有守在火旁觀察它的「火候」。大家知道，《樂府補題》是很多人同用一個詞牌寫一個題目的，像周密、唐藝孫他們也寫了〈天香・龍涎香〉的詞，但他們詠香就直接地寫香，周密說：「寶玦佩環爭巧」、唐藝孫說：「金猊旋翻纖指」，你看，他們只寫了香的形狀像「環」、像「纖指」之類的，而王沂孫的想像最妙，他說：你守候在「紅甆」盒旁邊，等火候到了，你打開一看，忽然間看到這麼多燒製好的「龍涎香」，有的像女子手上戴的冰一樣晶瑩的指環、有的像美麗的女子玉一般的手指。你看他把「龍涎香」完全擬人化了。還不只如此，另一種可能性是說：當「龍涎香」焙製好了，女子拿它去焚燒，那女子的手指就要把這些「龍涎香」拾起來，於是它們就與真正女子的手指接觸了。「紅甆候火，還乍識、冰環玉指。」「乍識」就是剛剛認識、剛剛睹面相逢。你可以說是第一次看見香，也可以說是香第一次接觸到那焚香美人的手指。那麼「龍涎香」製好了，而女子就去焚香了，焚的時候，「一縷縈簾翠影，依稀海天雲氣。」那「一縷」翠綠色的香煙就在簾子周圍縈繞不散。點燃後，香氣盤曲不散當然是「龍涎香」的特色，而當你看到盤旋在簾影之間的煙氣時，你想到了什麼？「依稀海天雲氣」，也許，你會想到「龍涎」的故鄉，那「孤嶠蟠煙」的「海天」之間的「雲氣」。

上闋寫的是「龍涎香」的產地，以及採香、製香的種種過程；下闋就要寫焚香時的情景了。「幾回殢嬌半醉。剪春燈、夜寒花碎。」「殢」是困倦的樣子；「嬌」是嬌慵懶起的樣子。他說，不只一次地回憶起當年焚香時的情景：在一個早春的夜晚，那名焚香的女子嬌慵困倦、半醉微醺，剪斷焚燒過的燈花。燈點久了，就會結燈花。你要把燈花剪掉，燈才會亮。是「燈花」而說「碎」，你可以想見那「燈花」

之細碎的樣子。王維在〈洛陽女兒行〉中說：

> 春窗曙滅九微火，九微片片飛花璅。

他說：在春天的早晨，當曙光漸漸明亮起來的時候，他們就把「九微」的燈火吹滅。古代沒有電燈，古人都是點油燈或者蠟燭的。「九微」是上邊有很多華美裝飾的燈，燈上有蕊，如果燈蕊點得久了，燒成灰，當你吹滅燈火時，就會有很多細碎的燈灰落下來，就像「片片」的「飛花」一樣。這幾句他也寫得非常細緻，「夜寒」當然指春寒料峭的夜晚，但是你不要忘記，《香譜》上還記載著說，因爲「龍涎香」的特色是凝聚不散的，所以焚香最好要在寒冷的天氣，那樣你可以把門窗都關閉起來。你看，他把當時的情景寫得這麼美好！「更好故溪飛雪，小窗深閉。」焚「龍涎香」最好是在寒冷的天氣；如果是雪夜，那就更好了。當故園飄雪的時候，在緊閉的「小窗」前，我與那名美麗的女子一起焚香，我看她用纖手去「剪春燈」，此時，外面是闃寂的寒夜。那次我們講朱彝尊的詞，說：

> 寒威不到小蓬窗，漸坐近、越羅裙釵。（〈鵲橋仙·十一月八日〉）

如今，真箇是「寒威不到小蓬窗」了。然而，這一切已成爲往事，「荀令如今頓老，總忘卻、樽前舊風味。」「荀令」就是三國時的荀彧，據說他喜歡在衣服上熏香，李商隱詩曰：

> 橋南荀令過，十里送衣香。（〈韓翃舍人即事〉）

就是說「荀令」經過「橋南」的時候，「十里」之外都能聞到他的「衣香」；又，「荀令」如果去拜訪人家，他坐的地方香氣三日不散（《藝文類聚》卷七十引《襄陽記》）。在這句詞中，王沂孫假想詞中的主人像當年的「荀令」一樣，如此喜歡熏香，而且又有這樣美麗的女子相陪，那該是何等浪漫多情的人物！但這是從前的事情了，當年在故鄉的溪山之間，我曾有過這樣的生活；可是現在，「荀令如今頓老，總忘卻、樽前舊風味。」在這首詞中，他前面一大段寫的是採「龍涎香」的經過，後面一段寫他過去的生活，然後一個跌宕就折到現在來了：「荀令如今頓老」——「荀令」這麼快、一下子就衰老了，而當年那美好的生活、那浪漫的風情、那微醺的滋味，再也尋找不回來了。現在怎麼樣呢？還能找到當年的香氣嗎？「謾惜餘熏，空篝素被。」當年，我與我愛的女子曾在「故溪」的家中一起熏香，可那香氣留下來了嗎？如果留了下來，留在哪裏了？留在我們的衾被之上。多少年過去了，我依舊愛惜它剩下來的香氣，「謾惜餘熏，空篝素被。」「篝」是一個「竹」字頭，指的是熏香的竹籠。——那次有人來訪問我，我提起年輕時的一段往事，說那時我剛到臺灣，給我的女兒洗尿布，因爲沒有自來水，所以只能用人力去軋那冰涼的地下水。冬天臺北陰溼寒冷，尿布不容易曬乾，後來我就弄了一個竹籠，竹籠底下放上炭火，然後把尿布罩在上邊——本來我們正講熏香，可是突然講到了烘尿布的事，這當然顯得很煞風景了；不過，古人熏香也是把點燃的香放在篝籠裏，然後把被或衣服蓋在上邊。王沂孫說：我徒然懷念當年熏香時剩下的那一點點香氣，可現在是「空篝」，只是空空的一個籠子，那麼籠子裏邊還有

「龍涎香」的焚燒嗎？沒有了，「篝」是「空篝」，「被」是「素被」，「素被」就是白白的被子，那香已經不復存在了。

好，下面我們從整體上來看這首詞。他表面上寫的是「龍涎香」，而且寫的都是與「龍涎香」有關的一些事情——它的產地、它的製作、它的焚燒，以及當年的環境和現在的悵惘，那麼，這裏邊有什麼故國之思呢？這就很妙了。我們說詠物詞可以分成很多很多的層次：有物的層次、有語言所能引起來的聯想的層次，還有聯想所能結合的當時的「相關語境」的層次。前面我們說過，南宋皇帝及后妃的陵墓曾經被人發掘過。根據陶宗儀的《輟耕錄·發宋陵寢》條及周密《癸辛雜識別集（上）》〈楊髡發陵〉條記載：「理宗之屍」被發掘以後，「啓棺如生」，他的屍體並沒有被損壞，還與活著的時候差不多。因爲古人有陪葬珠寶的習俗，其中有一種最珍貴的夜明珠，含在死者的口中，可以使屍體不腐爛，於是，發墓者要尋找這些珠寶，在口中找不到，他們就把理宗的屍體倒懸在樹上，想讓他把口中的東西吐出來。而且還相傳，屍體灌進水銀也可以不朽壞，而水銀也是很值錢的，所以他們就「倒懸其（理宗）尸樹間，瀝取水銀」，這樣掛了三天三夜，理宗「竟失其首」，他的頭竟然被砍斷，不知帶到哪裏去了。

知道了這段背景，我們再來看王沂孫的這首詞，就更能體會他的妙處了。你看，他表面上寫的是「龍涎香」，「龍涎」當然是龍口中流出來的液體了，而理宗曾被人「倒懸」在樹上，從口中「瀝取水銀」，所以這首詞的題目很妙。不但如此，理宗年代是1225到1264年；後邊度宗是1265到1274

年，很短；恭帝更短了，只有一年；端宗是1276到1277年，也很短；到帝昺的時候，南宋的大臣陸秀夫就背著小皇帝在崖山跳海自殺了。所以，南宋最後一位皇帝死在了海上。在王沂孫這首詞中，他不但寫「龍涎香」，而且寫到海上的龍，「一縷縈簾翠影，依稀海天雲氣。」你看到「一縷」香煙的繚繞，那崖山的海上，南宋最後一位皇帝死去了，而南宋過去所有的興盛，那些美好的生活，永遠不會再回來了。可是，你怎麼能這樣「忘卻」了「樽前舊風味」呢？最後他說：「謾惜餘熏，空篝素被。」只有在哀思悵惘中懷念那逝去的一切。可見，他雖然通篇寫的是「龍涎香」，但亡國的悲哀盡在言外了。

關於詠物，我還想再談幾句。我說過，詠物之作或用「隱語」、或用「巧談」（《文心雕龍・詮賦》）；或出於環境的不可明言，或成於社交的製作巧言。從荀卿、宋玉的賦到建安時期的詠物詩，再到南朝齊、梁之際的宮體詩，詠物之作也有一個發展演變的過程。宮體詩人沒有深刻的思想，也沒有真摯的感情，他們都是寫些宮中女子的姿態，宮中的裝飾、精巧的飾物等等，雖然也算是詠物之作，但寫得非常柔靡。到了唐朝，陳子昂在〈修竹篇・序〉中說：

齊、梁間詩，彩麗競繁，而興寄都絕。

一般人都認爲，陳子昂是在唐朝早期主張復古的作者，但陳子昂這幾句話不是泛指，他的復古也不是泛指一切的詩，而是特別提出了「齊、梁間」的詠物詩。他這一篇〈修竹篇・序〉其實是他與另一位名叫東方虬的人相唱和而作的，兩個人都詠物，東方虬詠的是「孤桐」，陳子昂詠的是「修竹」。陳子昂喜歡在詠物詩裏加以寄託，他寫過很多首〈感遇詩〉，都是在詠物中寄託悲慨的。陳子昂的詠物詩中大量用了「比」的手法，我們不是說《詩經》中的「賦」、「比」、「興」都是「心」與「物」的結合嗎？「比」是「由心及物」，即用思致去安排「物」──我先有一個要表現的「意」，然後用思想安排一個「物」來作比。「興」是「由物及心」，先看到一個外物，然後引發了你內心的一種感情。陳子昂善於用「比」，誰善於用「興」呢？杜甫。杜甫早年就寫了很多詠物詩，比如〈畫鷹〉、〈房兵曹胡馬〉等詩都屬於詠物之作，他說：

> 胡馬大宛名，鋒稜瘦骨成。竹批雙耳峻，風入四蹄輕。所向無空闊，真堪託死生。驍騰有如此，萬里可橫行。（〈房兵曹胡馬〉）

「胡馬」就是「大宛」的馬，是最好的最有名的馬，它什麼樣子呢？先寫馬的形貌：它的骨骼都是有稜角的，給人一種非常矯健的感覺；它的耳朵像是竹筒子批成的一樣，立在那裏，顯得很精神；它跑起來蹄下生風，像這些，都是形容馬的外表形貌的，還不算好；後邊他說：「所向無空闊，真堪託死生。驍騰有如此，萬里可橫行。」如果有這樣的馬，無論我向哪一個方向跑，在我面前的道路都算不上遙遠了，我們常常說，某某人的字典中沒有「難」字，這匹馬前面也沒有遙遠的概念。假如這是你的馬，你騎在馬背上，真的可以把自己的性命交托給牠，所以孔子說：

> 驥不稱其力，稱其德也。（《論語・憲問》）

一匹馬之所以被稱做「千里馬」，不只是說牠有力氣，可以跑千里之遙，更重要的是牠「真堪託死生」的「德」，如果真有這樣一匹馬，那麼天下之大，何處不可以去呢？這是杜甫的詠物詩。讀他的詩，我們常常可以感到一種「興發感動」的力量，所以杜甫的詩是從「興發感動」來寫，而不是以「思力」安排來寫的。

現在，你就知道詠物的幾種情形了：有「隱語」，有「巧談」；有委曲難言的環境，有社交爭巧的騁詞；有人用「思力」安排來寫，有人從「興發感動」來寫。我講詩，特別注意「興發感動」的作用，於是大家常常笑我，說：你又要講什麼「興發感動」的作用了！我認爲：詩歌本身就有一種「興發感動」的作用，它是有生命的。我從1979年回到南開大學教書，在座的有些同學在我剛來南大時，就聽過我講課，到現在已經有二十餘年之久了，而我所講的，不過就是唐詩宋詞，所以很多東西他們已經聽過不知有多少遍了，爲什麼還要來聽？我想，那是因爲詩歌本身的生命是生生不已的，我用我的生命來講它的生命，二十年間我有我的改變，每一天都有不同，而我所講的內容也是不斷變化的。杜甫詩最可貴的是，它有一種「興發感動」的生命，碧山詞之可貴，也是因爲它在「思力」安排中，仍然保存了一些「興發感動」，至於詠物之作中那些不好的作品，它只有「思力」安排，沒有「興發感動」的生命，那就只剩下詞藻的堆砌了。

張　炎

今天我們來看張炎的詞。

在我和繆鉞先生共同撰寫的《靈谿詞說》中，論張炎詞是繆先生寫的。《靈谿詞說》的體例，是在論述每位詞人之前都有幾首論詞絕句，那麼，我今天講張炎，就從《靈谿詞說》中繆先生論張炎詞的四首絕句談起。

繆先生論張炎的第一首絕句是這樣寫的：

> **江湖流落舊王孫，卅載華堂一夢存。剩水殘山憑弔盡，萬花吹淚掩閑門。**

張炎出身於南宋一個仕宦地位很高的家庭，他家雖然已經有好幾代定居在南方，但其祖先其實是北方人，祖籍在隴西成紀（今甘肅天水市）。他家是從他的六世祖張俊發達起來的。南宋初有兩位帶兵打仗的將軍，一個叫張浚，一個叫張俊，由於他們的姓名發音相同，所以後世常常有人把他們混淆。張浚以忠義著稱，堅決反對與金人議和，所以在秦檜用事時被罷免，直到孝宗時才再度起用；至於張俊則曾經做過盜匪，後來也成了抗金名將，可是當他摸清宋高宗並不想北伐，只想議和的時候，就見風轉舵，附和了秦檜，秦檜陷害岳飛，他也曾參與其事，後來他的官做得很大，被封爲清河郡王，因此他家是非常富有的。張炎的曾祖父叫張鎡，張鎡喜歡填詞，有詞集名叫《玉照堂詞》。據南宋人的筆記記載（周密《齊東野語》卷二十），張鎡的生活非常豪華奢侈，說他在家中舉辦「牡丹會」，客人來齊了之後，就命令捲簾，那美麗的幃幔一打開，馬上就有異香的煙霧繚繞，然後出來十名歌妓，歌妓的首飾和衣服上的刺繡都是牡丹，唱的都是前輩作家詠牡丹的名詞；歌舞之後放下幃幔，等到再打開幃幔，又是一陣香霧繚繞，又有另外十名歌女出來演唱，「大抵簪白花則衣紫，紫花則衣鵝黃，黃花則衣紅」。似這樣要換上十次都不重複樣子，演唱者和奏樂者達到數百人，「燭光香霧，歌吹雜作，客皆恍然如仙遊也」。據說他還在他的庭園裏建了一座亭子，這亭子是用巨大的鐵索懸掛在四棵古松上邊，他和客人坐在裏面飲酒賦詩，「飄搖雲表，真有挾飛仙、溯紫清之意」。

有人以爲，南宋的辛棄疾大概也很富有，因爲他在瓢泉（今江西鉛山縣）啦、帶湖（今江西上饒市）啦，不是都蓋了房子嗎？而且別人彈劾他的奏疏上，不是說他「殺人如草芥，用錢如泥沙」（《宋史》卷四百一〈辛棄疾傳〉）嗎？我個人以爲，這是迥然不同的。辛棄疾確實很能搜集錢財，在做江西安撫使的時候，當地遭遇饑荒，他曾把官府所有的「官錢、銀器」都拿出來，派了很多人到各地去收購糧食，使老百姓度過了饑荒。但他那是賑災救人，並不是落入私囊。至於他在被放廢家居的時候，確實蓋了房子。但我們看他蓋的是什麼樣的房子？是「東岡更葺茅齋，好都把、軒窗臨水開。要小舟行釣，先應種柳，疏籬護竹，莫礙觀梅。秋菊堪餐，春蘭可佩，留待先生手自栽」（〈沁園春〉），是「帶湖吾甚愛，千丈翠奩開」、「東岸綠陰少，楊柳更須栽」（〈水調歌頭〉）。稼軒有一種天才，當他不被國家所用的時候，他自己安排自己的生活，他要把房子建在依山傍水的地方，哪裏種樹，哪裏種花，他都要親自動手，他所喜愛的是大自然之美。而且稼軒在帶湖建房時還寫了〈上樑文〉：

> 抛梁東，坐看朝暾萬丈紅。直使便為江海客，也應憂國願年豐。（〈新居上樑文〉）

辛棄疾在南宋生活了差不多四十年，這裏邊幾乎有二十年是被放廢家居的，可是他說，就算我已經被罷官成爲江海之客，但我仍然希望年景好收成好，這樣國家才能夠富強。所以說，稼軒的生活情趣和張鎡的那些歌妓啊、香煙啊、刺繡的衣服啊，是大不相同的。張鎡完全是一種個人的享受與豪奢的排場；而且張鎡不但開那麼豪華的牡丹會來宴請客人，他家裏還養了許多門客，像有名的詞人姜白石，不是就和張鎡有很多來往嗎？所以，張炎之所以那麼精通音樂，與他的家庭環境是有關係的，因爲從他的曾祖父直到他的父親都喜歡歌舞，喜歡填詞。張炎在《詞源》裏邊曾提到，他的父親填了一首詞，其中有一句「瑣窗幽」，覺得「幽」字的聲音不好，改成「瑣窗深」，還是不好，最後改成「瑣窗明」才諧律。從「瑣窗幽」改爲「瑣窗明」，這意思不是完全相反了嗎？其實，如果單從音樂上講，他也不是完全沒有道理，因為「幽」和「深」都是陰平聲，而「明」是陽平聲，在唱歌時的發音是有一點點不同的。現代人作詞譜曲已經不大注意這個了，比如有些個字本來是第二聲，但你唱到那個地方，按譜子，只能發第三聲，才能夠唱得出來，那就是文字的四聲與音樂的五音搭配得不夠好的緣故；而南宋那些精通音樂的詞人，在這些地方常常是特別講究的。所以你看，張炎從小就生長在這樣的一個家庭之中，因此繆先生說他是「舊王孫」。

可是你還要注意到，他還不僅僅是「舊王孫」，繆先生還說他是一名「江湖流落」的「舊王孫」。因為南宋滅亡了，張炎親身經歷了國破家亡的悲劇。南宋亡於元，元兵進入臨安的那一年（1276年），張炎二十九歲——其實嚴格說起來，那一年還不算南宋最後滅亡，因為南宋的大臣們又先後立了端宗和帝昺兩位小皇帝，最後一直退到海上，直到陸秀夫背著帝昺投海自盡，南宋才算正式滅亡。那一年，張炎三十二歲（1279年）。所以繆先生說「卅載華堂一夢存」：在這以前，張炎的家庭是富貴豪奢的，是「華堂」，可是在元兵入城之後，他的祖父被殺，家產被「籍沒」，那真的不但是國破，而且是家亡了。元兵入臨安（今浙江杭州市）是在宋恭帝德祐二年三月，正是春天的時節，張炎有一首詞中有句曰：「楊花點點是春心，替風前、萬花吹淚。」（〈西子妝慢〉）當暮春時節、滿空中飄舞著楊花的時候，那每一朵飄舞的楊花，都是春神為哀悼春天逝去而拋灑下來的眼淚啊！這是張炎的名句，寫得確實很好。因此繆先生說：「剩水殘山憑弔盡，萬花吹淚掩閑門。」當春天結束以後，所有的花都零落了，作為當年的「舊王孫」，張炎也只能閒居在野，一切繁華的往事都永遠不可復返了。

南宋滅亡之後，大約在元世祖至正二十七年（1290年）、張炎四十三歲的時候，他曾和他的兩位朋友：沈欽、曾遇一起北上，到過元朝的首都大都、即現在的北京。他幹什麼去呢？從一些資料裏判斷，他是去參加抄寫「金字藏經」。你要知道，在國破家亡之後，有些讀書人肩不能挑擔、手不能提籃，不出來當官就無以爲生；而且新的朝廷也要採取一些措施來招攬人才，像清朝的康熙皇帝，就開過「博學鴻詞」科（1677年），以吸引那些明末的遺民來考試做官，著名詞人陳維崧、朱彝尊都參加過這個考試。元朝的朝廷可能也是如此，爲了安定時局，他們召集一些讀書人來抄寫「金字藏經」，而這些讀書人也就以爲，抄完了經，可以謀得一官半職，可是最後，他們都沒有得官，都失意地回來了。不過，對於張炎這次北遊的目的，我在這幾年又有了一個新的想法：張炎雖然生在南方，可他的祖籍是隴西成紀，是北方人，以前在南宋的時候，他沒有機會去北方，那麼現在他也許很想藉此機會進行一次尋根之旅，到北方去親眼看一看北國的風光吧？這也不是沒有可能的。

繆先生的第二首論詞絕句是這樣寫的：

> 夜渡黃河記壯游，玉關踏雪脆貂裘。南人詞有幽并氣，未許人間第二流。

前面兩句，用了張炎〈甘州〉裏的句子：「記玉關踏雪事清遊，寒氣脆貂裘。」那首詞寫的就是他這次北遊的事；後兩句的意思是說：張炎本是南方人，可他的有些詞中卻有一種北方山川的雄偉氣象，如此的悲愴豪壯，這是很難得的，所以繆先生認爲這不失爲第一流的好詞。

繆先生的第三首論詞絕句說：

> 美成以下論妍媸，兩卷詞源見卓思。騷雅清空尊白石，無妨轉益更多師。

張炎著有《詞源》二卷，上卷是論音律的；下卷評說歷代詞人，而他最推尊的詞人就是南宋的姜白石。姜白石的詞好在哪裏呢？張炎說他是「騷雅清空」。因爲詞最早本是里巷俗曲，文人填詞也很難避免俗曲的風格，像柳永常爲勾欄瓦舍的妓女寫詞，就用了許多俗語俗字；像秦觀雖然有些詞寫得非常俊雅，可是他也有模仿俗曲的語言；像黃庭堅寫詩的時候是避俗的，但寫詞的時候就完全不同了；甚至連蘇東坡，有時候也難免寫些個開玩笑的句子。只有姜白石不是如此。所謂「騷雅」，就是要有文學氣息和古典氣息。「騷雅」是「騷風」的另一種表述，指〈離騷〉、大小〈雅〉；就是說，詞要寫得雅正，要有《詩經》、〈楚辭〉的流風餘韻。所謂「清空」，就是寫詞的時候不要落實，你看姜夔的〈暗香〉、〈疏影〉就都不落實，你很難確定他實在要寫的是什麼，這種做法發展到極點，就是沈義父《樂府指迷》所說的「說桃，不可直說破桃」、「詠柳，不可直說破柳」之類了。剛才繆先生讚美張炎「未許人間第二流」，但我認爲張炎就是落入了第二流，因爲張炎所斤斤計較的是要「騷雅」、要「清空」，什麼都不要落實。可是你看人家杜甫的「窮年憂黎元，歎息腸內熱」、「致君堯舜上，再使風俗淳」（〈自京赴奉先縣詠懷五百字〉），那些感情志意何嘗不落實！張炎之所以不能夠落實，其實是因爲缺乏那種感情志意，你架空在那裏，根本就無「實」可落嘛。張炎所論的不是詞的本質，只是外表的字句，所以繆先生認爲他「無妨轉益更多師」。不過繆先生也說了，張炎能夠「夜渡黃河記壯遊」，寫出像〈甘州〉那樣豪壯的詞來，說明他有時候也還是能夠多方面學習取法的。

我們再看繆先生的第四首論詞絕句：

> 悽愴纏綿是所長，田荒玉老語堪傷。中仙去後無詞筆，此意人間費較量。

在元軍進入臨安的時候，張炎的家庭受到了很大的打擊，因此他詞中的感情大多是悽愴纏綿的，像「楊花點點是春心，替風前、萬花吹淚」（〈西子妝慢〉）之類。「玉老田荒」，是張炎的一首〈祝英臺近〉詞中的一句，王國維在《人間詞話》中用張炎自己的這句詞來概括他的風格。「中仙」是王沂孫的號，張炎是很欣賞王沂孫的，他有一首哀悼王沂孫的詞〈瑣窗寒〉，其中說：

> 自中仙去後，詞箋賦筆，便無情致。

繆先生說：爲什麼張炎說「中仙」去後就「無詞筆」了呢？那就需要我們去比較和衡量，做進一步的思考了。

我們再來看看古人對張炎的評價。《四庫全書總目》評張炎詞說：

> 所作往往蒼涼激楚，即景抒情，備寫其身世盛衰之感，非徒以剪紅刻翠為工。（卷一百九十九·集部五十二·詞曲類二）

這也是注意到了張炎詞的兩個方面：一個方面是他非常注意技巧，有南宋詞那種雕琢刻畫和形容描寫的習氣；另一方面是他在南宋滅亡之後也曾北遊，也寫過許多「蒼涼激楚」的詞，又和南宋的一般風氣有所不同，像我們要講的〈甘州〉，像〈湖中天〉，像〈疏影〉，就都是他北遊以後的作品。

周濟的《介存齋論詞雜著》則說：

玉田近人所最尊奉，才情詣力亦不後諸人。終覺積穀作米，把纜放船，無開闊手段。

說張玉田他的才能、造詣和工力都不比別人差，可是他「積穀作米」：就像把穀子碾成米，這是說他瑣細，不夠開展；「把纜放船」：抓住纜繩把船放出去，這是說他不能夠高遠。這話真的很難說清楚，我們剛剛講過王沂孫，王沂孫的詞和張炎一樣，也是深刻細膩，也是缺少高遠飛揚，因爲，除了特別傑出的人之外，一般的才人，你生在一個什麼樣的時代，就很難逃出這個時代所決定的命運，生在南宋淪亡前後的這一代詞人，他們都缺乏高遠的神韻。你看杜甫，儘管他的詩寫了許多戰亂流離，可是他有一種氣象。盛唐詩真的是有氣象，李白、杜甫的開闊博大，不是後人所能趕得上的；中晚唐以後的詩人寫得再好，也沒有這種氣象，像李義山那是多麼好的一個詩人，可他的詩就是沒有盛唐氣象。人是渺小的，人力是有限的，生在哪個時代，就要受到哪個時代的限制。我曾經說過，詩詞裏邊有一種感發的生命，它有厚薄、廣狹和大小的不同，杜甫的詩之所以了不起，就因爲他對生活有一種更廣大的關懷，他的生命是和更廣大的生命結合起來的，所以他博大廣遠。

說到這裏我不得不說：一般最偉大的作家，他的作品都有一種對自己的國家民族的關懷。一個人倘若離開了自己的祖國，就難以寫出偉大深刻的作品，這是毫無辦法的一件事情。我認識一位在美國長大的華裔朋友，他說他是「竹生」；什麼叫「竹生」呢？你看那每一截竹子，它的兩邊是不通的；就是說，他雖是中國血統，但他已經脫離了自己祖國的文化，而對於他生長之地的文化，他又不能夠與之完全交融在一起，所以這兩邊都不通。一個作家離開了自己的祖國，他的關心的結合面就窄了，他只能關心自己生活的安定，對那些自己內心真正關懷過的東西，由於距離已遠，就無法關懷了；而對於他現在所居住的地方呢，由於他本來並不屬於這個地方，所以也沒有辦法從感情上真正地關心。文學和藝術的創造一定要有一個生命在裏邊，作者的關心越深厚、越博大，他作品的生命才能越深厚、越博大，這是一個必然的道理。像吳文英，他生活在賈似道專權的時候，那時候南宋敗亡的跡象正在逐漸顯露出來，但他所處的時代又畢竟不同于王沂孫和張炎的時代，在他那個時候南宋還沒有真正敗亡，還沒有淪於異族的統治之下，所以，吳文英的詞還能夠表現有某一種飛揚的精神，而越接近南宋滅亡時期的作者，就越來越缺乏這種精神了。當然也有例外，像文天祥的詞就有他意氣發揚的一面，這是由於作者個人的那種忠義奮發之情所致。如果你並沒有文天祥那樣的感情，你就寫不出他那樣的作品來。所以，我們說作者之不同：一個方面是他做人的態度不同；另一個方面則是才能的不同。而這才能之不同也包含有各個方面，其中之一就是天賦的不同。王沂孫雖然缺少飛揚高舉的一面，但這個人真是善感，你不得不承認，他的感情之銳敏與細膩都是別人比不上的。不久前我也講過周密，周密和張炎雖然有些詞也寫得很好，但他們是運用工力，是從枝節上去用力量的。所以他們不但發揚的力量少，就連感動的力量也是比較缺少的。其實，所謂感動也有不同的種類：一種是向高處的、飛揚的感動；另一種則是向深處的、低回往復的和迴腸盪氣的感動。

周濟看到了這一點：張炎詞的技巧工力都超過了別人，但感動的力量卻不夠。他後邊又說：

> 玉田詞佳者匹敵聖與，往往有似是而非處，不可不知。（《介存齋論詞雜著》）

「聖與」就是王沂孫，周濟說張炎和王沂孫有「似是而非」的地方。這是很有眼光的，我與周濟有同感。「似是而非」，就是兩個人表面上很像：不都是大家結社來寫詠物詞嗎？不都是很注重工力技巧嗎？可是，在感發的生命這一方面，張炎就不如王沂孫了。接下來周濟又說：

> 叔夏所以不及前人處，只在字句上著功夫，不肯換意。

「叔夏」就是張炎了，他說張炎之所以趕不上吳文英、王沂孫他們，就因爲他只在枝節的字句方面下功夫而不肯「換意」。什麼是「換意」呢？「換意」指的是感情的情意在作品裏的生發和成長，也就是作者那創作的生命在作品之中的活動。我們可以隨便舉幾個例子來看。陶淵明能夠用非常質樸的外表形式與文字，把他那一份詩歌的生命在作品之中的活動非常生動地表現出來，這是他很了不起的地方。幾乎每一首陶淵明的詩都不是一個死板的東西，每首詩裏都有他自己感情活動的痕跡。就說大家最熟悉的：

> 結廬在人境，而無車馬喧。問君何能爾，心遠地自偏。（〈飲酒二十首〉其五）

那幾句吧，每一句都是一個轉折，都是一個生命的活動。再比如他還有一首〈擬古〉詩：

> 少時壯且厲，撫劍獨行遊。誰言行遊近，張掖至幽州。飢食首陽薇，渴飲易水流。不見相知人，惟見古時丘。路邊兩高墳，伯牙與莊周。此士難再得，吾行欲何求。（〈擬古九首〉其八）

陶淵明真的到過張掖和幽州嗎？沒有。這首詩裏所寫的，則完全都是他思想和意念的活動，而這種思想和意念的活動寫得真是非常的活潑。

中國人論詩很講究形象。所謂形象，有的是從大自然中來的，比如《詩經》中的「關關雎鳩」啦、「桃之夭夭」啦等等；《楚辭》裏當然也有很多大自然中的形象。但《楚辭》裏的自然和《詩經》裏的自然不大一樣：《詩經》裏邊是真的和實在的大自然；而《楚辭》裏邊則是作者概念中的自然，此外，《楚辭》裏還用典故和神話來做形象。在《詩經》和《楚辭》之後，就是〈古詩十九首〉了。〈古詩十九首〉中也有大自然的形象，像「青青河畔草」、「玉衡指孟冬」等，但〈古詩十九首〉還有一個重要的特色，就是常常用敍事的形象；在這敍事的形象之中其實也有所不同，我所要說的還不是「行行重行行，與君生別離」這一類的敘事，我要說的是「西北有高樓，上與浮雲齊」的這一首。這首詩雖然也是在敘事，但西北真的有一個高樓在那裏嗎？後邊他說「上有絃歌聲，音響一何悲」，難道真的有一個歌者在樓上嗎？作者所要說的，其實並不是高樓，並不是歌者，甚至也不是聽者，而是他自己不得知音的那一份感情，是：

> 不惜歌者苦，但傷知音稀。願為雙鴻鵠，奮翅起高飛。

是作者自己內心有這樣一份感情上的意境，而借助「高樓」、「歌者」、「聽者」這些形象把它呈現出來了。因此在外表上，這首詩很容易讓人產生誤會，以爲真的有一個高樓，高樓上有一個歌者，高樓下有一個聽者，以至後來有人注解〈古詩十九首〉，就考證說高樓在洛陽，叫什麼什麼樓，是哪一年建的等等，這實在是很笨的做法。那麼，陶淵明他在用敘事的形象來表現感情的意境這一方面，顯然就受到了〈古詩十九首〉的影響。其實自〈古詩十九首〉出現之後，已經有一大批詩人模仿它寫擬古的詩，像晉朝的陸機，就寫過很多擬古詩，如：〈擬行行重行行〉、〈擬西北有高樓〉等，但這些人所擬的，僅僅是〈古詩十九首〉表面的主題、用字和造句，並沒有學到它真正的好處。我以爲，真正把〈古詩十九首〉最大的好處繼承下來的，是陶淵明的〈擬古詩〉，因爲陶淵明他真的是一位特立獨行之士，真的是一位有眼光、有思想的人，像他的〈擬古〉裏有一首說：

> 東方有一士，被服常不完。三旬九遇食，十年

著一冠。（其五）

說：

上絃驚別鶴，下絃操孤鸞。願留就君住，從今至歲寒。（同上）

可是〈古詩十九首〉裏邊並沒有「東方有一士」這麼一首詩啊，而且「東方」真的有這麼一個人嗎？我實在要說，這首詩和我剛剛提到的那首「西北有高樓」是很神似的，實際上並不見得真有那麼一個人，陶淵明他也是用敘事的形象來表現自己感情的意境。還有剛才我提到的那首「少時壯且厲，撫劍獨行遊」，光看開頭兩句完全是敘事嘛，可是接下來你就看到那並不是現實中的敘事：「誰言行遊近，張掖至幽州。」在陶淵明那個時代，張掖和幽州都在「五胡十六國」的胡人佔領區，他是不可能到過那些地方的。事實上，陶淵明所寫的是精神上的行遊，而不是身體上的行遊。詩人的資質是不相同的，哪怕他們使用同一個意象，這意象裏邊所帶有的生命的多少也是不相同的。一篇真正好的作品絕不會死在那裏，它裏邊總是有一個生命在活動、在成長；這還不光是說對讀者產生的感動，而是說它本身就在成長、在活動。我們姑且不說陶淵明這麼複雜的詩，我們看李白的一首小詩〈玉階怨〉：

玉階生白露，夜久侵羅襪。卻下水晶簾，玲瓏望秋月。

你看它裏邊那種轉折，那種感發生命的成長！「白露」當然是潔白的、寒冷的，但我要說的還不是它本身的性質，而是詩裏邊的意象結合起來所產生的效果。「生」字有一種慢慢發生的感覺，它與「夜久」產生呼應；「侵」字使人產生一種從外在到內在的寒冷；「卻下水晶簾」使那種感覺由簾外轉到簾內。他的感情是有生命的，正隨著時間的進展而一步一步地活動和變化著，變得越來越深刻。在「玉階生白露」和「夜久侵羅襪」的時候，那種寒冷和孤獨的感覺就已經產生而且逐漸深入，那麼，當「卻下水晶簾」之後，爲什麼不但不去睡覺而且還要「玲瓏望秋月」？寫到這裏，詩已經結束了，但一直在裏邊活動的那種感發的生命，卻還沒有結束，「望秋月」所代表的那種生命的期待嚮往還沒有結束。一首真正有生命力的好詩，不但它本身那種感發的生命是一直在活動的，而且它通過讀者還會產生一種生生不已的感發。所以說，作品裏真是有一個生命在的，而且這生命還有博大、深厚與淺薄、狹小的不同，而這又涉及作者本身創作生命的大小、厚薄——還不是說他在自己的一篇作品裏邊結合了多少感發的生命，而是說他自己本身擁有多少感發的生命。有的詩人，在這方面就比較豐富；而也有一些詩人在這方面是比較貧乏的。

我現在就要說回來了。爲什麼張炎與王沂孫比起來就「似是而非」？因爲王沂孫的感發生命雖然也不夠博大、深厚，但他的感發生命中的善感與敏銳，實在是勝過張炎的。周濟說張炎「只在字句上著功夫，不肯換意」，所謂「不肯換意」就是說他的生命不再生長活動，而是停在字句上死掉了。不過周濟還說，張炎也不是沒有好的作品：

若其用意佳者，即字字珠輝玉映，不可指摘。（《介存齋論詞雜著》）

以張炎的工力與技巧，再加上他偶爾也有感發生命的作用，所以有時候也能夠寫出很好的作品來。

清朝還有一個叫戈載的人評論張炎詞，說：

學玉田以空靈為主，但學其空靈而筆不轉深，則其意淺，非入於滑，即入於粗。玉田以婉麗為宗，但學其婉麗而句不精煉，則其音卑，非近於弱即近於靡矣。故善學之，則得其門而入，升其堂，造其室，即可與清真、白石、夢窗諸公互相鼓吹。否則浮光掠影，貌合神離，仍是門外漢而已。（《宋七家詞選·玉田詞》）

他說，你要是學張炎的詞，只從他外表的「空靈」、「婉麗」去學是不成的。「婉麗」就是說寫得很委婉、很工麗，這個比較容易懂，可什麼叫「空靈」呢？「空靈」就是不粘滯，大家都認爲在「空靈」這一方面表現得最出色的是姜白石，說他是「野雲孤飛，去留無跡」（張炎《詞源》卷下），就是說，不要把你的主題一下子就說出來，不要碰觸你真正要說的那個主題，而是從周圍旁敲側擊來渲染和描繪，這就是「空靈」。這「空靈」也是比較難講的，因爲你不能說「空靈」絕對就好或者絕對不好，像李白那首《玉階怨》就很「空靈」，他整篇詩沒有碰一個「怨」字，而且他裏邊沒有寫感情的句子，但這首詩真是玲瓏剔透，一定要這樣的「空靈」才是好。因爲李白他不是說明，他全首詩都是感發，他有一個生命在那裏；也就是說，你可以「空靈」，但是你一定要真正有感發，一般人學「空靈」只知道不要去碰那個主題，可是他根本就沒有感發，又不去碰主題，那就根本沒有東西在裏面了嘛！王士禎的「神韻」就落到了這個下場，他都是空的，根本沒有一個感發的生命，這樣寫詩怎麼行！所以說，這個世界上有很多「似是而非」的東西，看起來都差不多，可是「差之毫釐」就「謬以千里」了。當然，一首詩裏邊有沒有一個真正的生命，一般人較難判斷，因此這種「似是而非」的作品常常是很能騙人的，有的時候你學了半天，可能只學了一個外表，事實上真正的好詩並不是那個樣子。

前邊我已經講過張炎曾祖父張鎡的豪奢。本來，舊時代的讀書人一般都要在仕與隱之間作出選擇，可是南宋那些達官貴人們卻有一種很聰明的做法，那就是既仕且隱、既隱且仕。就是說，他的人是在仕宦中，可是他的心不在仕宦中，他要追求生活的情調，追求詩酒風流啦、歌女啦等等的享受，要和文人墨客們來往以示清高；他們還以此爲得意，認爲這就是瀟灑超脫，而那些比較有名氣的文人像吳文英啦、姜白石啦，他們一方面自命清高，另一方面又依附這些達官貴人，做其門客以維持自己的生活。這也是南宋社會風氣之所以敗壞、民心之所以頹靡不振、國家之所以走向敗亡的原因之一。其實南宋另外還有一個現象，就是不務實事，只講求心性之學，所謂「無事袖手談心性，臨危一死報君王」（顏元《朱子語類評》）。總之，南宋當時的社會狀況就是如此。

南宋的這種奢靡享樂和自命清高的社會狀況，就造成了文學和文學理論上追求雕琢工巧的風氣。張炎早期的詞作是很接近姜白石那一類詞的，因爲姜夔和張鎡及張鎡的弟弟張鑑，都是好朋友，張鎡的新宅落成，姜夔還寫過一首〈喜遷鶯慢〉來祝賀和讚美他。但在南宋亡國之後，尤其是張炎北遊之後，他的詞風就有所改變了。可是大家批評張炎的作品，常常侷限於他早期的作品，而且許多選本也只喜歡選他早期的作品，晚期作品反而選得不多。我們現在就先看一首張炎早期的詞作〈南浦〉，題目是「春水」：

波暖綠粼粼，燕飛來、好是蘇堤纔曉。魚沒浪痕圓，流紅去、翻笑東風難掃。荒橋斷浦，柳陰撐出扁舟小。回首池塘青欲遍，絕似夢中芳草。
和雲流出空山，甚年年淨洗，花香不了。新淥乍生時，孤村路、猶憶那回曾到。餘情渺渺，茂林觴詠如今悄。前度劉郎歸去後，溪上碧桃多少。

這是他早期在臨安、也就是杭州的時候所作的。辭藻很美，聲調也很好聽，很多人喜歡這首詞，所以張炎因此贏得「張春水」之名。寫詠物詞是有方法的，如果你寫詠春水的詞，一開口就把「春水」說出來，那就沒有餘味了，所以一定要圍繞著春水的各個方面旁敲側擊地寫；另外，你還一定得切合題意，這個水一定得是春水，絕不能寫成秋水。實際上，明清以來八股文的作法也是如此，你的整篇文章都不能離開題目，而且要旁敲側擊地用許多方法來陪襯這個題目。所以張炎寫春水的第一句是「波暖綠粼粼」，春天到了，天氣暖和了，冰化了，所以是「波暖」。「綠」是春水的顏色；「粼粼」是春水波光閃動的樣子。「燕飛來、好是蘇堤纔曉。」這「燕飛來」點出了春天的季節；「蘇堤纔曉」點出了這麼美麗的春水是在蘇堤這個地方和早晨剛剛破曉的時候。蘇堤是杭州西湖上一處有名的風景，據說是蘇東坡在杭州建造的。下面他說：「魚沒浪痕圓，流紅去、翻笑東風難掃。」我以前在北京念書的時候，寫過幾首〈早春雜詩四首〉（其三），其中有句曰：

> 日光暖到能消雪，溪水生時隱見魚。（《迦陵詩詞稿》初集・詞稿）

北方的冬天到處都是冰雪，等到春天來了，你就看到那冰雪在日光下慢慢地都化成水流下去了。春天水漲，小魚兒也游出來了，「細雨魚兒出」嘛（杜甫〈水檻遣心〉）！魚不會一直留在水面的，它浮出水面，嘴巴張兩下子，就又潛入水中去了。但魚雖然看不見了，它在水面卻留下了一圈一圈的水紋。這就是「魚沒浪痕圓」。那麼，與春水有關係的，一個是魚，再有就是落花了。你想一想，這落花如果落到地面上，風一吹就把花吹得滿地翻滾，那就是「掃」了。可是落花落到水面上，風還能把它吹起來嗎？所以就是「翻笑東風難掃」了。你看他觀察得多麼細緻，想得多麼妙！這真是才子，所以大家才叫他「張春水」嘛。「荒橋斷浦，柳陰撐出扁舟小。」「浦」指岸，水的岸邊就叫浦；「撐」是用篙竿撐，船可以用槳來滑，可以用縴來拉，也可以用篙竿來撐。他說在一個荒寂的小橋岸邊，在垂柳的樹陰之下，你本來沒有注意到那裏有條船，可是忽然間有人拿著篙竿一撐，一下子水面上就出現了一隻小船。不過他這裏也還不是要寫那條船，他仍然是要寫船下的春水。接下來他就開始用典了：

「回首池塘青欲遍，絕似夢中芳草。」這是用謝靈運詩〈登池上樓〉中的「池塘生春草」，但張炎用這個典也不是要說春草，而是要說春水，所以說是「絕似夢中芳草」：那滿池塘的春水青青，就像大謝「池塘生春草」的那個「春草」一樣。爲什麼是「夢中」？因爲謝靈運說自己每當見到族弟謝惠連的時候就「輒得佳語」（鍾嶸《詩品》引《謝氏家錄》），而這句「池塘生春草」就是他在夢中見到謝惠連而得的。

寫詩的環境和物件對詩的意境真的是有影響的。我從前常常自己誇口，說我一生不寫投贈的詩篇，可是我去年回到大陸，國內的一些朋友非常喜歡寫詩填詞，人家很熱情、很誠懇地給我寄了詩來，我不能夠不理人家，所以我最近就寫了一些贈人的詩詞。寫的時候我就發現，每個不同的物件真是不同的：有的人可以喚起你比較高遠的情思和想像，有的人就不能夠喚起這種情思和想像。謝靈運的詩是比較晦澀的，而「池塘生春草」卻很清新，比較接近謝惠連的風格。

那我們現在要說的是張炎。他用了一個「夢」字，就把春水和春草聯繫在一起：「絕似夢中芳草」，寫得很好，有觀察，有才思，有詞藻；可是他對春水有什麼感受嗎？他並沒有，他只是說得很好而已。

下片他說「和雲流出空山」。這春水是從哪兒來的呢？水的源頭在高山上。高山上當然有白雲繚繞了，因爲古人說：

山中何所有，嶺上多白雲。（陶弘景〈詔問山中何所有賦詩以答〉）

還說：「雲無心以出岫」（陶淵明〈歸去來兮辭〉），這天上的雲彩啊，都是從山巒裏飄出來的。這春水既然也是從山谷裏流出來的，所以就「和雲」，伴隨著白雲，就從那寂寞的、高遠的山中流出來了。這是一種很美的想像，而且寫出了很美的形象。可是我要說：有的人雖然把形象寫得很美，但他的形象是由「想」而來，不是由「感」而來，因此這形象就難以給人以直接的感發。「甚年年淨洗，花香不了。」又是一個聯想，杜甫的詩說過：

在山泉水清，出山泉水濁。（〈佳人〉）

你想，上邊是白雲，下邊是空山，那該是多麼清潔澄澈、晶瑩透明的水？可是這水流出來之後就被沾染了；沾染了什麼？沾染了花香。他說要用這春水把落花的香氣洗淨，可爲什麼卻「年年淨洗，花香不了」？這句話實在還有點兒禪宗的意思，就是說，你有這麼清潔的根源，可是卻沾染上了紅塵中的花香。接下來他說：「新淥乍生時，孤村路、猶憶那回曾到。」這個「淥」不是「綠」，它是水澄清的樣子，「淥」的上邊加一個「新」字，又回應了「春水」的主題，「新淥乍生」就是春天的水剛剛漲起來；「孤村」，其實也是寫春水流到孤村，因爲這裏他很可能有一個聯想，那就是秦少游〈滿庭芳〉的「斜陽外，寒鴉萬點，流水繞孤村。」所以仍然沒有離開春水；下面的動詞他用了一個「憶」字，當然也可以是流水在「憶」：去年它曾流過這個孤村，今年又流過這個孤村，但「憶」的主語也可以是人：人曾經從這條孤村的路上走過，曾看到過圍繞孤村的春水，現在又來到這裏，又見到了它。所以，這「猶憶那回曾到」就從水轉到了人。下面就接著說人了：「餘情渺渺，茂林觴詠如今悄。」「餘情」是過去留下來的那種感覺；「茂林觴詠」用了王羲之〈蘭亭集序〉的「此地有崇山峻嶺、茂林修竹」，而王羲之他們的蘭亭集會做了些什麼呢？是「曲水流觴」啊！你看他還是沒有離開水。〈蘭亭集序〉說：

一觴一詠，亦足以暢敘幽情。

王羲之他們在「茂林修竹」這麼美的地方，在彎彎曲曲的溪流旁，把一個小小的酒杯浮在水面上，酒杯流到誰的面前，誰就拿起來喝酒。「茂林觴詠」，這是多麼有情趣的一種文人雅聚！可是「如今悄」，如今再也沒有了。也許有人會想，是不是張炎當年也曾與人在這裏有過「曲水流觴」的聚會？不一定的，因爲這其實都是他所想到的和春水有關的典故而已。「前度劉郎歸去後，溪上碧桃多少。」這個典故實在已經被用得很俗了，說的是劉晨和阮肇兩個人誤入天臺山，與天臺仙女遇合的故事（劉義慶《幽明錄》）；張炎用這個典故仍是取其與春水有關，因爲在這個故事裏邊也提到了溪水。張炎說，現在那溪水上白白地漂浮著碧桃花零落的花瓣，卻再沒有人能像劉晨和阮肇那樣，沿著這條溪水遇到天臺山裏的仙女了。

就像我剛才說過的，張炎觀察得很仔細，想法也非常妙，詞語也用得很好，這首詞寫得很好啊。可是，這都是他詩人的才思，是他想出來的，你看不到他自己有什麼真正的感動在裏邊。這是張炎在當時最有名的詞，由這首詞你就可以知道南宋當時一般人的欣賞興趣之所在。

下邊我們再看他的一首題爲「西湖春感」的〈高陽

臺〉，這首詞應該是張炎在南宋滅亡前後不久所作：

> 接葉巢鶯，平波卷絮，斷橋斜日歸船。能幾番遊，看花又是明年。東風且伴薔薇住，到薔薇、春已堪憐。更淒然。萬綠西冷，一抹荒煙。　當年燕子知何處，但苔深韋曲，草暗斜川。見說新愁，如今也到鷗邊。無心再續笙歌夢，掩重門、淺醉閑眠。莫開簾。怕見飛花，怕聽啼鵑。

你不能不承認，「接葉巢鶯，平波卷絮」這兩句確實寫得很美，而且還有出處。是杜甫詩裏說的：

> 卑枝低結子，接葉暗巢鶯。（〈陪鄭廣文游何將軍山林〉）

那是杜甫有一次陪他的好朋友鄭虔到一處園林中游賞。當時已是暮春時節，低矮的樹枝上已經結了果子，所謂「綠葉成陰子滿枝」（杜牧〈悵詩〉）嘛！「接葉」就是說那樹葉子越來越密，已經連起來結成一大片樹陰了，而在這樹陰裏邊，有黃鶯鳥做了巢。所以這「接葉巢鶯」寫的是暮春景色。什麼是「平波」呢？我曾經講過孟浩然的詩：

> 八月湖水平，涵虛混太清。（〈望洞庭湖贈張丞相〉）

他說洞庭湖湖水的水面是平的。其實像洞庭湖那樣的大湖，水面上一定有波紋，不會完全是平的，但如果你望得很遠，那波紋就看不清了，所以這「平波」並不是說水面上沒有一點點波紋，而是暗示湖水水面之大之廣遠。「卷絮」，是說風吹柳絮，所謂「一團團逐隊成球」（《紅樓夢》第七十回），那一團團的柳絮在西湖的水面上隨風飛卷，這也是暮春的景色。「斷橋斜日歸船」的「斷橋」，是西湖的一處名勝，這個橋其實沒有斷，那爲什麼叫「斷橋」呢？周密的《武林舊事》中說，這橋本來叫「段家橋」，還說橋兩邊的岸上有非常茂密的柳樹，遠看就像一條綠色的裙帶包圍著湖水，風景非常好（卷五〈湖山勝概〉）；可是也有人說不是這樣的，說是在冬天下雪之後，這個橋的一半被雪遮蓋了，望起來好像是從中間斷開的樣子，所以叫「斷橋」。「斜日歸船」是說，黃昏時在落日餘暉下，可以看到湖上有歸來的漁船。——你看他所寫的景象，日之西斜、船之歸去，所代表的都是一種遲暮闌珊的情調。我以前也曾講過歐陽修的〈定風波〉，其中一首的上片說：

> 過盡韶華不可添。小樓紅日下層簷。春睡覺來情緒惡。寂寞。楊花撩亂拂珠簾。

歐陽修寫的也是斜日夕陽，但北宋初期的作者與南宋末期的作者真的是有絕大的分別。你看歐陽修一上來就說，「過盡了韶華」就「不可添」哪！這裏邊，有多少真切的和直接的感動！你問，感動在哪兒？因爲他這一句不是用思想想出來的，而是出自一種直感：他說今天已經是春天的最後一天了，而且現在這最後一天的太陽也已經接近屋簷，馬上就要在屋簷下消失了，所以當他午睡醒來的時候，看到夕陽下滿院子的楊花柳絮，而這些楊花柳絮就代表了他此時寂寞而又撩亂的心情。歐陽修還有一首詠潁州西湖的〈采桑子〉，下片說：

笙歌散盡遊人去，始覺春空。垂下簾櫳。……。

歐陽修曾經在潁州（今安徽阜陽市）為官，潁州的西湖也是很美的，春天的湖水上到處都是遊船，可是等到「笙歌散盡」的時候，西湖上的遊船都不見了，遊人都歸去了，你就知道這繁華美麗的春天已經結束了。那麼我們再看張炎的這句「斷橋斜日歸船」，當然，恰好西湖有座橋的名字就叫做「斷橋」，可是你看他這三個詞的定語：「斷橋」的「斷」字、斜日的「斜」字、歸船的「歸」字，都是表示某種東西已經喪失和結束了，他就為你造成了這樣一種氣氛，而這種氣氛是需要你從他的這些非常恰當的用字裏邊去體會和聯想的。由這種氣氛就引出了下一句：「能幾番遊，看花又是明年。」這短暫的春天你能享受它幾次？現在春天已經結束，你要再想看花就得等到明年了。

這裏邊有感情、有情意，寫得當然不錯；可是王國維《人間詞話》裏對他這句曾有評論：

此等語亦算警句耶？乃值如許筆力！

就是說，這麼平常的一個意思，張炎他卻費了這麼大的力氣，值得嗎？張炎當然有傷春的感情，這絕不是假的，可是他和歐陽修的「過盡韶華不可添，小樓紅日下層簷」之不同到底在哪裏？所以分析詩詞，你一定要注意那些細微的地方。這「能幾番遊，看花又是明年」，雖然也是傷春，但它是透過一種思索安排發出來的，有一種計算的性質。王國維《人間詞話》還說過：

「君王枉把平陳業，換得雷塘數畝田」，政治

> 家之言也。「長陵亦是閑丘隴，異日誰知與仲多」，
> 詩人之言也。

王國維認爲：「君王枉把平陳業，換得雷塘數畝田」（羅隱〈煬帝陵〉）是政治家的眼光，侷限在一人一事，是計算的、計較的；而「長陵亦是閑丘隴，異日誰知與仲多」（唐彥謙〈仲山〉）是詩人的眼光，是「通古今而觀之」的。我以前還講過陳子昂的〈登幽州臺〉詩，那也是超然於世俗得失之外的一種詩人的眼光。這話也許很難說清楚，但是你要分別南宋詞與北宋詞之不同，一定要注意到這些細微的地方。

不過，這「能幾番遊，看花又是明年」畢竟乃是張炎的名句，寫得確實也是不錯的，很多人也有同樣的感受。像我所住的溫哥華這樣的城市，春天三月真的是繁花似錦，各種花一批一批地開，我的一位學生從臺灣到溫哥華來，我們一起走到一條街上，發現有一個地方的花特別繁盛、特別漂亮，後來下了兩天雨，等到天晴了，我的學生要再去看看那裏的花，可是我們再去一看，滿樹的花都沒有了，連地上的落花都已經被踩成泥了，所以我的學生說：「明年吧，只好明年再看了。」「東風且伴薔薇住，到薔薇、春已堪憐。」我們常說「二十四番花信」（宗懍《荊楚歲時記》），到了春天第一批開什麼花，第二批開什麼花，最後一批是荼蘼花，即所謂「開到荼蘼花事了」（王淇〈春暮遊小園〉），荼蘼花開過，春天就結束了。這薔薇花雖然不是最後開，但也屬於晚開的花，所以，張炎希望薔薇不要那麼快就零落，其實也就是希望春天不要

那麼快就過去。杜甫不是也說過「傳語風光共流轉，暫時相賞莫相違」（〈曲江二首〉其二）嗎？可是春天畢竟是要走的，「更淒然。萬綠西泠，一抹荒煙。」「西泠」也是西湖的一處名勝，西泠橋就在孤山，那裏是看梅花的地方，「西泠」附近有許多花樹，可到了暮春時候，所有的花都已零落，只剩下綠色的葉子了。我曾寫過夢中得句的幾首詩，其中有兩句是：

> 換朱成碧餘芳盡，變海為田夙願休。（〈夢中得句雜用義山詩足成絕句三首〉其一，《迦陵詩詞稿》二集，初稿）

是你親眼看著紅色的花都零落了，只剩下綠色的葉子；是你的年命不能夠永存，所以你的「夙願」也沒有能夠達成。因此，這「萬綠」仍是在寫暮春，它與開端的「接葉巢鶯」是相呼應的；「一抹荒煙」的「煙」字，在中國詩詞裏常常只是寫一片煙靄迷濛的感覺，並不一定是燒火冒出來的那個煙。我居住的溫哥華是一座靠海的城市，我所在的UBC大學的辦公樓靠近海邊，站在辦公室窗前一望，就可以看到近處的海和隔海的遠山。有一次我對我女兒說：你看今天那山上有煙。我女兒就說：那不是煙那是霧，沒有燒火哪裏來的煙？這是因為，我女兒在西方長大，而西方人與我們中國傳統的思維方式是有很多不同的。所以，現在張炎這個「一抹荒煙」，他也只是用那淡淡的一點煙靄，來寫出他心中那種迷濛與淒涼的感覺而已。

對這首詞寫作的時間大家有不同看法。從上片來看，雖然寫得也很淒涼，但他還是能夠很從容地遊覽西湖，還能夠說「看花又是明年」，所以不大像在臨安淪陷他家遭受慘禍之後的作品，而應該是在杭州淪陷之前不久所作。但下片這句「當年燕子知何處，但苔深韋曲，草暗斜川。」就又有點兒像亡國以後所作了。劉禹錫的懷古詩說：

> 朱雀橋邊野草花，烏衣巷口夕陽斜。舊時王謝堂前燕，飛入尋常百姓家。（〈烏衣巷〉）

王、謝是晉朝的貴族，在他們那些豪宅的廢墟上已經建起了尋常百姓的住宅，這是一種對時代改變的感慨。張炎的曾祖父張鎡曾經有那麼豪華奢侈的生活，但他後來也是被貶死的；而現在連朝廷也滅亡了，不僅他的家，而且包括他過去所交往過的那些貴族朋友的家，也都沒落淪亡了。「韋曲」，是唐朝在長安（今陝西西安市）附近的一個貴族聚居的地方；張炎說，「韋曲」這個地方路上的青苔已經長得很深很厚了，就是說這裏現在已經荒涼了，沒有人來往了。「斜川」也是地名，陶淵明寫過一首詩題目就叫做〈遊斜川〉，寫的是春天到斜川這個地方去遊覽；而「草暗斜川」則是說，「斜川」現在長滿了荒草，已經沒有什麼遊人了。同樣，杭州當年是多麼繁華的地方，現在不是也如此了嗎？而且還不說現在人世如此淒涼冷落，現在是「見說新愁，如今也到鷗邊。」「見說」是聽見人告訴我說，說什麼呢？說現在不但人愁，連鷗鳥也都知道愁了。中國傳統文化提到鷗鳥，就有一個聯想，因爲《列子．黃帝篇》上有一段「鷗鳥忘機」的故事。「機」是「機心」，就是一種對得失利害的算計之心，鷗鳥飛在大海上悠然自得，沒有任何算計之心，本來應該沒有什麼憂愁的，但現在不是了，現在連它們也都有了憂愁了——其實這鷗鳥之愁也有一個出處，辛棄疾有一首〈菩薩蠻〉說：

> 人言頭上髮，總向愁中白。拍手笑沙鷗，一身都是愁。

總之，古人是常常把自己的感情投入到山水或鳥獸草木身上的。「無心再續笙歌夢，掩重門、淺醉閑眠。」當年南宋的那些士大夫不是整天都沉醉在歌舞宴樂之中嗎？但現在他們誰還有心情做那種聽歌看舞的舊夢？這個時候臨安也許已經落入元人之手，也許即將落入元人之手。在無可奈何中，這些個往日的貴族只有關起門來自己喝一點兒酒，只有在沉睡中打發光陰了。所以是「莫開簾。怕見飛花，怕聽啼鵑。」因爲你打開簾子向外一看，到處都是落花飄零，到處都是杜鵑鳥悲哀的叫聲，西湖的春天已經過去了，而他們自己的春天也過去了。爲什麼說「啼鵑」呢？因爲屈原〈離騷〉說：「恐鵜鴂之先鳴兮，使夫百草爲之不芳。」鵜鴂就是杜鵑鳥，傳說是蜀望帝所化，在春天快要過去的時候，啼聲非常之悲哀（《華陽國志・蜀志》）。

南宋的詞人——我們說的還不僅僅是張炎——有的時候很有才思，很有工力，而且對景物的觀察和描寫都非常好，可是他們卻常常缺乏一種直接的感受。也許你會說，「莫開簾。怕見飛花，怕聽啼鵑」這難道不是他們自己的感受嗎？這一點真是很難講的，就是說，你在寫你的感受的時候，不管你是直接地寫，還是曲折地寫，你都一定要帶著一種感發的力量。張炎這幾句雖然是直接寫自己的感受，但他說得太多，說得太盡，說得太明白了。這話真的很難講。杜甫的

〈自京赴奉先縣詠懷五百字〉說的豈不更多、更盡、更明白？爲什麼反倒是好詩呢？我以前曾引過朱光潛的一段話，他說是：「寫景宜顯，寫情宜隱。」（〈詩的隱與顯——關於王靜安的《人間詞話》的幾點意見〉，《我與文學及其他》）寫景物，寫得越清楚越明白越好，要使讀者如同親眼看見這景物一樣；寫感情呢，卻應該寫得隱約含蓄，你通通都說出來了，說我「怕看飛花，怕聽啼鵑」，這就一目了然沒有餘味了。不過，這一點並不是絕對的。像杜甫這位老先生，寫情就常常寫到極點，例如他說：「窮年憂黎元，歎息腸內熱」（〈自京赴奉先縣詠懷五百字〉），這寫得真好，他內心對百姓的那種關懷，我們都能感受得到，因爲他雖然寫得「顯」，但這個話確實是帶著他自己很深刻的一種感動說出來的。所以說，寫情也可以「顯」，並不是非得「隱」不可，但是怎樣才能夠既寫得「顯」又不失餘味呢？我在講杜甫〈秋興八首〉的時候也曾打過一個比喻，我說：比如你就只有這麼一小盆水，那麼你最好把它遮蓋起來，不要讓人家一眼就看見盆底，而人家無法看到你的水到底有多少，就會覺得你有點兒莫測高深，這就是寫感情需要隱的緣故。但是人家杜甫不然啊，杜甫的感情就像江河湖海的水那麼多，根本不用遮蓋，就無法看見它的底；也就是說，他所擁有的感情比他表現出來的感情要多得多，倘若你內心真的有這麼豐富的感情，那麼你就是寫得再「顯」，也不會沒有餘味的。

寫得「顯」而又不失餘味，其實還有另一個辦法，那就是像韋莊的詞：直中有曲。例如韋莊的〈菩薩蠻〉：

人人盡說江南好。遊人只合江南老。春水碧於天。畫船聽雨眠。　　壚邊人似月。皓腕凝霜雪。未老莫還鄉。還鄉須斷腸。

這個「未老莫還鄉。還鄉須斷腸」說得很直，但他的用情卻是迂曲的：他說所有的人都對他說江南是個好地方，勸他留在江南不要回去了，可是他自己卻說「未老莫還鄉」。這話從表面上看是他認可大家的勸告，也不想回去了，但這句話言外的意思卻是說：我只是現在不回去，將來老了，無論如何還是要回去的。而爲什麼現在不回去呢？因爲他的故鄉現在正在發生很不幸的事情，他實在是想回也回不去的。這也就是說，人家勸他留下，他也只能留下，可是他心中卻始終不肯放棄那還鄉的願望。所以韋莊的這首詞雖然說得很直，但卻有非常多的曲折委婉的心思情意在裏面，因此而十分感人。當然了，如果你既沒有杜甫的博大深厚，也沒有韋莊的委曲婉轉，那麼你在寫情的時候，也許還是「隱」一些的比較好。

下邊我們看張炎的〈疏影〉：

柳黃未結。放嫩晴消盡，斷橋殘雪。隔水人家，渾是花陰，曾醉好春時節。輕車幾度新堤繞，想如今、燕鶯猶說。縱豔游、得似當年，早是舊情都別。　　重到翻疑夢醒，弄泉試照影，驚見華髮。卻笑歸來，石老雲荒，身世飄然一葉。閉門約住青山色，自容與、吟窗清絕。怕夜寒、吹到梅花，休卷半簾明月。

詞的前邊有一個小序說：

> 余于辛卯歲北歸，與西湖諸友夜酌，因有感于舊游，寄周草窗。

辛卯是元世祖至正二十八年（1291年），這一年張炎四十四歲。這是他北遊歸來，和西湖的朋友們一起飲酒時，想起了當年舊遊的情事而寫的一首詞。周草窗是周密，也是南宋有名的詞人，前邊我提到過的宋人筆記《武林舊事》就是周密寫的。上次我們講賀鑄的詞〈石州引〉，其中有一句：

> 長亭柳蓓才黃，倚馬何人先折。

柳樹在早春時節長出的嫩芽是黃顏色的，賀鑄說是「柳色才黃」，而張炎直接就說「柳黃」了。「柳黃未結」是說，柳枝上那一片片小小的黃色嫩芽還沒有結成呢；這當然是指早春時節了。「放嫩晴消盡，斷橋殘雪」的「嫩」有新鮮或者年少的意思，「嫩晴」就是新晴；他說雖然柳枝上的黃色嫩芽還沒有結成，但是天氣已經開始暖和了，新放晴的陽光照到大地上，就把斷橋上那冬天的殘雪都給融化了。「隔水人家，渾是花陰，曾醉好春時節。」隔著西湖水看那對岸的人家，完全是處在一片花樹的花陰之下，他說我就記得，以前也是在這樣一個柳枝剛剛要黃、花剛剛要開的季節，我也曾沉醉在這美好的春日之中。這首詞從一開始就寫得很好，你看他的口氣，他說「渾是」、說「曾醉」，那種對於舊遊的感傷和懷念，都是通過這種口氣表現出來的。「渾是」者，就是「完全是」或者「簡直是」的意思，就像杜甫〈春望〉詩中所說：「白頭搔更短，渾欲不勝簪」的那個「渾」字。「渾是花陰」說的是今天；「曾醉好春時節」說的是過去，這兩個是很鮮明的對比，一個「渾」字和一個「曾」字，在這對比中就增加了感傷的口吻。「輕車幾度新堤繞，想如今、燕鶯猶說。」他說在「曾醉好春時節」的那個時候，我們曾經不止一次駕著輕快的車馬出遊，當年的燕子和黃鶯都曾看到過我們那時的春遊，那麼現在，它們在那裏叫個不停，一定是在講述我們當年春遊的事情吧？當然，燕子和黃鶯是不會說話的，這都是詞人的想像，像史達祖的〈雙雙燕〉不是也說燕子「又軟語商量不定」嗎？可是現在，我們還能夠像當年那樣快樂地聚會春遊嗎？「縱豔遊、得似當年，早是舊情都別。」「縱」是「即使」；「豔遊」指美好的春遊，他說就算我們還能夠聚會在一起，還能夠勉強地去春遊，但我們都已經沒有當年那種愉快的心情了。

「重到翻疑夢醒，弄泉試照影，驚見華髮。」「重到」是指重新回到西湖。因爲張炎曾經北遊，現在又回到杭州來了。他說我覺得就像是經過了一場大夢，現在才剛剛醒來；這「重到翻疑夢醒」六字寫得極好，你不是總在回憶舊遊嗎？這舊遊就像你從前有過的一個夢，你總是惦記著，不能放下。如果你從此就離別西湖，再也不回來了，那麼這個美好的夢也許就永遠存在於你的記憶之中了；只有你重新回到這個地方，發現這裏已經什麼都不對了，已經不再是你夢中的那個美好的記憶，那時你才能從夢中醒來，真正地回到現實之中。「弄泉試照影，驚見華髮。」西湖有許多有名的泉水啊，他說我就在這泉水旁邊照一照我的影子，結果我就感到心驚，因爲我看到我已經有了白頭髮。這個「驚」，實在並不是一般講感到驚奇的「驚」，而是一種「心驚」之

「驚」，是現在不但景物改變了，心情改變了，連我的頭髮都改變了！這裏邊有一種從心裏頭被驚動了的感覺。「卻笑歸來，石老雲荒，身世飄然一葉。」他說我自己就笑自己，當我北遊歸來回到西湖的時候，西湖已經人事全非，連它的山石都變了樣子，連山間的白雲都顯得荒涼了，而我自己就像一片飄零的葉子，生活和過去已經完全不同了。我曾經說過，張炎的祖先是北方人，可是現在北方早已不是他的故鄉了，他的這趟北遊並沒有什麼遇合；而當他回到他出生在那裏的南方，南方也已改朝換代，所有的一切都已人事全非。所以，他也就只有「閉門約住青山色，自容與、吟窗清絕。」「約」者是說「管束住」，「閉門」怎麼就能夠管束住青山之色呢？因爲山很高，關起門來在家中也一樣可以看見青山，不一定非得出遊才能看見。「容與」出自《楚辭・九歌》的「聊逍遙兮容與」，是形容一種從容自在地往來的樣子；「自容與」，就是我自己安排我自己的這種閒適的生活。「吟窗清絕」，由於在小窗下填詞、吟詩、作賦，所以叫「吟窗」，而這「吟窗」之下其實是很淒清寂寞的。正因如此，所以就「怕夜寒、吹到梅花，休卷半簾明月。」我恐怕早春時節的晚上還是很冷，恐怕那夜寒的寒風吹到了梅花——他這裏說的應該不是室外的梅樹，而是室內盆栽的梅花——，所以我就不肯把簾子卷起來，不讓那寒冷的月光照到我的梅花。其實，他要寫的並不是梅花，而實在是他自己此時的那種寂寞索居的生活。我現在要說，張炎的這種感情還是很真實的，他確實是有這種感傷，可是他說因爲「怕夜寒吹到梅花」，所以才「休卷半簾明月」，這裏邊的造作之意太多了，這也就是他之不能夠成爲一流詞人的原因。

下面我們再看他的一首〈甘州〉，這首詞是比較豪壯的，尤其是開頭的兩句。詞的前邊也有一個小序，說是：

> 辛卯歲，沈堯道同余北歸，各處杭越。逾歲，堯道來問寂寞，語笑數日，又復別去。賦此曲，並寄趙學舟。

我在前面講過，庚寅歲（元朝至正二十七年）這一年張炎不是和沈欽一起北游嗎——沈堯道就是沈欽，堯道是他的字——？現在已經是一年以後的事了。他們回來後，一個在杭州，一個在紹興，都是很失意的人。沈堯道來看張炎，兩人聚會了幾天，現在沈堯道走了，張炎就寫了這首詞，同時把它寄給趙學舟。趙學舟的名字叫趙與仁，是宋朝的宗室，也是張炎的朋友。我們來看這首詞：

> 記玉關踏雪事清遊，寒氣脆貂裘。傍枯林古道，長河飲馬，此意悠悠。短夢依然江表，老淚灑西州。一字無題處，落葉都愁。　　載取白雲歸去，問誰留楚佩，弄影中洲。折蘆花贈遠，零落一身秋。向尋常、野橋流水，待招來、不是舊沙鷗。空懷感、有斜陽處，卻怕登樓。

詞是很講究句法的，也很重視句讀，就是說你在寫詞的時候，應該注意那些停頓的頓挫是在什麼地方。〈甘州〉這個詞調，從一開始就是八個字，而這八個字是「一、七」的句法，第一個字是領字，它領起後邊七個字的長句，像柳永的「對瀟瀟暮雨灑江天」就是如此。這種句法的形式本身就很有力量，適合表現高遠或豪放的口氣，所以〈甘州〉這個詞調常常在起句就能夠帶動起讀者。「玉關」本來是玉門關，可是張炎北遊並沒有到玉門關那麼遠啊，所以這只是泛指北方的關塞。在唐詩的邊塞詩裏邊，寫邊塞的地名也常常不是實指，它們常常只是為了喚起一種荒涼遙遠的感覺。張炎和他的朋友都是生長在南方的，南方很少見雪，就是下雪也不會很大，所以他們偶然有機會到北方去，見到了北方遙遠的關塞和寒冷的冰雪，就覺得這是很值得記述的。像我的兩個女兒在臺灣出生，從來沒見過下雪，後來我帶她們到了美國，第一年住在美國的密西根，就遇到了冬天的第一場大雪，雪積到膝蓋那麼深，學校都停了課。我的兩個女兒高興得跑到雪地上滑雪、打滾，我的小女兒還把雪放在杯子裏，加上果汁，說是像臺灣的刨冰。中國的北方也很冷，那寒氣常常可以透進你的棉衣，所謂「寒風刺骨」嘛！而且到了冬天，北方所有的樹葉都落光了，只剩下枯枝，所以在這冰天雪地的北方遊玩，跟在繁花似錦的西湖遊玩顯然不同，可謂「清遊」了。「貂裘」是貂皮做的袍子；「脆」本來是個形容詞，但在這裏作動詞，是「使貂皮變脆」的意思。為什麼會變脆呢？這個意思也是有出處的，杜甫〈自京赴奉先縣詠懷五百字〉裏邊說過：

霜嚴衣帶斷，指直不能接。

因為天氣太冷，連衣服的帶子都被凍斷了，手指也被凍得不能彎曲，以至沒有辦法把帶子結上。其實生活中也不是沒有這樣的事：在天很冷的時候把洗的衣服晾在外邊，如果晚上忘了拿進來，它就會變得硬邦邦的，很脆、很容易折斷。當然了，皮裘是不大容易折斷的，說「寒氣脆貂裘」，這還是有一些誇張的成分在裏邊，他的目的主要在於渲染北方的寒冷。「傍枯林古道，長河飲馬，此意悠悠。」這個「飲」字不讀「ㄧㄣˇ」，讀「ㄧㄣˋ」，「飲馬」就是給馬喝水；「枯林古道」那真是寫北方的景色；「長河飲馬」呢，可能他們真的是騎著馬去「清遊」的，所以在長河邊飲馬。但是，我們也要注意到他可能有一個聯想，那就是漢樂府詩〈飲馬長城窟行〉裏邊的：

飲馬長城窟，水寒傷馬骨。

北方邊塞之地的水是冰冷的，馬的骨頭都可以凍傷，這其實也是在形容北方的寒冷。總而言之，他說「玉關」、說「踏雪」、說「貂裘」、說「枯林」、說「古道」、說「長河」，所有這些 image 的形象都引起一種寒冷的感覺，他的目的是要給你一個北方的嚴寒這種整體的印象。而「此意悠悠」呢？這「悠悠」兩個字是不大好講的，像陶淵明〈飲酒詩〉的「悠然見南山」，譯成英語就不大容易傳達出原詩的意味。這個「悠悠」本來有「長遠」的意思，所以「此意悠悠」就可能有兩種暗示：一個是說當我們「傍枯林古道，長河飲馬」的時候，我們心中的情意和感慨是悠長的，因爲北方早已是元人的天下，南方現在也是元人的天下了，這裏邊的悲哀與感慨是說不盡和說不完的；另一個是說，我們北遊回來之後，再回想起我們當時在北方的情意與感慨，就覺得似乎也已經是很遙遠的過去的事了。一個是當時的情懷就已「悠悠」；一個是回想當時的情懷更覺「悠悠」。所以接下來他說：「短夢依然江表，老淚灑西州。」說我們北遊就像一場夢一樣，而且是那麼短的一場夢，現在夢醒了，發現自己仍然在江南。「江表」指「江東」，也就是現在的江南。它已經不是過去的江南了，所以就「老淚灑西州」。這裏邊又用了一個典故。東晉的謝安本來在自己的老家會稽東山隱居，後來出來當官，一直當到宰相，可是他心中始終有「東山之志」，就是還想回到東山去隱居。所以當他被調去鎮守新城的時候，由於新城近海，所以他就帶著全家去上任，而且「造汎海之裝」，準備卸任後，就直接從海路回他的東山。可是他沒有實現這個願望，就得病死去了，當他病重還京的時候，是被人抬著從西州門過去的。因此在他死後，他的外甥羊曇就「行不由西州路」，因為他害怕在經過西州門的時候，會想起這件痛心的事情，所以從此就不再從這條路上經過。可是有一次羊曇喝醉了酒，不知不覺就走到了西州門。當他發現西州門的時候，就「慟哭而返」，這就是「西州淚」的典故（《晉書》卷七十九〈謝安傳〉）。東晉的首都建康就是現在的南京，西州門就在南京市的西邊。後來北宋詞人蘇東坡在離開杭州回到汴京的時候，寫過一首〈八聲甘州〉贈給他方外的朋友參寥子，詞中也用了這個典故。他是這樣寫的：

> 有情風萬里卷潮來，無情送潮歸。問錢塘江上，西興浦口，幾度斜暉。不用思量今古，俯仰昔人非。誰似東坡老，白首忘機。　記取西湖西畔，正春山好處，空翠煙霏。算詩人相得，如我與君稀。約他年、東還海道，願謝公、雅志莫相違。西州路、不應回首，為我沾衣。

蘇東坡這個人，人家說他是「曲子中縛不住者」（吳曾《能改齋漫錄》卷十六引晁補之語）。你看，別人寫〈八聲甘州〉第一句都是「一、七」的句法，他卻用「三、五」的句法，他把這長句中句讀的停頓破壞掉了，跟人家不一樣了。可是他實在是「行於所當行，止於所不得不止」（蘇軾〈答謝民師書〉），雖然句讀不合，但平仄是合的；而且，他的這一句是多麼有氣魄！今天當然沒有時間講蘇東坡的詞，我們只看他這首詞結尾的「西州路、不應回首，爲我沾衣」，他說我希望能在朝廷的宦海波瀾中生還，希望將來還能夠回到杭州與你參寥子相聚；我不希望將來你像羊曇那樣，爲我不能實現「東山之志」就死去而慟哭。那麼，你現在就可以知道張炎用這個典故的感慨了。「短夢依然江表，老淚灑西州」的「西州」，本來是東晉時建康的都門，而現在南宋的首都當然是臨安，也就是今天的杭州了，他說我們的北遊就像短短的一場夢，現在我們已經回到臨安，卻發現臨安也已經人事全非；而且還不僅如此，現在我們本身也都衰老了，不再是以前的樣子了，所以說是「老淚」。而且你要知道，在元軍佔領臨安的時候，張炎的家也遭遇到不幸，是國破家亡啊！因此他說：「一字無題處，落葉都愁。」這「老淚灑西州」的悲慨我能找一個地方把它寫下來嗎？沒有，連題一個字的地方都沒有。古人不是曾在紅葉上題詩嗎？可是我的這些悲愁在落葉上也不能寫，因爲現在連落葉也是哀愁的。這使我聯想起魯迅先生的一句詩：「吟罷低眉無寫處」（〈爲了忘卻的紀念〉），那也是說當今現在沒有一個地方可以表達和寄託自己的悲慨。不過我還是要說，這「一字無題處，落葉都愁」雖然讀起來好像是很低徊的樣子，但比較起來它還是有一點兒做作，比較缺乏一種直接感發的力量。

下片說：「載取白雲歸去，問誰留楚佩，弄影中洲。」你看他寫得真是「清空」，真是不留痕跡！張炎本來應該是有很多破國亡家之悲慨的，可是他要追求那種「騷雅」與「清空」的境界，所以常常一跳就跳出來了。這「載取白雲」就是對「歸去」的一種境界的描寫，就是說：既然在盛衰存亡之中一切都改變了，那我們就去隱居吧，我要和白雲一起回到山中去隱居。你看，這是多麼「高遠」多麼有「境界」！「問誰留楚佩，弄影中洲」，用了一個古代神話故事的典故，說是有個叫鄭交甫的人在漢水邊遇到兩個仙女，仙女解佩贈之，可是一轉眼之間，那仙女就都不見了（《列仙傳》），漢水是在古代楚國的地方，所以說是「楚佩」；「中洲」是水中的沙洲，出於《楚辭・九歌・湘君》的「君不行兮夷猶，蹇誰留兮中洲。」另外〈九歌〉的〈湘夫人〉還說：「帝子降兮北渚，目渺渺兮愁予。」那是在想像之中有一位仙女從空中降落在那裏。而這裏的「問誰留楚佩，弄影中洲」則是說，自己當年經歷過的那些浪漫的事情，現在還有什麼遺留下來的呢？那水中的沙洲上還有那名對自己鍾情過的女子在那裏嗎？當然，包括他的朋友沈堯道，包括其他那些詩人詞客們，當年他們在這裏可能也有過一些浪漫的遇合，而現在沈堯道也要走了，曾經屬於他們的過去所有的一切都結束了，消逝了，那真是「問誰留楚佩，弄影中洲。」「折蘆花贈遠，零落一身秋」，他說現在你要走了，我不但寫了這首詞送給你，我還要折一枝蘆花送給你。古人有折花贈遠人的習慣，南朝詩人陸凱說：

> 折梅逢驛使，寄與隴頭人。江南無所有，聊

> 贈一枝春。（〈贈范曄〉，《太平御覽》卷十九引《荊州記》）

可陸凱贈的是梅花，這裏爲什麼贈蘆花呢？因爲張炎和沈堯道都是北遊之後失意而歸，而說到蘆花，總是給人一種秋天的淒清的感覺，和他們兩人現在的心緒環境是相近的。「向尋常、野橋流水，待招來、不是舊沙鷗。」「尋常」有隨處、到處的意思，杜甫說過，「酒債尋常行處有」（〈曲江二首〉其二）。在這裏張炎說：我們現在再來到當年常常經過的那些「野橋流水」，水邊也還有沙鷗在，但它不再是當年我們見到過的那些沙鷗了。我在前邊講張炎的〈高陽臺〉時，也有一句「見說新愁，如今也到鷗邊。」我曾提到它出於《列子・黃帝篇》的一段故事。《列子》上說：有一個人喜歡海上的鷗鳥，每次他來到海上，鷗鳥都飛下來和他嬉戲，他的父親知道了，就對他說：「下次你再到海上，捉一隻鷗鳥來給我。」下次這個人再到了海上，那些鷗鳥都在天空飛舞，再也不下來和他嬉戲了。爲什麼呢？因爲那個人以前沒有機心，現在有了機心，所以鷗鳥就不和他玩了。「機心」，就是算計人的心。張炎說，以前我們是常常來到「野橋流水」邊與沙鷗遊戲的，而現在我們再來到這裏，就算還能夠把沙鷗召喚過來，那也不是往日的沙鷗了，因爲往日那種逍遙自在的、沒有機心的情趣和心緒都不再有了，永遠也不再有了。所以是「空懷感、有斜陽處，卻怕登樓。」南宋的繁華已成過去，張炎他們在北遊的時候也許還抱有一些什麼理想或希望，可是現在也都落空了，因此他說：我們現在有這麼多的懷念和感傷其實都是沒有用的，因爲我們什麼也改變不了，一切都不再有挽回的機會，從今以後，凡是有斜陽的地方，我都不要再登樓眺望，因爲看到斜陽就會引起我太多痛苦的回憶。當代女詞人沈祖棻有句詩曰：「有斜陽處有春愁」（〈浣溪沙〉），很多人喜歡她這句詞，因此她也得了一個雅號叫「沈斜陽」。而這句詞的出處正在張炎這裏。這首詞在張炎的詞裏邊，情調比較激昂感慨，寫得是很不錯的。

最後，我們再講他的另一首詞〈解連環・孤雁〉：

> 楚江空晚。悵離群萬里，怳然驚散。自顧影、欲下寒塘，正沙淨草枯，水平天遠。寫不成書，只寄得、相思一點。料因循誤了，殘氈擁雪，故人心眼。　　誰憐旅愁荏苒。謾長門夜悄，錦箏彈怨。想伴侶、猶宿蘆花，也曾念春前，去程應轉。暮雨相呼，怕驀地、玉關重見。未羞他、雙燕歸來，畫簾半卷。

中國有很多首詠雁的詞，最有名的是元好問的那首〈摸魚兒〉：「問世間，情是何物」，自從金庸把它寫進他的武俠小說以後，現在幾乎無人不知了。在元好問之後，朱彝尊也寫過詠雁的詞，文廷式也寫過詠雁的詞。爲什麼大家喜歡詠雁呢？因爲在中國的文化傳統中有很多關於雁的傳說。比如說，古代就有雁可以給人傳遞書信的故事（《漢書》卷五十四〈蘇建傳〉）；再比如，由於雁常常在天空排列成一個「人」字，所以人們用牠來代表相思懷念；還有，就是詠孤雁了。雁這種飛鳥是比較弱勢的，爲避免受到傷害，牠們總是結伴成群，形成雁陣；而且據說雁群在晚上落下來休息的時候，總是有專門負責警衛的雁，一旦發現危險，就趕快通知大家轉移，而那些落單的孤雁，牠們不僅僅是沒有伴侶，還得不到保護、得不到安全，時刻都處在被打下來的危險之中。「楚江空晚」的「楚江」，指在南方楚地一帶的江上；他說那裏現在是一片空茫，因爲時間已到黃昏，一切鳥獸都已經找到一個平安的地點停下來休息，可是有一隻孤雁卻「悵離群萬里，怳然驚散。」牠遠遠離開了雁群，也不知道什麼時候忽然發現自己已經和同伴失散了。這使人聯想到張炎在國破家亡、朋友四散之後的那種驚恐與孤獨。「自顧影」，牠在它四周環顧，只有自己的影子陪伴著自己。「欲下寒塘」出自唐人崔塗的〈孤雁〉詩：

> 幾行歸塞盡，片影獨何之。暮雨相呼失，寒塘欲下遲。渚雲低暗度，關月冷相隨。未必逢矰繳，孤飛自可疑。

崔塗說，大雁到了春天就要北飛，北飛的時候排成一行一行的雁陣，現在整排雁群已經飛向塞外去了，你獨自一隻孤雁要往哪裏去呢？日暮黃昏下起雨來，你要招呼你的同伴，卻一個都沒有，看到下面有一片池塘，你想要落下去，可是你一隻孤雁敢落下去嗎？還不要說落下去，你在天上飛的時候不是也很可能被人用箭射下來嗎？就算沒有人射你，你自己一隻孤雁獨自飛在天上，一定也會有很多疑懼，你的心裏是不會有安定，不會覺得平安的。「遲」，有遲疑、拿不定主意的意思。所以你看，張炎這個「自顧影、欲下寒塘」，也就是崔塗那個「寒塘欲下遲」的意思。那麼，下邊是什麼樣的景象呢？是「正沙淨草枯，水平天遠。」下邊也荒涼得很：水邊的沙灘上什麼都沒有，所有的草都枯乾零落了，遠遠的只有一片平波、一片遙天。「寫不成書，只寄得、相思一點。」當然了，單個的一隻雁在天上既排不出「人」字，也排不出「一」字，只有孤零零的那麼「一點」。為什麼提到「書」呢？接下來他就說了：「料因循誤了，殘氈擁雪，故人心眼。」他把這個「書法」的「書」，暗地裏換成「書信」的「書」了。蘇武的故事大家都知道吧？漢武帝時蘇武出使到匈奴，被匈奴扣留，讓他在冰天雪地的北海放羊十好幾年。後來漢朝與匈奴通好，向匈奴索要蘇武，匈奴撒謊說蘇武已經死了，於是漢朝的使者就對單于說：「漢天子在上林苑射獵打到一隻雁，雁足上繫有蘇武的書信，我們已經知道他在哪裏了。」單于大驚，就放了蘇武回去（《漢書》卷五十四〈蘇建傳〉）。因此後來才有了雁可以傳書的傳說。而現在張炎說，由於這隻雁已經離群成為孤雁了，已經「寫不成書」，也寄不成書信了，所以就辜負了在北海苦苦盼望著它來寄回書信的那位「故人」。「殘氈擁雪」指的是蘇武，因為史書上記載說匈奴為了逼迫蘇武投降，把他關在地窖裏，不給飯吃，蘇武就齧雪和著氈子上的毛咽下去充饑，得以不死。

「誰憐旅愁荏苒。」誰會同情我在行旅中連綿不絕的愁苦呢？繆先生不是說「江湖流落舊王孫」嗎？張炎他本來生長在臨安，但是他的家已經遭難了，他也曾北遊，希望能夠有所遇合，但也失意而返。自從國破家亡之後，他南來北往卻找不到一個落腳的地方，所以是「旅愁荏苒」。「謾長門夜悄，錦箏彈怨。」也有出處，晚唐杜牧有一首詩題目叫〈早雁〉，其中有兩句：

仙掌月明孤影過，長門燈暗數聲來。

這兩句都和漢武帝有關：漢武帝爲求神仙，在宮中建造了一個金銅仙人，仙人的手掌上托著一個承露盤，是用來承接天上露水的；「長門」是長門宮，漢武帝的陳皇后失寵，被貶到長門宮居住。杜牧說，秋天大雁要南飛了，在寂靜月夜中的漢宮，在金銅仙人上方的天空，有大雁的影子飛過去；在長門宮昏暗的燈光下，可以聽到有雁叫的聲音傳進來。所以這個「長門夜悄」雖然寫雁，但裏邊也暗含有陳皇后孤獨地居住在長門宮裏的哀怨。「錦箏彈怨」則使我們聯想到錢起〈歸雁〉詩中的：

二十五弦彈夜月，不勝清怨卻飛來。

陳皇后孤獨地居住在寂寞的長門宮裏，所以她彈奏的當然是令人哀怨的曲調了。爲什麼說「錦箏」呢？因爲箏這種樂器的弦柱是斜排的，看起來很像一隻一隻的雁，所以又叫「雁柱」，這也是取其和雁有關的形象。「想伴侶、猶宿蘆花，也曾念春前，去程應轉。」這隻雁不是失群了嗎，牠的伴侶們現在在哪裏呢？他說也許還停宿在蘆花深處吧？牠們是否還記著這個地方？牠們還會回來嗎？我不會和牠們從此就永遠不能團聚了吧？「暮雨相呼」還是用了崔塗〈孤雁〉詩的：

暮雨相呼失，寒塘欲下遲。

他說在「暮雨」之中我們失散了，我們彼此相呼，但是沒有找到。「怕驀地、玉關重見」，「玉關」是玉門關，當然還是泛指，他說恐怕我們哪天忽然就在玉門關碰見了，到那時我們就「未羞他、雙燕歸來，畫簾半卷。」如果我能夠和這些伴侶重新再見面，那時候我們就不會輸給歸巢的燕子，我就不會因看到燕子有家可回而感到孤獨羞慚了。

所以你看，這就是張炎。他用了許多古人的典故和詩句，寫得真是「清空騷雅」，一點兒也不粘滯；可是，我認爲他還是有所不足的。因爲詩歌的好處在於它有一種感發的生命，本質是最要緊的，一篇作品的好壞主要在於你這個人，在於你對生命的體驗有多少，你的感情濃度、厚度有多少，你感覺的敏銳程度有多少。孔子說：「質勝文則野，文勝質則史。文質彬彬，然後君子。」（《論語‧雍也》）這個「史」，有虛飾、浮誇的意思。張炎的詞句非常美麗，也非常典雅，用字、造句都非常恰當，而他所差的那一點點，就是他的情意有所不足。所以我認爲他實在是文勝於質、辭勝於情。繆先生說他「未許人間第二流」，但是我認爲他終於不免還是落入了第二流。

結　語

這次關於南宋詞的講座馬上就要結束了，我還有幾句話想跟大家談一談。

我現在已經是快八十歲的老人了，很多人要整理我的作品、傳記之類的，徐導每次來都要爲我錄影，還要寫一些介紹的文字，所以，我想趁這次機會，向大家提一個小小的要求。我講南宋詞講了已有很多次了，大家常常來聽，當然都認識我了；然而在座的各位，很多人我都不認識。其實，認識、不認識並不重要，既然我們同樣遨遊於詩歌感發生命的長流之中，我真誠地希望我們這條「興發感動」的長流能夠生生不息地綿延下去。我不辭辛苦地來講，大家熱情洋溢地來聽，我想你們一定也得了一份「興發感動」的生命。日本的有島武郎〈與幼者〉一篇小說中說過一句話：

> 像……貯著力量的小獅子一樣，剛強勇猛，捨了我，踏到人生上去就是了

我不敢這樣說，但是，既然我們曾經得到過什麼，就應

該保存下來，傳播下去。大家不辭勞苦地聽了這麼久，如果有什麼心得，想寫幾句話，最好寫出來給我，讓我也認識你們。即使將來我們分開了，這個生生不已的生命卻將繼續傳播下去。如果這樣，也就不枉我們今天的相識了。

這學期的講座到此結束，謝謝大家。

附錄

從花間詞的女性特質看稼軒豪放詞

我爲什麼選定了一個這樣的題目呢？是因爲我們對中國的詞一直有個爭論，說是婉約的詞才是正宗的詞，才是好詞，比豪放詞更有價値更有意義。所以今天我要從中國最早的詞集《花間集》所建立的詞的美學特質，來探討一下辛棄疾的豪放詞，看一看二者之間的關係如何。

我們常常把詩和詞放在一起說，以爲二者都是押韻的文學，而且主要都是抒情寫景的，似乎沒有什麼分別，其實詩的衡量標準與它的美學價値，和詞的衡量標準、詞的美學價値，兩者並不是完全相同的。一個禮拜前，我在哈佛大學也作了一次演講，那次演講的主題是：〈從中國古典詩的特質看中國的文化傳統〉，我從最早的《詩經》開始講起，來探討中國最早的詩歌的特質。今天我也要先從詩的特質講起，再談詞的特質與詩有何不同；然後從早期詞的美學特質看它在詞的發展過程中，對於後代的詞有什麼樣的影響？

中國詩歌的傳統是抒情的傳統，我國最早的詩集《詩經》前面有一篇〈毛詩大序〉說：

> 詩者，志之所之也，在心為志，發言為詩，情動於中而形於言，……。

詩是抒情言志的，是寫我們自己內心的感情、思想和志意的，是我們自己內心的情意先有所感動，然後再用文字表達出來：「在心爲志，發言爲詩」，我們用言辭表達出來就是詩。所以，詩寫的是詩人、即作者主體感情意識的活動。那麼詩歌衡量的標準是什麼呢？我們先說詩的寫作過程。既然說「情動於中而形於言」，則詩主要是表達內心的感動，所以好的詩應帶著感發的生命，傳達出感發的力量，是作者內心有所感動，用言語文字表達出來，而透過語言文字要使讀者也有興發和感動，它是一種綿綿不已的生命感發。孔子當年講《詩經》時曾對他的學生說：「詩可以興」（《論語・陽貨》），也就是說詩是可以讓讀者引起「興」，興起的意思，就是一種感發與感動。這就是詩的價值和意義。那麼什麼是好詩？什麼是壞詩？就要看感發的生命所傳達出來的感發力量的大小。你如何用語言傳達出你的感動？你如果能在詩中傳達出你的感動，並且使讀者也能感發和感動，這一首詩就是成功的詩，否則你就是說：我有一百二十萬分的感動，但別人聽起來或讀起來一點都不感動，這怎能算是一首好詩呢！

但是，成功的詩還是有高下的不同，一個大詩人和小詩人的分別在哪裏？那就在於感發的生命有深、淺、厚、薄的不同。有的人所寫的感情很真切，可是他的感情只是一己的、小我的、個人的感情，像宋朝晏幾道的《小山詞》，他說：我記得我跟一個女孩第一次見面，她穿的羅衣有兩重心字形的花樣圖紋，到了現在我們卻分別了。他說現在是：

落花人獨立，微雨燕雙飛。（〈臨江仙〉）

這首詞寫得很不錯、很美麗：

夢後樓臺高鎖，酒醒簾幕低垂。去年春恨卻來時。落花人獨立，微雨燕雙飛。　記得小蘋初見，兩重心字羅衣。琵琶絃上說相思。當時明月在，曾照彩雲歸。（同上）

這當然是一首很不錯的詞，可是它感發的生命只限於小我對一個女孩子的懷念。而杜甫也曾經寫過關於落花的詩，他說：

花近高樓傷客心，萬方多難此登臨。（〈登樓〉）

他說的也是花，是很高的一顆大樹上的花，他說：我看見這麼多的花而又使我覺得這麼感傷。爲什麼呢？因爲我們的國家正遭遇到萬方多難。所以杜甫就寫下了：「花近高樓傷客心，萬方多難此登臨。」大家也許更熟悉另一首詩：

國破山河在，城春草木深。感時花濺淚，恨別鳥驚心。烽火連三月，家書抵萬金。白頭搔更短，渾欲不勝簪。（〈春望〉）

我們常稱杜甫爲「詩史」。稱他爲「詩史」，不只是因爲他的詩反映了當時唐朝安史之亂中，國家多難的整個歷史背景；更重大的意義在於什麼呢？就是在於他所寫的詩、他所關懷的、他的感情，不只是他自己一個人，而是整個國家和民族。這也就是杜甫所以偉大之處。所以，詩歌的衡量、其美學的意義和價値，是在於它有沒有一份真誠的感發生命和感發生命的力量；有了感發的生命和力量以後，我們衡量一個偉大的詩人和一個較普通的詩人，他們的分別就在感發生命力量的厚薄、大小和深淺的不同。因此，中國的詩歌、即詩的美學價値，就在於感發生命的力量和所關懷層面的大小。

不久前我在大陸講學，很多同學都說：現在是經濟掛帥，一切向「錢」看，您講的這些古典詩歌聽起課來固然很好聽，而我們學這些古典文學到底有什麼用？我回答他們說：學古典詩歌的最大好處就是使人心不死。「哀莫大於心死，而人死亦次之。」（《莊子・田子方》）學古典詩歌就是要讓你對宇宙萬物、花開花落、草長鶯飛都有所關心，如果你對草木鳥獸都關懷——岔開一句，剛好我們今天要講辛棄疾，他寫過兩句詞：

> **一松一竹真朋友，山鳥山花好弟兄。（〈鷓鴣天〉）**

一棵松樹、一竿竹子，在我看來都是我的朋友；山中的鳥鳴、山中的花放，在我眼中都是好弟兄。這詞傳達出一份真誠的關懷。如果一個人對草木鳥獸都關懷了，那麼你能對你的國家、你同類的「人」不關懷嗎？這也就是中國古典詩歌的意義和價値，也是我們文化中一個寶貴的傳統。當大家只重視物質的時候，當我們失去很多方面的信仰以後，我認爲古典詩歌可以使我們有一顆不死的心靈，這就是我爲什麼要講古典詩歌的理由。

但是今天我們要講的不是詩，今天要講的是詞。詩和詞有非常不同的性質，不同的差別何在？其差別在於：詞最早的起源和詩是不一樣的。詞並不是「情動於中而形於言」（〈毛詩序〉），並不一定是你內心有所感動然後再寫詞，詞本來只是「歌詞」的意思。我們說詩是「志之所之」（〈毛詩序〉），「志」字上邊是一個「㞢」字（古體的「之」字寫作「㞢」），下邊是一個「心」字，因此，「志」是象徵心的動向，詩便是反映你內心情意感動的走向；但詞不是，詞是較晚起的，它是給歌曲的曲調所填寫的歌詞，與內心是否感動沒有太大的關係，只是按照曲調填寫一首歌詞，這就是「詞」。所以詞的起源和詩完全是不一樣的：詞在初起時，內心並不需要感動，只是給歌曲填一首歌詞而已。

隋唐之際，我們中國和外邦異國有很多交往，那時傳進來的外國音樂叫「胡樂」，而中國自己的音樂叫「清樂」。另外，因爲佛教與道教在隋唐時盛極一時，所以宗教音樂非常風行，這種宗教音樂叫「法曲」。「詞」是當時流行的曲調，叫「宴樂」，是集合了「胡樂」、「清樂」、「法曲」各種美好長處於一身的新興流行音樂，根據當時的記載，「宴樂」演奏起來是非常動人、非常好聽的，所以「宴樂」是市井之間非常通俗的流行歌曲。晚清時（光緒二十六年，1900年），在敦煌的莫高窟裏發現了一些寫本的歌曲，我們叫它做「敦煌曲子詞」，敦煌曲子的內容非常廣泛，它有記載戰爭，也有記載遊子商賈、征夫思婦、相思懷念的種種歌詞，但這些曲子在傳唱的當時，並沒有付之印刷以廣流傳，教育程度較高的知識份子認爲這樣的曲子不典雅，所以大家都輕視這些曲子。一直到晚清、敦煌的石窟中被發現後，我們才知道在隋唐時就有這些流傳的曲子，而在發現它們以前，我們根本不知道這些曲子的存在。

在此之前，人們所能看到的最早的一本詞集叫《花間集》，它是五代時後蜀的趙崇祚編的。他編好後，請了當時的一位詞人歐陽炯寫序文，歐陽炯說：我們爲什麼要編輯這本書呢？因爲這是「詩客」寫的「曲子詞」，是爲了給歌女去唱的（〈花間集序〉）。所以這些詞只是給年輕美麗的歌女歌唱的曲子，它並不代表作詞者的理想、志意或感情。在北宋初年，有很多知識份子他們雖也寫詞，但他們內心中有一種矛盾和困惑，因爲中國向來是用倫理道德來衡量作品的：「詩」是言志的；「文」是載道的。那麼詞寫的僅是美女和愛情，這些作者便對自己發出了疑問：我們到底該不該寫詞呢？不過雖有疑問，他們卻不曾停止寫詞，當時宋朝有一些地位極高的大臣如：晏殊、歐陽修、宋祁等，他們也寫這類歌詞。但到後來，蘇東坡把這些歌詞改變了，開始用寫詩的態度來寫詞。

從《花間集》這種寫愛情的小詞到蘇東坡、辛棄疾的豪放詞，這中間的內容當然是改變了，而美學的價值是不是也有所改變了呢？我們衡量一首好詩和一首好詞的標準有何不同？我們今天就是要討論這個題目。

我以爲：《花間集》有女性的特質，因爲它是給歌女唱的歌詞，所以它裏邊寫的是女性的形象，它所寫的都是愛情，也就是女性的情思、女性的感情，它說的話是女性的語言。《花間集》從女性主義的觀點看，是很值得注意的；而這一種以女性爲主體的文學作品，它的美學價値及意義又何在呢？我們大家都知道，早期的詞就是寫女性的，北宋的早期詞人像晏殊、歐陽修，他們主要也還是寫女性的詞，所以，當時在北宋初年曾引起很多爭論。王安石有一次和他的弟弟王安國及呂惠卿在一起談話，王安石說：

為宰相而作小詞，可乎？（魏泰《東軒筆錄》）

做了宰相還寫這種小詞是可以的嗎？「小詞」兩字不但指篇幅短小，也還有輕視的意思。呂惠卿當時便說：

為政者應放鄭聲，況自為之乎？（同上）

他的結論是宰相不該寫小詞。王安國接著又說：

放鄭聲，不若遠佞人也。（同上）

所以專門描述美人與愛情的「小詞」到底該不該寫，這是他們爭執的一個焦點。後來許多文人也都還寫小詞，蘇門四學士之一、蘇東坡的朋友：黃山谷，也寫男女的愛情之詞，他的一位方外之士的友人：法雲秀便曾對山谷說：

詩多作無害，豔歌小詞可罷之。（釋惠洪《冷齋夜話》卷十）

黃山谷回答他說：

空中語耳！（同上）

我寫這些並不都是真的，何況我寫愛情也並不一定代表我有婚外情，「非殺非偷」，又有何礙呢？當時的觀念認爲：

《花間集》中皆爲豔歌，都是寫美人及愛情。北宋初年對詞的美學價值並沒有建立起一個理論上的正確觀念，所以黃山谷說：「空中語耳！」可見這種寫美女及愛情的小詞，在中國傳統倫理道德觀念之中是淫靡的，有許多文人在大庭廣眾之間雖然衣冠儼然，可是心中卻有許多浪漫的感情，平常沒有機會表達，現在有了這些專給歌女唱的歌曲及小詞後，寫這些歌詞可以不負道德責任，正如黃山谷所說：「空中語耳！」它可以更大膽地描述美女及愛情，正因爲它可以在禮教之外恣肆地流露感情，所以寫的人非常多。在很多人加入它的寫作群後，知識份子開始猶疑了，他們想：我們必須要爲這些小詞找理由，否則「小詞」果真是不道德，那麼我們將情何以堪呢！於是他們就爲小詞找理由。找什麼理由呢？原來中國古代所有的詩歌都是能唱的，《詩經》三百零五篇是採集各地的民歌、民謠，它們都是能唱的；《詩經》之後是樂府，樂府詩也是配合音歌唱的歌詞。所以這些知識份子給「小詞」找到一個源頭，他們認爲「小詞」是和《詩經》、《樂府》同出一個源頭，是配合音樂來歌唱的詩歌。

在《詩經》和樂府中，有些詩歌當然也有寫愛情的，但是在《詩經》中的愛情早已有人替它作辯護了，這些詩都被後人用「比」、「興」來解釋。「比」與「興」有什麼不同呢？「比」是看到當時的政治有缺失，即「見今之失」，賢人君子看到當時政治腐敗但是又不能直接批評，以爲直接無忌憚的批評政治是非常危險的，「見今之失，不敢斥言」（鄭玄《周禮・春官・大師》注），所以便用「比」。那麼「興」又是什麼呢？「興」是「見今之美，嫌於媚諛」（鄭玄《周禮・春官・大師》注），賢人君子看見君王政治美善，但讚美太過則流於阿諛，所以不直言讚美而用「興」來寫。到了後來，這些寫詞的文人一方面既喜歡寫詞，但另一方面又因詞裏寫的都是美女與愛情，怕它不合禮教與道德，於是就爲詞辯解：這些詞怎會不合乎道德呢？《詩經》也是民歌，它裏邊也寫美女和愛情，它們有「比」、「興」的意思；我們現在寫的這些歌詞也寫美女及愛情，也有「比」、「興」的意思。經他們這一辯解，詞的地位就抬高了，可以媲美《詩經》及〈離騷〉了，因爲它們也都有「比」、「興」喻說的涵義了。

可是有一些在《花間集》裏的詞，很難在其中找出「比」、「興」的意思；有的歌詞真的像有「比」、「興」的涵義。所以《花間集》的詞有兩類：一類可以令讀者產生言外之想；而另一類則無法使人有言外之想。在《花間集》中，誰的詞最使人有言外之想呢？大家推崇溫飛卿及韋莊的詞最有言外之意，他們二位寫的詞可以引起讀者的言外之想、比興之思。當然，另外也有一類詞所寫的美女及愛情，則較難令人有言外之想。

今天我們先從《花間集》的美學特質講起，把《花間集》的美學特質瞭解清楚後，我們再來看當詞演進到蘇東坡及辛棄疾的時候、當他們不再寫美女與愛情的時候，詞還有沒有這種美的特質呢？

我們選了幾首《花間集》中的詞，現在先來看第一首，它是歐陽炯的〈南鄉子〉：

> 二八花鈿。胸前如雪臉如蓮。耳墜金環穿瑟瑟。霞衣窄。笑倚江頭招遠客。

這一首詞寫的當然是美女。先說「二八」，二八一十六，西方也認爲十六歲是最好的，他們說：sweet sixteen不是嗎？「二八花鈿」，一個十六歲 sweet sixteen 的美女，滿頭插滿了各種首飾珠翠：「花鈿」是頭上的裝飾物。「胸前如雪臉如蓮」，這寫的當然是美女和愛情，看起來真是淫靡，說這個女子胸前的肌膚像雪一樣白，臉像蓮花一樣嬌美。「耳墜金環穿瑟瑟」，耳朵上戴著黃金做的耳環，而且上面還裝飾著珠玉，也就是「瑟瑟」，「瑟瑟」是一種玉石。「霞衣窄」，她穿的是五彩繽紛像彩霞般很緊身又顯露出曲線的衣服，這個女孩是「笑倚江頭招遠客」，她微笑地站在江邊揮手招呼著遠方的客人。這描寫的是一個擺渡船的女子，像沈從文先生寫的《邊城》中的那個擺渡船的少女。

這首詞寫得當然也很美麗、很生動，也很真切，但是你看得出它有比興的言外之意嗎？實在看不出。它只是描寫一個很漂亮的女孩子，看不出它裏面有什麼比興之意。

第二首是溫庭筠的〈南歌子〉，它也是寫美女的，也描述一些美女的裝飾。我先來把它念一遍：

> 倭墮低梳髻，連娟細掃眉。終日兩相思。為君憔悴盡，百花時。

很可注意的一點——這是相當奇妙的——，同樣寫美女和愛情，但卻有兩種不同的性質：第一首歐陽炯的詞，如果從西方女性主義的文學理論來看，像法國女性主義學者西蒙・德・波伏瓦（Simone de Beauvoir）寫過一本書叫 *The second sex*（《第二性》），這本書中說：在社會結構中，男女是不平等的，因爲男性看女性是 the other

（他者），是 being looked at（被觀看的）。歐陽炯寫的第一首詞，就是代表這種男性的觀點，這種男性的觀看叫 male gaze。所以他（指男性）就看到了「二八花鈿。胸前如雪臉如蓮。耳墜金環穿瑟瑟。」從西方的女性主義來看，這完全是把女子看成了「他者」，就是 the other，即 being looked at 從 male gaze 的眼光所看的女人。而第二首詞則完全不一樣了，它不是以男性看 other 的眼光來看女子，它完全是女性的口吻。第一首詞是從男性的眼中看女性的容貌、裝飾的美好；第二首詞溫庭筠的〈南歌子〉是從女性的口吻自我敘寫。

「倭墮低梳髻，連娟細掃眉。」不是她把頭髮梳好了，眉毛也描好了，出來一站男性都可以看的 male gaze，而是這個女子自己在化妝；是怎樣在化妝呢？是「倭墮低梳髻」。「倭墮」，是一種髮型的名稱。中國古代女子的頭髮，可以梳很多不同的花樣：可以把頭髮盤得很高叫「高髻」，李商隱有一句詩：「高鬟立共桃鬟齊」（〈燕臺四首・春〉），「高鬟」就是很高地盤在頭頂上的髮髻，感覺上很莊嚴、很高貴；還有一種是「丫髻」，兩邊梳兩個抓髻，這是小姑娘梳的一種髮型。「高髻」太嚴肅；「丫髻」又太幼稚，所以在這中間有一種髻叫「倭墮髻」，它是從頭上偏偏地垂下來。古代仕女畫中常見女子偏垂下來的髮髻，就是「倭墮髻」。這首詞它並不只是說我看到一個「倭墮髻」，形容得更妙的是：「倭墮『低梳』髻」，她在梳頭髮的時候，很仔細、很用心地梳理，而且「低低」地梳了一個髮髻。「連娟細掃眉」，「連娟」，是修長而且秀美的樣子；頭髮有各種髮型，眉毛也有各種型式，《眉譜》

裏就有各式各樣的「遠山眉」、「蠶眉」、「八字眉」……等。這句詞說，她有修長秀美的眉毛；「細掃」，就是描畫，細細的描畫著眉毛。「倭墮低梳髻，連娟細掃眉。」在這裏就有了作用了。

西方現代的文學理論說：作者本人有沒有一個意思要寫是一回事；寫出來的作品（text）傳達了什麼意思又是一回事。從前我們總是認爲一切都是作者的意思，總是揣測作者的用意是什麼；後來美國二、三十年代的 new criticism（新批評）說：文本（text）才是重要的，作者寫完了就成了過去，作者已經死了（the author is dead），只剩下文本本身在發生作用。而到了現代近二、三十年來，又講到讀者的重要：reader's response，也就是「讀者的反應」。事實上，「作者——作品——讀者」，這三者同時有一種作用，現在法國有一位女學者：朱麗亞・克裏斯特娃（Julia Kristeva），她曾寫過一本書叫 *Revolution in Poetic Language*（《詩歌語言的革命》），裏面曾提到：我們普通說一個符號（sign），而這個符號指向一個所指的物體，也就是說這個符號指向一個符義；即一個是 signifier，一個是 signified。舉例說，「粉筆」這個符號的意義是很明白的，粉筆它就是指粉筆；而「茶杯」這個符號也是很明白的，它指的就是一個茶杯。像這種符號與符義之間的作用是非常清楚而明白地界定的，克裏斯特娃把這種作用叫 symbolic function（象喻的作用）；還有一種是符號與符義之間的作用不是很明白指出的，她認爲那是「作者 ＋ 作品 ＋ 讀者」三者共同運作，它不是一個已經界定的意義（established meaning），而是一種不斷的進行，是一種不斷的產生（productivity），也就是說作者的本意是什麼暫且不去管它，作者的思想透過自己寫到作品之中，而讀者能從作品裏邊讀出很多的意思。另一位接受美學家伊塞爾（Wolfgang Iser）把這種行爲叫做可能的潛在能力（potential effect）。我現在要回過頭來講溫庭筠詞中有一種可能的潛在能力。

「倭墮低梳髻，連娟細掃眉。」這裏說到「掃眉」。「掃眉」就是「描眉」的意思；而「眉毛」在中國的傳統中很早就有言外之意，因爲《楚辭》的〈離騷〉裏有：

眾女嫉余之蛾眉兮。

的句子：那些女子們都嫉妒我有這麼美麗的眉毛。屈原在這裏所說的「蛾眉」，不是在現實中真正的眉毛，這個「蛾眉」代表才德的美好；當時朝廷中的奸佞小人嫉妒屈原才德的美好，而「蛾眉」正隱喻才德之美好。所以，一個女子的「描眉」或「畫眉」，代表了對才德美善之追求，李商隱也有一首詩：

八歲偷照鏡，長眉已能畫。（〈無題〉）

也是把「描眉」或「畫眉」代表對才德美好的追求。而西方的符號學也講：當一個符號（sign）在一個國家或民族中被使用很久後，它就會帶著這個國家文化的歷史而變成一個語碼（code）。所以，當我們看到「眉毛」，就會聯想到才德的美好；而「畫眉」就代表對才德美好的追求。在〈離騷〉裏，屈原曾說：

民生各有所樂兮，余獨好修以為常。

人生各有各自的愛好及追求，而我所追求的是美好的修飾。在這裏，美好的修飾又代表什麼呢？也就是對人品高潔、才華璀璨的追求。在〈離騷〉中，屈原提及自己才德的美好，都是用比喻及象徵說的，譬如他說：

製芰荷以為衣兮，集芙蓉以為裳。……佩繽紛其繁飾兮，芳菲菲其彌章。

我裁製芰荷的葉做上衣，綴集蓮花爲下裳，我還佩戴著眾多繽紛的裝飾，身上芳香馥鬱的氣味傳播到遠方。我舉〈離騷〉爲例，只是要說明「描眉」在中國文化歷史上是一個表示對才德美好之追求的語碼。「倭墮低梳髻，連娟細掃眉。」這種敘寫，是和一名男子看到一個「二八花鈿」的女子的口吻及心態，完全不一樣的：它是敍述這名女子如此珍重愛惜地在梳頭、這麼珍重愛惜地在描眉，在「低梳」和「細掃」之間，是對愛美、要好的珍重的感情，而不僅是指容貌而言。「描眉」或「畫眉」從屈原〈離騷〉以降，已經成了對品德美好追求的語碼。「終日兩相思」，從美女寫到美女的愛情，她終日懷念所愛的人。「爲君憔悴盡，百花時。」這就像柳永所說的：

衣帶漸寬終不悔。為伊消得人憔悴。（〈蝶戀花〉）

一樣，她說我真是爲你憔悴盡了，在這百花盛開的時節，只有我是孤單一人，鬱鬱相思。

《花間集》都是寫美女與愛情，溫庭筠的這首詞是從女性的口吻寫的，它寫出女性對容貌的修飾和要好的追求，而它給我們的聯想是：一種對才德美好的追求。中國在過去常把君臣、夫婦、父子的關係說成是「三綱」，君臣與夫婦的關係頗爲相像，父子關係則稍有不同，因爲它是天倫，而君臣與夫婦都是後天的結合，不像父子是先天的關係。爲人臣子是否得到君主的賞愛和重用，自己並沒有太大的把握，君主可以把臣子貶謫甚或斬首；丈夫和妻子在古代不平等的關係中也是如此，女子是否能得到丈夫的寵愛，關係到她一生的幸福。古代男女不平等，丈夫可以休妻，而且還要在女子被拋棄後要求她的片面忠貞，這種感情關係和君臣關係非常相似。所以寫到女子的被拋棄，常常會使人聯想到爲人臣的被貶謫和不被任用，描述女子的相思懷念會讓人想到逐臣遷客的悲懷。所以在小詞裏邊，像溫庭筠這一類詞，能使讀者產生言外之想，而後來的詞評家也認爲這一類詞是好詞。歐陽炯的「二八花鈿。胸前如雪臉如蓮。」就算他寫得很美，也只有一層意思，而沒有深曲的含義，但溫庭筠的「倭墮低梳髻，連娟細掃眉」就不同了，它是有多重而且深沉的潛在能力的。這樣的詞，後人及詞評家才認爲它是好詞。

我們現代人以反思的眼光歸納的結論是：從花間詞的女性特質可知，詞以有言外之意蘊爲美；詞的美學特質及怎麼去評定它是一首好詞，重在其是否有一種幽微要眇、讓人產生言外之想的餘味。

接著，我們再來看辛棄疾的豪放詞。

辛棄疾出生在金人所佔領的淪陷區：山東，但是他的祖父（辛贊）從小就培養他愛國的忠義情操，他在二十二歲左右便組織了義勇軍與金人對抗。與此同時，山東的農民：耿京，也號召了一大部份由農民組成的忠義兵馬抵抗金人。辛棄疾的確是個很有肚量的人，他放下身份地位，帶了他已組織好的忠義軍二千餘人歸附耿京——後來他投向後方的南宋，曾向皇帝獻上了〈九議〉、〈美芹十論〉，其中〈詳戰〉一篇論到農民抗金，他說：農民熱血沸騰，士氣很高，但缺少長遠的計畫，缺少思想及組織。比較之下，知識份子有思想、有組織能力，但是知識份子顧慮比較多，若沒經深思熟慮不敢輕易起事，所以要知識份子與農民結合，才能兩相幫輔，容易成事。從他歸附耿京可以看出他的氣量恢宏，不惜以知識份子去輔助耿京——，他告訴耿京，必須和後方的祖國南宋取得聯繫才能光復國土。耿京聽後，接受他的建議，並派辛棄疾到江南，當時的宋高宗在南京接見了辛棄疾，聽了他的議論。但是，此時耿京這邊出了一個內奸，叫：張安國，殺死了耿京，投靠金人。當辛棄疾跋山涉水和祖國取得聯繫後，發現耿京已被人出賣，他非常憤怒，帶了幾十人衝到金人營中，當場活捉了正在和敵人喝酒慶功的張安國，把張安國挾在馬上，連日連夜帶到江南，在建康懲殺了張安國。所以辛棄疾在晚年時回想到少年時的豪壯，感慨萬端地寫下了一首〈鷓鴣天〉，他說：

壯歲旌旗擁萬夫，錦襜突騎渡江初。

「壯歲旌旗擁萬夫」，我年輕的時候帶領著千萬的忠義軍兵馬；「錦襜突騎渡江初」，身上穿著盔甲、戴著錦做的護膝、騎著衝鋒的馬匹，渡江南來。他以爲南宋的君主會按照他獻的〈九議〉、〈美芹十論〉來實行，那麼北方的失地是指日可以收復的。他的「壯聲英概」（洪邁〈稼軒記〉，《洪文敏公集》）天下人都爲之動容，但是偏安江南的南宋高宗，他與被俘的徽、欽二帝的關係如何呢？徽宗爲高宗之父，欽宗爲高宗之兄，若高宗反攻，金人放回徽、欽二帝，那麼高宗的皇位將不保。這微妙的關係使得朝中阿諛的臣子主張苟安江南，而高宗也不想盡力反攻。並且，這些佞臣自劃小圈圈，對渡江南來的辛棄疾也心懷猜忌，處處掣肘，空使辛棄疾有這麼好的本領、這麼好的謀略，卻一直不能施展。

辛棄疾從二十三歲渡江南來至六十八歲去世，一共在南方四十多年，中間大約有一半的時間被廢棄不用。下面我們要講的這首〈水龍吟‧過南劍雙溪樓〉，是他在福建做安撫使，經過南劍州（今福建南平）「雙溪樓」時寫的，現在我來把它讀一下：

> 舉頭西北浮雲，倚天萬里須長劍。人言此地，夜深長見，斗牛光焰。我覺山高，潭空水冷，月明星淡。待燃犀下看，憑欄卻怕，風雷怒，魚龍慘。峽束蒼江對起，過危樓、欲飛還斂。元龍老矣，不妨高臥，冰壺涼簟。千古興亡，百年悲笑，一時登覽。問何人又卸，片帆沙岸，繫斜陽纜。

這真是一首非常好的詞，但我們一定要先瞭解它裏邊的典故才可以。第一句沒有用典，「舉頭西北浮雲」，登高可以望遠，他登到「雙溪樓」上望西北一看，天上有片浮雲。我說辛詞的好處不只是詩人賦予詩歌感發的力量，而且它也有詞的多重意蘊、言外之意的特美，就這麼簡單的六個字：

「舉頭西北浮雲」，便有幾種可能，也就是剛才我們說到作者寫出來的作品，它有一種「潛能」：第一種可能的解釋，它是寫實：我今天登上高樓，果然看見西北有浮雲；第二種可能的解釋還要妙，中國古代寫詩，都要有個出處，而這「西北浮雲」就有個出處：曹魏時候，魏文帝曹丕曾寫過一首詩〈西北有浮雲〉；第三種解釋，它可能還有「象喻」，什麼「象喻」？因爲淪陷區在西北方，所以天上陰雲的遮蓋，代表西北方的淪陷。那麼，我要消滅敵人，我要收復失地，我要掃淨天上西北方的浮雲，就需要一把長劍，我要用這把長劍掃淨浮雲。要多長的劍才能掃清天上的浮雲呢？一尺長？二尺長？到底要幾尺長？「倚天萬里須長劍」，我辛棄疾需要的是一把倚天萬里的長劍——倚天萬里的長劍也有一個出處，是出於宋玉的〈大言賦〉——。我要這麼一把長劍，把西北的浮雲掃空，而天下有這樣的一把長劍嗎？應該是有的！我今天登覽的南劍「雙溪樓」底下就是「劍潭」，「劍潭」底下就有兩把化龍而去的寶劍。所以「人言此地，夜深長見，斗牛光焰。」大家都這麼說，就在今天我登臨的樓底下，到現在每當夜深的時候，還可常常看到斗牛星座之間有光芒，應該在我腳底下的「劍潭」之中，就有這把寶劍，可是我今天到這裏能尋到這把寶劍嗎？（這一段，他用的是《晉書・張華傳》的典故，請參看《靈谿詞說》中我所寫的〈論辛棄疾詞〉一文）「我覺山高，潭空水冷，月明星淡。」我來到這裏並沒有看到寶劍，看到的只是四圍的高山：「我覺山高」，這句在這裏辛棄疾賦予它多重的意蘊：「山高」，一方面可能是事實，的確南劍「雙溪樓」四面都是高山；但另一方面也可能是「象喻」，四面都是高山代表不得出路或被圍困的意思：我辛棄疾來到南方，處處都是重重的阻礙。我看看樓底下「劍潭」的水，卻什麼也看不見，潭是「空」的，而且這水它是如此的冷冽，真是「潭空水冷」。再向上望，是「月明星淡」，我看到的只是天上無言的明月，月是如此明亮，顯得星星就黯淡無光了。這句形容景色，也可能是寫實的，那麼「月明星淡」這片景色又代表什麼呢？我現在引一位黃克蓀譯的波斯詩人奧馬伽音《魯拜集》中的詩：

> 搔首蒼茫欲問天，天垂日月寂無言。海濤悲湧深藍色，不答凡夫問太玄。

爲什麼以我辛棄疾的才幹、謀略，竟然不能夠達到收復失地的願望？我「搔首蒼茫欲問天」，天上「月明星淡」，是明月能回答我呢？還是星星？它們怎麼都默默不語呢？向下看，湛藍的海水波濤洶湧。天上星辰空自無言，上天入地又有誰能給我這個凡夫一個解答呢？「我覺山高，潭空水冷，月明星淡。」我辛棄疾被這整個的冷漠、不理睬包圍了，周遭儘是阻隔的、寒冷的、寂寞的，我是孤獨的，是沒有人能瞭解的。但辛棄疾是英雄，他不是那麼容易就撒手、就灰心的，歷史上記載：辛棄疾到六十多歲臨死時還大呼：「殺賊！殺賊！」（《康熙濟南府志・人物誌》）他平生愛國及收復失地的願望至死也沒放棄。雖然被罷廢了二十年之久，但每次只要起用他，他馬上就有所作爲，可是當有所作爲時，又被佞人讒毀而被罷免了。大家都知道，岳飛也是南宋人，也是被奸佞小人妒嫉，他本要痛飲黃龍的這個志願未達成就死去了，因爲宋朝皇帝下了十二道金牌把他召回去，岳飛不敢抗命，他被召回朝廷後就被秦檜害死了。但是辛棄疾就不一樣了，他在湖南治兵的時候，曾建立軍營叫「飛虎營」，當「飛虎營」尚未建成時就有人給朝廷告狀，說他花費銀兩太多，要皇帝下令停止修建「飛虎營」，辛棄疾收到金牌後並沒有停止修建工作，當機立斷，趕快下道命令給老百姓，要老百姓從水溝上或家裏揭兩片瓦片來參加修營，眾志成城，頃刻間「飛虎營」就造好了。造好後他給皇帝報告說：您的金牌我收到了，但是我們的「飛虎營」也已經蓋好了（《宋史》卷四百一〈辛棄疾傳〉）。所以這是辛棄疾與岳飛不同的地方，他是一個有智謀有魄力的人，絕不輕言放棄，雖然他找不到「倚天萬里」的長劍，不能消滅西北的浮雲，不是說「潭空水冷」、「月明星淡」嗎？雖然是這樣，我辛棄疾是不會放棄的。「待燃犀下看」，也有一個典故，是晉朝的故事：當時有個人叫溫嶠，有一次他經過牛渚（今安徽馬鞍山市當塗縣），當地父老相傳牛渚水下有精怪。水中的精怪怎能看見呢？那就要打著火把去看，但火把一浸水，火就滅了，所以要用犀牛角點燃起來火才不會滅，因爲犀牛角是不怕水的。溫嶠點了犀牛角叫人下水去看，果然看見了很多精怪——這是《晉書》上記載的。辛棄疾說：寶劍找不到，但是我不放棄，我也要打著犀牛角的火把到水裏找那把寶劍，我一定要將這把寶劍找出來。可是還沒等我找呢，剛走到欄杆邊正要下水時就害怕了：「憑欄卻怕，風雷怒，魚龍慘。」我怕的是當我要下水找那把寶劍時，突然狂風怒吼，閃電交加，我怕水裏的魚龍會慘變，天地登時變化。這三句也是辛棄疾所經歷的現實，他每當要有所作爲的時候就被制止或被罷免。

到這裏，這是上半闋的詞。辛棄疾在這上半闋交雜用景物與典故，是景物的物象與典故的事象結合著來寫出的。所以這詞意都不是直說的，它的意義都是言外的，所謂意在言外，這都是讓我們去想像的。

下半回來寫眼前「劍潭」的景色：「峽束蒼江對起，過危樓，欲飛還斂。」在前面的詞意中，辛棄疾結合典故結合得很好；而這三句單純的只寫風景，也就是景物的物象。他說在「劍潭」的「雙溪樓」下，兩邊連綿的高峰、山峽約束了奔流的江水，在這裏一條水從東邊來，另一條水從西邊來，兩條江水一匯合翻騰而起，就捲起了漫天波濤。這「峽束蒼江對起」，在哪裏呢？它就經過我登臨的「雙溪樓」下：「過危樓」，「危」是「高峻」的意思。水衝破了堤岸，恰好像要翻騰而飛去，可是卻被高山約束住了。這描寫的是眼前的景物，也是他內心的心情。辛詞是抒情的，也是言志的，他是直接寫他內心的感情和志意，但他的感情和志意是沖激和回蕩的，它是雙重的：一個是他向上、向前、奮發的力量，這是他內心的一面；可是外在的環境是阻礙、壓抑的。所以辛棄疾的詞每首都有他不同的意境，但基本上都是這兩種力量的回蕩盤旋，像「峽束蒼江對起，過危樓，欲飛還斂。」這是眼前景物的物象，也是外在人事環境加諸於他而引發他內心感情轇轕的現象。「元龍老矣，不妨高臥，冰壺涼簟。」他又用了一個典故，用了什麼典故呢？他用的是陳元龍的典故，三國時，陳登號元龍，歷史上曾記載：有一次劉備與許汜談話，許汜向劉備說：「陳元龍對待客人非常無禮。」劉備就問他：「怎樣無禮呢？」許汜說：「有一次我去見陳元龍，而元龍自占大床高臥，而令客睡下床。」劉備說：「陳登是個英雄豪傑，當今天下大亂而陳登志在安濟邦國，而你許汜則一天到晚只知買地蓋房子，不關心國家大事。陳登對你還算是客氣了，如果你遇上的是我劉備，我就讓你睡地上。」（《三國志·魏書·陳登傳》）這個典故是說陳登在亂世並不謀求自己安定的生活。在這裏打個岔，我們可以去看辛棄疾的另外一首〈水龍吟〉（楚天千里清秋）的下片：

休說鱸魚堪膾。盡西風、季鷹歸未。求田問舍，怕應羞見，劉郎才氣。

在現今這個亂世，我未能收復失地，你不用說我老家的鱸魚「堪膾」（這又用了另外晉代張翰的一個典故，見《世說新語·識鑒》），儘管秋風正在吹，張季鷹回到了家鄉，而我辛棄疾回得了山東老家嗎？我既然回不了山東，那我是否就在江南留下來買房置地？我若真要買房置地，那麼只怕我碰到像劉備那樣以國家爲重，看輕許汜這種「求田問舍」的人，恐怕他真會讓我睡地上呢！「求田問舍，怕應羞見，劉郎才氣。」這才是辛棄疾本來的志意，他並不是要在江南終老，他想回到山東的老家，可是他畢竟是回不去了。現在我們再回頭來看這一首〈水龍吟〉「元龍老矣」幾句，本來我就像陳登那樣，不肯求田問舍，不管自己能否安居，但是現在我老了，壯志也銷磨殆盡了，那麼只管找個地方安心高臥，而且在高枕安眠的時候還有一壺冷飲、一領涼席，過幾天舒服的日子，這是辛棄疾的自我反諷之言。

前年我在江西參加了一個辛棄疾的討論會，當時曾有一篇論文提到：當年辛棄疾在做官的時候一定也搜括了民財，所以他也蓋了房子。當時編撰《辛棄疾年譜》的鄧廣銘老先生非常生氣，他認爲辛棄疾絕不是一個搜括民財來給自己蓋房子的人，他會置產業是因爲他一被罷廢就是二十年，而辛棄疾所造的房子，以宋代優待文臣的標準來看，實在並不奢侈華麗，他的房子雖美，但不是雕樑畫棟。辛棄疾的才能是顯現在各方面的，他以詩人的眼光非常巧妙地安排了自己的住處，在房前種了一大片的莊稼，小溪旁栽植幾株垂柳，種了一些梅花，圈了一圍竹籬笆。他說：

> 東岡更葺茅齋。好都把軒窗臨水開。要小舟行釣，先應種柳，疏籬護竹，莫礙觀梅。秋菊堪餐，春蘭可佩，留待先生手自栽。（〈沁園春·帶湖新居將成〉）

當房子蓋好要上樑時，他作了一首〈上樑文〉說：

> 拋東梁。坐看朝暾萬丈紅。直使便為江海客，也應憂國願年豐。（〈新居上樑文〉）

我把糖果拋在樑的東面，每天在東窗下看到一輪紅日高高升起，就算朝廷現在罷廢我了，從此我就不在朝中爲官，一任飄零江海，但我還是憂國憂民，希望五穀豐登，國泰民安。

所以辛棄疾現在說：「元龍老矣，不妨高臥，冰壺涼簟。」我是要找個地方好好歇歇了，但是我辛棄疾真的能忘卻早年的壯志？真的能把憂國的情懷放下嗎？「千古興亡，百年悲笑，一時登覽。」我看到千古興亡的往事，當年的張華何在？當年的溫嶠何在？晉朝爲什麼敗亡？歷史的前車之鑒未遠，南宋將來又會走上什麼樣的道路？我身處的這個國家前途何往？人生一世不過百年，我的一生有多少悲哀？有多少歡喜？我早年豪氣干雲，生擒張安國渡江南來，本來希望有一天能打回老家去，現在我哪一天才能回去呢？「千古興亡，百年悲笑」，當我今天登上這南劍「雙溪樓」時，不免讓人悲今悼古，天地悠悠，無限的往事翻湧上心頭，到了這垂暮之年，我又能做些什麼呢？從這「雙溪樓」上往下看：「問何人又卸，片帆沙岸，繫斜陽纜。」我看見在溪水的邊上有一艘船停靠在那兒，究竟是什麼人將那船的帆卸了下來，在夕陽餘暉下把船纜繫在岸上，再也不往前進了呢？這幾句詞有可能是寫眼前的實景：或許真的是有一艘船停泊在岸邊，繫著纜。但是我們前面說過，一個國家若有悠久的歷史文化，它會有很多的符號在過去已形成的文化傳統之中，它就會變成一個語碼（code）。「斜陽」我們一般是把它代表一個國家或朝代的衰敗或危亡，而船停下來不走了，這句話的言外之意就是說：南宋這個小朝廷君臣相效逸樂苟安，他們根本不想圖恢復、收復失地，再也不想有所作爲，所以整個朝廷的氣氛就像卸下風帆的船，它繫著纜繩再也不能往前行了。「問何人又卸，片帆沙岸，繫斜陽纜。」它裏面有這麼豐富的意思，一層又一層，沒有一句是直說的。他用的都是景物的物象和典故的事象，所以它的意思是在言外的，它要讀者慢慢去體會，就會發現其中有深意有餘味。

拿辛棄疾的豪放詞和《花間集》來作比較，我們可以發現《花間集》裏的雙重意蘊：它是以男性的作者（《花間集》五百首詞的十八位作者都是男性，沒有一位女性作者），用女性的形象、女性的口吻、女性的語言所寫出來的，這些詞特別富於弦外之音，像溫庭筠和韋莊的詞，他們寫的是女性，可是有時候在無意之中把男性的某些情思也流露在中間了。在古代時，知識份子或臣子他們得不到皇帝及朝廷的任用，這個情形就好像女子得不到丈夫的喜愛，兩者有相似之處。所以溫、韋兩人在《花間集》中的詞，大都有雙層的「潛能」。而辛棄疾是英雄豪傑，他所寫的是他內心的感情，他沒有用女性的形象，沒有寫女性的情思，但是他的詞中也有雙重意蘊的作用，爲什麼呢？他的詞大都不直接明說，指實其事，他用了大量的景物和典故，而正是這些景物和典故增加了詞的幽深隱約之美，所以他的詞雖然豪放，但是也有多重的「潛能」和曲折的深意。

我曾說詞用的是女性的語言。女性的語言可以分兩方面來看：一方面是從情意思想上來說，如：「終日兩相思」，這寫的是女性相思的感情，「倭墮低梳髻」（溫庭筠〈南歌子〉），也是女性的情思；還有另一方面女性的語言，是從文字的形式來說。詩的句子是整齊的，整齊句子的好處是它可以造成一種氣勢；詞的句子是不整齊的，不整齊的句子有一種曲折的韻味。這兩者各有各的長短。我現在舉個例說個故事：清朝的紀曉嵐有一次替人寫扇面，把一首唐詩掉了一個字，這首唐詩本來是這樣的：

> 黃河遠上白雲間，一片孤城萬仞山。羌笛何須怨楊柳，春風不度玉門關。（王之渙〈出塞〉）

結果他寫掉了一個「間」字。人家說你寫的詩掉了一個字，他說我寫的不是詩，是詞，不然我念給你們聽，於是他就念了一遍：

黃河遠上，白雲一片，孤城萬仞山。羌笛何須怨，楊柳春風，不度玉門關。

果真是詞的形式。原來的唐詩「黃河遠上白雲間，一片孤城萬仞山。」這種感覺是蒼茫的、高遠的，它的氣勢遼闊，而句子長短一變，它傳遞出來的消息也起了變化：「黃河遠上，白雲一片，孤城萬仞山。羌笛何須怨，楊柳春風，不度玉門關。」這樣像拍電影，本來是拍寬銀幕的廣角鏡頭，現在鏡頭一變，一下子照這個角落，一下照那個角落，它的感覺就不同了。所以我覺得詞的語言從這一方面來說，它的屬性是女性的語言。這也是一個法國女性主義的女作家特麗・莫艾（Toril Moi）的說法，她曾說：男性（masculine）的語言是理性（reason）的，是有條理、有秩序（order）的；而女性（feminity）的語言是破碎（fragmentation）的，是沒有條理的，沒有秩序的，是零亂（chaos）的（*Sexual / Textual Politics: Feminist Literary Theory*，《性別的、文本的政治：女性主義文學理論》）。她說的這些是女性語言的缺點，可是若從小詞來看，小詞的好處就正在它是女性的語言才好。而辛棄疾的這首詞除了用典故的事象、景物的物象增加了一層曲折外，我們再來看辛棄疾的語言：

舉頭西北浮雲，倚天萬里須長劍。（〈水龍吟・過南劍雙溪樓〉）

這兩句是比較完整的。不過「倚天萬里須長劍」雖然完整，但它是倒裝的，按常理它應該是：須要倚天萬里的長劍。他把「倚天萬里」寫在前面，「須長劍」寫在後面。「人言此地」，這個句子雖然是在這裏斷句，但意思卻還沒有完；「夜深長見」，也還沒完；到了「斗牛光焰」，這整個詞意才算敍述完成。「我覺山高」，語氣沒有完；「潭空水冷」，也沒有完；「月明星淡」，這才完。「待燃犀下看」，語意沒有完；「憑欄卻怕」，也沒有完；「風雷怒，魚龍慘」，直到這裏，這一段的語氣詞意才完結。辛棄疾他都是把長句斷開來寫的，而詞的本身就有長短不齊的句子。它可以寫成整齊的句子，也可以寫成破碎的句子。我們再舉辛棄疾的〈永遇樂〉爲例：「千古江山」，這個句子的語意尚沒有完成；「英雄無覓，孫仲謀處」這才完成。「舞榭歌臺」，語意沒有完；「風流總被」，也還沒完；「雨打風吹去」，這才完結了詞意。

現在，我就要來終結我今天的講題：〈從花間詞的女性特質看辛棄疾的豪放詞〉。我前面講過，《花間集》中的好作品如溫庭筠、韋莊等人的詞，用的是女性的語言，寫的是女性的情思，又加上了歷史形成之傳統語碼，如：「蛾眉」、「畫眉」等，所以它們的意義是雙重的，讓人有言外之想。而辛棄疾英雄豪傑壯志淩雲，他的詞淋漓慷慨、豪放潑灑，怎麼能和用女性語言、女性情思的《花間集》比並而談呢？現在就來看辛棄疾的：

> 舉頭西北浮雲，倚天萬里須長劍。〈水龍吟·過南劍雙溪樓〉

辛棄疾確是豪氣淩雲，在這兩句裏的情意也是英雄之志，但它的語言是淩亂的、倒置的。再如：

憑欄卻怕，風雷怒，魚龍慘。（同上）

他的感情是雙重的，句子是破碎的，語氣是畏懼的，正如女子被人壓制一樣。古時君臣的關係和夫妻男女的關係有近似之處。所以辛棄疾雖是英雄豪傑，但感情的表現卻是複雜的、雙重的。又如：

峽東蒼江對起，過危樓，欲飛還斂。（同上）

他雖然是有英雄的志氣，但卻被當朝所排擠約束而無能爲力。正如溫庭筠的「懶起畫蛾眉」（〈菩薩蠻〉）或「連娟細掃眉」（〈南歌子〉），儘管玉人嚴妝以待，但換來的卻只有「終日兩相思，爲君憔悴盡，百花時。」（〈南歌子〉）所以辛棄疾最後也心灰意懶地說出：

元龍老矣，不妨高臥，冰壺涼簟。

雖然用的是男性的口吻，但是它的語法卻是有女性語言零亂、不整齊的特點，和《花間集》中的小詞相當接近。他的曲折幽隱的情意，也與女性的情思有相近之處。

辛棄疾的詞，我認爲它既有詩的感發的力量，又有詞的曲折含蓄和富於言外之想的詞之特美。他真是一位了不起的大家。

國家圖書館出版品預行編目資料

《南宋名家詞講錄》/葉嘉瑩， 初版
新竹市清華大學出版社，民99(2010).11
450面；15＊21公分
參考書目：480 面
ISBN 978-986-85667-3-6（平裝）

883.52　　　　99009537

南宋名家詞講錄

作　者：葉嘉瑩
發行人：陳力俊
出版者：國立清華大學出版社
社　長：陳信文
地　址：新竹市光復路二段101號
電　話：03-5714337　03-5715131轉35050
傳 真：03-5744691
http://thup.et.nthu.edu.tw/
E-mail:thup@my.nthu.edu.tw
行政編輯：陳文芳
出版日期：民國99年11月(2010.11)初版
定　　價：平裝本新台幣400元

ISBN 978-986-85667-3-6
GPN 1009901802